本丛书为"十五"国家重点图书出版规划项目

丛书主编　陈平原

学│术│史│丛│书

陈国球 著

文学史书写形态与文化政治

北京大学出版社

图书在版编目(CIP)数据

文学史书写形态与文化政治/陈国球著. —北京:北京大学出版社,2004.3
(学术史丛书)
ISBN 7-301-07002-0

Ⅰ.文… Ⅱ.陈… Ⅲ.文学史—研究—中国 Ⅳ.I209

中国版本图书馆 CIP 数据核字(2004)第 013731 号

书　　　名：文学史书写形态与文化政治
著作责任者：陈国球　著
责 任 编 辑：张凤珠
标 准 书 号：ISBN 7-301-07002-0/I·0666
出 版 发 行：北京大学出版社
地　　　址：北京市海淀区中关村北京大学校内　100871
网　　　址：http://cbs.pku.edu.cn　电子信箱:zpup@pup.pku.edu.cn
电　　　话：邮购部 62752015　发行部 62750672　编辑部 62752022
排 　版 　者：北京军峰公司
印 　刷 　者：三河新世纪印务有限公司
经 　销 　者：新华书店
　　　　　　 650mm×980mm　32 开本　12.625 印张　389 千字
　　　　　　 2004 年 3 月第 1 版　2005 年 11 月第 2 次印刷
定　　　价：30.00 元

未经许可,不得以任何方式复制或抄袭本书之部分或全部内容。
版权所有,翻版必究

"学术史丛书"总序

陈平原

所谓学术史研究,说简单点,不外"辨章学术,考镜源流"。通过评判高下、辨别良莠、叙述师承、剖析潮流,让后学了解一代学术发展的脉络与走向,鼓励和引导其尽快进入某一学术传统,免去许多暗中摸索的工夫——此乃学术史的基本功用。至于压在纸背的"补偏救弊"、"推陈出新"等良苦用心,反倒不必刻意强调。因为,当你努力体贴、描述和评判某一学术进程时,已有意无意地凸显了自家的文化理想及学术追求。

其实,此举并非今人的独创。起码黄宗羲的《明儒学案》、江藩的《国朝汉学师承记》已着先鞭,更不要说梁启超、钱穆各自独立完成的《中国近三百年学术史》。至于国外,同类著述也并不少见,单以近年译成中文的为例,便有古奇的《十九世纪历史学与历史学家》、丹尼尔的《考古学一百五十年》、尼古拉耶夫等的《俄国文艺学史》、勒高夫等的《新史学》,以及柯文的《在中国发现历史》等。

即使如此,90年代中国学人之热中于谈论"学术史",依然大有深意。一如黄宗羲之谈"明儒"、梁启超之谈"清学",今日之大谈学术史,也是基于继往开来的自我定位。意识到学术嬗变的契机,希望借"辨章学术,考镜源流"来获得方向感,并解决自身的困惑,这一研究策略,使得首先进入视野的,必定是与之血肉相连的"二十世纪中国学术"。

当初梁启超撰写《清代学术概论》,只是其拟想中的《中国学术史》之第五种;今人之谈论"学术史",自然也不会以"二十世纪"自限。本丛书不只要求打通古今,更希望兼及中外——当然,这指的是丛书范围,而不是著述体例。

无论是追溯学科之形成,分析理论框架之建构,还是评价具体的名家名著、学派体系,都无法脱离其所处时代的思想文化潮流。在这个意义上,学术史与思想史、文化史确实颇多牵连。不只是外部环境的共同制约,更有内在理路的相互交织。想像学术史研究可以关起门来,"就学问谈学问",既不现实,也不可取。

正因如此,本丛书不问"家法"迥异、"门户"对立,也淡漠"学科"的边界与"方法"的分歧,只要是眼界开阔且论证严密的学术以及思想史、文化史方面的著述,均可入选。也许,话应该倒过来说:欢迎有志于通过触摸历史、感受传统、反省学科进而重建中国学术的学人,加盟此项说大不大、说小不小的"文化工程"。

1998年8月4日

前言

"中国文学史"的现代书写传统,在19世纪末到20世纪初开始,至今已经历一个世纪。但有关"文学史"这种书写活动的本质和意义,或者对相关成果的检讨,却还是晚近时期才比较成熟。早期编制的"文学史",如谢无量《中国大文学史》(1918)、郑振铎《插图本中国文学史》(1932)等,很多时候会在"例言"、"概论"部分,讨论"文学"或者"文学史"的定义,或者批评前人之作的不足;以专著形式探讨有关问题的早期论著,我们见到的有朱星元(1911—1982)写于1935年的《中国文学史外论》(东方学术社出版;朱星元又有《中国文学史通论》之作,天津利华印务局1939年印行,是《外论》的修订改写),其中有《文学史方法论》、《文学史写法》、《中国文学史编法》、《中国文学史的起源与其进展》、《中国文学史读法》等章节,看来思虑很周全,可惜内容深度未能配合,对我们探讨相关问题的帮助不大。

近年有关"文学史"书写的研究,多能从比较宏大的框架出发,如陶东风《文学史哲学》(1994),林继中《文学史新视野》(2000)等,都能启发人思。尤其陈平原《文学史的形成与建构》(1999)中几篇重头文章、戴燕《文学史的权力》(2002)等,对"中国文学史"与"学术政治"、"知识秩序"之间关系的理解,都有深辟的开发,是这方面研究的重要创获。据悉董乃斌与陈伯海正带领一项"文学史学"的大型研究计划,相信未来会有更多研究成果陆续面世。

　　本书的进路与上述的研究有同有异。分别的地方是,本书主要以个别的"文学史"书写文本为对象。简言之,也就是朱星元所提的"写法"和"读法"的进路。本书各章略依时序讨论：由晚清京师大学堂《章程》与现代"文学"学科观念的建立,以至与"文学史"草创期书写的关系开始,到"五四"前后胡适以"白话文学运动"建构影响深远的文学史观,再到40年代林庚以"诗心"唤起"惊异"的《中国文学史》,转到由中原南迁的柳存仁和司马长风在50年代及70年代香港进行的两种性质完全不同的文学史书写,最后以两种"进行中"的书写活动为对象,看"中国文学史"要添加"香港文学"部分时,或者"香港文学"要进入"文学史"的过程中,所要应付的各种书写问题。时间上,由晚清到今日;空间上,由中原到边陲。所论是个别、具体,但思考的问题却不限于一隅。本书要探索的问题,与选定要讨论的"文学史"著作有关。有关"文学史写法",以柳存仁一本适用一时的"教科书",探讨"文学史"的"叙事"与"再现"问题,以林庚的"诗性书写"叩问"文学史"有没有可能靠近文学的经验,以京师大学堂《章程》及林传甲的"国文讲义"看早期"文学"与"文学史"观念的模塑或者错置,以叶辉代表的"文学批评"进路,观察当前的、在地的,另一次"文学史"书写草创期的现象。本书各章还试图透过各个文本间的相应或对照关系——如"五四"时期以胡适为代表所开创的文学史观,在柳存仁、司马长风于殖民地香港的书写中产生的不同作用;又如梁启超、张百熙、张之洞等在构思大学的"文学教育"时,林庚在放弃"诗性逻辑"时,"中国文学史"要把"香港"写入时,所面临的种种抉择——探析"文学史"书写与"文化政治"在不同层次的交缠纠结。至于本书"附编"三章,《文学史的探索》是个人有关"文学史"思考的一些初步见解,《文学·结构·接受史》、《文学结构与文学演化进程》两章,是透过对"布拉格学派"的阅读,帮助自己建立有关议题的思辨基础。附载于此,作为个人对"文学史"问题学习的一些纪录。

　　本书的目标,是提出问题以供进一步思考;而思考的过程,或者就是学术探索兴味最深之所在。

目录

"学术史丛书"总序　陈平原/1

前言/1

第一章　文学立科
　　——《京师大学堂章程》与"文学"/1
　　一　"词章不能谓之学":《筹议京师大学堂章程》与"文学"的边缘化/2
　　二　"大学堂设文学专科":《钦定》与《奏定》两份章程与"文学研究"的观念/11

第二章　"错体"文学史
　　——林传甲的"京师大学堂国文讲义"/45
　　一　"第一本中国文学史"与林传甲的"国文讲义"/46
　　二　"国文讲义"与《支那文学史》及《奏定章程》的关系/50
　　三　《中国文学史》的文学史意识/56
　　四　结语/59

第三章 "革命"行动与"历史"书写
——论胡适的文学史重构/67

一 "白话文学"与"文学进化观"/68

二 从宋诗到"俗话文学"/83

三 作为"遗形物"的中国文学/92

四 传统的消逝/97

第四章 "文化匮乏"与"诗性书写"
——林庚《中国文学史》探索/107

一 "启蒙"、"黄金"、"白银"、"黑夜"/108

二 "文化匮乏"情意结/111

三 惊异精神/115

四 故事性结构/123

五 诗性书写/128

六 结语/137

附录 思接千载 视通万里
——论林庚诗的驰想/148

一 视域的开展/149

二 窗框中的风景/151

三 浪漫主义的"现代派"/155

四 艺术与生活/160

五 结语/169

第五章 叙述、意识形态与文学史书写
——以柳存仁《中国文学史》为例/177

一 历史与文学·"历史"与"文学史"/177

二 "文学史"与求真/180

三 作为叙事体的"文学史"/184

四 在历史中的叙事体/188

第六章　诗意与唯情的政治
　　——司马长风文学史论述的追求与幻灭/204
　　一　从语言形式到民族传统的想象：一种乡愁/205
　　二　诗意的政治：无何有的"非政治"之乡/218
　　三　唯情论者的独语/236

第七章　"香港"如何"中国"
　　——中国文学史中的香港文学/262
　　一　"香港文学"在香港/262
　　二　"香港文学"在中国/265
　　三　把"香港"写入"中国"/271
　　四　"香港"如何"中国"？/279

第八章　书写浮城
　　——叶辉与香港文学史的书写/291
　　一　浮城·书写·香港/291
　　二　"文学史"的兴起/292
　　三　文学·现实；香港·中国/295
　　四　港味·粤味/301
　　五　华南·双城·香港/304
　　六　个人·历史/307
　　七　余话：书写浮城/309

附编一　文学史的探索
　　——《中国文学史的省思》导言/317

附编二　文学·结构·接受史
　　——伏迪契卡的文学史理论/326
　　一　捷克结构主义/326
　　二　布拉格语言学会与伏迪契卡/329

    三 伏迪契卡的理论立场/330

    四 "文学结构的演化"和"作品的生成"/333

    五 文学作品的接受史/336

    六 结语/349

  附 录 论布拉格学派的术语"aktualizace"/350

  附编三 文学结构与文学演化过程
      ——布拉格学派的文学史理论/362

    一 文学结构的动力/362

    二 演化价值与美感价值/365

    三 作家与文学结构的关系/369

    四 文学作品的"生命"/372

    五 文学与社会/376

    六 结语/382

后记/388

作者简介/391

第一章

文 学 立 科
——《京师大学堂章程》与"文学"

"词章不能谓之学":《筹议京师大学堂章程》与"文学"的边缘化

"大学堂设文学专科":《钦定》与《奏定》两份章程与"文学研究"的观念

清朝末年开办的京师大学堂,与中国现代学科规范的建立与学术发展关系极大。虽然有学者指出中国第一所新式大学是成立于光绪二十一年(1895)的北洋大学堂;[1]若与京师大学堂的宗旨和规模比较,这只能算是西学专科的学堂,因为京师大学堂创立的目标,正如《筹议京师大学堂章程》所云:"为各省之表率,万国所瞻仰。规模当极宏远,条理当极详密"(汤志钧、陈祖恩,125);其政治文化的象征意义,远远超过北洋大学堂或者其他新式学堂。

京师大学堂筹措成立的时候,传统学问正遭受强烈挑战,西学的承纳已势在必然;公共言说的重心只在于如何调和"中学"与"西学"(参王尔敏,52—100;丁伟志、陈崧,240—257;张灏,126—197)。大学堂作为重要的国家建制,其创制规式(特别是其中课程的规划)当然反映了当时"中学"与"西学"在中国争持互动的境况。"文学",由于其本质与民族文化的众多元素互相依存,被界定为"中学"的一部分也理所当然;然而,在现代新式大学中,这门传统的学问却又变成必不可少的一个学科。重新考察京师大学堂创设的构思过程,可以帮助我们了解"文学"在介入"中西学"的争持时,其内容和存在模式究竟遭逢了哪些考验、以何种形态出现。只有在"文学"的学科地位确立的情况下,"文学史"才有机会成为系统知识;尤其是向来被认作第一本的林传甲《中国文学史》,与京师大学堂及其章程又有深刻的关系。

本章先就京师大学堂创立期间先后出现的几个章程做出考察。大学堂正式开办的初始阶段,由于种种客观原因,难以事事照章执行;然而,我们却不能把这几个章程看做"数纸虚文"而轻忽其意义。因为参预撰制章程者如梁启超、张百熙、张之洞等,都是当世认真面对中西学问交接碰撞所引发众多问题的代表性人物;章程之立,反映了他们对文化传统、学术理念,以至世变时局的全盘思考。下文所以据此尝试探讨在这个风云变幻的大气候底下,"文学"如何被措置,最后进占学术体制的一个重要位置。至于由此衍生的"文学史"名目、概念与书写如何纠合或者离异,则在下一章处理。

一 "词章不能谓之学":
《筹议京师大学堂章程》与"文学"的边缘化

京师大学堂的创立章程先后共有三个,分别是《筹议京师大学堂章程》、《钦定京师大学堂章程》和《奏定大学堂章程》。《筹议京师大学堂章程》是三个章程中的第一个。为配合"维新变法",清德宗督促总理衙门积极筹办京师大学堂,光绪二十四年五月(1898年7月)总理衙门终于呈上《筹议京师大学堂章程》。这个章程是总理衙门请托于康有为,再交由梁启超起草的。[2]

《筹议京师大学堂章程》共七章:第一章《总纲》,第二章《学堂功课例》,第三章《学堂入学例》,第四章《学成出身例》,第五章《聘用教习例》,第六章《设官例》,第七章《经费》,第八章《新章》(汤志钧、陈祖恩,125—136)。整个章程只是纲领性质,不算详尽。第八章《新章》中亦声明所列"不过大概情形",开办后还需"随时酌拟"(130)。然而从中我们也可以看到有两点比较重要的讯息:一、以"中西并重,观其会通"为宗旨;二、在"会通"的具体调配下,"文学"的学术位置明显不重要。

(一)"中西并重,观其会通,不得偏废"

中学西学的对立和纠结互动,是晚清学术和文化的重要议题。《筹议京师大学堂章程》的草拟者梁启超,是清末维新思潮的代表人物,也是儒家经世致用传统和现代思想新方向之间的重要枢纽(Chang Hao, 296—307)。以他个人的思想发展路向来说,"西学"又是一个起关键作用的元素。他在构思大学堂的课程时,自然会就自己所掌握理解的中西学术做出调度安置,以建立一个理想的教育框架。[3]

要了解戊戌时期梁启超的学术倾向,他的《三十自述》可以作为一个讨论的起点。文中追记梁启超早年的学习生活:和当时许多传统读书人一样,他早年读书只是为了参加科举考试;沉浸于词章帖括之中,"不知天地间于帖括外,更有所谓学也"。后来他又就学于两广总督阮元主持的学海堂。阮元以经学训诂和骈文有名于世,学海堂的学风当然具备这种特色;[4]梁启超的为学倾向也有些改变,"于时流所推重之训诂词章学,颇有所知,辄沾沾自喜"。光绪十六年(1890)梁启超初会康有为以后,"决然舍去旧学";[5]这时他心中真正的"学",就是康有为指导的"陆王心学"、"史学"、"西学"(《饮冰室合集》11:16—17)。随后他就学于康有为的万木草堂,学习义理之学、考据之学、经世之学、文字之学;大概"以孔学、佛学、宋明学为体,以史学、西学为用"(梁启超《南海康先生传》,《饮冰室合集》6:62、65)。[6]

光绪二十二年(1896)梁启超发表《变法通议》,其中《学校总论》批评当时的"士而不士",而"帖括卷折考据词章之辈,于历代掌故,瞠然未有所见,于万国形势,瞢然未有所闻";所以他一力赞成"今之言治国者,必曰仿效西法,力图富强",又提出学校的兴办,应该"采西人之意,行中国之法,采西人之法,行中国之意"(《饮冰室合集》1:14—21)。梁启超自己的追记、总结学问经验,以至提倡新议,都不忘"西学"。当然我们不能简单地接受梁启超个人的事后忆述,以为他这时真的尽弃旧学,因为不管他在言文上如何鄙夷帖括八股,毕竟他(甚或康有为)还是继续应举。梁启超在万木草堂就学以后,还分别在光绪十七年(1891)、十八年(1892)和二十一年(1895)参加会试。其中光绪二十一年会试就是康梁等人"公车上书"的时机。事实上,无论学海堂还是万木草堂,都有应科举考试的训练;[7]学海堂的"汉学"训练和万木草堂的"史学西学"传授,在不同时段能够吸引学生来就读,固然与这些训练能够迎合时代学风有关,但这些盛行学风其实也与科举出题有微妙的互动关系,来投生徒也有不少是着眼于书院学风有助揣摩考题。[8]其中关系的厘清,对我们理解《大学堂章程》中词章之学的位置安排极有帮助。

从洋务运动开始,不少人都知道西方的许多知识是救国利器,然而他们只着眼于西方的器用技术,即所谓"艺"。作为维新思潮代表人物的梁启超,深化了这种学术朝西看的倾向;他认为要更进一步地掌握西方知识,"政"、"艺"都值得学习。[9]在过去,"西学"训练只是正统教育以外的附属作业。梁启超在构思大学堂时,正想借这个全国中央的建制,把"西学"迁移到中国当下的知识结构的中心位置。然而朝廷内外还有许多思想比较保守、对"西洋习气"不满的官员;京师大学堂如何配置"中"、"西"学业,自是众目睽睽。光绪二十二年(1896),被视为维新运动帝党中人的孙家鼐,上奏《议复开办京师大学堂折》也曾反复申明"中学本位"的立场。[10]梁启超周旋其中,必须知所进退,有策略地进行传统学问与西来知识的结合。在他草拟的章程中,其《学堂功课例》一章特别声明:"中学体也,西学用也,二者相需,缺一不可";又说:"近年各省所设学堂,虽名为中西兼习,实则有西而无中,且有西文而无西学。"因此,大学堂的"功课"要"中西并重,观其会通,无得偏废"(127—128)。

当然,"中西并重"的话说来容易,在具体的操作过程中,如何从传统学术范围中做出取舍,怎样认识西方种种"政"、"艺",正是问题的关键。[11]《筹议京师大学堂章程》标榜的"中西并重,观其会通",可说是"新学"的一种发展:其结构以功能为主导,以当时所能掌握的旧学新知,做出调整安排,以切合时用。[12]要进一步理解梁启超这个构想,可以参看他在一年前写的《与林迪臣太守书》。在此梁启超对传统学问做出检讨,以为旧学中"考据"、"掌故"、"词章"三大宗,当以"掌故"最为实用,"其偏重于考据、词章者,则其变而维新也极难;其偏重于掌故者,则其变而维新也极易。……今日欲储人才,必以通习中国掌故之学,知其所以然之故,而参合之于西政,以求致用者为第一等"(《饮冰室合集》3:2—3)。由此例可推知《章程》所谓"会通中西",其目标就在"致用";处于当时情势,传统学术追求的"经世致用",有需要借用西学来开展;传统学问需要经历整编选汰,重新排列一个足以配合"西学"的结构。

在这个结构中,所谓"文学",或者梁启超早年所以自矜的"词章",就要外放边陲了。《章程》的《功课》一章,最能揭示这一点。

(二) "功课"分"溥通学"和"专门学"两类,"文学"不入"专门"

《筹议京师大学堂章程》第二章《学堂功课例》根据"西国学堂"之例,"所读之书"分成"凡学生皆当通习"的"溥通学"和"每人各占一门"的"专门学"。这个"溥通"、"专门"的架构,先见于梁启超于光绪二十三年(1897)所立的《湖南时务学堂学约》,[13] 其中"溥通学"的功课有四:经学、诸子学、公理学[14]、中外史志及格算诸学之粗浅者;"专门学"有三:公法学、掌故学、格算学。并说明:

> 凡初入学堂六个月以前,皆治溥通学,至六个月以后,乃各认专门;既认专门之后,其溥通学仍一律并习。

这里的读书课程,先列经学、诸子学,正是由"中"入"西";"专门学"项下有解说云:

> 各专门非入西人专门学堂不能大成。

由此更可见到整个课程的目标和倾向,正是向西方学习。"专门学"当中仅有的一门传统"功课"是掌故学,据"读书分月课程表"所列,既要研读《周礼》、《秦会要》等传统政治制度的史籍,还要进而研读《日本国志》、《法国律例》、《英律全书》等(汤志钧、陈祖恩,237—245);这就是《与林迪臣太守书》中所说:以"中国掌故之学","参合之于西政",用中学架式以承纳西学。

京师大学堂的规模,当然比时务学堂宏大,但课程编排,明显有沿袭的痕迹。《章程》声明"略依泰西、日本通行学校功课之种类,参以中学",把"功课"分级递进;学生先以三年时间完成"溥通学"十门:

> 经学第一,理学第二,中外掌故第三,诸子学第四,逐级算学第五,初级格致学第六,初级政治学第七,初级地理学第八,文学第九,体操学第十。

第十一到第十五门"功课"是英、法、俄、德、日五国"语言文字学",学生要在研读"溥通学"的同时选习其中一国语言文字。然后进修十种"专门学"的一门或两门:

> 高等算学第十六,高等格致学第十七,高等政治学第十八(法律学归此门),高等地理学第十九(测绘学归此门)、农学第二十,矿学第二十一,工程学第二十二,商学第二十三,兵学第二十四,卫生学第二十五(医学归此门)(汤志钧、陈祖恩,128)。

这也是一个"由中入西"、"重西轻中"的知识架构。"中学"的重点如经学、理学、诸子学等,都编入"溥通学"之列。这种编排可以有不同的理解。一方面,我们可以说经学、理学等是所有学问的基础,因此不能说不重要;另一方面,这些"功课"一律不作专门进修学习,与政治学、地理学等的"初级"程度同列,可见其学术位置的高下。事实上"专门学"中的"功课",全是"西学"中的"政"、"艺"范围,属于思想文化门类的知识,无论中西,似乎都不暇深究。

再看"溥通学"中的第九门"文学",仅排在"体操学第十"之前。我们可以猜想:这样的排列有没有"九儒十丐"的味道?什么是"文学",章程未见说明。但"体操"之学并非学术,却是最明显不过。[15]

要理解"文学"的学术成分,我们可以参看梁启超同撰于光绪二十三年(1897)的两个教学章程。先是《湖南时务学堂学约》。这份学约罗列条例十则:其标题分别是"立志"、"养心"、"治身"、"读书"、"穷理"、"学文"、"乐群"、"摄生"、"经世"、"传教"。再而是《万木草堂小学学记》,分列八项:"立志"、"养心"、"读书"、"穷理"、"经世"、"传教"、"学文"、"卫生"。

这两个章程揭示的教育架构从个人心志的修为出发,而以经世传教为最终目标[16];其中与智力教育最为相关的,显然是"读书"和"穷理"两项,二者都以"西学"为关键,以"实用"为准的;至于"文"与"学"的关系,我们得仔细审查两个章程的"学文"一项。《湖南时务学堂学约》说:

> 《传》曰:"言之无文,行而不远。"学者以觉天下为任,则文未能舍弃也。传世之文,或务渊懿古茂,或务沉博绝丽,或务瑰奇,无之不可。觉世之文,则"辞达而已矣";当以条理细备,词笔锐达为上,不必求工也。温公曰:"一自命为文人,无足观矣。"苟学无心得而欲以文传,亦足羞也。学文之功课,每月应课卷一次(《饮冰室合集》2: 27)。

孔子的"言之无文,行而不远"和"辞达而已矣"两句话,[17]向来是中国古代文论中最常征用的话。这两处圣人之言,正好辩证地规划了为文的两个方向:一是语言的运用应该富有文采,另一是言辞以达意为目标,不必求工。然而,不管重点在哪一端,这两句话的指向都在于"致用"——"言"之"行"、"辞"之"达"。在梁启超看来,"文"就在"致用"的大方向之下,成为"学"的辅佐工具,但"文"却不是"学",更无独立的价值;这个观点在《万木草堂小学学记·学文》中有更清楚的表述:

> 词章不能谓之学也。虽然,"言之无文,行之而不远";说理论事,务求透达,亦当厝意。若夫骈俪之章,歌曲之作,以娱魂性,偶一为之,毋令溺志。西文西语,亦附此门(《饮冰室合集》2: 35)。

第一章 文学立科

"文"只是应用的工具,"说理论事"才是目的。[18]在致用范畴以外的"骈俪之章"、"歌曲之作",便是需要警惕、小心面对的高危物品。在同篇"读书"一则,他又说:

> 今之方领矩步者,无不以读书自命,然下焉者溺帖括,中焉者骛词章,上焉者困考据。劳而无功,博而寡要,徒斫人才,无补道术。今之读书,当扫除莽榛,标举大义,专求致用,靡取骈枝(《饮冰室合集》2: 34)。

词章与帖括、考据都是无用多余的"骈枝"。他承认"文"对人的心志有作用力量,但这种作用似是阴柔的祸水,足以使人沉迷陷溺。[19]在自强维新的背景下,梁启超这种取舍的态度,我们不难理解;但更值得注意的是他这番论述的另一个判断:把"文"(或者"词章")的学习限定在"创作"的领域,而不认为当中有足以构成"学"的条件("不能谓之学")。此所以"学文"一则,列在"读书"、"穷理"之外;此所以"学者"要与"文人"划清界线。

在《筹议京师大学堂章程》中《总纲》一章提到"功课书"时,就清楚指出:"今宜在上海等处开一编译局,取各种普通学,尽人所当习者,悉编为功课书。……其言中学者,荟萃经、子、史之精要,及与时务相关者编成之"(汤志钧、陈祖恩,126)。传统著述以经、史、子、集四部分流,这里单单不提集部;[20]可见《筹议章程》并没有给"集部之学"一个重要的位置。[21]

然而"溥通学"中所谓"文学",其具体的指涉又是什么呢?我们可以从梁启超的万木草堂经验说起。

康有为在万木草堂的讲学课程,据梁启超《南海先生传》(光绪二十七年,1901)的追记,其"学科"分"义理之学"、"考据之学"、"经世之学"、"文字之学"四类,而每类各有统属。其中"文字之学"下赅"中国词章学"和"外国语言文字学"二门。[22]其实万木草堂的实际课程是否细致完备若此,颇有可疑。[23]比方说,"外国语言文字学"大概没有真的讲授。梁启超所记述的纲目,只能视作梁启超自己对学问分科的一种构想。然而,我们可以先借此推敲当时习用的"文学"、"文字之学"、"语言文字学"和"词章之学"几个概念在这个脉络下的意义。最基础的语言学习可以称作"语言文字学";"词章"则是比较高层次的语文运用。以万木草堂的学生而言,于中国语文已有相当的能力,而外语却未有基础,所以会有不同的学习要求。梁启超以"文字之学"统括语言文字的初阶认识以至词章体格的学习,这个范畴之内的各种知识都可以称做"文学",因为文学是以文字为起始点所开出的概念;[24]例如康有为在《日本书目志》的《小说门》中说:"今中国人识字人寡,深通文学之人尤寡"(《康有为全集》3:1213),以及稍前孙家鼐在《议复开办京师大学堂折》(光绪二十二年,1896)提到分科的问题时曾举列"文学科",并以"各国语言文字"附于"文学科"之下(汤志钧、陈祖恩,123),都是基于类似的理解。依此推论,《筹议京师大学堂章程》"溥通学"中的"文学",应该不是最基础的语言文字学习,而是偏指"词章";英、法、俄、德、日五种外语的学习则概以"语言文字学"称之。

我们或者有兴趣深究,《筹议京师大学堂章程》中的"文学"或者"词章",是写作训练还是文学知识的讲授呢?《章程》之内并没有任何说明,我们不容易找到明确的答案。可知的是,康有为在万木草堂讲授"词章"之学,肯定包括文学源流的知识的传授。现在流传的几本万木草堂的讲学笔记,如《康南海先生讲学记》、《万木草堂口说》、《南海师承记》、《万木草堂讲义》等,都有文学源流的讲授记录(《康有为全集》2:230—249;2:456—467;2:506—515;2:603—609)。正如上文所说,梁启超在这个时期的"实用主义"思想,大概比康有为更强烈;因此他拟定的《章程》中把"词章"的学术思辨成分排除掉,也是极有可能的。

(三)构思与实践

《筹议京师大学堂章程》在"百日维新"期间的光绪二十四年五月(1898年7月)上呈,得到德宗的认许,派孙家鼐为管学大臣,负责筹办事宜。同年八月(1898年9月)发生"戊戌政变",慈禧太后重掌政权,新政尽废,只有京师大学堂的构设可以保存。[25]十月(11月)京师大学堂出告示招收学生,十二月(1899年1月)正式开学。在筹划过程中,孙家鼐曾经就《大学堂章程》做出若干修订的建议,值得注意的是有关学科的"变通":

> 查原奏(按:指《筹议京师大学堂章程》)普通学十门,按日分课。然门类太多,中才以下断难兼顾。拟每门各立子目,仿专经之例,多寡听人自认。至理学可并入经学一门;诸子文学皆不必专立一门,子书有关政治经学者附入专门,听其择读(汤志钧、陈祖恩,137—138)。

在梁启超原来的构想中,京师大学堂因为未有中小学堂的支援,只好把不同学习阶段的课程浓缩合并;[26]"溥通学"的设立,其部分用意是追补中学堂所应修习的知识以及其他基础训练。[27]然而孙家鼐从实际操作来考量,就觉得这十门必修的基础科目太繁重,于是提出归并减省,甚至必修改成选修,其中"文学"一门,就不知编排到哪里去了。[28]

然而,无论设计如何周密,还是要正式推行才知是否真能实施。京师大学堂正式开办以后,究竟如何上课,现存资料不多。在开学之初,大学堂公布正式的"规条",其中有几点有助我们理解当时的甄选和学习情况。首先我们注意到"科举"主导的学习方式,在京师大学堂的新制式之内,仍占有一个重要位置。因为报名入学的学生,如果未经科举选拔,就要先行甄别;据光绪二十四年十二月(1899年1月)颁布的《京师大学堂规条》:

> 凡非正途出身,应考验其文理,以定去留。……由管学大臣出题,分制艺策论,听作一艺即为完卷,如未经开笔,令默写经书一段,约以百余字为率,不错不落即为完卷(朱有瓛,1下:669)。[29]

入学以后,又有"月课":

> 每月考课拟就西学放假之日,分制艺试帖为一课,策论为一课,一月两课,由管学大臣、总教习出题(朱有瓛,1下:670)。

虽然大学堂创设的宗旨是"汇通"中学与西学,其课程编排也包括"早习中文,午习西学"(孙家鼐《奏陈大学堂整顿情形折》,北京大学、中国第一历史档案馆,79),然而旧习的影响实在太大,照喻长霖《京师大学堂沿革略》(1898—1901)的记述,初期的学习情况是这样的:

〔光绪二十四年,1898〕十一月开学,学生不及百人,……兢兢以圣经理学诏学者,日悬《近思录》、朱子《小学》二书以为的。……己亥〔光绪二十五年,1899〕秋,学生招徕渐多,将近二百人。……大学堂虽设,不过略存体制;士子虽稍习科学,大都手制艺一编,占毕咿唔,求获科第而已(朱有瓛,1 下:683)。

由此看来,这时的"词章"之学,大概要让位于帖括专门,[30]而未必有机会发展成一门具独立体系的思辨学问。《京师大学堂规条》中有一条,特别声明"记诵辞章不足为学"(朱有瓛,1 下:669),大概因为主事人虽不敢"薄弃举业文辞",却不认为这些辞章练习除了作为敲门砖之外,还有什么真的学术价值。

光绪二十六年六月(1900 年 7 月)京师大学堂因义和团事停办。直到光绪二十七年十二月(1902 年 1 月)慈禧太后命张百熙负责京师大学堂的恢复工作,从此京师大学堂的建设步入第二阶段。

二 "大学堂设文学专科":
《钦定》与《奏定》两份章程与"文学研究"的观念

戊戌时期的《筹议京师大学堂章程》事属草创,只粗具规模,其细节规划颇为混乱。入学的生员,水准不齐,年纪参差;又兼容小学堂、中学堂、仕学院等不同程度的课程,原来的《大学堂章程》根本未能全面照顾。张百熙受命为管学大臣后,延聘吴汝纶为大学堂总教习。吴汝纶为了京师大学堂的重新筹划,特别东访日本,用心考察当地的教育政策和制度(翁飞,96—103)。张百熙与属员则以半年时间,在光绪二十八年七月(1902 年 8 月)拟定新的《京师大学堂章程》和《考选入学章程》,以及为各省推行各级教育而设的《高等学堂章程》、《中学堂章程》、《小学堂章程》、《蒙学堂章程》;并获慈禧太后接纳，以"钦定"的名义颁行。这是近代中国"第一次以政府名义颁布规定的完整学制"，时称"壬寅学制"（金以林，23；张希林、张希政，106）。

《钦定京师大学堂章程》共八章：第一章《全学纲领》，第二章《功课》，第三章《学生入学》，第四章《学生出身》，第五章《设官》，第六章《聘用教习》，第七章《堂规》，第八章《建置》。其中《全学纲领》第一节，特别声明："京师大学堂之设，所以激发忠爱，开通智慧，振兴实业；谨遵此次谕旨，端正趋向，造就通才，为全学纲领"；在戊戌政变、八国联军以后，张百熙重订学制以"忠爱"观念先行，是可以理解的。然而值得注意的是，他在紧随的第二节赶忙交代，说重视传统道德其实与外国的教育方式无异："中国圣经垂训，以伦常道德为先；外国学堂于知育体育之外，尤重德育，中外立教本有相同之理。今无论京外大小学堂，于修身伦理一门视他学科更宜注意，为培植人材之始基。"及至第三节又回头说："欧美日本所以立国，国各不同，中国政教风俗亦自有所以立国之本；所有学堂人等，自教习、总办、提调、学生诸人，有明倡异说，干犯国宪，及与名教纲常显相违背者，查有实据，轻则斥逐，重则究办"（璩鑫圭、唐良炎，235）。这种借外力来肯定自我价值的做法，以及忧虑外鹜的力量难以驾驭的想法，显示出当其时无论踏出的是改革的还是守旧的步履，都有许多牵扯的力量在背后争持。

基本上，张百熙主持京师大学堂也是以"致用"为先。他的考虑是："值智力并世之争，朝廷以更新之故而求之人才，以求才之故而本之学校，则不能不节取欧美日之成法，以佐我国二千余年旧制，固时势使然"（张百熙《进呈学堂章程折》，璩鑫圭、唐良炎，233）。然而这种务实的态度，也不一定赢得朝野各方力量的支持；尤其保守派不满他用人的方针，批评他"喜用新进"，交章参劾（庄吉发，29—30；郝平，177；关晓红，45—47）；加上大学堂内学生的纪律不佳，亦招来不少批评；[31]张百熙知道不能尽意行事，于是向慈禧建议调请"当今第一通晓学务"的张之洞会同商办京师大学堂事宜，得到批准。张之洞应命与张百熙、荣庆主持重订学堂章程，于光绪二十九年十一月（1904年1月）奏上《学务纲要》、《大学堂章程》，以至各级学堂、实业学堂、师范学堂、蒙养院及家庭教育等章程二十份，由慈禧太后批准颁行，称为《奏定章程》，并陆续推行，时称"癸卯学制"。

《奏定大学堂章程》分:《立学总义章第一》、《各分科大学科目章第二》、《考录入学章第三》、《屋场、图书、器具章第四》、《教员、管理员章第五》、《通儒院章第六》、《京师大学堂现在办法章第七》等共七章。一般认为《奏定章程》比《钦定章程》保守,张之洞的思想与洋务派接近,而远于维新派的主张;相对而言,张百熙曾保举康有为,其思想比较开放(王梦凡、刘殿臣,30)。[32]然而正如上文所说,我们可以从三份《京师大学堂章程》看到当时知识体系中的新学旧学,与政治势力的改革与保守,各种不同方向的力量互相牵扯,其间的结构是复杂不纯的。[33]如果仅以其中的表象修辞来测度,就难得端倪。比方说:在严复眼中,《筹议大学堂章程》之所以如此规划,是因为梁启超"有意求容悦于寿州〔孙家鼐〕南皮〔张之洞〕"(《与汪康年书》,严复,508);张百熙所拟的《钦定京师大学堂章程》,其首要纲领有"激发忠爱,开通智慧,振兴实业"等语,分明来自张之洞《劝学篇·同心篇第一》:"今日时局,惟以激发忠爱,讲求富强,尊朝庭,卫社稷为第一义"(51)。[34]《奏定大学堂章程》的第一章《立学总义》反而没有这些高调的话语,改以务实的语言描述学制。[35]当然,我们仍然可以在另一份章程《学务总纲》见到:"此次遵旨修改各学堂章程,以忠孝为敷教之本,以礼法为训俗之方,以练习艺能为致用治生之具。其宗旨与上年大学堂原定章程本无歧异"(璩鑫圭、唐良炎,489)。但这些高调安插在各级学堂的"总纲"而不在《大学堂章程》之内,其间微妙之处,就在于将"大学堂"的学术知识的功能"前景化",其意识形态的调控则退居背景的地位。这一点下文讨论大学堂"经科"之立时,再有讨论。

以下我们将讨论《钦定》和《奏定》两份京师大学堂章程的课程结构,再据此探讨"文学"或者"词章"的学科位置和内容。

(一) 大学堂的学术架构

《钦定京师大学堂章程》设定的学术架构,较草创雏形的《筹议章程》来得清晰。最高是"主研究不主讲授"的"大学院",不立课程。以下是"大学专门分科",其下是"豫备科";此外附设"仕学馆"、"师范馆"。"豫备科"之立,正如张百熙在《奏筹办大学堂大概情形折》的解释:"目前并无应入大学肄业之学生,而各省开办需时,又不知何年而学堂可一律办齐,又何年而学生方能次第卒业。通融办法,惟有暂且不设专门,先立一高等学堂,功课略仿日本之意,以此项学堂造就学生为大学之预备科"(璩鑫圭、唐良炎,64)。这个考虑与《筹议章程》设立"溥通学"的想法可谓相同。但照张百熙的构想,这种安排还应付不了当前的人才需求,因此他又建议设立"速成科",分仕学馆、师范馆两门,尽快造就一班可用之才。因为事有缓急,这份《钦定章程》于未及开办的"大学专门分科",所论就非常简略,而于"豫备科"和"速成科"的课程才有比较详细的描述。

《奏定大学堂章程》所拟的学术架构,大致与《钦定章程》相同。原来最高层级的"大学院"改称"通儒院",是"研究各科学精深意蕴,以备著书、制器之所","无课堂功课"。以下"分科大学堂",是"教授各科学理法,俾将来可施诸实用之所"。又因为"分科大学,现尚无合格学生",所以"先设豫备科,其教科课目程度,应按照现定高等学堂章程照办"(璩鑫圭、唐良炎,505)。另外还保持"师范馆"、"仕学馆",稍后再加"进士馆";《大学堂章程》声明在分科大学成立以后,"师范"、"仕学"等均独立自为一学堂。简言之,按照《钦定》和《奏定》两份章程的设计,大学堂的基本架构是:通儒院(或大学院)、分科大学(或大学专门分科)、豫备科的三级制。

(二) 大学分科与"文学科"

大学堂的分科观念,来自西方和师法西方的日本。康有为《请开学校折》所说"远法德国,近采日本,以定学制"(汤志钧、陈祖恩,51—52),是当时教育改革的主流意见。然而时人对德国的理解并不深刻。有关德国学制介绍,影响较大的是同治十二年(1873)德国传教士花之安(Ernst Faber)的《德国学校论略》。[36]其中记载的"太学院"就是德国的大学,"院内学问分四种:一、经学,二、法学,三、智学,四、医学"(花之安,1:5下);所谓"经学"现在称作"神学",而"智学"就是"哲学",也是"人文学"。[37]但这个四分的模式,并没有直接影响中国大学的分科制度。其时德国模式的影响,重点反而在"无地无学,无事非学,无人不学",以及"四民之业,无不有学"的实用主张(李善兰《德国学校论略序》；郑观应《盛世危言》1：4上）。更具体的规划，则以东邻日本的经验影响较大。[38]虽然说，日本学制以1886年《帝国大学令》以及其他学制法令代表的精神，是德国整体教育重技术实用的一面的模仿；康有为等的建议，看来就是透过学习日本以模仿德国；但究之，德日之间的大学教育的理想不能完全等同，尤其德国大学以"Wissenschaft"（"科学"，或者"学理"）为理想，把工程技术以至"实业教育"置于大学系统以外的模式，就与日本不同（McClelland, 151-232；Bartholomew, 251-271）。京师大学堂的国外参照，主要是"近采日本"（Bastid, 11-13；Abe, 57-79）。

在倡议阶段，京师大学堂已经以日本的大学分科制度为学习楷模。光绪二十二年（1896），孙家鼐《议复开办京师大学堂折》提出"学问宜分科也"，以为"不立专门，终无心得"；于是建议分立十科：天学科、地学科、道学科、政学科、文学科、武学科、农学科、工学科、商学科、医学科（汤志钧、陈祖恩，123）。到梁启超草拟《筹议大学堂章程》时，把湖南时务学堂的规格引入，变成先不分科，学生共同修习若干"溥通学"科目，其后才各选"专门"。正如上文所论，梁启超的"专门学"基本上只限于"西学"中的"政"、"艺"的讲习，比孙家鼐构想的分科范围还要狭窄。[39]可惜孙家鼐并没有进一步说明各科的内容，只在各科之后补充附属的科例，例如"道学科，各教源流附焉"；"文学科，各国语言文字附焉"。据此我们只能猜度孙家鼐设想的"文学科"，大概以"语言文字"的相关知识为中心。

其后张百熙受命主持京师大学堂的恢复工作，奏请吴汝纶以总教习的身份到日本考察学务。经过实地的考察，吴氏写成《东游丛录》，详细介绍日本的帝国大学的分科系统，指出帝国大学下分法科大学、医科大学、工科大学、文科大学、理科大学、农科大学等六科（《学校课程表》，《东游丛录》317—342）。吴汝纶虽然没有直接参与《钦定章程》的编制工作，但他一直有向张百熙提供意见。其实在此以前，介绍日本大学学制而述及分科模式的，先有姚锡光《东瀛学校举概》（光绪二十四年，1898）；继而有夏偕复《学校刍言》（光绪二十七年，1901）。稍后在罗振玉主编的《教育世界》中还有日本《帝国大学令》的翻译（璩鑫圭、唐良炎，118；174—175；222—223；王桂，349；钱曼倩、金林祥，84—91）。由是，张百熙等人对日本学制的认识比较深，可以倚仗为《钦定大学堂章程》的蓝本。《章程》中《功课》章亦声明"今略仿日本例，定为大纲"：

> 政治科第一，文学科第二，格致科第三，农业科第四，工艺科第五，商务科第六，医术科第七(璩鑫圭、唐良炎，236—237)。

对照吴汝纶《东游丛录》所载"帝国大学"的"学科课程表"，我们发现《钦定章程》只增加了"商务科"一种，其余政治、文学、格致、农、工艺、医术，相当于日本的法、文、理、农、工、医六科；除文学科外，其他各科以下再分的"门目"，二者亦基本相同。[40]可见张百熙等编拟《章程》时，基本上以日本"课程表"为临摹的本子。然而，二者相同虽多，其间也不乏相异之处；而正是这些相异的地方，向我们透露了《钦定章程》隐含的思想和态度。

先是次序的变易。帝国大学学制以法科、医科和工科先行，有其特殊的理由。因为其时日本的大学教育以应用知识为重点，为政府培养文官也是其中一项要务。[41]《钦定章程》中，政治科仍然先行，但文学科却移到前面。这一点大概是"中学为体"之理想在学制现代化过程中节节败退之际，张百熙等惟一可以稍稍展示的坚持。事实上，以"文学科"为"中学"象征的想法，在与日本大学课程的相关内容对照时，更加清晰。帝国大学课程中"文学科"下设：

> 第一哲学科，第二国文学科，第三汉学科，第四国史科，第五史学科，第六言语学科，第七英文学科，第八独逸文学科，第九佛兰西文学科(吴汝纶《东游丛录》327)。

大致可以简括为文、史、哲，以及外国文学的学习。至于《钦定大学堂章程》中的"文学科"门目是：

> 一曰经学，二曰史学，三曰理学，四曰诸子学，五曰掌故学，六曰词章学，七曰外国语言文字学(璩鑫圭、唐良炎，237)。

相比之下,帝国大学章程显示出西方现代学科的色彩较重,而《钦定章程》的"文学科"则成为整个课程的"致用"结构中"中学"所能退守的最后堡垒;几乎所有"中学"的内容,都安排在这个分科之内。我们所关注的"词章学",也在这个大范围中找到了安顿的位置。

由张之洞主导的《奏定大学堂章程》在分科的问题上,基本上沿袭《钦定章程》的日本模式;只是由原来的七种分科,再增加"经学"一科,即是:

> 一、经学科大学,分十一门,各专一门,理学列为经学之一门;二、政法科大学,分二门,各专一门;三、文学科大学,分九门,各专一门;四、医科大学,分二门,各专一门;五、格致科大学,分六门,各专一门;六、农科大学,分四门,各专一门;七、工科大学,分九门,各专一门;八、商科大学,分三门,各专一门(璩鑫圭、唐良炎,339)。

这里特别把原来"文学科"中的"经学"一门,独立为"分科大学"之一,置于各科之前,其尊经的意味非常浓厚。不少教育史研究者都认为这是张之洞的教育思想保守一面的表现(陈青之,78;王梦凡、刘殿臣,31;金以林,25)。事实上,我们不能否认在张之洞的思想中,"尊经"的观念根深蒂固,而且与维护王权的"纲常"观念直接相关;这也是他一向主张的"中体西用"说中"中体"部分的基本教义。[42]在"中学"的传统中,经学的位置一直居高不下,譬如康有为、梁启超在倡议维新的时候,也强调首要读经,梁启超《万木草堂小学学记》的《读书》一则说:

> 今之读书,当扫除莽榛,标举大义;专求致用,靡取骈枝。正经正史、先秦诸子、西来群学,凡此数端,分日讲习(《饮冰室合集》2:34)[43]。

《筹议大学堂章程》也非议当时各省学堂之学生,"义理之学全不讲究,经史掌故未尝厝心",提出要就"中学"编成"功课书":"荟萃经、子、史之精要,及与时务相关者编成之"(汤志钧、陈祖恩,126—127)。同是重视读经,但康、梁重"变",而张之洞重"常"。《筹议大学堂章程》的重点是:"通本国之学",以"通他国之学";《奏定章程》则说:"读经以存圣教",不读经书,则三纲五常绝,"中国必不能立国"。[44]

"经学科大学"之立,又受到王国维的批评。王国维于《奏定经学科大学文学科大学章程书后》指出"经学"并非宗教,而是学说,应该与"理学"同归入"文学科"之内加以研究;他又认为学术研究应该不计功利,不必"限于物质的、应用的科学",建议文学科各门均需修习哲学(潘懋元、刘海峰,7—13)。王国维的理念,与德国大学自康德以还,尊尚"哲学"或"人文学",以"Wissenschaft"为教育目标的思潮相近(McClelland,41-46、77-79;陈洪捷,24—26、156—157)。这种思想,对于以"致用"为立学急务的传统士大夫而言,可能太过前卫。有关"哲学"是否适宜在学校设科的问题,在当时更是个敏感的课题;而张之洞的确是极力反对立"哲学科"的代表人物之一。[45]

然而,如果我们细阅《奏定章程》的具体安排,就可以见到张之洞也明白"尊经"这种传统的道德要求,与现代大学着重知识生产的学术研究,不应混为一谈。他在《奏定章程》的《学务纲要》中,对"读经"有详细的解说:"读经以存圣教",主要在中小学堂进行,目的是"定其心性,正其本源",而且声明"日课无多","不妨碍西学";至于大学堂、通儒院则"以精深经学列为专科,听人自择,并非以此督责众人"。言下之意是,大学堂以上的"经学"研习,重点不在于个人德行的修持,而在于"博考古今之疏解,研究精深之意蕴";并以经书为"古学之最可宝者",加以"保存"(璩鑫圭、唐良炎,492—493)。

不难发觉,《奏定章程》虽然强调"尊经",但主要建立在防卫心理机制之上,因为西方现代的学术内容和形式都已经占有压倒性的优势。故此,《章程》中多番申明读经"无碍讲习西学";又要借西方架式来支持各种安排,例如说:"外国学堂有宗教一门,中国之经书,即是中国之宗教";"西国最重保存古学,亦系归专门者自行研究",中国"古学之最可宝者无过于经书",所以大学堂、通儒院要能"存古学"(璩鑫圭、唐良炎,492—493)。换句话说,在大学堂以上的"尊经",只是"学识"上的钻研;在《章程》中的最前列位置,只是名义上、形式上的尊崇,在学术本质上并不能加添其中的分量。

就在这个"西学"主导的脉络底下,被定位为"中学"的"词章之学",只能在危机意识之下求存。以下我们可以进一步探讨"词章之学"以至"文学"如何在京师大学堂的学科系统中定位。

（三）作为"词章学"的"文学"

《钦定京师大学堂章程》中大学分科有七，其中"文学科"下设：经学、史学、理学、诸子学、掌故学、词章学、外国语言文字学等七门；除最后的"外国语言文字学"之外，其他各门几乎就是"中学"的全部，或者可以说是现代学制中"西学"各学科所未易吸纳的传统学问。以"文学"涵括广泛的知识类别，在传统意识中并不罕见。以初刊于光绪十年（1884）的郑观应《盛世危言》为例，其中《考试》下篇建议取士可分"文学科"和"武学科"，"文学科"之下再分六科："文学科"、"政事科"、"言语科"、"格致科"、"艺学科"、"杂学科"。作为两项总纲之一的"文学科"，基本上把军事以外的文化工艺等学识都包罗其中，是极广义的应用；第二个层次的"文学科"就采狭义，专指"诗赋章奏笺启之类"，大概都与文字的运用有关；至于"言语科"则另指外语及相关的对外交涉，与中国的词章文学无关（《盛世危言》1：22 上）。《钦定京师大学堂章程》的"文学科"比《盛世危言》的广义"文学"稍稍收窄一点，"政治"、"格致"、"工艺"等都排除在外；而"文学科"之下的"词章学"则相当于《盛世危言》第二层次的狭义"文学"；[46]可惜《钦定章程》以分科大学一时未及开办，没有把详细课程写定，若要准确掌握"词章学"的定位和本质，还需要更多的线索。

《钦定章程》中还包括"豫备科"以至其他等级的课程设计。或者我们可以根据相关的科目说明做出推敲。

《钦定章程》规定小学分成"寻常小学堂"和"高等小学堂"两级。"寻常小学堂"有"作文"课，学习联句成文；"高等小学堂"除"作文"外，还有"读古文词"课，读记事文、说理文、词赋诗歌等。"中学堂"则有"词章"课，学写记事、说理之文，以至章奏、传记诸体文，以及词赋、诗歌诸体。再到"高等中学堂"（课程等同"大学堂豫备科"），分"政"、"艺"两科；其中"政科"学生三年均要修习"词章"，并注明内容是"中国词章流别"（璩鑫圭、唐良炎，235—281）。

由此可见,在《钦定章程》的框架中,"词章学"的本源就是文字运用的学习与应用;而"词章流别"也是基于实践应用的更高层次要求,对已有知识做综合整理以至历史考察。

张之洞主持的《奏定章程》于学制上稍做更动,而说明更为详备。"初等小学堂"的语文课称作"中国文字";从"高等小学堂"开始,到"中学堂"、"高等学堂"(大学预备科),改称"中国文学"。课程的设计也是以"学作文之法"为主,其中《中学堂章程》对"中国文学"的说明最能揭示这种想法:

> 凡学为文之次第:
> 一曰文义。文者积字而成,用字必有来历(经、史、子、集及近人文集皆可),下字必求的解,虽本乎古,亦不骇乎今。此语似浅实深,自幼学以至名家皆为要事。
> 二曰文法。文法备于古人之文,故求文法者必自讲读始。先使读经、史、子、集中平易雅驯之文,……并为讲解其义法;次则近代有关系之文亦可流览。
> 三曰作文。以清真雅正为主。……(璩鑫圭、唐良炎,320)

这种"文学"的观念,就是讲求积字成文的标准和法则,以传统已有的规范作为根据,于是读古代作品目的在于了解其中"义法",以建立个人写作文章的能力。"中学堂"和"高等学堂"的"中国文学"课最后一年,才"兼讲中国历代文章、名家大略"、"兼考究历代文章名家流派"(璩鑫圭、唐良炎,325、331),可见相关的知识整理是附从于写作应用的教学目标之下的。《奏定章程》还有一项比较特别的安排:"诗歌"的诵习设计成类似今天中小学的课外活动,不设专门科目——"遇闲暇放学时,即令其吟诵,以养其性情,且舒其肺气"。这是用以比附"外国中小学堂皆有唱歌音乐一门功课,本古人弦歌学道之意"。再者,《章程》并不鼓励诗歌写作的教习:

> 学堂之内万不宜作诗,以免多占时刻,诵读既多,必然能作,遏之不可,不待教也(璩鑫圭、唐良炎,300)。

对"诗"与"文"的不同态度,看来也是在"致用"的大气候下的一种选择。这些概念,也反映在"大学堂"的课程设计之上。

《奏定大学堂章程》"文学科大学"共有九门:中国史学门、万国史学门、中外地理学门、中国文学门、英国文学门、法国文学门、俄国文学门、德国文学门、日本文学门。大致可分为中外史学、中外文学和地理学三种,与《钦定章程》相较,原先"经学"、"理学"二门同归"经学科","诸子学"变成"理学门"下一科,"掌故学"不复存在,"词章学"改题"中国文学","外国语言文字学"则分排成英、法、俄、德、日五国的"文学门"。由于有"经学科"独立,吸纳了有关思想义理的学科,于是"文学科大学"的重点就落在历史和语言文学的范围之内,只是另附上"地理学"一门。[47]由于这种编排包括了"万国史学"、五国"文学"和地理学,使得"文学科大学"没有《钦定章程》"文学科"的浓厚"中学"味道。然而以"中国文学门"而言,其传统"词章学"的色彩仍然很重,尤其"词章"的内容和材料,基本上没有几多新变之处,值得注意的是"文学"(或"词章学")的学科规格,在《奏定大学堂章程》中渐渐显现。[48]

(四)"文学"专科的建构

按照《奏定大学堂章程》,文学科大学的"中国文学门"要修习十六个科目,其中"主课"有七科:

文学研究法	说文学	音韵学
历代文章流别	古人论文要言	周秦至今文章名家
周秦传记杂史·周秦诸子		

另外"补助课"有九科:

| 四库集部提要 | 汉书艺文志补注·隋书经籍志考证 | 御批历代通鉴辑览 |

各种纪事本末	世界史	西国文学史
中国古今历代法制考	外国科学史	外国语文

以"主课"而言,排列最前的"文学研究法"可说是这门学问的总纲,为"中国文学"的研究规划方向和范围。《奏定大学堂章程》在这一科着墨最多,有必要详细讨论;在此以前我们先考察其他"主课"的性质和意义。

紧随"文学研究法"之后的是"说文学"和"音韵学"。这两科成为主课是"文者积字而成,……下字必求的解"这一观念的反映,认为"字"的形、音、义是"文"的最基本元素;这也就是张之洞所信奉的"欲文章之工,未有可不用力于小学者。"[49]现今大学中文系不离文字、声韵、训诂之学,都与这个观念有关。

其次的"历代文章流别",为研究对象("文章")做历时的分析和综述;从科目设题可知其观念源自挚虞《文章流别论》一类的著作,《章程》的说明非常简约,只有一句:"日本有《中国文学史》,可仿其意自行编纂讲授。"可见其意是将"文章流别"与"文学史"等同。如果我们参看刘师培在1919年写成的《搜集文章志材料方法》,可以见到相通的说法。刘师培说:

> 文学史者,所以考历代文学之变迁也。古代之书,莫备于晋之挚虞。虞之所作,一曰《文章志》,一曰《文章流别》。志者,以人为纲也;流别者,以文体为纲者也。今挚氏之书久亡,而文学史又无完善课本,似宜仿挚氏之例,编纂《文章志》、《文章流别》二书,以为全国文学史课本,兼为通史文学传之资(《刘师培中古文学论集》,105页)[50]。

《章程》以日本的《中国文学史》去解说"历代文章流别"一科,而刘师培则建议搜罗文章流别的材料以编成"文学史";二说相通而重点不同,刚好见证了作为学科的"历代文章流别"观念,过渡到"文学史"的观念。

再次,"古人论文要言"之设,相当于"文学批评"或者"文学批评史"的诉求,以为文学作品有待评论,而古人过去的评论有助于文学作品的深入认识。《章程》对此科的解说是:"如《文心雕龙》之类,凡散见子、史、集部者,由教员搜集编为讲义。"《文心雕龙》正是今天研究古代文学批评不能忽略的一本著作;中国的"文学批评史"一类著作,要到 1927 年陈钟凡才写成第一部,然而其规模已隐约存在于《章程》的设计之中。

再次的"周秦至今文章名家"可说是"中国文学"科的中心学科,因为历代"文章名家"及其作品,是"集部"之学的基本研究对象;按照《奏定章程》的编排,本科和"文学研究法"的授课时数同样是最多的。[51]《章程》对此也有比较详细的说明:

> 周秦至今文章名家之文集浩如烟海,古来最著名者大约一百余家,有专集者览其专集,无专集者取诸总集。为教员者,就此名家百余人,每家标举其文之专长及其人有关文章之事实,编成讲义,为学生说之,则文章之流别利病已足了然;其如何致力之处,听之学者可也(璩鑫圭、唐良炎,357)。

这里建议研习的"文章名家"百余人究竟实指哪些人?《章程》没有交代。只在下文举出"历朝总集之详博而大雅者"、"精粹者";将这份书单与张之洞在光绪元年(1875)四川学政任内完成的《书目答问》中总集书目对照,可见《章程》选书的范围并没有超出后者所载;依此类推,所谓"百余名家"大概也不出《书目答问》集部所列诸书的作者(《书目答问补正》255—318)。[52]《奏定章程》中虽然没有列入《书目答问》作为参考,但在"补助课"中也不乏目录学的训练;相关的科目有二:"四库集部提要"和"汉书艺文志补注·隋书经籍志考证",其中《四库提要》只讲"集部",更是紧扣学科的安排。

"周秦至今文章名家"的说明最值得注意的一点,就是学科专门观念的建立——研究对象聚焦于"其文"或"其人有关文章之事实"。换句话说,学科的目标明确锁定在文学作品("文章")和作家之上,而作家之论,也限定在"有关文章"的范围之内,不涉及其他社会或政治角色的议题。我们还可以从"主课"最末一科"周秦传记杂史·周秦诸子"的注文,见到类似的说明:

> 文学家于周秦诸子当论其文,非宗其学术也。汉魏诸子亦可流览(璩鑫圭、唐良炎,357)。

把研读的重点限定在"其文"而非"学术"之上,固然与张之洞于"诸子学"抱怀疑的态度有关,然而对"其文"的强调,也增添了学科专门的意味。

"周秦至今文章名家"一科的说明,还牵涉到《奏定章程》对"文学"的态度。《章程》提醒教师着意讲授"文章之流别利病",至于"如何致力之处",则"听之学者可也";前者是学科知识的认知,后者则牵连应用实践;究竟"中国文学"的目标是否只在知识传授,不及创作实践呢?《章程》对这科还有方向不同的两点说明:

> 凡习文学专科者,除研究讲读外,须时常练习自作;教员斟酌行之,犹工、医之实习也;但不宜太数。愿习散体、骈体,可听其便。
>
> 博学而知文章源流者,必能工诗赋,听学者自为之,学堂勿庸课习(璩鑫圭、唐良炎,357)。

其一说"文学专科"的课程应该包括实践练习——"犹工、医之实习",另一说"勿庸课习"。二者的理由都说得通,但却互相矛盾。若复检《奏定章程》小中学堂的说明,就会明白《章程》对"文章"(包括散体、骈体)和"诗赋"的态度是不一样的。《奏定章程》小中学堂的国文课程重点在于"作文",但特别声明:"学堂之内万不宜作诗,以免多占时刻,诵读既多,必然能作,遏之不可,不待教也。"这是以实际社会应用的考虑来判断是否"课习"。[53]"致用"观点在《大学堂章程》中当然不会改变,但写作训练显然不再是重点,所以会有"其如何致力之处,听之学者可也"的主张;在"实习"方面,又只限于散文、骈文;至于诗赋之作,也是"听学者自为之",是不鼓励、不禁止的比较消极的态度。

再对照规划《筹议京师大学堂章程》的梁启超对"文学"的意见,我们不难见到观念的变化。梁启超在《湖南时务学堂学约》中说:"温公曰:'一自命为文人,无足观矣。'苟学无心得,而欲以文传,亦足羞也"(《饮冰室合集》2:27)。于是《筹议京师大学堂章程》只在"普通学"设有"文学"的"功课",当中有没有包含考镜源流的知识传授,或者未易猜度;但估计其主要教学目标在于训练应用文写作的基本技巧,应该不会有误。在基本训练以后,梁启超就没有再"浪费"学生的时间,不让他们在"专门学"阶段进修"文学"。换句话说,以《筹议章程》的立场,"文学"不足以成为重要的学术专门。反观《奏定章程》的《学务纲要》清楚说明:"大学堂设有文学专科,听好此者研究。"《学务纲要》也提到"宋儒所谓一为文人,便无足观",并说:"诚痛乎其言之也!"但立即补充说:"盖黜华崇实则可,因噎废食则不可"(璩鑫圭、唐良炎,493)。《大学堂章程》中"周秦至今文章名家"的说明又提到:"欲以文章名家者,除多看总集外,其专集尤须多读"(璩鑫圭、唐良炎,357)。似乎没有遗忘以文章创作为目标的"文人"。不过,从行文的语气看来,"文章名家"总不似是"文学专科"培育的重点。由这种温暾的态度看来,《奏定大学堂章程》对"文学"一科的专业范围的理解,虽然渐见规模,但对是否要训练"文章名家"创作人才这个问题,立场依然模糊不稳。

所谓渐见规模的"文学"专科,根据上文的分析,我们可以简括为几点:

一、文学研究以由古至今的文学作品和作家(关乎文学的议题)为主要对象;

二、有关作家和作品又需要放置在历时发展、群体关系等脉络中研究,此所谓"历代文章流别"或者"文学史"的研究;

三、文学作家作品的承纳,又有其历时积累或者变奏、更替,这就是"古人论文要言"或者"文学批评史"的意义。

这种"文学本体"、"文学史"、"文学批评"的研究架构,即使在今天看来,也似是一个可以操作的模型。至于《章程》中特别用心罗列的"研究文学之要义",更有助我们理解这个"文学专业"的模塑方式,值得仔细参详。

"研究文学之要义"是"文学研究法"一科的说明,也代表《奏定大学堂章程》对"文学"的学科位置和方向的整体看法。全篇共有四十一则,以大纲形式表达。各则排列略见伦次,但不算严谨,说明也极简略。我们把这四十一则论点顺序编次,并稍做整理,再加析述。

"研究文学之要义"首三则是:

一、古文籀文、小篆、八分、草书、隶书、北朝书、唐以后正书之变迁。

二、古今音韵之变迁。
　　三、古今名义训诂之变迁。

"文"由"积字而成"是传统"文学"论中最易见、最易为人接受的观念;因为从表面形式看来,书面汉语最基础的单位就是"字";当循本溯源的思想落在表现形式上的时候,"字"的形、音、义似乎就是基本的问题。至于从"字"与"字"的联缀,到"成文章"之间的空隙,就需要有其他条例去解述了。

　　其下三则是:

　　四、古以"治化"为"文",今以"词章"为"文";关于世运之升降。
　　五、"修辞立诚"、"辞达而已"二语为文章之本。
　　六、古经"言有物"、"言有序"、"言有章"三语为作文之法。[54]

第四则指出"文"在古代,指的是"文治",是政治、民生、文化的表征,及至后世才专指"词章"。《奏定章程》要企划的,当然是"词章"之"文"的课程,把理想附托于"古",也是溯源思想的一种表现。另外两则说明为文的要求,但也从不同的角度触及文学相关过程的理解。孔子"修辞立其诚"(《周易·乾文言》)和"辞达而已矣"(《论语·卫灵公》)两句话,正好为主张收敛约束的、"黜华崇实"的文学教育作准则。"言有物"、"言有序"源出《易经》(《周易·家人》、《周易·艮》),"言有章"则出自《诗经》(《诗·小雅·都人士》)。桐城派方苞曾用"言有物"和"言有序"来解释桐城的"义法"(《又书货殖传后》,方苞,58—59);"有物"近于"立诚","有序"、"有章"也是"修辞"之道;两者的原则是相通的。然而从文学过程的指涉来说,前者由为文者的"诚于心"出发,到撰成文辞以"达"于受众,完成整个从创作到阅读的历程;后者则主要是有关写作基准的提示。两处都是一些普遍原则的标举,其保守内敛的倾向,可说是教育建制的通病;在此当然更是为了配合时世的"致用"要求。

在标举原则以后,"研究文学之要义"就把重心放在作品的形态之上,在不同的层次区辨各种"文体"——这也是中国传统文学批评中的"辨体"意识的表现:

七、群经文体。

　　八、周秦传记、杂史文体。

　　九、周秦诸子文体。

　　十、史、汉、三国四史文体。

　　十一、诸史文体。

　　十二、汉魏文体。

　　十三、南北朝至隋文体。

　　十四、唐宋至今文体。

由第七到十一则,大概以集部以外的著作为论,认为这些不同类型的著述各成文体;看来没有考虑其历时因素,虽则七、八、九都是"周秦"或以上的撰著。史部再厘分"四史"和"诸史"文体,究竟是根据什么基准而做的区分,不易推断;可知的是,"四史"在传统史学中的地位比"诸史"崇高。由十二到十四则以"历时"基准分体,这一点可说至为明显。此外,还有以骈、散关系来检讨"文体"的表现:

　　十五、骈、散古合今分之渐;

　　十六、骈文又分汉魏、六朝、唐、宋四体之别;

　　十九、骈、散各体文之名义施用。

第十九则应是骈散分合繁衍的综合总结。在此之余,又有从语用角度区分文体,以及以文章内容为基准以辨体:

　　二十二、辞赋文体、制举文体、公牍文体、语录文体、释道藏文体、小说文体,皆与古文不同之处。

　　二十三、记事记行记地记山水记草木记器物记礼仪文体、表谱文体、目录文体、图说文体、专门艺术文体,皆文章家所需用。

以上牵及许多不同的辨体原则,看来异常繁杂,甚至混乱;与晚近文学理论的体类论(theories of genre)或者语体论(stylistics)的要求距离颇远。然而,在中国文学批评传统之中,从各个层面、采不同基准为多种文体或者诗体做出勾勒的"辨体论",并不罕见。[55]我们可以把这些游移观点带来的视野,看做文学现象的多向感知;而其审视的对象,正是文学作品本身。这一个文学研究的中心环节,也占整个"研究文学之要义"纲领的最多篇幅(共十三则,几近三分之一)。

我们又见到"要义"就某些"文学"现象做归纳总结。例如:

十七、秦以前文皆有用、汉以后文半有用半无用之变迁。

十八、文章出于经传古子四史者能名家、文章出于文集者不能名家之区别。

三十三、文章名家必先通晓世事之关系。

三十四、开国与末造之文有别。

三十五、有德与无德之文有别。

三十六、有实与无实之文有别。

三十七、有学之文与无学之文有别。

三十八、文章险怪者、纤佻者、虚诞者、狂放者、驳杂者,皆有妨世运人心之故。

三十九、文章习为空疏必致人才不振之害。

四十、六朝、南宋溺于好文之害。

第十七则可以是历史现象的叙述,然而我们不难见到其中的价值取向——"有用"之文比"无用"之文可取;其回响就是第三十四则和第四十则,对"好文"的历史现象做出批评。第十八则让我们想起张之洞在《书目答问》中所说:"由经学史学入理学者,其理学可信;以经学史学兼词章者,其词章有用"(344)。这句话同时也可以说明以上各则的实用主义思维。

此外,又有与相关"主课"的呼应,如以下两则:

二十、古今名家论文之不同。

二十一、读专集、读总集不可偏废之故。

前者应该是"古人论文要言"科的简括;后者则为"周秦至今文章名家"一科学习方法的补充解说。

除了以上的本位研究之外,"研究文学之要义"更规划了"文学"与外在环境各种关系的研究:

二十七、文学与人事世道之关系。

二十八、文学与国家之关系。

二十九、文学与地理之关系。

三十、文学与世界考古之关系。

三十一、文学与外交之关系。

三十二、文学与学习新理新法、制造新器之关系。

这里列举的范围,大概相当于韦勒克与沃伦所界定的"外缘研究"(extrinsic study)部分(Wellek and Warren, 73—135),晚近鼓吹文学"历史化"(historicize)和"政治化"(politicize)的西方文学理论更会特别关注这个环节。在"研究文学之要义"中,虽然没有把这个部分置于最重要的地位,但从《章程》所列"补助课"中,设有"御批历代通鉴辑览"、"各种纪事本末"、"中国古今历代法制考"、"世界史"、"外国科学史"等科来看,可知"研究文学之要义"的规划也不是率意的安排。循此推演,"补助课"的"西国文学史"、"外国语文"等科,大概是以下几则的根据:

二十四、东文文法。

二十五、泰西各国文法。

二十六、西人专门之学皆有专门之文字,与汉《艺文志》"学出于官"同义。

四十一、翻译外国书籍函牍文字中文不深之害。

依照这个规划,则中国文学与外国文学的对比参照,也是"中国文学"的研究范围。

经过以上的梳理,我们大概可以见到《奏定大学堂章程》所构设的"中国文学研究",实在可以称得上有专业学科的规模。我们或者可以不同意《奏定章程》的"致用"、"尚实",甚至"保守"的文学观,或者可以批评其中的"文学"定义过于褊狭,但必须承认《章程》于知识范畴的内涵和外延边界的规划、知识生产的取向、知识传递的操作方式等等,都有基本的构思,可供日后做进一步的发展。从这个角度来看,传统的"文学"或者"词章之学",在《奏定章程》的规划下,已经奠下专业学科的基础。

回顾三个京师大学堂的章程,我们可以见到"文学"由不入"专门学"到成为一个重要学科的过程。奇怪的是,"文学"的现代学科地位的确定,并不是由思想前卫的梁启超来推动,反而教育观点相对保守的张之洞变成"文学"的护法。因为这是个"致用"为上的时代,鼓吹维新的梁启超也只能从"实用主义"的角度去推行教育;"文学"既不能应时务之急,就无暇关顾了。然而,因为"文学"无论从语言、文字,以至其表达模式,都与文化传统关系密切,抱着"存古"思想的张之洞,反而刻意要在西潮主导的现代学制中留下传统的薪火。在这个情势之下,"文学"的内涵虽还是褊狭的"词章之学",但其学术位格已有相当现代化的规划。接下来的变革,就是语言载体由"文言"转为"白话",以及"美感"、"虚构"等西来观念对"文学"定义的改造;而其间各阶段历程,又有待继起的文化政治的推移了。

注 释

[1] 这一学堂原名"天津北洋西学学堂",由盛宣怀向朝廷奏请开办,以美国人丁家立(C. D. Tenney)为总教习;设有法律学门、土木工程学门、采矿冶金学门及机械工程学门(参金以林,9—18;陈学恂,64;Hayhoe,3)。

[2] 康有为在《自编年谱》中说:"自四月杪大学堂议起,枢垣托吾为草章程,吾时召见无暇,命卓如草稿,酌英美日之制为之"(中国史学会主编:《戊戌变法》,150)。

[3] 有学者从意识形态控制的角度去理解《筹议京师大学堂章程》的课程规划(林

信宏,27—38),也是一个值得参考的角度。问题是著者以为章程编定者必然是国家机器的代理人,课程规划的一切思虑都是朝向意识形态操控的目标,这种观察未免过分简约。

〔4〕学海堂的学术训练,大抵可见于阮元《学海堂集序》所记:"多士或习经传,寻疏义于宋齐;或解文字,考故训于仓雅;或析道理,守晦庵之正传;或讨史志,求深宁之家法;或且规矩汉晋,熟精萧选,师法唐宋,各得诗笔。虽性之所近,业有殊工,而力有可兼,事亦并擅。"又林伯桐、陈澧纂的《学海堂志》讲及其中的"季课":"向来史笔题,或题跋古书,或考核掌故,仍以经史为主,期为有用之文。赋,或拟古赋,或出新题,俱用汉、魏、六朝、唐人诸体。诗题不用试帖,以场屋之文,士子无不肄习也。均应遵照旧章,以劝古学"(璩鑫圭,262、267)。由字里行间,可以感觉到当时一般人读书为学,很难逃避场屋科举的压力。

〔5〕有学者指出:梁启超《三十自述》提及初会康有为的情况,与康有为《自编年谱》的回忆不尽相同(竹内弘行,2—6)。

〔6〕又康有为《长兴学记》提到的"学目"与梁启超的记述差不多,只是梁启超说的"文字之学",在康有为笔下则作"词章之学"(楼宇烈,11—12)。

〔7〕梁启勋《"万木草堂"回忆》记载:"康先生只主张废科举,而学生则力攻八股文,不肯考试。……康先生乃力劝同学们,不要如此以妨碍前途,谓:'我且过考,诸君何妨强力为之,以慰父兄之心耳。'往后乃逐渐转变,且获得不少秀才举人"(朱有瓛,1下:246)。其实康有为的《长兴学记》,有更清楚的陈述:"今之科举,衣食之由,世事教能,先王不禁。今仍存科学之学,以俟来士。若以之丧志,则卑鄙可羞。"下文又记述每月三日、十三日、二十三日草堂学生要练习义理、经世、考据、词章的试题,八日、十八日、二十八日练习《四书》、《五经》义试帖、《四书义》策问、《四书》义律赋等功课(楼宇烈,15、21)。

〔8〕康有为《桂学答问》论及"科举之学"时说:"应制所用,约计不过经义、策问、试帖、律赋、楷法数者。若能通经史,解辞章,博学多通,出其绪余,便可压绝流辈"(楼宇烈,40)。可见"经史"、"辞章"等的研习,"博学"的要求,与应举息息相关。又竹内弘行于此亦有论述,可以并参(16—22)。

〔9〕梁启超在《学校总论》中批评当时的西学教育,说:"今之同文馆、广方言馆、水师学堂、自强学堂、实学馆之类,其不能得异才何也?言艺之事多,言政与教之事少。其所谓艺者,又不过语言文字之浅,兵学之末,不务其大,不揣其本,即尽其道,所成已无几矣。"梁启超在这里除了"政"和"艺"之外,还提到"教",所

谓"教"指"教化"、"教育"。他又为了改革早期重"西艺"轻"西政"之弊,在同书《学校余论》中主张:"今日之学,当以政学为主,以艺学为附庸。"同样的说法又见于《与林迪臣太守书》(分见《饮冰室合集》1卷19、62页;3卷3页)。又张灏对这段时期梁启超的教育观念,有深入的探析,很值得参考(Chang Hao, 92—120)。

[10] 孙家鼐一直参预京师大学堂的筹办。他在《议复开办京师大学堂折》中指出立大学堂宜先定宗旨:"中国五千年来,圣神相继,政教昌明,决不能如日本之舍己芸人,尽弃其学而学西法。今中国京师创立大学堂,自应以中学为主,西学为辅,中学为体,西学为用;中学有未备者,以西学补之,中学有失传者,以西学还之;以中学包罗西学,不能以西学凌驾中学。此是立学宗旨"(汤志钧、陈祖恩, 122;又参庄吉发, 1—8、43—45)。又,当时新派与保守派于京师大学堂问题上的争斗,可参王晓秋, 81—82;孔祥吉, 89—105。

[11] 光绪二十三年(1897),即起草《筹议京师大学堂章程》之前一年,梁启超写成《湖南时务学堂学约》,指出:"西人声光化电格算之述作,农矿工商史之记载,岁出之以千万种计;日新月异,应接不暇。"又说:"今夫中国之书,他勿具论,即如注疏两经解、全史九通及国朝掌故官书数种,正经正史,当王之制,承学之士,所宜共读者也。然而中寿之齿,犹惧不克卒业,风雨如晦,人寿几何?……自余群书,数倍此数,而其不能不读,与其难读之情形亦称是焉"(《饮冰室合集》2册25—26页)。同年又有《复刘古愚山长书》提出:"今日欲兴学校,当以仿西人政治学院之意为最善,其为学也,以公理公法为经,以希腊罗马古史为纬,以近政近事为其用"(《饮冰室合集》3册13页)。

[12] 王先明曾经详细讨论晚清时期各种言说中"中学"、"西学"和"新学"的关系和变化,其中提到"西学"偏指"对于外来学术文化的引入过程",而"新学"却是"立足于中学兼取西学的学术文化创造过程,其基本内容和知识构成常常因人因时而有所不同"(《近代新学》, 221;又参丁伟志、陈崧, 220)。

[13] 在此以前,郑观应的《盛世危言·学校》中介绍西方学制时,已论及"普通"、"专门"的教育先后阶次:"小学成后,选入中学堂,所学名类甚多,名曰'普通学',如国教、格致、算学、地理、史事、绘图、体操、兵队操、本国行文法、外国言语文字行文法,皆须全习。……学生中学校毕业则发给凭照,自此以后文武分途,或文或武,各听其便;习文事者入高等专门学校,习'专门'之学"(《盛世危言增订新编》2卷2下—3上)。虽然郑观应所讲的是大学以前的学习阶段,但

梁启超的规划很有可能受郑说影响。又:《盛世危言》是晚清时期非常流行的一本著作,郑观应不断有修订增删,所以版本繁多。本文按需要引用两个不同的版本,其中《盛世危言》指学术出版社 1965 年影印的光绪十八年本,比较接近早期的版本;《盛世危言增订新编》指学生书局 1965 年影印哥伦比亚大学藏本,是增订较多的版本。

〔14〕所谓"公理学",注解说:"此种学大约本原圣经,参合算理公法格物诸学而成,中国尚未有此学。"又梁启超《西政丛书叙》说:"〔欧洲〕议政之权,逮于氓庶,故其所以立国之本末,每合于公理,而不戾于吾三代圣人平天下之义"(《饮冰室合集》2 册 63 页)。梁启超对"公理"的理解,源自康有为的《人类公理》、《公理书》、《实理公法全书》等文稿中的思想(参丁伟志、陈崧,202—203)。

〔15〕证据之一是:各种"溥通学"都有"功课书",而"体操学"独无;更确切的证据是:光绪二十五年四月(1899 年 5 月)孙家鼐《奏陈大学堂整顿情形折》指出:"体操一事,原恐学生伏案太苦,俾之流通血气,洋人每好以此却病"(北京大学、中国第一历史档案馆,79)。所以我们不能光凭章程中的"学"字,就误以为是一门探求专项知识的学科。

〔16〕张灏指出梁启超的架构基本上不脱传统儒家思想的框架,当中包含了陆王学派的养性思想和程朱学派的智力教育思想(Chang Hao,81-120)。

〔17〕《左传》襄公二十五年:"仲尼曰:《志》有之:'言以足志,文以足言';不言,谁知其志?言之无文,行而不远。"又《论语·卫灵公》:"子曰:辞达而已矣。"

〔18〕值得注意的是,康有为在《长兴学记》中,也有引用"言之无文,行之不远",用以说明"词章之学";他的《桂学答问》中又有"辞章之学"之目(楼宇烈,12、39—41)。但梁启超却说"词章不能谓之学",从这个角度而言,他的"实用主义"思想比康有为更强烈。

〔19〕夏晓虹指出这种见解源于历来理学家"作文害道"之说(《觉世与传世》,155 页)。在晚清救亡求变的言论中,此说并不罕见;稍前胡聘之等《请变通书院章程并课天算格致等学折》所说:"查近日书院之弊,或空谈讲学,或溺志词章,既皆无裨实用"(高时良,699),就是典型的例子。

〔20〕梁启超在《湖南时务学堂学约》的"读书"一则讲及读书的方法次序:每日一课的是"有关于圣教,有切于时局"的选材,间日为课的则是"经学、子学、史学,与译出西书";四部中独缺集部(《饮冰室合集》2 册 26 页)。

〔21〕刘龙心《学科体制与近代中国史学的建立》一文认为梁启超的《大学堂章程》

并不反映他的设学主张,以西学为"专门学"只是为了迎合孙家鼐和张之洞等人口味;刘龙心又认为梁启超在湖南时务学堂开列的课程才能代表他的想法,因为当中的"溥通学的科目在专门科中大多获得了延续","由此可见:梁氏认为经史等类的中学科目,在大学堂教育中仍有设科专习的必要,也就是说,梁氏概念中的大学,实为一种包容各科的高等学术研究场所"(刘龙心《学科体制与近代中国史学的建立》,464 页;又见刘龙心《学术与制度:学科体制与现代中国史学的建立》,31—32 页)。事实上刘龙心并没有准确掌握湖南时务学堂的课程,对《筹办京师大学堂章程》的诠释也有误差。首先,按《时务学堂功课详细章程》,经史等学并没有在"专门学"的程度上延续;这些原属"溥通学"的科目只是与"专门学"同时并习,程度上没有提升到"专门"的水平;"专门学"只有"公法学"、"掌故学"、"格算学"三种,其下注明:"专门学之学非尽于斯,特就能教者举之耳。又各专门学,非入西人专门学堂不能大成。"可见他心中的"专门学"本就以"西学"为重。再者,我们可以承认《筹议京师大学堂章程》肯定受"中学为体,西学为用"论的牵制,但不能说梁启超以"西学"为"专门学"是为了取悦孙家鼐和张之洞,因为这种学术向西望、以中学承纳西学的主张,正是这时期康、梁"维新"的重要主张。

[22] 其余"义理之学"包括孔学、佛学、周秦诸子学、宋明学、泰西哲学;"考据之学"包括中国经学史学、万国史学、地理学、数学、格致学;"经世之学"包括政治原理学、中国政治沿革得失、万国政治沿革得失、政治实应用学、群学(《饮冰室合集》,6 册 65 页)。

[23] 康有为《长兴学记》所记的"学目"基本相同,但"文字之学"作"词章之学",四个"学目"之下也没有像梁启超的再细分学科,只揭明每一学目的宗旨(楼宇烈,11—12)。

[24] "文学"另外有更宽泛的用法,例如郑观应《盛世危言·考试》建议考试取士,可分"文学科"和"武学科"两种(《盛世危言》1 卷 22 上);下文再有讨论。

[25] 光绪二十四年十月二十三日《国闻报》记京师大学堂事,说:"北京尘天粪地之中,所留一线光明,独有大学堂一举而已。然闻得礼部各堂官以及守旧诸臣,亦均不以此举为然,视学堂一事若赘疣。然推原其故,所以不能径废者,盖因外洋各教习均已延订,势难中止,不能不勉强敷衍,以塞其口,以故在事诸人,亦均无精打彩,意兴索然"(朱有瓛,1 下:649)。另据陈平原《北京大学,从何说起》的分析,京师大学堂之所以幸存,其原因除了外交的考虑之外,或者与

朝廷内的权力斗争有关(《老北大的故事》,41—44)。郝平则认为京师大学堂的筹设,其实一直得到慈禧的默许,而主其事的大臣孙家鼐,也得慈禧的赏识(《北京大学创办史实考源》,136—152页;又参王晓秋,82)。

[26]《筹议京师大学堂章程》就分别提到"现时各省会所设之中学堂尚寥寥,无以备大学堂之前茅之用";"今当于大学堂兼寓小学堂中学堂之意,就中分列班次,循级而升,庶几兼容并包,两无窒碍"(汤志钧、陈祖恩,126—127)。

[27]《章程》第三章《学生入学例》第一节提到入学学生原预计有"各省中学堂成领有文凭咨送来京肄业者",第二节说这些学生"咨送到堂时,先由总教习考试,如实系曾经治溥通学卒业者,即作为头班"(汤志钧、陈祖恩,129),可见其假设是各省中学已经修习"溥通学"的功课。

[28] 刘龙心讨论孙家鼐这里的修改建议时说:"他认为'诸子学'大可不必专立一门于大学堂讲授,只要将子书中有关政治经济之学附入专门科,听人择读即可。时人不立中学于专门学范围之中的看法,似乎可以获得更进一步的证明"(《学科体制与近代中国史学的建立》,464页)。其实这里的论证颇有未达之处。因为,孙家鼐的考虑主要是学生必修的"普通学"门类太多,所以要做出适度裁减;再者,孙家鼐早前(光绪二十二年,1896)上的《议复开办京师大学堂折》中曾说:"学问宜分科也,……不立专门,终无心得"。他建议大学堂课程分立天学科、地学科、道学科、政学科、文学科、武学科、农学科、工学科、商学科、医学科十科;其中道学科、文学科,明显都以"中学"为重点;因此以孙氏意见为"不立中学于专门学范围之中"的证据很有问题。又陈平原在《新教育与新文学》中指出孙家鼐在《议复开办京师大学堂折》中先说"学问宜分科",当中包括"文学科",继而在《奏筹备京师大学堂大概情形折》说"诸子、文学皆不必专立一门",可见孙氏"对文学课程的有无似乎拿不定主意"(《中国大学十讲》,106页)也是误会。因为前一奏折撰于大学堂尚在规划的阶段,孙氏在此提出一个源自"泰西"的分科大学模式;后一奏折却是就已经颁行的课程做出调整,他针对的只是"普通科""功课"太繁重,"中才以下"的学生应付不来。二处所论实在处于不同的层面。有关孙家鼐的"分科"构想,下文再有讨论。

[29] 当时《国闻报》曾记载学生的入学考试,就是"八股文一篇,策论一篇"(朱有瓛,1下:649)。

[30] 当时朝臣中颇有批评京师大学堂对"制艺八股"不够重视,以致孙家鼐要特别

解释,《奏陈大学堂整顿情形折》(光绪二十五年四月,1899年5月)说:"去年甄别,本年月课,皆兼考时文,并未薄弃举业,亦无阻挠之人"(北京大学、中国第一历史档案馆,79)。

〔31〕 光绪二十八年十二月(1903年1月)张百熙特向大学堂发出《为学生在堂应谨饬修身勿得浮浪事晓谕》,重新把上文提到的《全学总纲》开首三节抄录出来,以警醒学生;一个月后,我们已见到慈禧太后加派蒙古族人刑部尚书荣庆"会同管理大学堂"(北京大学、中国第一历史档案馆,189—190、191页)。往后的情况是:"百熙一意更新,荣庆时以旧学调济之"(《清史稿·荣庆传》,439卷12402页)。

〔32〕 有关张之洞的教育思想,较多人认为他的早期观点本属"趋新",往后愈见"保守",这个论断早见于宣统元年(1909年)《教育杂志》一篇题作《张文襄公与教育之关系》的文章(19—23);晚近关晓红也批评张之洞"从锐进而缓行,由创新而复古"(194)。然而也有学者认为张之洞"于近代'新学'及其新学制的一贯原则始终未改"(王先明,190)。

〔33〕 关晓红于《晚清学部研究》更提出当时教育改革有所谓"直隶"模式和"湖北"模式之别,前者以开民智为主要目标,注重发展基层普及教育,对桐城古文比较尊重;后者重视经世致用,发展实业教育,又强调读经存古。两派力量于学制改革的方针以至具体措施,都有争持(175—187)。

〔34〕 关晓红指出:张百熙在草拟《钦定章程》期间,备受多方压力,文稿需要反复修改以回避各种批评,因此最终完成的章程已不能完全保存张百熙原来的主张(关晓红,41—55)。

〔35〕《立学总义》为京师大学堂定宗旨,只是照抄光绪二十七年十二月(1902年1月)令张百熙重理京师大学堂"端正趋向,造就通才"两句上谕(《着即开办大学堂并派张百熙经理谕旨》,北京大学、中国第一历史档案馆,93)。

〔36〕 1885年王之春《各国通商始末记》的《广学篇》、1879年黄遵宪《日本杂事诗》的《学校》注、1890年汤震《危言》的《中学》、1892年郑观应《盛世危言》的《学校篇》,都盛赞德国学制,当中花之安《德国学校论略》(又题《西国学校》)实在起了重大作用(参蔡振生,18;陈洪捷,136—140)。

〔37〕 德国大学不一定都开办全部四个学院(fakuläten; faculties);但从18到19世纪,德国大学设科基本上不会超出这个范围(McClelland,19—20;陈洪捷,24—25)。

[38] 郑观应《盛世危言》的早期版本卷一《学校》一篇,讨论泰西学校规制,称赞"德国尤为明备"之下,大量节录花之安《西国学校》的介绍;但在《盛世危言》较后期的版本中,《学校》篇增订为上下两篇,就删掉不少花之安的文字,改而大讲日本学制(《盛世危言》1 卷 2—3 页;《盛世危言增订新编》2 卷 1 上—23 下)。由此可以推想当时舆论焦点,已偏重较易访知的日本学制,多于欧洲远方的德国形式。中国官派实地考察德国教育,要迟至光绪三十二年(1906);次年(即光绪三十三年,1907)二月《学部官报》第 14 期及第 15 期发表了《考察政治大臣随员田吴炤考察教育意见书》,随后又分期刊登田吴炤《德意志教育》一文,报告考察的成果。同年蔡元培到德国游学三年,一直留心德国教育制度;回国后就任民国第一任教育总长,以及北京大学校长等职,中国教育的规划,才有真正的德国元素(陈洪捷,150—206)。

[39] 光绪二十二年(1896),梁启超曾代李端棻拟《奏请推广学校折》,其中提到拟想中的"京师大学"课程同省学一样,"诵经史子及国朝掌故诸书,而辅之以天文、舆地、算学、格致、制造、农桑、兵、矿、时事、交涉等书",但比省学"益加专精,各执一门,不迁其业",又因为"门目繁多","可仿宋胡瑗'经义'、'治事'之例,分斋讲习"(汤志钧、陈祖恩,117—118);论述指向也类似大学的分科,但重点是研习书籍的类别,排比也庞杂而欠条理,比不上孙家鼐的系统化安排。值得注意的是:梁启超在此也是"经、史、子"连及,而独遗"集"部。又,这段时期陆续还有一些有关京师大学堂设科的建议,如光绪二十三年(1897)熊亦奇《京师创立大学堂条议》主张大学堂专为"士"而设,设"格致"、"政治"二科,其余"农、工、商、兵"各立"专学"(朱有瓛,1下,628—629)。这些建议大都以"西学"、"致用"为关注点,少有全面的规划。有关学术分科的其他种种构想,可参左玉河《从"四部之学"到"七科之学"》。

[40] 只有少量的兼并和删减,如帝国大学工科下设九科,《章程》中的工艺科下只有八目,删去"火药"一科。

[41] 吴汝纶赴日考察时,曾拜访文部省菊池,菊池为他介绍日本的经验,指出办学的目标是:"其第一义以造就办事人才为要,政法一也,实业二也。"(《桐城吴先生尺牍》4 卷 57 页上下;《桐城吴先生日记·教育》34 页上;又参 Pittau, 270-282; Silberman, 183-216; Passin)。

[42] 张之洞在光绪二十四年(1898)写成的《劝学篇》说"今欲强中国、存中学,则不得不讲西学。然不先以中学固其根柢,端其识趣,则强者为乱首,弱者为人

奴,其祸更烈于不通西学者矣。……今日学者,必先通经以明我中国先圣先师立教之旨,考史以识我中国历代之治乱、九州之风土,涉猎子、集以通我中国之学术文章,然后择西学之可以补吾缺者用之、西政之可以起吾疾者取之。斯有益而无其害"(90)。到了撰拟《奏定章程》的时候,他意识到西学的优势更明显,提倡"尊经"基本上是出于退守根本的想法。

[43] 康有为《桂学答问》也说过:"人人皆当学经学";又说:"读书宜分数类:第一经义,第二史学,第三子学,第四宋学,第五小学及职官天文地理及外国书,第六词章,第七涉猎"(楼宇烈,29、41)。梁启超《学要十五则》将康有为的读书范围再约化为"经学"、"史学"、"子学"和"西学"四种(楼宇烈,49—56)。

[44] 这一点又可以从二者对"诸子学"的不同见解看到。康、梁等以诸子学开拓思辨,对经书中的义理也进行类似的驰想;梁启超后来在《近三百年学术史》中指出:"晚清'先秦诸子学'之复活,实为思想解放一大关键"(247)。可是张之洞《劝学篇》中《宗经》一篇谓"诸子驳杂"、"害政害事",若要兼读诸子,"当以经义权衡而节取之";又说:"光绪以来,学人尤喜治周秦诸子,其流弊恐非好学诸君子所及料者"(80)。所以原来《钦定大学堂章程》中"文学科"本有"诸子学"一目,《奏定大学堂章程》则径行删去;只在"经学科大学"的"理学门"下设"周秦诸子学派"一科,"以诸子证理学"(璩鑫圭、唐良炎,344)。可见张之洞于"中学"以守常为要务。

[45] 据说张百熙草拟《钦定章程》时,就曾经考虑过设立哲学科,当时《新民丛报》记载:"大学堂课程,本已酌妥送呈政务处,闻有'智学'与'国际学'二门,政府疑'智学'即'哲学',恐系'民权'、'自由'之变名,更疑'国际学'为不经之谈,皆拟删改,再三考问"〔《新民丛报》第9号(1902年6月6日);转引自关晓红,46〕。张之洞在光绪二十八年(1902)上的《筹定学堂规模次第兴办折》中"防流弊"一则说"不可讲泰西哲学",因为:"中国之衰,正由儒者多空言而不究实用。西国哲学流派颇多,大略与战国之名家相近,而又出入于佛经论之间;大率皆推论天人消息之原。人情、物理、爱恶攻取之故。盖西学密实已甚,故其聪明好胜之士,别出一途,探赜钩深,课虚骛远。究其实,世俗所推为精辟之理,中国经传已多有之。近来士气浮嚣,于其精意不加研求,专取其便于己私者,昌言无忌,以为煽惑人心之助;词锋所及,伦理、国政任意抨弹。假使仅尚空谈,不过无用;若偏宕不返,则大患不可胜言矣。中国圣经贤传,无理不包。学堂之中,岂可舍四千年之实理而骛数万里外之空谈哉?"(璩鑫圭、唐良炎,

108—109)

〔46〕戴燕在讨论《钦定》和《奏定》京师大学堂章程时,似乎混淆了"文学"的宽狭两种不同用法。她说《钦定章程》的"文学科""几乎是沿袭了中国古代以文章与学术为文学的观念";又说《奏定章程》中"经学、理学倒是从文学门中另立出来了,不过,文学门里依然包括史学、文学两科"(《文学史的权力》,7页)。其实戴燕批评的两处"文学",在原来章程中都在指称宽泛的人文学科,相当于日本学制的文科大学,或者西方学制的 Faculty of Arts,或者 School of Humanities 等范围;《钦定章程》中的狭义"文学"在"词章学",《奏定章程》的狭义"文学"则在"中国文学门"。当然,戴燕的主要论述还是有效而且极为精彩的。

〔47〕王国维《奏定经学科大学文学科大学章程书后》批评这个安排;他认为"地理学门"可以归并入"格致科大学"的"地质学门"(潘懋元、刘海峰,12)。

〔48〕陈平原《新教育与新文学》以为:"《奏定大学堂章程》与《钦定大学堂章程》的巨大差别,不只在于突出文学课程的设置,更在于以西式的'文学史'取代传统'文章流别'"(《中国大学十讲》,112页)。这个判断可能过于乐观,但陈平原对"文学"学科的发展脉动,拿捏却非常精准。

〔49〕据姚永朴记载:"近世湘乡曾文正公论文,亦以'训诂精确'为贵,可见欲文章之工,未有可不用力于小学者。曩时巴县潘季约为永朴述南皮张文襄公督学四川日,每谆谆以此训后进"(《文学研究法》,5页)。后来在北京大学教中国文学的代表人物,无论是桐城派的姚永朴,还是章太炎门下的刘师培,都主张文学必先由文字(小学)入手。

〔50〕刘师培文原刊于1919年出版的《国故》月刊,第3期。

〔51〕"文学研究法"和"周秦至今文章名家"同样是大学堂第一、二、三年都要修习的科目,三学年每星期上课钟点同是:2、2、3,合计8个钟点。其余"主课"每星期钟点三学年合计如"说文学":3,"音韵学":3,"历代文章源流":2,"古人论文要言":2,"周秦传记杂史·周秦诸子":2,都远低于"文学研究法"和"周秦至今文章名家"(璩鑫圭、唐良炎,354—355)。

〔52〕张之洞光绪元年(1895)还刊行了另一本指导诸生和童生应举治学的《輶轩语》,《奏定章程》中有不少主张已先见于此,例如:"词章家宜读专集"、"唐以前书宜多读,为其少空言耳。大约秦以上书,一字千金。由汉至隋,往往见宝……。唐至宋,去半留半。南宋迄明,择善而从";"周秦以至六朝,文字无骈、散之别;中唐迄今,分为两体,各为专家之长,然其实一也";"梁刘勰《文心雕

龙》,操觚家之圭臬也,必应讨究"(《张之洞全集》9788、9791、9810)。朱维铮《学人必读书——张之洞和〈书目答问〉两种》一文,对〈书目答问〉和《輶轩语》的写作目的有深入的介绍(《求索真文明》,114—136页),可以参考。

[53] 《奏定章程》中的《学务纲领》特别有一则:"学堂不得废弃中国文辞",一方面声明各学堂"中国文学"一科,"并不妨碍他项科学",这种防卫机制的表现,与解释"读经"时的心理一样;另一方面反复解释"中国文学"的用途,先说各体文辞各有其用:古文可以"阐理纪事,述德达情",骈文用于"国家典礼制诰",古今体诗辞赋可以"涵养性情,发抒怀抱";再说必先"能为中国各体文辞",然后"能通解经史古书,传述圣贤精理";继而指出学子将来入官后,要能操笔为文,撰写"奏议、公牍、书札、记事"等(璩鑫圭、唐良炎,493)。

[54] "古经"原作"古今",复检影印"湖北学务处本",亦作"古今"(见多贺秋五郎,238)。然而林传甲据《章程》编写《中国文学史》,其中第六篇题作《古经言有物言有序言有章三语为作文之法》(65页)。按"言有物"、"言有序"之说出自《周易》,"言有章"出自《诗经》,林传甲之题比较可靠。

[55] 最广为人知的例子是宋代严羽《沧浪诗话》,其中《诗体》一章罗列诸体,其基准亦繁杂无系统(《沧浪诗话校释》,49—107)。

引用书目

中文部分

[不记名]:《张文襄公与教育之关系》,《教育杂志》,1卷10期(1909年10月):19—23页。

丁伟志、陈崧:《中西体用之间》,北京:中国社会科学出版社,1995年版。

中国史学会主编:《戊戌变法》,《中国近代史资料丛刊》,上海:上海人民出版社,1961年版。

孔祥吉:《京师大学堂创建时的新旧之争:以李盛铎为例》,《中华文史论丛》,钱伯城、李国章主编:上海:上海古籍出版社,1999年版,89—105页。

方苞:《方苞集》,上海:上海古籍出版社,1983年版。

王先明:《近代新学:中国传统学术文化的嬗变与重构》,北京:商务印书馆,2000年版。

王桂主编:《中日教育关系史》,济南:山东教育出版社,1993年版。
王梦凡、刘殿臣:《旧中国高等教育史话》,呼和浩特:内蒙古教育出版社,1991年版。
王尔敏:《清季知识分子的中体西用论》,《晚清政治思想史论》,台北:自印本,1969年版,52—100页。
王晓秋:《戊戌维新与京师大学堂》,《北京大学学报》,1998年2期,75—85页。
王宝平主编:《晚清中国人日本考察记集成》,杭州:杭州大学出版社,1999年版。
北京大学、中国第一历史档案馆编:《京师大学堂档案选编》,北京:北京大学出版社,2001年版。
左玉河:《从"四部之学"到"七科之学"——晚清学术分科观念及方案》,《光明日报》,光明网,2000年8月11日。
田吴炤:《考察政治大臣随员田吴照考察教育意见书》,《学部官报》,14期(1907年2月1日)、15期(1907年2月21日),台北:国立故宫博物馆,1980年影印,301—309、349—350页。
田吴炤:《德意志教育》,《学部官报》,18期(1907年3月11日)、20期(1907年4月1日)、22期(1907年4月21日),台北:国立故宫博物馆,1980年影印,385—389、424—427、466—467页。
多贺秋五郎:《近代中国教育史资料·清末编》,台北:文海出版社,1972年影印。
朱有瓛主编:《中国近代学制史料》,上海:华东师范大学出版社,1986年版。
朱维铮:《求索真文明——晚清学术史论》,上海:上海古籍出版社,1996年版。
竹内弘行:《关于梁启超师从康有为的问题》,《梁启超·明治日本·西方——日本京都大学人文科学研究所共同研究报告》,狭间直树编,1—31页。
吴汝纶:《东游丛录》,东京:三省堂书店,明治35年(1902),《晚清中国人日本考察记集成》影印,王宝平主编,243—393页。
吴汝纶:《桐城吴先生尺牍》,吴闿生编:《近代中国史料丛刊》,台北:文海出版社,1969年版。
吴汝纶:《桐城吴先生日记》,吴闿生编:《近代中国史料丛刊》,台北:文海出版社,1969年版。
李善兰:《德国学校论略序》,《德国学校论略》,卷前。
林信宏:《由国家对学校教育之意识形态控制论晚清教育法制的继受——以京师大学堂章程(1898)为素材》,《法律评论》,63卷7—9期合刊(1997年9月),27—38页。

林传甲:《京师大学堂国文讲义中国文学史》,广州:广州存珍阁,1914年版。

花之安(Ernst Faber):《德国学校论略》,光绪二十三年(1897)慎记书庄《西政丛书》本。

金以林:《近代中国大学研究》,北京:中央文献出版社,2000年版。

姚永朴:《文学研究法》,合肥:黄山书社,1989年版。

夏晓虹:《觉世与传世——梁启超的文学道路》,上海:上海人民出版社,1991年版。

狭间直树编:《梁启超·明治日本·西方——日本京都大学人文科学研究所共同研究报告》,北京:社会科学文献出版社,2001年版。

翁飞:《吴汝纶与京师大学堂》,《安徽大学学报》,24卷2期(2000年3月):96—103页。

郝平:《北京大学创办史实考源》,北京:北京大学出版社,1998年版。

高时良编:《中国近代教育史资料汇编·洋务运动时期教育》,上海:上海教育出版社,1992年版。

康有为:《康有为全集》,姜义华、吴根梁编校,上海:上海古籍出版社,1990年版。

张之洞:《书目答问补正》,范希曾编,上海:上海古籍出版社,1983年版。

张之洞:《张之洞全集》,苑书义、张华峰、李秉新主编,石家庄:河北人民出版社,1998年版。

张之洞:《劝学篇》,李忠兴评注,郑州:中州古籍出版社,1998年版。

张希林、张希政:《恢复重建京师大学堂的张百熙》,《北京大学学报》,35卷2期(1998),105—113页。

张灏:《思想的转变和改革运动》,《张灏自选集》,上海:上海教育出版社,2002年版,126—197页。

梁启超:《近三百年学术史》,上海:中华书局,1937年再版。

梁启超:《饮冰室合集》,北京:中华书局,1989年影印上海中华书局1936年本。

庄吉发:《京师大学堂》,台北:台湾大学文史丛刊,1969年版。

陈平原:《中国大学十讲》,上海:复旦大学出版社,2002年版。

陈平原:《老北大的故事》,南京:江苏文艺出版社,1998年版。

陈青之:《中国教育史》,上海:商务印书馆,1936年版。

陈洪捷:《德国古典大学观及其对中国大学的影响》,北京:北京大学出版社,2002年版。

陈学恂主编:《中国近代教育大事记》,上海:上海教育出版社,1981年版。

陈钟凡:《中国文学批评史》,上海:中华书局,1927年版。
汤志钧、陈祖恩编:《中国近代教育史资料汇编·戊戌时期教育》,上海:上海教育出版社,1993年版。
赵尔等:《清史稿》,北京:中华书局,1977年版。
刘师培:《刘师培中古文学论集》,陈引驰编校,北京:中国社会科学出版社,1997年版。
刘龙心:《学科体制与近代中国史学的建立》,《20世纪的中国学术与社会:史学卷》罗志田主编,济南:山东人民出版社,2001年版,449—580页。
刘龙心:《学术与制度:学科体制与现代中国史学的建立》,台北:远流出版公司,2002年版。
楼宇烈整理:《长兴学记·桂学答问·万木草堂口说》,北京:中华书局,1988年版。
潘懋元、刘海峰编:《中国近代教育史资料汇编·高等教育》,上海:上海教育出版社,1993年版。
蔡振生:《近代译介西方教育的历史考察》,《北京师范大学学报》,1989年2期,16—22页。
郑观应:《盛世危言》,台北:学术出版社,1965年影印光绪十八年本。
郑观应:《盛世危言增订新编》,台北:学生书局,1965年影印哥伦比亚大学藏本。
钱曼倩、金林祥主编:《中国近代学制比较研究》,广州:广东教育出版社,1996年版。
戴燕:《文学史的权力》,北京:北京大学出版社,2002年版。
璩鑫圭、唐良炎编:《中国近代教育史资料汇编·学制演变》,上海:上海教育出版社,1991年版。
璩鑫圭编:《中国近代教育史资料汇编·鸦片战争时期教育》,上海:上海教育出版社,1990年版。
关晓红:《晚清学部研究》,广州:广东教育出版社,2000年版。
严羽:《沧浪诗话校释》,郭绍虞校释,北京:人民文学出版社,1983年第二版。
严复:《严复集》,王栻主编,北京:中华书局,1987年版。

外文部分

Abe, Hiroshi. "Borrowing from Japan: China's Modern Educational System." *China's Education and the Industrialized World*. Ed. Ruth Hayhoe and Marianne Bastid. 57-80.
Bartholomew, James R. "Japanese Modernization and the Imperial Universities, 1876-1920,"

The Journal of Asiatic Studies. 37.2 (1978.2): 251-271.

Bastid, Marianne. "Servitude or Liberation? The Introduction of Foreign Educational Practices and Systems to China." *China's Education and the Industrialized World*. Ed. Ruth Hayhoe and Marianne Bastid. 3-20.

Chang, Hao. *Liang Ch'i-ch'ao and Intellectual Transition in China, 1890-1907*. Cambridge, Mass.: Harvard UP, 1971.

Hayhoe, Ruth, and Marianne Bastid, ed. *China's Education and the Industrialized World: Studies in Cultural Transfer*. Armonk, N.Y.: M.E. Sharpe, 1987.

Hayhoe, Ruth. *China's Universities 1895-1995: A Century of Cultural Conflict*. Hong Kong: The Comparative Education Research Centre, The University of Hong Kong, 1999.

McClelland, Charles E. *State, Society, and University in Germany, 1700-1914*. Cambridge: Cambridge UP, 1980.

Passin, Herbert. *Society and Education in Japan*. New York: Teachers College, Columbia University, 1965.

Pittau, Joseph. "Inoue Kowashi and the Meiji Education System." *Monumenta Nipponica* 20 (1965): 270-282.

Silberman, Bernard S. "The Bureaucratic Role in Japan, 1900-1945: The Bureaucrat as Politician." *Japan in Crisis: Essays on Taisho Democracy*. Ed. Bernard S. Silberman and H.D. Harootunian. Ann Arbor, Mich.: Center for Japanese Studies, U of Michigan, 1999, 183-216.

Wellek, René, and Austin Warren. *Theory of Literature*, 3rd ed. New York: Harcourt Brace Jovanovich, Inc., 1959.

第二章

"错体"文学史
——林传甲的"京师大学堂国文讲义"

"第一本中国文学史"与林传甲的"国文讲义"
"国文讲义"与《支那文学史》及《奏定章程》的关系
《中国文学史》的文学史意识
结语

　　京师大学堂的成立,除了为"文学"的学科地位立下规模之外,还启动了"中国文学史"的书写活动。

　　林传甲撰成的"京师大学堂国文讲义"以《中国文学史》为题出版,长时间被视为国人撰写的第一本"中国文学史"。经过一个世纪的操演锻炼,至今"文学史"书写已变成一项极为陈熟的作业,在学校教育与学术研究之间的畛域内走进走出。然而,今天我们再回顾一百年前"文学史"的起动机缘,会发现无论是当时的撰述还是日后的批评,都存在种种错觉和误会。以下我们就林传甲这一份京师大学堂讲义做一考析,梳理其中的"文学"或"文学史"的理念,并试图澄清过去一些误解。

一 "第一本中国文学史"与林传甲的"国文讲义"

"中国文学史"的撰述,由外国学者草创,已是众所周知的事实,只是"谁是第一"的问题,多年来学界仍然有兴趣追问。早期不少论述都重复郑振铎在1922年所说的话,以为英国人翟理斯(Herbert Allen Giles, 1845-1935)在1901年写成世界上最早的"中国文学史"(《评 Giles 的中国文学史》,31—35页;《我的一个要求》,36—38页)。[1]此说后来不断被修正,最近的意见是俄国汉学家瓦西里耶夫(V. P. Vasiliev;汉名:王西里,1818—1900)在1880年出版的《中国文学史纲要》才是世界最早(参李明滨《中国文学在俄苏》,13—22页;李明滨《世界第一部中国文学史的发现》,92—95页;陈福康《谈"外国人所作之中国文学史"》,234—237页;陈福康《再谈"外国人所作之中国文学史"》,238—239页)。[2]

那么,中国人撰写的第一本"中国文学史"究竟是谁、什么时候面世的?这是1930年代有关"文学史"的论述一个习见话题。譬如胡怀琛《中国文学史概要》(1931,11页)、胡云翼《新著中国文学史》(1932,1—3页)、郑振铎《插图本中国文学史》(1932,2页)、张长弓《中国文学史新编》(1935,7页)、容肇祖《中国文学史大纲》(1935,2页),都提到林传甲《中国文学史》是国人所著的最早一本文学史;然而各人对林著的评价都差不多,基本上是负面的。这个评断很有可能源出于郑振铎在1922年9月发表于《文学旬刊》的一篇文章:《我的一个要求》。同一年的3月,胡适为《申报》五十周年纪念写成《五十年来中国之文学》。这篇长文(后来单行出版)正如题目所言,检讨了1922年以前五十年的文学发展,而以该年教育部规定"国民学校的国文完全改成国语",作为"文学革命"宣告成功的依据(胡适,104—105;又参古棪,406)。就在"新文学运动"已告功成的文化背景下,郑振铎充满信心地回顾前瞻,不仅评断"过去",还要重新审视有关"过去"的书写,提出新的要求,为"新"文学开路。他在文章第一句说:"我要求一部'中国文学史'",然后评论所见的九本"中国文学史"。他对林传甲之作的评价是:

名目虽是"中国文学史",内容却不知道是什么东西!有人说,他都是钞《四库提要》上的话,其实,他是最奇怪——连文学史是什么体裁,他也不曾懂得呢!(《郑振铎古典文学论文集》,36—37页)

郑振铎不满意于过往所有的"中国文学史",在篇末感叹:"实际上却还可以说没有一本呢!"于是,他就自己操刀,后来写出两本重要的文学史——《文学大纲》(1927)和《插图本中国文学史》(1932)。二三十年代涌现大量新撰的"中国文学史",其实也是在回应郑振铎的要求,试图从内容到形式,给"文学史"的书写找出一个合乎"新时代"标准的模式。[3]

林传甲的《中国文学史》作为"京师大学堂讲义",当然引人注目;除了在大学堂流通之外,又曾在报刊连载,继而正式刊印发行全国,例如武林谋新室的刊本,到1914年已刊印六版;现时还可以见到同年广州另有存珍阁版,估计当时争刊此书的书店不少。[4]相对于约略同时撰写,却流通不广的黄人《中国文学史》或者窦警凡《历朝文学史》,林传甲之作更容易被锁定为攻击目标。[5]于新文学运动底定文坛,无论教育、学术都在追寻新气象的情况下,"第一本"之称,大概招来的是"毁"多于"誉"。[6]

事实上,郑振铎确有理由怀疑林传甲"连文学史是什么体裁也不曾懂得"。为了说明这一点,我们得回溯林传甲这份讲义的制作目的和过程。

林传甲(1877—1922),字归云,号奎腾,福建闽侯人。六岁丧父,由母亲刘氏教养成长,后来就学西湖书院,"博览群书,旁通舆地数学"。又在湖北开办小学,学识才干受到湖广总督张之洞的器重。柯劭忞、吴树梅等为湖南督学时,他都受聘任教襄校;太守刘若曾又请他创办辰州中学。光绪二十八年(1902),他以监生资格回福建应试,考取第一名举人。接着到京师参加会试,不中。光绪三十年(1904),经严复推荐,被张百熙聘为京师大学堂教习。光绪三十一年(1905)拣选广西知县,同年赴黑龙江,参与黑龙江的教育改革。后来更致力于《大中华地理志》的编纂。1922年在吉林省教育官署任内逝世,年四十五。著作除了《中国文学史》以外,还有:《代微积浅释》、《图史通义》、《筹笔轩课程》、《黑龙江乡土志》、《黑龙江女学文范》等等(参林传甲《大中华吉林省地理志序》,《吉林纪略》,249—250页;万福麟、张伯英,57

卷13上下;李江晓,37—39;王桂云,47—48、46;马放,273—275)。回顾林传甲一生的事业,编写《中国文学史》的时段不算重要;他在京师大学堂任中文教习只短短一年。[7]林传甲的事功应该以他在黑龙江等关外地区兴办"普及初等教育"和"女学"最为重要,众多著作中亦以"舆地、方志之学"更有时代意义。[8]

光绪三十年(1904)五月,林传甲入京师大学堂任国文教习。当时分科大学尚未成立,[9]大学堂只有"豫备科",附设"仕学馆"和"师范馆"。光绪二十九年十一月(1904年1月)《奏定章程》颁行,"师范馆"改照《优级师范学堂章程》办理,改为"优级师范科"。[10]林传甲到任后,就在此负责国文教学。

就在林传甲上任的那一年,京师大学堂有一份《详细规则》颁布,规定教习要在上课前一星期(至迟五日前)将讲义送教务提调察核;每学期毕(至迟十日)又要将期内所授功课做一授业报告书,送教务提调察核(北京大学校史研究室,1卷231)。林传甲五月到任,马上要赶编讲义;边教边写,"奋笔疾书,日率千数百字",同年十二月学期完结之前共写成十六篇,就以这份讲义为学期"授业报告书"呈交教务提调。[11]可以想象,林传甲是非常匆促地草成这份"国文讲义"的,尤其我们考虑到他要面对不同的限制和要求。

按照《奏定优级师范学堂章程》,此科的课程共有三节:开始是"公共科",学生在未"分类"以前共同修习,一年毕业;继而"分类科"(共分四类:第一类以中国文学、外国语为主;第二类以地理、历史为主;第三类以算学、物理学为主;第四类以植物、动物、矿物、生理学为主),三年毕业;"加习科"则供"分类科"毕业生自愿留习一年,深造教育理法。

"公共科"有八科,其中有"中国文学"一科,课程说明是:

> 讲历代文章源流义法,间亦练习各体文。

"分类科"共有四类,但都要修习"中国文学"科,三年课程的内容都是:"练习各体文"(璩鑫圭、唐良炎,413—424)。

林传甲到任后要教的是"分类科"课程,但他发觉班上学生,根本没有上过"中国文学"的课。于是他以半年的时间,为"分类科"学生补讲"公共科"

一年的"中国文学课程"(《中国文学史》"目次"24)。林传甲说:

> 今"优级师范馆"及大学堂"预备科"章程,于"公共课"则讲"历代源流义法",于"分类科"则"练习各体文字"。惟教员之教授法,均未详言。查《大学堂章程》"中国文学专门科目",所列"研究文学众义",大端毕备。即取以为讲义目次,又采诸科关系"文学"者为子目,总为四十有一篇。每篇析之为十数章,每篇三千余言,甄择往训,附以鄙意,以资讲习(1)。

以上详细交代林传甲实际教学需求和具体目标,目的在于揭示他的"国文讲义"是何等芜杂不纯的材料总汇。我们要注意的有几点:第一,按章程他要教的是"分类科"的"练习各体文",但他要用半年去追补"公共科"的"讲历代文章源流义法,间亦练习各体文"的课程。第二,因为章程没有说明"优级师范科"的教法,他就"越级"取资于"文科大学"中的"中国文学门"的说明。第三,他取材并不专据"历代文章流别"一科,大概因为这一科的说明太简略——只有"日本有《中国文学史》,可仿其意自行编纂讲授"一句,他只好到处张罗;先借用"文学研究法"的四十一项说明作大纲,再掺杂其他科"关系文学者",作为子目,凑成一部讲义。第四,这个"四十一篇"的初步构想,到后来大概因为教学课时所限,也可能是教学过程中发觉难以完全发挥,于是顺着次序编到"研究要义"的第十六项就告一段落;完稿时还得自圆其说:

> 大学堂讲义,原系四十一款,兹已撰定十六款。其余二十五款,所举纲要,已略见于各篇,故不再赘("目次"24)。

第五,林传甲也没有忘记《大学堂章程》"历代文章流别"的指示,于是他就在开卷时声明:

> 传甲斯编,将仿日本笹川种郎《中国文学史》之意,以成书焉(1)。

事实上,《奏定大学堂章程》的"研究文学要义",与日本《中国文学史》根本是两回事;目标不同,要求不同。林传甲如何结合、能否成功结合"研究文学要义"与日本"文学史"之意,将在下一节讨论。

二 "国文讲义"与《支那文学史》及《奏定章程》的关系

上文提到,林传甲在非常匆忙的情况下草成这份"国文讲义"。他在这个学期完课以后不久,以拣选广西知县而离任,同年底又远赴黑龙江新职。一般授课讲义如果打算正式出版,往往通过不止一次的讲授试验,以更长的时间打磨修订;林传甲的讲义有没有机会再用,目前的资料不足以查考。事实上,当这一部讲义四处流通的时候,林传甲人在关外,其事业的重心也不在"文学史"。十年后,他曾经回到北京,但交往的是"中国地学会"中人,不再措心"文学"(参林传甲《大中华吉林省地理志序》,《吉林纪略》,250页)。[12]其他人赋予这本讲义任何深义,与他已无关涉。

然而,今天我们重读这本早期的《中国文学史》,确能发掘到不少深义。20年代以还,郑振铎等人批评林传甲,主要是为了拆解不合时宜的"过去",建构新的文学传统——寻求一种配合当前意识形态的历史书写模式。[13]此一拆建工程,可说非常成功。以后,从事中国文学研究专业的学者,大概都没什么兴趣去细读这一本老朽之作。[14]直到晚近,当时代不单容许、更催促我们反省自身的"位置",究问一切的"理所当然",我们才看到精彩的"林传甲研究"。

夏晓虹的《作为教科书的文学史——读林传甲〈中国文学史〉》(1995),最先带我们"回到现场",看到这本《中国文学史》不外是一本"贯彻教学纲要的教科书",不要误以为是"个人独立的撰述"(《作为教科书的文学史》,345—350页);这种举重若轻的评断,自然与八九十年代的最新思潮有关。[15]

戴燕《中国文学史的早期写作——以林传甲〈中国文学史〉为例》

(1997),则比照现今和过去,以林传甲的《中国文学史》刺激我们的阅读和思维的习惯,"反思近百年来文学史著述所经历的过程",并"借助早期文学史的桥梁去沟通古代,温故而知新"(《文学史的权力》,171—179页)。

米列娜(Milena Doleželová-Velingerová)又从"文学"多义的角度重读林传甲的文学史,认为他紧守旧儒家的"文以载道"的思想;所谓"文学",于林传甲而言,只是宽泛的"人文学"(humanities)。对这本《中国文学史》,米列娜只能表示失望("Literary Historiography in Early Twentieth-Century China", *The Appropriation of Cultural Capital*, 129-134)。

上述几篇精彩的论文,让我们受益匪浅。这里可以补上的一笔是:林传甲的"文学史书写",其实是历史上一次有意无意的"错摸"。其间的周转过程,或者可以从林传甲的讲义与笹川种郎《支那文学史》的关系说起。

(一) 仿日本笹川种郎《支那文学史》之意

日本文学史的书写,可以明治二十三年(1890)为一个标记。作为日本第一本的国家文学史,由三上参次、高津锹三郎合著的《日本文学史》,在这一年正式面世。同年又有上田万年编选的《国文学》,芳贺矢一、立花铣三郎《国文学读本》出版;落合直文、池边义象、萩野由之的《日本文学全书》也在明治二十三年到二十五年(1890—1892)完成。这些著编的出现,代表日本学术中的"国学"蜕变为"国文学"的时代;一时间,与欧洲"民族国家"观念密切相关的"国语文学"和"国家文学史"的思潮大盛。[16]为了适应时世,汉学研究亦进行了深刻的改革;新进的汉学研究者,开始借用新近输入的方法,重新讨论"支那"的"文学"。[17]笹川种郎的《支那文学史》就是这个风潮下的产物。这本《文学史》出版于明治三十一年(1898),全书分九期论述"春秋以前的文学"到"清朝文学"。其特色有两点:一、从地域人种风俗的殊相讨论中国文学的特色,二、以"想象"、"优美"等概念论述文学。前者源自欧洲的"国族"思想,尤其丹纳《英国文学史》(Hippolyte Taine, *History of English Literature*, 1864)的"人种、环境、时代"的分析架构;后者也是从西方输入的现代"文学"规范。至于现代中国论者将这本《文学史》与林传甲之作相比时,就特别重视笹川对小说戏曲等文体的论述(参黄霖《日本早期的中国文学史著作》,100页;夏晓虹,348页;戴燕,176页)。

笹川种郎的《支那文学史》出版后,很快就传到中国。在光绪二十九年十一月(1904年1月),也就是《奏定章程》颁行的同时,上海中西书局把这本书翻译,改题为《历朝文学史》印行。林传甲固然有可能看过这个翻译本,但他对日本资料似乎很熟悉,他说"仿其意"之所本,应该是指日文的《支那文学史》。不过,林传甲究竟掌握了几多笹川之"意",实堪怀疑。除了主张"师其意"等比较概括抽象的说法之外,在他的"讲义"的细节讨论中,共引述笹川三次,其中最惹人注目的是批评笹川《文学史》之重视元代小说戏曲:

> 日本笹川氏撰《中国文学史》,以中国曾经禁毁之淫书,悉数录之。不知杂剧、院本、传奇之作,不足比于古之《虞初》,若载之风俗史犹可。(坂本健一有《日本风俗史》,余亦欲萃"中国风俗史",别为一史。)笹川载于《中国文学史》,彼亦自乱其例耳。况其胪列小说戏曲,滥及明之汤若士、近世之金圣叹,可见其识见污下,与中国下等社会无异(182)。

今天我们会觉得林传甲的文学观极端保守,[18]其实当时戏曲小说在民间已非常通行,也开始有知识分子认识到小说的社会功能。不过,林传甲这种鄙视通俗世界的态度,却是身在建制的知识分子的正常表现;尤其在京师大学堂的环境之内,他并没有很多选择。我们注意到,《奏定章程》的众多文件中包括一份《奏定各学堂管理通则》,其中《学堂禁令章第九》有一则规定:

> 各学堂学生,不准私自购阅稗官小说、谬报逆书。凡非学科内应用之参考书,均不准携带入堂(璩鑫圭、唐良炎,482)。

这个禁令,大概执行得颇为认真。京师大学堂光绪三十年(1904)的档案中有这样的纪录:

> 总监督示:查《奏章》以学生购阅稗官小说,垂为禁令。瞿士勋身为

班长,自应恪守学规,以身作范。乃携《野叟曝言》一书于自习室谈笑纵览。既经监学查出,犹自谓"考社会之现象,为取学之方";似此饰词文过,应照章斥退。姑念初次犯规,从宽记大过一次,并将班长撤去。特示(北京大学、中国第一历史档案馆,252)。

我们可以想象:林传甲要督导如这位班长一类的学生,如果他的思想不能配合,也会是相当痛苦的事。由是,我们固然不会欣赏林传甲的守旧,但也不必过于深责。反之,他从体例角度去思量"文学史"与"风俗史"分流划界的问题,似乎保存了一种严格的学术态度。可惜,他大概没有真的去编写"中国风俗史",他的"国文讲义"的体例,也不算很严谨。

林传甲在"讲义"第九篇《周秦诸子文体》另有两次提到笹川《支那文学史》:一是论庄子,另一是论韩非子。复检笹川原书,可见《支那文学史》在这两个地方的讨论都能配合全书的宗旨,以南北人种之说立论;例如说庄子与孟子分别绍述南方老子与北方孔子的精神(57—64),韩非子的文学是南北合流的表现(69—74)。笹川又能从发展的角度分析各家的思想文辞,赢得夏晓虹、黄霖、米列娜等学者的赞赏(夏晓虹,348;黄霖《日本早期的中国文学著作》,100页;Doleželová,130—131)。

林传甲虽然引述笹川的论点,但他自己的观察点却完全不同。论韩非子"创刑律之文体",重点在于韩非子的法家思想(110—111)。论庄子文辞时提及孟子,但依林传甲的体例,两者更重要的分野在孟子属"经部",而庄子入"子部"(78、103、108—110)。又如林传甲辨屈原《楚辞》之体,结论是应入"子部"。[19]《中国文学史》由第七篇到第十六篇,先是经、子、史等体的辨识;然后是集部的历朝各体、骈散分合等的体认。这种辨体工夫,主要从功能角度做剖析,例如说"《周髀》创天文志历之体"、"《神农》《本草》创植物科书文体"、"《孙子》创兵家测量火攻诸文体"、"《老子》创哲学卫生家之文体"。因为立足点在区别功能的异同,是"共时"(synchronic)意味的分析描述,并没有探究"历时"(diachronic)轨迹上的变化承传。因此,与笹川的论述倾向,明显不同。

第二章 "错体"文学史

(二) 取大学堂章程以为讲义

上文指出,林传甲《中国文学史》各篇题旨,包括各种文体的标目,都是从《奏定大学堂章程》"文学科大学·中国文学门"课程中的"研究文学之要义"一节,顺次抄来,因此学者们都说林传甲这部教材"不折不扣地执行了《章程》中有关文学研究"的规定(戴燕《文学史的权力》,7页;又参夏晓虹,350;陈平原《中国大学百年》,117—118页)。然而,经过细心查考以后,我们发觉林传甲并不如大家想象的"循规蹈矩"。

上一章分析《奏定大学堂章程》"中国文学门"的设计,曾指出这是一个形式上相当工整匀称的架构,具备现代"学科"的规模。虽然就"文学"定义的内容来看,其观念还是不离传统"词章"之学;但规划方式却有现代意义:论文学的本体有"周秦至今文章名家",从历时角度讨论文学的有"历代文章流别",从作品于读者的接受层面着眼的有"古人论文要言";周边的支援科目有"说文学"、"音韵学"、"周秦传记杂史·周秦诸子"、"四库集部提要"、"西国文学史"等。"研究文学要义"是总纲科目"文学研究法"的说明,其范围当然广及整个课程的各个环节;这四十一款的说明与"历代文章流别"或者"中国文学史"根本广狭有别,重点不同。林传甲为了讲授"优级师范科"的课程,顺手借用另一级别、另一科目的课程说明头十六款,其效果必然超出《奏定章程》原来的设计。

再者,林传甲还有不少"不依规矩"的地方。例如《奏定大学堂章程》特别交代:"文学家于周秦诸子当论其文,非宗其学术也"(璩鑫圭、唐良炎,357);《奏定优级师范学堂章程》再声明"周秦诸子,……文章家尤不能废"(璩鑫圭、唐良炎,424)。其原意固然是"尊经卫道",却适时地带给"文学"一个"专业"的学科地位。于此,林传甲完全表现出一种反抗的态度,说:

"文学家于周秦诸子当论其文,非宗其学术也",此张南皮之说也。窃以为学周秦诸子,必取其合于儒者学之,不合儒者置之,则儒家之言已备,何必旁及诸子?所以习诸子者,正以补助儒家所不及也。吾读诸子之文,必辨其学术,不问其合于儒家不合儒家,惟求其可以致用者读之;果能相业如管仲、将略如孙吴,胜于俗儒自命为文人矣(116)。

林传甲这套论说,大概是维新派的主张,与康、梁的思想相近。然而,若就"文学"专科的发展而言,林传甲之轻蔑"文人",可说是"走回头路"。我们又说过,林传甲在《周秦诸子文体》一篇,曾征引笹川《文学史》两次。可是,同篇中却曾引述日本小宫山绥介《孙子讲义》三次、大田才次郎《庄子讲义》一次、远藤隆吉《中国哲学史》三次(105、106、108、109、112、113)。由此可见林传甲对诸子"学"的兴趣,远远大于诸子"文"。再如论《史记》,林传甲批评"今人"之"不求其实,而求其文",他的愿望是:"愿学者博考乎图史,以成有用之文"(129);又批评《昭明文选》及"近世选古文者",不收江统"关系民族兴衰"的《徙戎论》,"可谓无识"(156);又说:"吾惟祝今日之实学,远胜古人;不欲使才智之士,与古人争胜于文艺"(169)。这种思考,充斥全书。从这个角度而言,林传甲的见解并不反映《奏定学务纲要》所说"大学堂设有文学专科,听好此者研究"的"专业"取向(璩鑫圭、唐良炎,493)。

林传甲于《奏定大学堂章程》的"变通",还见于"研究文学要义"中两则纲领式说明的借用。原来《章程》第五则是:"'修辞立诚'、'辞达而已'二语为文章之本",第六则是:"古经'言有物'、'言有序'、'言有章'三语为作文之法"(璩鑫圭、唐良炎,355)。两项说明都是传统文学观念的表现:前句认为文字著述要本于至诚之心,不慕浮华;后句说明为文必须言之有物,也要合乎规式程序,有一定章法。然而到了林传甲手中,却变成"修辞"、"章法"和"篇法"的讲授,变成纯粹的语文操作的指导了。他的"国文讲义"第五篇题下注说:

> 日本文学士武岛又次郎所著《修辞学》较《文典》更有进者,今略用《文典》意,但以修辞达意之"字法"、"句法",著于此篇;又以"章法"、"篇法",著于下篇。其详则别见《文典》(52)。

所谓《文典》,大概是讲授规范语法的教本;有没有正式成编,一时未能详究。[20]不过"国文讲义"中,以两篇共三十六章来讨论"修辞"、"章法",看来是要照顾《奏定优级师范学堂章程》的课程要求;因为按规定,"公共科"和"分类科"的"中国文学"都要"练习各体文字"。"写作"及"指导写作",都是师范教育的重要环节。篇中若干夹注如:"此篇多本家慈刘安人之家庭教育法。……谨质之留心教育者"(52)。"此章为蒙学教授法"(53)。"此章原于《内则》,今西人蒙师多以妇人充之,中国乃以为老儒娱老之事,故不能体察孩提性情,诸多窒碍"(54)。清楚说明"教育法"是这些章节的目标之一。林传甲这个做法,以"师范科"来说,当然合情合理;但把这部分课程的讲义,归并到题作《中国文学史》的著作中,就不伦不类了。

三 《中国文学史》的文学史意识

从《中国文学史》的整体结构来看,当中"历时"意识非常薄弱,其基本的限制是由林传甲自己的选择而造成的,因为他要依照"研究文学之要义"顺次论述。[21]这个原则定立以后,林传甲只能在原有各款说明的范围内论述。当中部分项目本来就是讲述各种变化的,例如开首三则:《古文籀文小篆八分草书隶书北朝书唐以后正书之变迁》、《古今音韵之变迁》、《古今名义训诂之变迁》;因此,林传甲"国文讲义"的头三篇也是"变迁源流"的讲述。在这里,林传甲提到"言语亦随时代而变"、"孔子犹随时,此其所以为圣之时"等关乎时间因素的话题(1、26、28)。照理他可以顺流而下,从"历时"角度论述文学,进行真正的"文学史"书写。然而,因为"研究文学之要义"关乎"词章"的骨干部分主要是举列"文体",而林传甲也照跟着"经、史、子、集"四部分体论述,再加上他自己"变通"的修辞、章法环节,于是,《中国文学史》的"史"的感觉就不强了。

然则林传甲如何理解自己的"国文讲义"与"中国文学史"的关系?如何理解自己标榜的"仿日本笹川种郎《中国文学史》之意"呢?

林传甲在《中国文学史》目次后说:

> 右目次凡十六篇,每篇十八章,总二百八十八章。每篇自具首尾,

用"纪事本末"之体也;每章必列题目,用"通鉴纲目"之体也(目次,24)。

南宋袁枢所创的《通鉴纪事本末》,因事命篇,"每事各详起迄,自为标题;每篇各编年月,自为首尾",是当时非常受推崇的历史体裁。[22]林传甲在讲义中也提到:"宋之袁枢,因通鉴以复古史之体,且合西人历史公例"(82)。他在开卷时以史书的体例来比附自己的"讲义",看来不乏撰史的意识。细究之,原来袁枢"纪事本末"的主要功能在于叙述历史事件的起迄和发生经过,而各篇亦统合于"三家分晋"到"周世宗之征淮南"的数千年历史框架之中,其历史意识一点都不含糊。然而林传甲所谓"每篇自具首尾"、"每章必列题目",很多时都没有一条"历时"主线贯穿其中;所谓"自具首尾"只是文章结构("共时")的首尾,而不是先后经过("历时")的首尾。这种比附的方式,大概可以反映林传甲在"命名"上随手撷拾的态度。

在《中国文学史》中最能符合"日本笹川种郎《中国文学史》之意"的部分,是以"集部"论述为主的第十二篇到第十四篇——《汉魏文体》、《南北朝至隋唐文体》、《唐宋至今文体》,依朝代时序排列,其"历时"意味比较明显。第十二篇题下有林传甲的夹注说明:

> 为史以时代为次,详"经世之文"而略于"词赋"。惟"文学史"例录全文,"讲义"限于卷幅,不能备录(143)。

这才是林传甲的"中国文学史"的体例说明。他认为"文学史"需要载录"词赋"全文;再以此著本身作为"讲义"的限制,解释他的"变例"。事实上,他在这三篇中,乘着原来《奏定章程》以"历时"基准辨体之便,把论述尽量"变通"为"述其源流迁变";譬如说:

> 西汉文继《战国策》之后,一变其嚣张谲辩,归于纯正,所以开一代之风气也(143)。

> 繁钦以后,文体渐靡;嵇康、阮籍以后,文体放恣少法度;而曹社墟矣(154)。

> 宋初承五代之敝,文体多沿偶俪;杨亿、钱惟演、刘筠之流,又从而张之(175)。

叙论都合乎"文学史"的意识。

此外,第十六篇题目是《骈文又分汉魏、六朝、唐、宋四体之别》;依《奏定章程》的原意,本也是辨识四种骈文的文体。林传甲又加以"变通",说:"仿第十四篇例,论次至今日为止",篇中描述由汉到清期间各种骈文文体;其间也包含了文学史发展变化的探析。特别值得注意的是第十六篇第一节《总论四体之区别》,结合了辨体与"文学史"的思考:

> 文章难以断代论也。虽风会所趋,一代有一代之体制,然日新月异,不能以数百年而统为一体也。惟揣摹风气者,动曰某某规摹汉魏,某某步趋六朝,某某诵习唐骈文,某某取法宋四六。然以文体细研之,则汉之两京各异,至于魏而风格尽变矣;六朝之晋宋与齐梁各异,至于陈隋而音节又变矣;而唐四杰之体,至盛唐晚唐而大变,至后南唐而尽变矣;宋初杨、刘之体,至欧、苏、晁、王而大变,至南宋陆游而尽变矣。吾谓汉魏六朝,骈散未尝分途,故文成法立,无所拘牵,唐宋以来,骈文之声偶愈严,用以记事则近于复,用以论事则近于衍。……必欲剖析各家文体而详说之,非举《四库》集部之文尽读之,不能辨也(197)。

这里论说的重点是"变",着眼于文学发展的流动性,可说是"文学史"的一种重要思路。再者,其论述的语气,又似是向《奏定章程》的"汉魏、六朝、唐、宋四体"划分挑战。可见在林传甲心中,《奏定章程》的科目说明并非不能侵犯的圣旨。他对《章程》的依违,不过是个人的选择。

以现今"中国文学史"的标准去责难林传甲的"国文讲义",其中贬抑小说戏曲的观念,最为瞩目;这是京师大学堂的环境使然,也是林传甲个人的观念使然,上文已做讨论。然而,作为"中国文学史"而不讨论诗歌,即使以传统的"词章之学"立场来看,也说不过去。于此,林传甲也觉得需要解释,他在第十六篇中"李杜二诗人之骈律"一节题下说:

> 各国"文学史"皆录诗人名作,讲义限于体裁,此篇惟举其著者,述之以见诗文分合之渐(204)。

事实上,全书除了这篇之外,只有第九篇论屈原《楚辞》可算论及诗歌。至于第十六篇的重点所在,也是李白和杜甫的骈文,只有寥寥几句讲及杜甫的律诗古诗,看来有如虚应故事。

这种"重文轻诗"的做法,林传甲当然知道是不符"各国文学史"之意的;可是他并不很介意,只在此轻轻带过。辩解的理由又是:"讲义限于体裁。"然而,这个限制是从何而来的呢?从《奏定章程》的整个设计来看,诗赋本来就不是重点。上一章提到《奏定大学堂章程》并不鼓励"诗赋"的课习。中小学堂的"中国文学"和"中国文字"课程虽然不离写作,但却声明"学堂之内万不宜作诗"(璩鑫圭、唐良炎,300);因为在"致用"的要求下,文比诗重要。林传甲的关怀处,就是课堂上是否需要讲习,而不是"中国文学史"要不要叙论。其取舍之由,不是很明显吗?

四 结 语

综合以上观察,我们大概可以为林传甲的《京师大学堂国文讲义中国文学史》做一历史的定位。这是京师大学堂附设优等师范科的"中国文学"科讲义。因为是讲义性质,所以与用心致志的著述不同;为了在短时间内编就,匆忙急赶之中难免有疏漏驳杂之处,而且很可能会随手摭拾一些可用的材料、可借用的观念。我们以为"中国文学史"之题,只是摭拾的观念之一;林传甲的主要目标是编"国文讲义"多于撰写"中国文学史"。这份师范教育的"国文讲义",既要照顾"国文"科的语言文字的知识,修辞成文的写作法则,以至经史子集的基础学识,又要兼顾教学法的讲授,以及乘隙推广维新思潮,以期造就"有用"之才。"历代文章源流"是林传甲因为教学需要而追补的课程,只占他的许多思虑的一部分。因为讲义封面题上"中国文学史"的字样,林传甲又在卷前以"仿日本《中国文学史》之意"作口号,所以我们会对它做出错误的、过分的要求;这本著作根本承担不了"文学史"的任务。

今天如果我们还要深究这本"国文讲义"如何模仿日本从西方学来的"文学史"体式,创为国人"中国文学史"的书写典范,就一定会失望。上文提到郑振铎批评林传甲"不懂文学史的体裁";他的判断根据虽失之疏简,但结论却不无道理,因为这是一本"错体"的"中国文学史"。

注 释

[1] 最近郭预衡指出翟理斯之作的出版年份是 1897 年,属于戈斯主编的《世界文学简史丛书》的一种(《19 世纪末 20 世纪初东西洋〈中国文学史〉的撰写》)。此说并不准确。Edmund Gosse(1849-1928)主编的 *Short Histories of the Literatures of the World* 各种从 1897 年开始由英国 Heinemann 出版社陆续出版,1897 年出版的是《希腊文学史》、《法国文学史》和《英国现代文学史》;《中国文学史》的出版时间的确是 1901 年。

[2] 又据知俄罗斯科学院东方学研究所"中国社会与国家"年会论文集第二十二卷第三期有几篇文章论及瓦西里耶夫和他的《中国文学史纲要》:A. N. Hohlov, "The Unknown about Well-known: Report of V. M. Alekseev about Russian Orientalist V. P. Vasiliev"; E. P. Tarakanova, "Bibliographic Materials on Academician V. P. Vasiliev"; S. V. Nikol'skaya, "*The Sketch of Chinese Literary History* by V. P. Vasiliev and the Novel *Journey to the West* by Wu Cheng'en";原文未见,志于此以备学者进一步查考。

[3] "中国文学史"从二三十年代开始大量生产,另一个原因,甚或是更重要的原因,是回应市场需要。据张隆华记载,当时初中课程的必修科就有"文学史略",高中必修科亦有"文学史"。由于就学人口急促增加,"文学史"著作的市场愈见庞大(《中国语文教育史纲》,177 页)。与此同时,赶写"教科书"以应学校教育急需,就成为众多"文学史"千人一面、陈陈相因的借口。

[4] 据陈玉堂记载,林传甲的讲义有 1904 年和 1906 年印本;1910 年开始在《广益丛报》连载;1910 年由武林谋新室出版(《中国文学史书目提要》,3 页)。笔者所见的广州存珍阁版封面标题作《京师大学堂国文讲义中国文学史》,版权页注明:"民国甲寅年二月重校正印行。"

[5] 近年有不少学者还在讨论"第一"谁属的问题,候选人除了林传甲之外,还有黄

人(黄摩西)、窦警凡二人(参孙景尧,170—190;王永健《中国文学史的开山之作》,13—26页;王永健《"苏州奇人"黄摩西评传》,204—211页;高树海,115—119;周兴陆《窦警凡〈历朝文学史〉》;周兴陆《关于窦著〈历朝文学史〉的答复》;苗怀明,95—97)。事实上,三人所著"文学史"各有特点,所牵连的文学观以至文化政治亦各不相同,很难在同一水平上做比较。即使要排列先后,究竟应以"撰写时间"、"油印流通时间",还是"书商出版发行的时间"来推算,已见夹缠不清。我们相信,学界应该深入分析几部文学史的著述模式、与时代思潮的互动关联、所蕴藏的文化意义等议题,"第一谁属"大概不是最重要的问题。

〔6〕 孙景尧《真赝同"时好"》一文以为"学界常提林传甲的《中国文学史》是开山之作,而黄人写的同类巨著,却被冷落一旁";之所以有这种"厚此薄彼"的现象,原因是林著虽"赝"而合乎学界的"时好",黄著虽"真"却与时尚不同;而"时好"又是源于"日本的中国文学史观",后来演成"一尊定局的中国文学史认识"(见孙景尧,171—180)。其实,孙景尧的推断与事实之间有很大落差,在此不及详论,姑且先提两点:一、林著之瞩目,是因为挟"京师大学堂国文讲义"之名而流通广远;黄人一百七十万字、共二十九册的"空前巨制"因为流传不广而罕为人知(参陈玉堂,1—2),学界根本无从讨论,谈不上选择取舍。二、林著之屡见于文学史的论述,主要是作为"反面教材"被拈出来抨击;与"时好"的关系,似是"对立"多于"相生"。

〔7〕 据庄吉发《京师大学堂》的"各科教习一览表",林传甲的离职日期是光绪三十二年(1906)(156);但其他资料说明他在1905年12月已"奉调黑龙江";在此以前他已拣选广西知县,曾往日本东京考察政治和教育;广西布政使张鸣歧又委办文案,按察使余诚格委办警察学校。可知林传甲真正在京师大学堂的时间很短。

〔8〕 戴燕有文章介绍林传甲《中国文学史》以外的两本著作:《筹笔轩读书日记》和《黑龙江乡土志》(《把旧学换了新知》,98—105页;又见《文学史的权力》,180—190页)。前者是林传甲于光绪二十六年(1900)一年的日记,从中可以见到他的维新思想,和对算学、舆地之学的重视;后者关乎他在黑龙江推广普及教育的工作。

〔9〕 分科大学在宣统二年(1910)二月开学(参学部《奏分科大学开学日期片》,《北京大学史料》1卷202页;庄吉发,54;郝平,214)。

〔10〕 当时的具体情况,可以从大学堂斋务提调《为优级师范生分类选课事告示》见

〔11〕 江绍铨为林传甲写的序文说:"[林传甲]甲辰夏五月来京师主大学国文席,与余同舍;每见其奋笔疾书,日率千数百字。不阅四月,《中国文学史》十六篇已杀青矣"(《中国文学史》卷前;引文据广州存珍阁本。下文同此,仅标页码)。林传甲自己又说:"昔初编义时,曾弁短言为授业豫定书。今已届一学期,爰辑期内所授课,为报告书,由教务提调呈总监督察核焉"(目次,24)。

〔12〕 有关"中国地学会",可参邹振环,330—336。

〔13〕 Doleželová and Král 主编的 *The Appropriation of Cultural Capital: China's May Fourth Project* 一书各篇文章曾就这个问题做了不同角度的剖析,很值得参考。

〔14〕 一直到60年代,才见到梁容若《中国文学史十一种述评》一文正式评论林传甲之作,但所评非常简略(《中国文学史研究》,122—123页)。

〔15〕 80年代中叶先后有钱理群、黄子平、陈平原提出的"二十世纪中国文学"的观念,王晓明、陈思和主催的"重写文学史"运动,其牵连的思想领域固然很广,但或多或少都与重新思考"教科书"的规限有关(参陈国球《导言》,4—6页;陈思和,44—64;陈平原《二十世纪中国小说史》第一卷,300页)。

〔16〕 三上和高津就试图区辨不同国家的文学特质,如"支那文学"是"豪逸/雄壮"、"西洋文学/泰西文学"是"精致"、"日本文学/我邦文学"是"优美",以为是"国民特性的反映"。这种区辨国族的思想,也反映在教育建制之上。原来创立于1877年的东京大学,"文科大学"下设"史学哲学及政治学科"、"和汉文学科",到了1885年,"和文学"从"和汉文学科"独立出来,1889年"和文学科"改称"国文学科"(参长谷川泉; Brownstein, 435-460; Karatani, 193-194)。

〔17〕 在三上和高津之作未出版时,留学英国的末松谦澄曾在1882年于伦敦"日本学生会"做先秦文学的演讲,其讲稿以《支那古文学史略》之题在同一年出版(参河田熙《支那古文学史略小引》,末松谦澄,卷前)。这本著作虽然显示出当时日本学者对过去的"汉学"传统的不满(参土田政次郎《跋》,末松谦澄,31—32),但因所论范围和篇幅都太小,近代的"文学史"思维模式尚未能充分发挥。有关日本早期的"中国文学史"书写,可参松本肇等,13—130;黄霖《日本早期的中国文学史著作》,96—100页;郭预衡。

〔18〕 黄霖在比较笹川和林传甲的"文学史"时说:"在当时,衡量论者的文学眼光的一杆重要的标尺,即是对小说戏曲是否重视。林传甲在《中国文学史》中骂笹

川临风在《支那历朝文学史》中注重小说戏曲为'识见污下',实则暴露了他自己缺乏文学的眼光"(《日本早期的中国文学史著作》,100 页;又参黄霖《近代文学批评史》,784 页)。

〔19〕 这是林传甲其中一次颇为得意的辨体。他的根据是:屈原可与老子、庄子并列,但老子和庄子之文,都不入"集部";《史记》中屈原与贾谊同传,而贾谊《新书》亦列子书;《楚辞》不能列于"经部",因为未经孔子删定(114)。其辨体的准则,可说和现今大家认识的"文学"全无关系。

〔20〕 林传甲在讲义目次之后提到:"传甲更欲编辑《中国初等小学文典》、《中国高等小学文典》、《中国中等大文典》、《中国高等大文典》,皆教科必需之课本"(目次,24)。在讲义开篇又说:"或课余合诸君子之力,撰《中国文典》,为练习文法之用,亦教员之义务,师范必需之课本也"(1)。但目前未见有《文典》成书的资料。

〔21〕 陈平原《新教育与新文学》讨论林传甲之紧跟《章程》时指出:"同是京师大学堂或北京大学的讲义,不见得非囿于'章程'不可"(《中国大学十讲》,119 页)。如果参考庄吉发对现存其他京师大学堂讲义的描述,反而显得林传甲倚赖《章程》编讲义的做法是个特殊的例子(庄吉发,67—74)。

〔22〕 《四库提要》评论袁枢《通鉴纪事本末》时说:"枢乃自出新意,因司马光《资治通鉴》区别门目,以类排纂。每事各详起迄,自为标题;每篇各编年月,自为首尾。始于'三家之分晋',终于'周世宗之征淮南',包括数千年事迹,经纬明晰,节目详具,前后始末,一览了然。遂使纪传、编年贯通为一,实前古之所未有也"(纪昀等,675)。梁启超也说:"夫欲求史迹之原因结果以为鉴往知来之用,非以事为主不可,故'纪事本末'于吾侪之理想的新史最为相近"(《中国历史研究法》,24 页)。

引用书目

中文部分

王永健:《中国文学史的开山之作——黄摩西所著中国首部〈中国文学史〉》,《书目季刊》,29 卷 1 期(1995 年 6 月),13—26 页。

王永健:《"苏州奇人"黄摩西评传》,苏州:苏州大学出版社,2000 年版。

王桂云:《现代"地学巨子"林传甲》,《福建史志》,1997年4月,47—48、46页。

北京大学、中国第一历史档案馆编:《京师大学堂档案选编》,北京:北京大学出版社,2001年版。

北京大学校史研究室:《北京大学史料》第一卷(1898—1911),北京:北京大学出版社,1993年版。

古楳:《现代中国及其教育》,上海:中华书局,1934年版。

李江晓:《黑龙江近代教育奠基人杰出教育家林传甲》,《黑龙江史志》,1993年6月,37—39页。

李明滨:《世界第一部中国文学史的发现》,《北京大学学报》,39卷1期(2002年1月),92—95页。〔又题《发现第一部中国文学史》,《中央日报》(台北),《中央副刊》,2001年7月26日。〕

李明滨:《中国文学在俄苏》,广州:花城出版社,1990年版。

周兴陆:《关于窦著〈历朝文学史〉的答复》,《中华读书报》,2002年3月1日。

周兴陆:《窦警凡〈历朝文学史〉——国人自著的第一部中国文学史》,《中华读书报》,2002年1月16日。

林传甲:《大中华吉林省地理志》,《吉林纪略》,杨立新等整理,247—491页。

林传甲:《中国文学史》,台北:学海出版社,1986年影印武林谋新室1914年六版。

林传甲:《京师大学堂国文讲义中国文学史》,广州:广州存珍阁,1914年版。

纪昀等:《钦定四库全书总目》(整理本),北京:中华书局,1997年版。

胡云翼:《新著中国文学史》,上海:北新书局,1932年版。

胡适:《五十年来中国之文学》,北京:新民国书局,1929年版。

胡怀琛:《中国文学史概要》,上海:商务印书馆,1931年版。

苗怀明:《国内第一部中国文学史著作究竟何属》,《古典文学知识》,107期(2003年3月),95—97页。

夏晓虹:《作为教科书的文学史——读林传甲〈中国文学史〉》,《书写文学的过去》,陈国球等编,345—350页。

孙景尧:《真赝同"时好"——首部中国文学史辨》,《沟通——访美讲学论中西比较文学》,桂林:广西人民出版社,1991年版,170—190页。

容肇祖:《中国文学史大纲》,北平:朴社,1935年版。

郝平:《北京大学创办史实考源》,北京:北京大学出版社,1998年版。

马放主编:《黑龙江省志》,第76卷,《人物志》,哈尔滨:黑龙江人民出版社,1995年版。

高树海:《中国文学史初创期的"南黄北林"论》,《淮阴师范学院学报》,23期(2001年1月),115—119页。

张长弓:《中国文学史新编》,上海:开明书店,1935年版。

张隆华主编:《中国语文教育史纲》,长沙:湖南师范大学出版社,1991年版。

梁容若:《中国文学史研究》,台北:三民书局,1967年版。

梁启超:《中国历史研究法》(1922),北京:东方出版社,1996年版。

庄吉发:《京师大学堂》,台北:台湾大学文史丛刊,1969年版。

郭预衡:《19世纪末20世纪初东西洋〈中国文学史〉的撰写》,《中华读书报》,2001年9月24日。

陈平原:《二十世纪中国小说史》第一卷,北京:北京大学出版社,1989年版。

陈玉堂:《中国文学史书目提要》,合肥:黄山书社,1986年版。

陈思和:《一本文学史的构想——〈插图本20世纪中国文学史〉总序》,《中国文学史的省思》,陈国球编,48—73页。

陈国球、王宏志、陈清侨编:《书写文学的过去——文学史的思考》,台北:麦田出版社,1997年版。

陈国球:《导言:文学史的探索》,《中国文学史的省思》,陈国球编,1—14页。

陈国球编:《中国文学史的省思》,香港:三联书店,1993年版。

陈福康:《再谈"外国人所作之中国文学史"》,《民国文坛探隐》,上海:上海书店,1999年版,238—239页。

陈福康:《谈"外国人所作之中国文学史"》,《民国文坛探隐》,上海:上海书店,1999年版,234—237页。

笹川种郎:《历朝文学史》,上海中西书局翻译生译,上海:中西书局,1904年版。

黄霖:《日本早期的中国文学史著作》,《古典文学知识》,1999年5月,96—100页。

黄霖:《近代文学批评史》,上海:上海古籍出版社,1993年版。

杨立新等整理:《吉林纪略》,长春:吉林文史出版社,1993年版。

万福麟修,张伯英纂:《黑龙江志稿》,台北:文海出版社,1965年影印,1932—1933年北平印本。

邹振环:《晚清西方地理学在中国》,上海:上海古籍出版社,2000年版。

郑振铎:《我的一个要求》(原刊1922年9月《文学旬刊》),《郑振铎古典文学论文集》,上海:上海古籍出版社,1984年版,36—38页。

郑振铎:《评Giles的中国文学史》(原刊1922年9月《文学旬刊》),《郑振铎古典文学论文集》,上海:上海古籍出版社,1984年版,31—35页。
郑振铎:《文学大纲》,上海:商务印书馆,1927年版。
郑振铎:《插图本中国文学史》,北平:朴社,1932年版。
戴燕:《把旧学换了新知》,《读书》,2000年4期,98—105页。
戴燕:《文学史的权力》,北京:北京大学出版社,2002年版。
璩鑫圭、唐良炎编:《中国近代教育史资料汇编·学制演变》,上海:上海教育出版社,1991年版。

外文部分

Brownstein, Michael C. "From *Kokugaku to Kokubungaku*: Canon-Formation in the Meiji Period." *Harvard Journal of Asiatic Studies*. 47.2 (1967.12): 435-460.

Doleželová-Velingerová, Milena, and Oldřich Král. *The Appropriation of Cultural Capital: China's May Fourth Project*. Cambridge, Mass.: Harvard U Asia Center, 2001.

Doleželová-Velingerová, Milena. "Literary Historiography in Early Twentieth-Century China (1904-1928): Constructions of Cultural Memory." *The Appropriation of Cultural Capital: China's May Fourth Project*. Ed. Milena Doleželová-Velingerová and Oldřich Král. 123-166.

Giles, Herbert Allen. *A History of Chinese Literature*. London: William Heinemann, 1901.

Karatani Kōjin(柄谷行人). *Origins of Modern Japanese Literature*. Durham: Duke UP, 1993.

川合康三编:《中国の文学史観》,东京:创文社,2002年版。
末松谦澄:《支那古文学略史》,东京:丸善书店,1882年版。
松本肇等:《日本ご刊行された中国文学史——明治から平成まご》,《中国の文学史観》,川合康三编,"资料篇",13—130页。
长谷川泉:《近代文学评论史》,东京:有精堂,1966年版。
笹川种郎:《支那文学史》,东京:博文馆,1898年版。

第三章

"革命"行动与"历史"书写
——论胡适的文学史重构

"白话文学"与"文学进化观"
从宋诗到"俗话文学"
作为"遗形物"的中国文学
传统的消逝

"新文学运动"又可称为"文学革命"或者"白话文运动"。每一个名称都有其特定的指涉方向,且都是有效的。这个运动是广义的"五四运动"的一部分。[1]"五四运动"在政治上固然有其特定的意义和作用,在社会文化各方面,亦和反权威、反传统的精神汇流。"文学革命"一词正可以反映当时有关文学活动方面的取向。"文学革命"成功地推翻了传统的文学史观,从此中国文学真正有传统与现代之分。在这项革命事业中出力最多、理论最有代表性的是胡适。本文试图从主要构成观念、建构过程的逻辑程序、造成的影响等方面讨论胡适的文学史观。在构筑和检讨胡适的文学史观时,笔者或会自居于客观公正的立场做出褒贬月旦;然而无论从选题、征述取舍,以至透视定点诸方面,在在显示出笔者正被自己所处的意识川流所支配。对于历史局限的失觉与自觉,在文中潜显不定,先请读者鉴察。

一 "白话文学"与"文学进化观"

胡适对中国文学发展过程的描写,最详尽者应是 1928 年上海新月书店出版的《白话文学史》。这本书只有上卷。胡适在《自序》中说:"这部文学史的中下卷大概是可以在一二年内继续编成的"(12)。但他并没有实践这个诺言。《白话文学史》上卷写到唐代韵文部分;唐代散文及宋元以后的发展都未及讨论。胡适另有《国语文学史》的讲稿,由黎锦熙在 1927 年出版,亦只讲到南宋为止。如果我们要简约地掌握胡适的"白话文学史观",可以参考他的《五十年来中国之文学》一段简述中国文学历史演变的文字。[2]胡适其他论述大抵亦没有离开这段文字的架构,故此在这里先做引述,作为讨论的开端。

首先胡适指出汉朝的"中国的古文"已经成了一种死文字,政府通过举仕的制度才"延长了那已死的古文足足二千年的寿命"。"但民间的白话文学是压不住的。这二千年之中,贵族的文学尽管得势,平民的文学也在那里不声不响的继续发展。"以下他就将"白话文学"的发展分期叙述,并乘间与"古文文学"并论:

〔第一期:〕汉魏六朝的"乐府"代表第一时期的白话文学。

〔第二期:〕乐府的真美是遮不住的,所以唐代的诗也很多白话的,大概是受了乐府的影响。中唐的元稹、白居易更是白话诗人了。晚唐的诗人差不多全是白话或近于白话的了。中唐、晚唐的禅宗大师用白话讲学说法,白话散文因此成立。唐代的白话诗和禅宗的白话散文代表第二时期的白话文学。

〔第三期:〕但诗句的长短有定,那一律五字或一律七字的句子究竟不适宜于白话;所以诗一变而为词。词句长短不齐,更近说话的自然了。五代的白话词,北宋柳永、欧阳修、黄庭坚的白话词,南宋辛弃疾一派的白话词,代表第三时期的白话文学。诗到唐末,有李商隐一派的妖蘖诗出现,北宋杨亿等接着,造为'西昆体'。北宋的大诗人极力倾向解放的方面,但终不能完全脱离这种恶影响。所以江西诗派,一方面有很近白话的诗,一方面又有很坏的古典诗。直到南宋杨万里、陆游、范成大三家出来,白话诗方才又兴盛起来。这些白话诗人也属于这第三时期的白话文学。

〔第四期:〕南宋晚年,诗有严羽的复古派,词有吴文英的古典派,都是背时的反动。然而北方受了契丹、女真、蒙古三大征服的影响,古文学的权威减少了,民间的文学渐渐起来。金、元时代的白话小曲——如《阳春白雪》和《太平乐府》两集选载的——和白话杂剧,代表这第四时期的白话文学。

〔第五期:〕明朝的文学又是复古派战胜了;八股之外,诗词和散文都是带着复古的色彩,戏剧也变成又长又酸的传奇了。但是白话小说可进步了。白话小说起于宋代,传至元代,还不曾脱离幼稚的时期。到了明朝,小说方才到了成人时期;《水浒传》、《金瓶梅》、《西游记》都出在这个时代。明末的金人瑞竟公然宣言'天下之文章无出《水浒传》右者',清初的《水浒后传》,乾隆一代的《儒林外史》与《红楼梦》,都是很好的作品。直到这五十年中,小说的发展始终没有间断。明、清五百多年的白话小说,代表第五时期的白话文学(《五十年来中国之文学》,87—89页)。

从胡适的这段文字,可以见到他的文学史观由几组概念组成;以下再分项讨论。

(一)"白话"、"文言"与"死文学"、"活文学"

胡适在文中做了"白话"、"文言"的分划,分列"古文"和"白话散文"、"古典诗"和"白话诗"等对立概念;在较早期(1917年5月)一篇文章《历史的文学观念论》中他又从白话文学的立场确立这种对立:

> 故白话之文学,自宋以来,虽见屏于古文家,而终一线相承,至今不绝。

又说:

> 夫白话之文学,不足以取富贵,不足以邀声誉,不列于文学之"正宗",而卒不能废绝者,岂无故耶? 岂不以此为吾国文学趋势,自然如此,故不可禁遏而日以昌大耶?(《胡适文存》1卷33—85页)

从胡适的描述来看,"白话"并非传统文学史上的"正宗",然而生命力强,故能一线相承。但在他后来的叙述中却索性以"白话文学"为文学史的中心,《白话文学史·引子》说:

> 白话文学史就是中国文学史的中心部分。中国文学史若去掉了白话文学的进化史,就不成中国文学史了。只可叫做"古文传统史"罢了(3)。

和这个分划配合的另一组概念就是"活文学"和"死文学"的对立。胡适说中国的古文"在二千年前已经成了一种死文字",在《建设的文学革命论》中又说:

> 中国这二千年何以没有真有价值真有生命的"文言的文学"? ……这都因为这二千年的文人所做的文学都是死的,都是用已经死了的语言文字做的。死文字决不能产出活文学。……简单说来,自从《三百篇》到于今,中国的文学凡是有一些价值有一些儿生命的,都是白话的,或是近于白话的。其余的都是没有生气的古董,都是博物院中的陈列品!(《胡适文存》1卷57页)

作为"革命"的口号,"白话"、"文言"和"活文学"、"死文学"的对立二分是很明白清楚的;界分了敌我,就可以全力进攻"文言"、"死文学"的堡垒。然而从理论层面而言,"白话"、"文言"一类界分实在不能解释语言运用的复杂现象。[3]本来在中国传统文学之中,语言的交流沟通长时间以来就只局限于文人集团之内,其间的应用语体少见"俗语俗字"也在所当然。再者,因为中国幅员辽阔,在士人阶层流通的书面语需要保持一个相对稳定的结构;这又必会拉远书面语和口语的距离。最重要的问题是,在历时层面中"白话""文言"或者说"俗语""雅言"之间有复杂的互动关系,一个时期的俗语可以是另一个时期的雅言;[4]"文言""白话"的界线在古代汉语不断演化的过程中,难以清楚厘分。胡适为了巩固白话文学是"中国文学史的中心部分"这一论点,就将"白话"定义放宽,他说:

> 我把"白话文学"的范围放的很大,故包括旧文学中那些明白清楚近于说话的作品。我从前曾说过,"白话"有三个意思:一是戏台上说白的"白",就是说得出,听得懂的话;二是清白的"白",就是不加粉饰的话;三是明白的"白",是明白晓畅的话(《白话文学史·自序》,13页)。

看来,胡适只是选定某种语言风格——明白晓畅、不加粉饰——的作品作为讨论对象,并没有理清文言和白话的畛域。再者,胡适说"听得懂"、"明白晓畅"的性质,究竟是谁人的感受呢?是作品面世时的读者?是20世纪的现代读者?依着这条线索,我们又要考虑"活文学"、"死文学"的分野了。文学作品的完成是历史上的事实(fact),说它有生命与否,是指作品有没有发挥审美的功能;简单地说除了白话文学以外都是死文学,是故意忽略了李商隐诗或吴文英词在当世或者以后曾经在读者群中起过感发意兴的作用。胡适在讨论古代非白话文学作品的生命时曾说:

> 我也承认《左传》、《史记》在文学史上有"长生不死"的位置。但这种文学是少数懂得文言的人的私有物,对于一般通俗社会便同"死"的一样(《答朱经农》,《胡适文存》1卷89页)。

根据这里的说法,胡适的立场就明显了。他将读者的范围限于"一般通俗社会",异于"少数懂得文言的人"。本来,在古代中国社会的限制之下,能够掌握文字书写系统的究属少数,文学作品既然以书写纪录为流传的主要途径,则"一般通俗社会"不能够也不愿意作热心的关注也是必然的了。如果将文人集团的文学活动排除开去,则"活文学"的活动范围只能够集中在书写权下放、城市经济兴起以后的通俗流行文学,或者较早期的口头文学如民间谣谚、祭祀歌乐等的纪录。[5]这样,文学系统就会愈加狭小了。相信就因为这个缘故,胡适不得不放宽他的"白话文学"的范围,否则难以担得起"中国文学史的中心部分"这个称号。事实上,《白话文学史》上详加讨论的作品,如陶渊明的"白话诗",也不是"一般通俗社会"有兴趣去阅读或者欣赏的;严格来说,这也是"死文学"了。但如果我们不将读者范围规限于平民百姓,则古代中国文学很多时候都是呈现着活泼开放的面貌。由于既定立场的限制,胡适并没有考虑"文言文学"的开放与保守的变易互动的种种关涉,所以他的"文言""白话"与"死""活"文学的分划,就只停留于空泛的概念层面,只是革命宣传的口号而已。

(二)"文学进化观"

1."进化"与"进步"

胡适表示他的文学史观是"历史进化的文学观",这个观念的根源是 19 世纪以来西方思潮的支柱——"达尔文进化论"(见胡适《建设理论集·导言》,19 页),其中理论的逻辑是"文学者,随时代而变迁者也","文学因时进化,不能自止"(《文学改良刍议》,《胡适文存》1 卷 7 页)。这种进化的观念影响当时及以后的中国文学史研究最大;[6]然而在简单的标语底下,其纠结夹缠的理念层次着实相当复杂,故此很值得我们审视。

本来胡适所讲的"进化"一词原是 evolution 的中译,本指事物因应环境的变异而生变化,所谓"物竞天择,适者生存",只应说是"演化"而不必是"进化"(progression)。[7]但由于 19 世纪以来西方对科学发展的憧憬,对人类文化前途的满怀信心,由旧而新的"演化"被诠释为"进化",也就顺理成章了。[8]

胡适运用"进化"一词时也保持了这种乐观、进步的意念,[9]并且理所当然地解释中国文学史的过程,在上引《五十年来中国之文学》中说:"平民的文学在那里不声不响的继续发展"、"民间的文学渐渐起来"、"白话小说可进步了;……到了成人时期"等语,都是由"进化论"的角度立说的;在《文学改良刍议》第二条"不摹仿古人"之下,胡适又对"文学进化之理"做出说明:

> 文学者,随时代而变迁者也。一时代有一时代之文学:周、秦有周、秦之文学,汉、魏有汉、魏之文学,唐、宋、元、明有唐、宋、元、明之文学。此非吾一人之私言,乃文明进化之公理也(《胡适文存》1卷7页)。

分析这段话先要看"时代"的意义究竟是什么?如果"时代"一词仅指时间历程,则这番看似科学真理的话都是废话,说"周、秦有周、秦之文学"、"汉、魏有汉、魏之文学"好比说1987年有1987年的文学、1989年有1989年的文学,绝对正确,但却没有任何意义,因为前说的"周、秦"、"汉、魏"是时间标签,后说的"周、秦"、"汉、魏"同为时间标签。在《文学进化观念与戏剧改良》一文中,胡适对"时代"与"文学"的关系稍做引申补充:

> 文学乃人类生活状态的一种记载。人类生活随时代变迁,故文学也随时代变迁;故一代有一代的文学(《胡适文存》1卷144页)。

"时代"不同,政治经济社会文化都有所变迁,生活状态自然亦有变化,文学又会因生活状态的不同而变化——这种讲法在理论上没有值得怀疑之处,但究之亦没有什么深义。因为"生活"也是一个整合甚至抽象的观念,要解释"生活"和"文学"的关系还得要具体考察各种政治、社会、经济、文化的因素对文学的影响。在这个情况底下,我们固然可以承认文学在共时(synchronic)层面与政治社会经济文化等互相指涉构合,然而文学或者政治社会经济文化各个系统都有其历时进程,各系统的制约环境和反应能力不一,其间互动的作用异常复杂,根本难以保证有平行并进的发展(参陈国球《文学结构与文学演化过程》)。因此,从这个角度解释"一时代有一时代之文学",

重点反而落在"文学"与"时代"的共时关系；即使企图由此揭示不同时代的差异，也难免为了迁就外缘因素的解释而对文学系统的发展做出不一定适当的切割；于是文学史就很容易变成社会史、经济史的附庸了。

胡适在《文学改良刍议》中接着举列中国的诗文发展为证，其中论"文"部分说：

> 即以文论，有《尚书》之文，有先秦诸子之文，有司马迁、班固之文，有韩、柳、欧、苏之文，有语录之文，有施耐庵、曹雪芹之文：此文之进化也（《胡适文存》1卷7页）。

其实这许多例证，一点都没有讲清楚"文之进化"，只是说不同作家有不同作品而已。如果以文学史的眼光来说，简单指陈作家作品有相异的地方，比辨析作家作品有什么相同共通之处，理论价值还要低。文学发展的线索是需要有"同"才能串联，在这基础上才能讲异同的制衡变化。[10]

胡适这篇文章最能动人的地方是说：

> 吾辈以历史进化之眼光观之，决不可谓古人之文学皆胜于今人也。左氏、史公之文奇矣；然施耐庵之《水浒传》，视《左传》、《史记》，何多让焉？《三都》、《两京》之赋富矣，然以视唐诗宋词，则糟粕耳！此可见文学因时进化，不能自止。唐人不当作商、周之诗，宋人不当作相如、子云之赋，——即令作之，亦必不工。逆天背时，违进化之迹，故不能工也（《胡适文存》1卷7页）。

这种古不必优于今的观念在理论逻辑上也没有破绽，不过如果我们不能证明今必优于古的讲法，则"进化"云者，也是空言；胡适所举的例证，就完全不能做到这一点。正如陈慧桦指出，以《左传》、《史记》和《水浒传》，《三都赋》、《两京赋》和唐诗宋词等不同文类做比较，实在不易找到立足点，[11]更何况"何多让"或者"糟粕"等价值判断，出于主观感受多于客观分析呢！

2. "进化"与"革命"

"文学革命"在胡适眼中直接与"文学进化"有关,他在《留学日记》(1916年4月5日)中说:

> 革命潮流即天演进化之迹。自其异者言之,谓之"革命"。自其循序渐进之迹言之,即谓之"进化"可也。

照这里的解释,"进化"一词是着眼于演变过程的连续性,"革命"是侧重过程前后的变异不同,其指涉的对象是同一的。胡适就用这个观念去解释中国文学的现象:

> 文学革命,在吾国史上非创见也。即以韵文而论:《三百篇》变而为《骚》,一大革命也。又为五言,七言,古诗,二大革命也。赋之变为无韵之骈文,三大革命也。古诗之变为律诗,四大革命也。诗之变为词,五大革命也。词之变为曲,为剧本,六大革命也。何独于吾所持文学革命论而疑之?(《胡适留学日记》,862—866页)

胡适在《逼上梁山》中引述这篇日记时说:

> 从此以后,我觉得我已从中国文学演变的历史上寻得了中国文学问题的解决方案(见胡适《建设理论集》,11页)。

换句话说,中国文学的发展既可说是进化史,又可说是革命史;但"文学革命"一词在《白话文学史》中却有不同的意义:

> 历史进化有两种:一种是完全自然的演化;一种是顺着自然的趋势,加上人力的督促。前者可叫做演进,后者可叫做革命。演进是无意识的,很迟缓的,很不经济的,难保不退化的。有时候,自然的演进到了

一个时期,有少数人出来,认清了这个自然的趋势,再加上一种有意的鼓吹,加上人工的促进,使这个自然进化的趋势赶快实现;时间可以缩短十年百年,成效可以增加十倍百倍。因为时间忽然缩短了,因为成效忽然增加了,故表面上看去很像一个革命。其实革命不过是人力在那自然演进的缓步徐行的历程上,有意的加上了一鞭。白话文学的历史也是如此。……这几年来的"文学革命",所以当得起"革命"二字,正因为这是一种有意的主张,是一种人力的促进(《白话文学史·引子》,5—7页)[12]。

虽然他还将"革命"归在"进化"项下,但其实他的取意已与前不同。例如元曲之兴,在前文是革命,在后者则只是演进,"文学革命"则保留给他领导的这次运动(《白话文学史·引子》,6页)。事实上,"革命"一词的用法还是以《白话文学史》所讲比较合理。革命的意义本是推翻旧体制,另立新系统;放在学术领域来看,则典范(paradigm)的转移或可相比;[13]胡适举出的"哥白尼的天文革命"就有这个含义(《建设理论集·导言》,21页)。[14]但前文所举如"古诗变为律诗"、"诗之变为词"等,都不是取而代之的革命,在文学传统而言,是增加了一种文体,扩充了发展的领域。中国文学传统是一个向心力、凝聚力极强的系统,但也是一个相当开放的系统;例如乐府歌谣、燕乐的民间文学元素,就被传统吸纳而融合无间,演成五七言诗和词等"正统文学"。过去文学史上虽然有不少推行革新的运动,如李贽、公安三袁、金圣叹等都发表过令崇古之士惊骇的言论,但也称不上是全面推翻建制的革命。[15]胡适的长期论敌梅光迪,在《评提倡新文化者》中说:

夫革命者,以新代旧,以此易彼之谓。若古文白话递兴,乃文学体裁之增加,实非完全变迁,尤非革命也。诚如彼等所云,则古文之后,当无骈体;白话之后,当无古文;而何以唐宋以来,文学正宗,与专门名家,皆为作古文或骈体之人?此吾国文学史上事实,岂可否认,以圆其私说者乎?(郑振铎《文学论争集》,128页)。[16]

在今天看来,梅光迪并未把握到当世的脉搏,他对白话文运动的看法,是落在时代之后了。但他对中国文学史的观察,正代表传统中国文学的一贯思维方式,传统文学史中事实上并不存在"文学革命"。然而历史只有成例,并无成律;过去没有的不等于今天没有。胡适领导的,确是一场"文学革命",而且胡适把当前的革命意识,投射到文学史现象的解释方面,他对梅光迪批评的回应是:

> 正为古文之后还有那背时的骈文,白话已兴之后还有那背时的骈文古文,所以有革命的必要。若"古文之后无骈体,白话之后无古文",那就用不着谁来提倡有意的革命了(《五十年来中国之文学》,106 页)。

由这段说话,我们就不难理解胡适在前文讲及前代文学史的变化时,加上"革命"称号的原因。他的着眼点是:"何独于吾所持文学革命论而疑之?""文学革命何可更缓耶?何可更缓耶?"(《胡适留学日记》,862、867 页)

3. 诗歌的进化

上文讨论胡适"一时代有一时代的文学"的论点时,曾指出这个提法只说明了各个时代有不同的文学作品,而未能揭出文学发展的轨迹。但胡适并非不注意文学史的"古今不断之迹",他在《寄陈独秀》说:

> 文学史与他种史同具一古今不断之迹,其承前启后之关系,最难截断(《胡适文存》1 卷 30—31 页)。

他尤其重视诗歌体裁的历史变化。在文首引述《五十年来中国之文学》一段的大部分文字都是讨论诗歌的演变;此外,在那篇被新文学运动中人视为"金科玉律"的《谈新诗》一文(朱自清《诗集·导言》,2 页),就从"进化观"的角度描绘中国诗歌的变迁:

> 我们若用历史进化的眼光来看中国诗的变迁,方可看出自《三百

篇》到现在,诗的进化没有一回不是跟着诗体的进化来的。《三百篇》中虽然也有几篇组织很好的诗,……但是《三百篇》究竟还不曾完全脱去"风谣体"(Ballad)的简单组织。直到南方的骚赋文学发生,方才有伟大的长篇韵文。这是一次解放。但是骚赋体用兮些等字煞尾,停顿太多又太长,太不自然了。故汉以后的五七言古诗删除没有意思的煞尾字,变成贯串篇章,便更自然了。……这是二次解放。五七言成为正宗诗体以后,最大的解放莫如从诗变为词。五七言诗是不合语言之自然的,因为我们说话决不能句句是五字或七字。诗变为词,只是从整齐句法变为比较自然的参差句法。唐、五代的小词虽然格调很严格,已比五七言诗自然的多了。……这是三次解放。宋以后,词变为曲,曲又经过许多变化,根本上看来,只是逐渐删除词体里所剩下的许多束缚自由的限制,又加上词体所缺少的一些东西如衬字套数之类。但是词曲无论如何解放,终究有一个根本的大拘束;词曲的发生是和音乐合并的,后来虽有不可歌的词,不必歌的曲,但是始终不能脱离"调子"而独立,始终不能完全打破词调曲谱的限制。直到近来的新诗发生,不但打破五言七言的诗体,并且推翻词调曲谱的种种束缚;不拘格律,不拘平仄,不拘长短;有什么题目,做什么诗;诗该怎样做,就怎样做。这是第四次的诗体大解放。这种解放,初看去似乎很激烈,其实只是《三百篇》以来的自然趋势(《胡适文存》1卷169—171页)。

其中主要论点如"近说话的自然"在前述《五十年来中国之文学》已经见到,但《谈新诗》则更详细清楚,胡适想指出中国诗歌发展的"自然趋势"是朝着诗体的"解放"方向"进化";"进化"的终极是打破种种的束缚,再印证他在《文学进化观念与戏剧改良》一文所说的:

> 每一类文学不是三年两载就可以发达完备的,须是从极低微的起原,慢慢的,渐渐的,进化到完全发达的地位。有时候,这种进化刚到半路上,遇着阻力,就停住不进步了;有时候,因为这一类文学受种种束缚,不能自由发展,故这一类文学的进化史,全是摆脱这种束缚力争自

由的历史;有时候,这种文学上的羁绊居然完全毁除,于是这一类文学便可以自由发达;有时候,这种文学革命止能有局部的成功,不能完全扫除一切枷锁镣铐,后来习惯成了自然,便如缠足的女子,不但不想反抗,竟以为非如此不美了!这是说各类文学进化变迁的大势(《胡适文存》1 卷 145 页)。

他大概认为诗歌一直顺着"自然趋势"发展,而且"从极低微的起原"进化到"完全发达的地位",就像达尔文的生物进化论所说的一样。但我们能不能说《三百篇》是"极低微"的单细胞生物,经历两三千年的发展而进化到万物之灵的新诗呢?这种"低微"、"发达"的价值判断又有什么根据呢?再说,词由五七言诗"变成"、曲由词"变成"的讲法,是否合乎事实呢?[17]胡适以理顺词畅的文笔滔滔道来,根本没有让人有机会审度其看似畅顺的理论中间藏有那么多的缺口。

在这种"物类由来"的解说基础之上,胡适更发展出"代兴"的观念,《文学改良刍议》说:

> 诗至唐而极盛,自此以后,词曲代兴,唐、五代及宋初之小令,此词之一时代也;苏、柳(永)、辛、姜之词,又一时代也;至于元之杂剧传奇,则又一时代矣(《胡适文存》1 卷 7 页)。

因为胡适认为词曲自诗词进化而成,从"物竞天择,适者生存"的角度看来,诗的地位在宋代就被词取代了,词的地位到元代又被曲取代了。这种讲法本来不是胡适独创,[18]但在胡适的"进化论"包装之下,加上他持之以恒的推广宣传,就成为以后文学史编写者紧守的信念。例如陆侃如、冯沅君在他们合撰的那本有名的《中国诗史》中,宋以后就只论曲,好像诗体在唐代以后已被自然淘汰,绝迹于世上一样。[19]但事实上无论从创作的人数、流传作品的质和量,还是对后世文学发展的影响程度来说,宋诗都比宋词来得重要;即使新文学运动的启导者胡适,其文学思想也颇受宋诗的影响(详见本文下一节的讨论)。除非我们祭起"死文学"的判令,宣判这大批曾发挥重大作用的作品都是"死文学",否则"代兴"之论很难说得完满。

4. "进化"与"复古"

胡适在《五十年来中国之文学》中说:

> 这二千年之中,贵族的文学尽管得势,平民的文学也在那里不声不响的继续发展(87)。

《白话文学史·引子》说:

> 中国文学史上何尝没有代表时代的文学?但我们不该向那"古文传统史"里去寻,应该向那旁行斜出的"不肖"文学里去寻(4)。

胡适界分"白话传统"和"古文传统"是有问题的,上文已有讨论。不过照他这里的讲述,"文学革命"以前,"古文传统"一直占着主导、"正宗"的地位;"白话传统"只在"旁行斜出"之处。所以他就刻意追溯"白话文学"在过去如何"不声不响的发展",《白话文学史》一书就是这种意向的实践。胡适这番工作对我们了解中国文学语言的系统是很有帮助的。不过,胡适为了推动"白话文运动",有时就将他笔下本来是潜流的"不声不响"、"旁行斜出"的"白话文学"当成主流,将"白话文学"以外的文学现象描写成"背时的反动",如《五十年来中国之文学》中所说的:

> 诗到唐末,有李商隐一派的妖孽诗出现,北宋杨亿等接着,造为"西昆体"。北宋的大诗人极力倾向解放的方面,但终不能完全脱离这种恶影响。……南宋晚年,诗有严羽的复古派,词有吴文英的古典派,都是背时的反动。……明朝的文学又是复古派战胜了;八股之外,诗词的散文都带着复古的色彩,戏剧也变成又长又酸的传奇了(88—89)。

如果胡适承认白话文学在过去并未"得势",那么"古典派"就是顺应主流派方向的发展,怎么算得是"背时"呢?这就是文学史的透视点(perspective)的错置颠倒了。

如果再具体一点看,李商隐诗和吴文英词等文人传统对艺术的探索,对诗歌语言的发展,不能说没有积极的贡献;严羽的重要性在于诗歌理论的发展而不在创作,他的诗论在当时有救江西末流和四灵派之弊的作用。胡适的批评并没有顾及他们的作品或理论在其所属的文学系统中的发展意义。再如明代的"复古思潮",胡适批评最力,他在《留学日记》(1916年4月5日)中说:

> 总之,文学革命,至元代而登峰造极。其时,词也,曲也,剧本也,小说也,皆第一流之文学,而皆以俚语为之。其时吾国真可谓有一种"活文学"出世。傥此革命潮流不遭明代八股之劫,不遭明初七子诸文人复古之劫,则吾国之文学必已为俚语的文学;而吾国之语言早成为言文一致之语言,可无疑也。……惜乎,五百余年来,半死之古文,半死之诗词,复夺此"活文学"之席,而"半死文学"遂苟延残喘,以至于今日(《胡适留学日记》,866—867页)。

《历史的文学观念论》中又说:

> 及白话之文体既兴,语录用于讲坛,而小说传于穷巷。当此之时,"今文"之趋势已成,而明七子之徒乃必欲反之于汉、魏以上,则罪不容辞矣。……惟元以后之古文家,则居心在于复古,居心在于遏抑通俗文学而以汉、魏、唐、宋代之(《胡适文存》1卷35—36页)。

不过这种文学史的描述,实在经不起查证:
(1) 元代并非没有"传统文学",胡适所标举的戏曲小说基本上是另一个文化阶层的活动,二者并无正面冲突,也无竞逐文学"正宗"的斗争意识。
(2) 明代"正统文学"与八股文之间虽有互动关系,但八股文的写作只被传统文士视为登仕所需的不得已妥协,一般自命高雅之士都鄙视八股文;反而是大胆反复古的李贽、公安三袁等,都很重视八股文。

(3) 明代文人都有求广博的倾向而趋于杂学,他们虽然特别重视诗文的创作(这是文人传统的延续),但不见得刻意阻塞戏曲小说的发展,被胡适斥骂的七子之徒如康海、王九思都是戏曲作家,后七子的王世贞论曲的意见就很受当世重视,甚至被怀疑为戏曲《鸣凤记》的作者;被列为末五子之一的胡应麟也写了不少小说和戏曲的研究论评。虽然他们仍然摆脱不了士大夫的立场和观点,但他们的文化意识绝非如胡适形容的封闭。

由是而言,胡适的文学进化观是由悬空的概念、零碎的文学现象,加上极度简化的价值判断所串联而成,只宜视作一种信仰,不宜查究。

(三) 小结:士人传统与民间传统的纠结

中国的文学传统一向以文人集团的阶级意识为主导,这是无法避免而又无可奈何的事实。文学的承传虽可口耳相传,但无论于时间或空间的流播,都比不上书面文字的稳定而有效。书写系统既操纵于文人集团手上,对于阶级身份象征的传统诗文加倍重视,也是自然而然的事。即使在社会动量(social mobility)大增的时候,从下层社会上升、进入士人阶层的分子,亦会认同文人集团的文化意识。

士人阶层的文学传统有强大的凝聚力,不易破毁;但却一直有吸收承纳外来的包括民间文学的各种元素,韵文如诗词、散文如传奇,其发展过程都可以作为例证。另一方面,通俗文学的勃兴,又有待一定的社会经济条件,例如工商业发达、城市经济出现、知识下放、书写权流入民间的速度加剧等。由于通俗文学牵涉一个由上而下的知识转移过程,传统士人的影响力不能一一除净;故此通俗文学在内容上充斥着仰慕士人社会的意识,在形式上套用大量文士的诗词歌赋,就不值得奇怪了。

换句话说,士人传统与民间传统基本上分属两个活动层面,但界线不一定很清楚,两个阶层的交涉亦不少,强烈的对立抗衡意识并不多见。论源远流长,论支配影响,不能不以文人传统为中国文学的中心。再说,胡适本身不也是文人集团的现代版本吗?平民百姓不一定有他的要求和主张;他和新文化运动的同道,都要唤醒民众,启导民智,这不就证明了"我"和"群众"的不同吗?[20]

二 从宋诗到"俗话文学"

(一)晚清民初宋诗风的影响

胡适的文学革命论本来是由诗的讨论而萌生的。根据《尝试集自序》的记载,1915年9月胡适在绮色佳(Ithaca)送梅光迪赴哈佛大学,作了一首长诗,其中有一段说:

> 梅君梅君毋自鄙!神州文学久枯馁,
> 百年未有健者起。新潮之来不可止,
> 文学革命其时矣!吾辈势不容坐视,
> 且复号召二三子,革命军前杖马箠,
> 鞭笞驱除一车鬼,再拜迎入新世纪!
> 以此报国未云菲,缩地戡天差可儗。
> 梅君梅君毋自鄙!(《胡适文存》1卷189页)

由这几句诗我们可以见到两个要点:一、胡适认为"文学革命"的目的是"报国",使国家进入"新世纪";二、他对当时中国的文学状况极为不满,认为近百年来都没有好的作家和作品。同时他又写了一首给任鸿隽等人的诗:

> 诗国革命何自始?要须作诗如作文。
> 琢镂粉饰丧元气,貌似未必诗之纯。
> 小人行文颇大胆,诸公一一皆人英。
> 愿共戮力莫相笑,我辈不作腐儒生(《胡适文存》1卷190页)。

"诗国革命"就是他的"文学革命"的出发点,主要方向是"作诗如作文";而"不作腐儒生"的意义就是前首所讲的"报国"功业。

"作诗如作文"的主张其实正是清中叶以来诗坛的正面同时也是反面的影响。胡适等一群留学国外而又关心中国文学的知识分子,对当前诗坛实在看不过眼。胡适说:

> 我主张的文学革命,只是就中国今日文学的现状立论(《胡适文存》1卷196页)。

任鸿隽与胡适讨论"文学革命"时说:

> 有文无质,则成吾国近世萎靡腐朽之文学,吾人正当廓而清之(胡适《逼上梁山》,《建设理论集》,9页)。

胡适在《留学日记》(1916年4月17日)说:

> 吾国文学大病有三:一曰无病而呻。……二曰摹仿古人。……三曰言之无物。……晚近惟黄公度可称健者。余人如陈三立、郑孝胥,皆言之无物者也。文胜之敝,至于此极,文学之衰,此其总因矣(《胡适留学日记》,893页)。

任鸿隽形容当时诗坛说:

> 吾尝默省吾国今日文学界,即以诗论,其老者,如郑苏盦、陈伯严辈,其人头脑已死,只可让其与古人同朽腐。其幼者,如南社一流人,淫滥委琐,亦去文学千里而遥(《胡适文存》1卷197页)。

胡适《寄陈独秀》又说:

> 尝谓今日文学之腐败极矣;其下焉者,能押韵而已矣。稍进,如南社诸人,夸而无实,滥而不精,浮夸淫琐,几无足称者(南社中间亦有佳作。此所讥评,就其大概言之耳)。更进,如樊樊山、陈伯严、郑苏龛之流,视南社为高矣,然其诗皆规摹古人,以能神似某人某人为至高目的,极其所至,亦不过为文学界添几件赝鼎耳,文学云乎哉!(《胡适文存》1卷2—3页)

以上提及的都是当时诗坛的著名人物,其中陈三立,字伯严;郑孝胥,字苏龛;与陈衍、沈曾植等都是光绪期间得大名的诗人,继承清中叶以来宋诗派的风尚,称为"同光体",主张"不墨守盛唐",杜甫、元白、王安石、黄庭坚都是他们效法的对象;另外黄公度是黄遵宪,写诗主张"我手写我口",梁启超以为是"诗界革命"的旗帜。樊增祥字樊山,与易顺鼎等为清末晚唐派的代表。南社则是辛亥革命前后的文学团体,包括陈去病、柳亚子、苏曼殊、马君武等多人,社员中尊唐尊宋不一,诗风并不纯粹。在胡适眼中,除了黄遵宪之外,其余都是"言之无物"、"文胜质衰"的代表。他在《文学改良刍议》中,又举出陈三立诗来批评:

> 昨见陈伯严先生一诗云:
> 涛园钞杜句,半岁秃千毫。所得都成泪,相过问奏刀。万灵噤不下,此老仰弥高。胸腹回滋味,徐看薄命骚。
> 此大足代表今日"第一流诗人"摹仿古人之心理也。其病根所在,在于以"半岁秃千毫"之工夫作古人的钞胥奴婢,故有"此老仰弥高"之叹。若能洒脱此种奴性,不作古人的诗,而惟作我自己的诗,则决不至如此失败矣(《胡适文存》1卷8页)。

论诗,这一首并不是陈三立的上乘作品;但胡适亦没有真正评析其优劣,只以其中崇敬杜甫的想法为嘲弄对象,显示出他与诗坛领袖争衡所采取的策略:仿古只能同陈三立等一路;要"不作古人的诗",才能有突破。

胡适在《寄陈独秀》及《文学改良刍议》当中对诗坛的种种状况做出批

评,这里不必细论。[21]我们可以留意一下他所肯定的是前代哪一类型的作品。《逼上梁山》记载 1916 年他和梅光迪辩论"诗之文字"、"文之文字"时说:

> 古诗如白香山之《道州民》,如老杜之《自京赴奉先咏怀》,如黄山谷之《题莲华寺》,何一非用"文之文字",又何一非用"诗之文字"耶?
> 即如白香山诗:"诚云臣按六典书,任土贡有不贡无,道州水土所生者,只有矮民无矮奴!"李义山诗:"公之斯文若元气,先时已入人肝脾。"……此诸例所用文字,是"诗之文字"乎抑"文之文字"乎?(《建设理论集》,9 页)

同年的《留学日记》(4 月 17 日)说:

> 诗人则自唐以来,求如老杜《石壕吏》诸作,及白香山《新乐府》、《秦中吟》诸篇,亦寥寥如凤毛麟角(《胡适留学日记》,893 页)。

同年十月《寄陈独秀》说:

> 老杜《北征》何等工力!然全篇不用一典(其"未闻殷、周衰,中自诛褒、妲"二语乃比拟,非用典也)。其《石壕》、《羌村》诸诗亦然。韩退之诗亦不用典。白香山《琵琶行》全篇不用一典。《长恨歌》更长矣,仅用"倾国"、"小玉"、"双成"三典而已。律诗之佳者,亦不用典。堂皇莫如"云移雉尾开宫扇,日映龙鳞识圣颜"。宛转莫如"岂谓尽烦回纥马,翻然远救朔方兵"。纤丽莫如"梦为远别啼难唤,书被催成墨未浓"。悲壮莫如"永夜角声悲自语,中天月色好谁看"。然其好处,岂在用典哉?(《胡适文存》1 卷 2 页)

《尝试集自序》说:

> 我初做诗,人都说我像白居易一派。……我读杜诗,只读《石壕吏》、《自京赴奉先咏怀》一类的诗(《胡适文存》1卷187页)。

从胡适举的诗例看来,他喜欢的是开展了散文化倾向的诗,虽然他举了许多唐诗作为例子,但这种写诗的方法都在宋诗得到更大的发展(参《白话文学史》,355、418页)。胡适少年时代正是宋诗极受尊崇的年代;他虽然对当时诗坛不满,但他的思维范畴也离不开宋诗的格局。《逼上梁山》记载了他的想法:

> 我认定了中国诗史上的趋势,由唐诗变到宋诗,无甚玄妙,只是作诗更近于作文!更近于说话。近世诗人欢喜作宋诗,其实他们不曾明白宋诗的长处在那儿。宋朝的大诗人的绝大贡献,只在打破了六朝以来的声律的束缚,努力造成一种近于说话的诗体。我那时的主张颇受了读宋诗的影响,所以说"要须作诗如作文",又反对"琢镂粉饰"的诗(见《建设理论集》,8页)。

宋诗作为时期风格(period style)的统称,本来就存在着"雅"和"俗"的对衡辩证关系。宋代诗人探求诗的法度,讲修辞,讲章法,不是为了天才而作的(天才不必问诗法),而是为了普通读书人而设的;"诗法"、"句眼"的讲求,一方面使神圣的诗境世俗化,另方面也为俗世架起登天的云梯。宋诗的议论、纪日常情事,是诗境的扩阔,但宋诗人又无时不想"以俗为雅"。胡适所指摘的陈三立、郑孝胥,讲求"清苍幽峭"、"生涩奥衍"是传统文论求雅的向上一路;[22]感染胡适的却是宋诗的俗世人情,他描述当时文学的背景时说:

> 这个时代之中,大多数的诗人都属于"宋诗运动"。宋诗的特别性质,不在用典,不在做拗句,乃在做诗如说话。北宋的大诗人还不能完全脱离杨亿一派的恶习气;黄庭坚一派虽然也有好诗,但他们喜欢掉书袋,往往有极恶劣的古典诗。(如云"司马寒如灰,礼乐卯金刀。")南宋的大家——杨、陆、范,——方才完全脱离这种恶习气,方才贯彻这个

"做诗如说话"的趋势。但后来所谓"江西诗派",不肯承接这个正当的趋势(范、陆、杨、尤都从江西诗派的曾几出来),却去摹仿那变化未完成的黄庭坚,所以走错了路,跑不出来了。近代学宋诗的人,也都犯了这个毛病(《胡适文存》2卷214—215页)。

所以他努力为"做诗如说话"找例证,上文引述他为说明好诗可以不用典时,曾举出杜甫律诗《秋兴》、《诸将》、《宿府》,甚至李商隐的《无题》例,但实际上他不能欣赏律诗。《尝试集自序》中提及自己早年读诗的经验时说:"七律中最讨厌《秋兴》一类的诗,常说这些诗文法不通,只有一点空架子"(《胡适文存》2卷188页)。后来在《答任叔永书》中分析杜甫几首著名七律就说:《诸将》五首"完全失败","不能达意又不合文法",《咏怀古迹》五首有"律诗极坏的句子"、"实在不成话",《闻官军收河南河北》也有"做作"、"不自然"之处(《胡适文存》2卷97页)。

看他苛评律诗时所执的标准,可知他最欣赏的是能够发议论、语气自然、合文法(注意:是散文的文法)的"白话"诗;另一方面,从他对同一些作品前后的评价如此悬殊看来,我们又可推知他在表达文学主张时所搬弄的文学史事例,主要是为了论说方便,而不一定是对作品的真正认识。因此,在要建立他的"白话文学"为文学史中心的理论时,我们可以想象他是先订目标,再四处翻寻合用的例证。有关这一点下文再有补充。

胡适在宋诗的环境中选择了宋诗不为当时注重的作诗如"作文"、"说话"的一面,就好像在文学传统中选择了不受重视的民间传统一样;他再进而专门推尊传统的白话诗,一方面固然是性分所趋,另一方面也有历史条件为基础。

(二)"俗话文学"的发现与文学史"正统"之争

在胡适提出他的"文学革命"理论之前,白话的应用主要见于两个地方。一是传教士以至部分教育改革家运用白话以传播新思想以及开导民智,[23]胡适和陈独秀在早年亦曾加入这个运动的行列(Chow Tse-tsung,270-271;李孝悌,1—42)。其次是白话小说的大量产生,胡适在《五十年来中国之文学》中曾略加总结,分成南北两组:北方的评话小说有《儿女英雄传》、《七侠五义》、《小五义》、《续小五义》等;南方的讽刺小说有《官场现形记》、《老残游记》、《二十年目睹之怪现状》、《恨海》、《广陵潮》等(68)。教育家推广白话以改革社会的目标,启迪了胡适的致用文学观,切合了他早就认同的白居易一派"文章合为时而著,歌诗合为事而作"的"实际主义"(realism)。[24]民间白话小说之盛行,则与新知识分子所怀抱的民众力量有关,胡适说:

> 在这五十年之中,势力最大,流行最广的文学,说也奇怪,并不是梁启超的文章,也不是林纾的小说,乃是许多白话的小说。……这些南北的白话小说,乃是这五十年中国文学的最高作品,最有文学价值的作品(《五十年来中国之文学》,6—7页)。

胡适的"文学革命"本来由"诗国革命"出发,所以他曾刻意地去搜罗白话诗来作为自己理论的张本,但历史能够提供的材料不多,他说:

> 白话诗确是不多;在那无数的古文诗里,这儿那儿的几首白话诗在数量上确是很少的(《逼上梁山》,《建设理论集》,20页)。

因此他后来就要花好多气力去证明白话可以作诗,终于写出《尝试集》的各个篇章来,这已是后话。在美国留学时,胡适和任鸿隽、梅光迪等讨论"作诗如作文",一直得不到他们的支持;于是他就把目光由诗转向"俗话文学",认为这些白话文学有重要的价值。这种看法,所受的攻击就少了。[25]由是,胡适决定以"俗话文学"为基础,建立他的文学史观:

> 我到此时才把中国文学史看明白了,才认清了中国俗话文学(从宋儒的白话语录到元朝明朝的白话戏曲和白话小说)是中国的正统文学,是代表中国文学革命自然发展的趋势的。我到此时才敢正式承认中国今日需要的文学革命是用白话替代古文的革命,是用活的工具替

代死的工具的革命(《逼上梁山》,《建设理论集》,10页)。

胡适说自己在1916年的2、3月间,"把中国文学史看明白了",在年底写成的《文学改良刍议》当然不会将郑孝胥、陈三立等人视为当世文学的代表,他心目中的人物正是白话小说名家:

  吾每谓今日之文学,足与世界"第一流"文学比较而无愧色者,独有白话小说(我佛山人,南亭亭长,洪都百炼生三人而已!)一项(《胡适文存》1卷8页)。

当世文学有吴趼人(我佛山人)、李伯元(南亭亭长)、刘鹗(洪都百炼生)三人为代表,文学史上也有必要列举"正宗"作支援:

  今人犹有鄙夷白话小说为文学小道者。不知施耐庵、曹雪芹、吴趼人皆文学正宗,而骈文律诗乃真小道耳(《胡适文存》1卷15页)。

本来胡适在讨论中国"今日"(当日)的文学革命需要用白话替代古文,然而在有意无意间,他的论述由"今日"转移到"过去",认为中国文学"史"都应该以"白话"为"正宗";于是他就在中国文学史上检查追索一条白话文学的发展脉络。《历史的文学观念论》一文就揭示了他的探索发现:

  惟愚纵观古今文学变迁之趋势,以为白话之文学种子已伏于唐人之小诗短词。及宋而语录体大盛,诗词亦多有用白话者(放翁之七律七绝多白话体。宋词用白话者更不可胜计。南宋学者往往用白话通信,又不但以白话作语录也)。元代之小说戏曲,则更不待论矣。此白话文学之趋势,虽为明代所截断,而实不曾截断。语录之体,明清之宋学家多沿用之。……小说则明清之有名小说,皆白话也。近人之小说,其可以传后者,亦皆白话也(笔记短篇如《聊斋志异》之类不在此例)。故白话之文学,自宋以来,虽见屏于古文家,而终一线相承,至今不绝(《胡适文存》1卷33页)。

文学革命的目的在于"当前"的文学、"将来"的文学;但胡适为了与传统的文学势力抗争,于是标举"过去"文学传统的潜流,为"当前"的革命方向增加声势:

> 若要造一种活的文学,必须有活的工具。那已产生的白话小说词曲,都可证明白话是最配做中国活文学的工具的。我们必须先把这个工具抬高起来,使他成为公认的中国文学工具,使他完全替代那半死的或全死的老工具(《逼上梁山》,《建设理论集》,19—20页)。

他抬高"新工具"的方法,是否定"老工具"曾经是"工具",说"新工具"才是惟一的工具;因此追溯白话文学的源流,变成文学史的"正统"之争。

原本胡适说:"夫白话之文学,不足以取富贵,不足以邀声誉,不列于文学之'正宗'",但因为他主张"今日之文学,当以白话文学为正宗"(《胡适文存》1卷33—34页),所以文学史也要重新改写。他费心劳力地工作:

一、找来"白话诗人王梵志"(参《胡适古典文学研究论集》,360—367页;《白话文学史》,229—236页)、访得韦庄的《秦妇吟》(参《胡适古典文学研究论集》,171页)、发现"南宋的"《京本通俗小说》(参《胡适古典文学研究论集》,679—700页;《白话文学史·自序》,11页)。

二、把"白话"的定义放宽,连本属"死文学"的《史记》都变成是白话活文学的部分(参《白话文学史·自序》,13页;《答朱经农》,《胡适文存》1卷89页)。

三、又把"文学"的定义放松,连佛经译本、宋儒语录都包括在内(参《白话文学史》,157—215页;《胡适文存》卷一,33页)。

于是,他可以正式宣布:"白话文学"是"中国文学史的中心部分","最可以代表时代的文学史"(《白话文学史·引子》,3、5页)。这个过程,正好说明了历史如何被"书写"出来。由这个角度看,胡适推动的确是一场"革命",他"这种新的文学史见解"不单是"文学革命的武器"(《建设理论集·导言》,21

页),开展了将来的局面,更加改造了过去的历史。

随着文学革命的成功,以往的传统文学只能退居幕后,就如胡适在《答黄觉僧君折衷的文学革新论》中所预言的一样:

> 大学中,"古文的文学"成为专科,与欧、美大学的"拉丁文学""希腊文学"占同等的地位。
> 古文文学的研究,是专门学者的事业(《胡适文存》1卷114页)。

三 作为"遗形物"的中国文学

胡适的"文学革命论"的一个主要论点,就如《逼上梁山》所说:

> 一部中国文学史只是一部文字形式(工具)新陈代谢的历史,只是"活文学"随时起来替代了"死文学"的历史。文学的生命全靠能用一个时代的活的工具来表现一个时代的情感与思想。工具僵化了,必须另换新的,活的,就是"文学革命"(《建设理论集》,9页)。
>
> 凡向来旧文学的一切弊病,如骈偶,如用典,如烂调套语,如摹仿古人,——都可以用一个新工具扫的干干净净。……旧文学该推倒的种种毛病——雕琢,阿谀,陈腐,铺张,迂晦,艰涩——也都可以用这一把斧头砍的干干净净(《建设理论集》,19页)。

所以胡适的重要工作是整理出这个"工具"在文学史上的发展之迹,建立以"民间文学"为骨干的文学史观。

作为"工具"而言,这些民间的"白话"的文学,确实能够成为学习的楷模;但在"内容"方面,胡适就没有办法具体讲清楚。《文学改良刍议》所列八项主张,只有"须言之有物"一项属于内容方面,但亦只标出作品须有"高远之思想"、"真挚之情感"两个空洞的口号(《胡适文存》1卷6页)。再将这两个内容的要求套到他提倡的"工具"上面时,就会发觉两者并不能丝丝入扣。因为"高远之思想"和"真挚之情感"本是传统知识分子的理想中物,与人民

大众喜见乐闻的消闲娱乐有一定的差距。胡适在题为《中国文学过去与来路》的演讲中论及民间文学的几个"缺陷":

> 因为这些是民间细微的故事,如婆婆虐待媳妇啰,丈夫和妻子吵了架啰,……那些题目、材料,都是本地风光,变来变去,都是很简单的,如五七言诗、词曲等也是极简单不复杂的,这是因为匹夫匹妇、旷男怨女思想的简单和体裁的幼稚的原故,来源不高明,这也是一个极大的缺陷。第三缺陷为传染,如民间浅薄的荒唐的迷信的思想互相传染是(《胡适古典文学研究论集》,195—196页)。

在评价通俗文学作品时,胡适也免不了上智下愚之分。例如《五十年来中国之文学》分评北方和南方小说时说:

> 北方的评话小说可以算是民间的文学,……著书的人多半没有什么深刻的见解,也没有什么浓挚的经验。他们有口才,有技术,但没有学问。他们的小说,确能与一般的人生出交涉了,可惜没有我,所以只能成一种平民的消闲文学。……南方的讽刺小说便不同了。他们的著者都是文人,往往是有思想有经验的文人。……思想见解的方面,南方的几部重要小说都含有讽刺的作用,都可以算是"社会问题的小说"。他们既能为人,又能有我(68)。

《逼上梁山》中又引述他给任鸿隽的信说:

> 高腔京调未尝不可成为第一流文学。……适以为但有第一流文人肯用高腔京调著作,便可使京调高腔成第一流文学。病在文人胆小不敢用之耳。元人作曲可以取仕宦,下之亦可谋生,故名士如高则诚关汉卿之流皆肯作曲作杂剧。今之高腔京调皆不文不学之戏子为之,宜其不能佳矣。此则高腔京调之不幸也(《建设理论集》,20页)。

即是说,民间文学的高水准作品,也需要"文士"的参与。[26]事实上,无论有没有文人参与,通俗作品的消闲目的与胡适等知识分子唤醒国民、启导民智的理想始终有距离;所以钱玄同在赞成"文学革命"之余,曾提出:

> 从青年良好读物上面着想,实在可以说,中国小说没有一部好的,没有一部应该读的。……中国今日以前的小说,都该退到历史的地位(《答胡适之》,《建设理论集》,88页)。

胡适认为周作人的《人的文学》是"当时关于改革文学内容的一篇最重要的宣言"(《建设理论集·导言》,29页)。这篇宣言说:

> 中国文学中,人的文学,本来极少,从儒教出来的文章,几乎都不合格(《建设理论集》,196页)。

周作人在篇中又举出十类"妨碍人性的生长,破坏人类的平和"的文学作品,认为"统应该排斥",其中就包括胡适推崇的《西游记》、《水浒传》、《七侠五义》等(《建设理论集》,196—197页)。胡适也同意这个讲法,他说:

> 我们一面夸赞这些旧小说的文学工具(白话),一面也不能不承认他们的思想内容实在不高明,够不上"人的文学"。用这个新标准去评估中国古今的文学,真正站得住脚的作品就很少了(《建设理论集·导言》,30页)。

"庙堂文学"被推倒了,"平民文学"的内容又过不了"人的文学"这一关,中国文学的发展,还有什么凭借呢? 胡适在《建设的文学革命论》里,有一段"破坏"力很强的评论:他检讨过历代中国文学之后,发觉"中国文学的方法实在不完备,不够作我们的模范",以下就有这一大段批评:

> 即以体裁而论,散文只有短篇,没有布置周密、论理精严、首尾不懈

的长篇；韵文只有抒情诗，绝少纪事诗，长篇诗更不曾有过；戏本更在幼稚时代，但略能纪事掉文，全不懂结构；小说好的，只不过三四部，这三四部之中，还有许多疵病；至于最精采的"短篇小说"，"独幕戏"，更没有了。若从材料一方面看来，中国文学更没有做模范的价值，才子佳人、封王挂帅的小说；风花雪月、涂脂抹粉的诗；不能说理、不能言情的"古文"；学这个、学那个的一切文学：这些文字，简直无一毫材料可说。至于布局一方面，除了几首实在好的诗之外，几乎没有一篇东西当得"布局"两个字！——所以我说，从文学方法一方面看去，中国的文学实在不够给我们作模范(《胡适文存》1卷70—71页)。

胡适觉得不论"体裁"、"材料"，以至"布局"，中国文学都极度不足，那么，新文学运动应该朝哪一个方向发展呢？钱玄同的意见是：

> 从今日以后，要讲有价值的小说，第一步是译，第二步是新做(《答胡适之》，《建设理论集》，88页)。

周作人则认为：

> 还须介绍译述外国的著作，扩大读者的精神，眼里看见了世界的人类，养成人的道德，实现人的生活(《人的文学》，《建设理论集》，199页)。

而胡适更耐心解说他的"建设性"的主张：

> 西洋的文学方法，比我们的文学，实在完备得多，高明得多，不可不取例。即以散文而论，我们的古文家至多比得上英国的倍根(Bacon)和法国的孟太恩(Montaigne)；至于像柏拉图(Plato)的"主客体"，赫胥黎(Huxley)等的科学文字，包士威尔(Boswell)和莫烈(Morley)等的长篇传记，弥儿(Mill)、弗林克令(Franklin)、吉朋(Gibbon)等的"自传"，太恩

(Taine)和白克儿(Buckle)等的史论;……都是中国从不曾梦见过的体裁。更以戏剧而论,二千五百年前的希腊戏曲,一切结构的工夫、描写的工夫,高出元曲何止十倍。近代的萧士比亚(Shakespeare)和莫逆尔(Molière)更不用说了。最近六十年来,欧洲的散文戏本,千变万化,远胜古代,体裁也更发达了;最重要的,如"问题戏",专研究社会的种种重要问题;"象征戏"(Symbolic Drama),专以美术的手段作的"意在言外"的戏本;"心理戏",专描写种种复杂的心境,作极精密的解剖;"讽刺戏",用嬉笑怒骂的文章,达愤世救世的苦心。……更以小说而论,那材料之精确,体裁之完备,命意之高超,描写之工切,心理解剖之细密,社会问题讨论之透切,……真是美不胜收。至于近百年新创的"短篇小说",真如芥子里面藏着大千世界;真如百炼的精金,曲折委婉,无所不可;真可说是开千古未有的创局,掘百世不竭的宝藏。——以上所说,大旨只在约略表示西洋文学方法的完备。因为西洋文学真有许多可给我们作模范的好处,所以我说:我们如果真要研究文学的方法,不可不赶紧翻译西洋的文学名著做我们的模范(《胡适文存》1卷71—72页)。

胡适在《文学进化观念与戏剧改良》中提到"文学进化观念"的多层意义,其中之一是:

> 一种文学的进化,每经过一个时代,往往带着前一个时代留下的许多无用的纪念品;这种纪念品在早先的幼稚时代本来是很有用的,后来渐渐的可以用不着他们了,但是因为人类守旧的惰性,故仍旧保存这些过去时代的纪念品。在社会学上,这种纪念品叫做"遗形物"(Vestiges or Rudiments)。

另一层意义是:

> 一种文学有时进化到一个地位,便停住不进步了;直到他与别种文学相接触,有了比较,无形之中受了影响,或是有意的吸收别人的长处,

方才再继续有进步。

虽然他讨论的是戏剧问题,但这两层意义大概也合乎他对中国传统文学的看法。传统文学大部分都是他眼中的"遗形物",而改进的途径,则有赖与西方文学比较,接受其影响了:

> 大凡一国的文化最忌的是"老性";"老性"是"暮气",一犯了这种死症,几乎无药可医;百死之中,止有一条生路:赶快用打针法,打一些新鲜的"少年血性"进去,或者还可望却老还童的功效。现在的中国文学已到了暮气攻心、奄奄断气的时候!赶紧灌下西方的"少年血性汤",还恐怕已经太迟了;不料这位病人家中的不肖子孙还要禁止医生,不许他下药,说道,"中国人何必吃外国药!"……哼!(《胡适文存》1卷148—156页)

从这段文字就可以看到胡适的救亡意识是如何的浓重。诚如胡适所言,"不肖子孙"的冥顽不灵、盲目排外,确是不可原谅;不过,万一善心的医生诊断有偏差,所下的针药不尽切用,那又如何呢?在这里如何以西药治中病的中西比较文学的具体问题不必细论,我们要注意的是其中的危机感、恐惧感;中国文学种种不如人的想法不见得就带来了谦虚承纳的心态;胡适及其友侪对传统文学的排斥态度或者不下于"不肖子孙"的拒用西药。他们将自身猛力地抽离于传统,带来的就是传统与现代的对立、文化意识的断裂。

四 传统的消逝

余英时在《五四运动与传统》一文中,指出新文化运动的打破传统偶像的风气其来有自;就好像清代考据学可以上溯到明代的学风一样,新文化运动也可追溯到清季的今古文之争。史学家力求探索历史的发展之迹,照他的分析,打着反传统旗号的"五四"人物,也不能外于传统,最多是"回到传统中非正统的源头上去寻找根据"(余英时,93—107)。将范围收窄到新文学运动,余说看来仍是有效的。正如上文所论,清末黄遵宪、梁启超等已提出"文界革命"、"诗界革命",裘廷梁早已提到"崇白话而废文言"的好处;这都可说是文学革命的先声;在胡适引导之下,白话文学又在文学传统中寻得根源,因此,我们也不能不同意新文学运动与传统有"千丝万缕的牵连"(余英时,93)。

事实上,文学革命者如胡适等,都经历中国文化传统的浸润,他们本身当然与传统构成直接的关系,但就他们所建立的功业来说,他们是成功建筑了一个新的"传统",就好像夏志清所说的一样(《中国古典文学之命运》,25页;《自序》,《新文学的传统》,2—3页)。即使新文学运动可以溯源清末甚或明季(周作人《中国新文学的源流》;任访秋《中国新文学渊源》),是"古已有之",但到了胡适、陈独秀的手上时,已是由量变转成质变的时刻。如前所言,胡适的主要成绩正是将历史解体,一笔勾销了掌握书写权的文人传统的历史作用。

文学传统本来就在文人之间薪火相传,通过包容、承纳、消化各种内在演化(如文学体式或创作技法的更新)或外来刺激(包括民间文艺、外域思潮等的冲击),在书写系统的支援下,文学传统不断在扩充拓建。在这个情况下,文人可说是活在文学传统之中,传统不是"非我的"、"异己的";李白、杜甫透过"建安"到"盛唐"的距离,去认识自己在"大雅"、"正体"的传统中的位置,去作"大雅思文王"或者"颇学阴何苦用心",去"将复古道"或者"贯穿古今"。传统对他们来说,不仅有过去性,也具有现在性;而他们以自己的作品令传统的秩序重整。他们在估量自己的价值时,也就是文学传统的价值重估,"将复古道"的李白没有泯灭自我,"颇学阴何"的杜甫也没有和"正体"对立。

但文学的历史在胡适等革命家手上,经历了不能和过去任何一个时代相比的承传过程。这不仅仅因为被胡适供奉的"重新估定一切价值"(transvaluation of all values)得到实践,[27]基本上每一个称得上"文学时期"(literary period)的个中人都会"重新估定一切的价值";重要的是这次估定强调了文学的"过去性"(pastness),否定了文学的"现在性"(presentness)。过去的"重估"往往滋养了传统,丰富了传统的内涵,但新文学运动的目标是彻底破坏文言文学的所有功能——"现在"不能写作"文言文学";"过去"的"文言文学"都是已"死"的文学,不但在"现在"是已"死"的,在"过去"亦早已"死"

去。即使我们说"文言文学"并没有具体的形体,不会因为被攻击而湮灭于整个文化传统之中;但我们要知道,文化传统与个人是需要透过一定的接触点而起互动作用的,如果视传统为一个大型的价值系统,其中必有等级梯次(hierarchy),通过"文学革命"的一次梯次分子的重组(permutation),骈文律诗只好安放到集体潜意识的层面去了。这就是我认为文学革命是一次成功的"革命"的原因。胡适在1936年写信给汤尔和说:

> 至于"打破枷锁,吐弃国渣",当然是我的最大功绩。所惜者,打破的尚不够,吐弃的尚不够耳(见耿云志《年谱》,《胡适研究论稿》,466页)。

若果以文学革命来说,所破的也差不多了,问题是所立的不足而已。

胡适扶立了小说、戏曲等民间文学的传统,使得元曲、明清章回小说成为有生命力的文学体类,成为"文学正宗",这是他的一项重要的功绩。从文学革命的成果来说,胡适可说是一个成功的"修辞家"(rhetorician);[28]义无反顾、势若长河的论理方法,使文学革命得以成功推展。但从"文学史学"的角度看来,他的文学史观只是由简单的、武断的(arbitrary)概念和价值界划所组成。他没有尝试考虑文学史上种种复杂的现象;他并没有关注到体类间或者运用不同体类的作者之间的并存功能(synfunction);[29]文言诗文与白话小说并非各为绝缘体;其背后的社会因素如士人阶层的扩散和士庶阶层间的流动,文学现象如白话戏曲小说承袭文言的套语,传统诗文通过反常合道、以俗为雅的手段容纳白话元素等问题。在他的文学史论述中都没有适当的照顾。因此他所建立起来的文学传统只是过分简化的、单薄平面的价值观。再加上胡适及其同道根本未脱"上智下愚"的救世者心态,而"文学"与"大众文化"的天然差距,就令到胡适等对自己以进化之迹的线索编成的"活文学史"都没有绝对信心,于是大炮铁船以外的精神文化也要师夷长技,以西方文学济急;于是,传统与现代的裂痕,更深无可补了。当然我们可以乐观地说新文学运动带来了一个新的传统(事实上,我们也别无他法),这个新的传统滋养了以后的历史意识,但我们要知道,新传统与文学革命以前的传统再不是普通的承传关系,最多只能说有对应的(reciprocal)关系而已。

经过岁月的冲洗,胡适的文学史观不一定能完全支配现今文学中人的思想,然而胡适及其同道的努力确实把文学革命以后的知识分子和传统文学的距离拉远;我们对传统的认识很难不经过"五四"意识的过滤。再加上现代政治带来重重波折,文学意识的断层愈多愈深,要瞻望古老的文学传统,往往需要透过多重积尘的纱窗,而望窗的就如胡适所预言,只剩下大学堂中的专门学者。其他人嘛,惟有借助大脑基因所残存的种族记忆,再难像韦勒克所讲的触摸传统的任何部分了(Wellek,51)。

注 释

〔1〕 部分学者主张"新文学运动"只是"新文化运动"的一部分,与"五四运动"有关,但没有从属关系;胡适则选用"中国文艺复兴"来代替包括"新文学运动"的"新文化运动",他认为"五四运动"只是一项政治活动,对"新文化运动"来说,是"一场不幸的政治干扰"(参 Hu Shih; Grieder;唐德刚《胡适口述自传》,174页)。有关"五四运动"的广义解释,可以参考周策纵的讨论(Chow Tse-tsung,1-6);本文基本上采纳周策纵的主张。

〔2〕 本篇原是胡适为上海《申报》五十周年纪念而作的长文,收入 1923 年上海申报出版的《最近五十年》,后来由新民国书局于 1929 年出版单行本。又见《胡适文存》2 卷 180—261 页;这里的引述以单行本《五十年来中国之文学》为据。

〔3〕 强调"白话"的重要性的一个前提是口语与书面语的合一。一般以西方语言如英语的使用为例,以为口语可以直接记录,就成为书面文字,而中国的书面文言却与口语有极大距离,不能"我手写我口"。但这个想法只有部分是正确的。Bruce Liles 就指出:以英语来说,口语与书面语合一通常只限于非正式的(informal)运用,如笔记、信札等,一些正式的(formal)文字应用,无论在词汇或句子结构上,都与口语有显著的差距(25)。一个语言系统即使以其共时结构(synchronic structure)而言,已包容多种语体(styles),例如 Martin Joos 在语体分析时就列出"冷冻体"、"正式体"、"洽商体"、"随意体"、"亲切体"五种(*The Five Clocks*);另外 D. Crystal and D. Davy 亦提出了"会话的语言"、"口头评论的语言"、"宗教的语言"、"新闻报导的语言"、"法律文件的语言"等划分(*Investigating English Style*)。视乎语境不同,大家就会采用不同的语言策略,根

本没有理想的语文合一。再加上历时因素的考虑,语文是否合一、能否合一等问题更难简单地提出答案。有关言文之间的龃龉尚可参 Walter Ong 在 *Orality and Literacy* 的论述。

〔4〕 胡适在《国语文法概论》中提出的"宁馨"、"阿堵"就是很好的例证(见《胡适文存》3 卷 452—453 页)。

〔5〕 实际上这些口头文学的记载也是由执掌"死文字"的士人负责,也不是为平民百姓阅览而作。

〔6〕 新文学运动开展以后,几乎所有文学史都标榜"进化观",最直接的声明有谭正璧《中国文学进化史》一类著作。直到现在,通行的文学史都从"进化"的角度讨论文学发展;文学批评史则称扬任何类似"进化论"的文学观念,贬斥一切看来像"退化观"的文学意见。

〔7〕 胡适在《五十年来之世界哲学》一文中曾说:"evolution 一个字,我向来译为'进化',近来我想改为'演化'。本篇多用'演化',但遇可以通用时,亦偶用'进化'"(《胡适文存》2 卷 280 页)。文中有专节介绍"演化论的哲学"。

〔8〕 例如 Herbert Spencer 在 *Illustrations of Universal Progress* (1880)中讨论文学发展时也认为这是由简到繁的进化过程(参 Wellek,"Evolution in Literary History",41);Wellek 曾对达尔文、斯宾塞等人的进化论对文学史研究所产生的影响有简明的讨论,可以参考("Evolution in Literary History",41-46)。

〔9〕 但"进化论"传入中国时,其吸引国人注意力的是"物竞天择,适者生存"的危机意识,郭湛波《近来思想的介绍》和王尔敏《清季知识分子的自觉》都有析述(郭湛波,476—483;王尔敏,95—164)。晚近张汝伦也对晚清以来"进化论"传入中国的历史脉络有深入探讨(张汝伦,3—108)。

〔10〕 当然在胡适的著作中并非完全不提文学作品的异同关系或者渊源影响,《白话文学史》中就有许多这方面的探讨。这里是就胡适的似是而非的论点而做的批评。

〔11〕 陈慧桦《文学进化论的谬误》一文根据 William Hazlitt 的理论批评了葛洪、萧统、胡适和洛夫的"进化论"(《文学创作与神思》,93—103 页)。陈氏另有英文稿刊于《中山学术文化集刊》十九集。新文学运动的反对者梅光迪早在 1921 年《学衡》的第一期发表《评提倡新文化者》一文,也举出 Hazlitt 之论来指斥"文学进化论为流俗之错误"(梅光迪,127—132)。

〔12〕 又胡适《谈新诗》也有类似的讲法:"自然趋势逐渐实现,不用有意的鼓吹去促

进他,那便是自然进化。自然趋势有时被人类的习惯守旧性所阻碍,到了该实现的时候却不实现,必须用有意的鼓吹去促进他的实现,那便是革命了。一切文学制度的变化,都是如此的"(《胡适文存》1卷171页)。

〔13〕 "Paradigm"的观念是 Thomas Kuhn 研究科学史时提出的(*The Structure of Scientific Revolutions*),后来被引介到其他学术领域之上。余英时就以这个观念去说明胡适在"思想革命"中的贡献(《中国近代思想史上的胡适》,16—21页)。

〔14〕 哥白尼(Copernicus)的"天才革命"也是 Thomas Kuhn"典范"说的例证之一。

〔15〕 周作人、任访秋等都讨论过胡适等人的新文学运动与公安派类同的地方(周作人;任访秋,219—221)。周质平则认为二者相似的地方虽多,但"骨子里一个'改良派'(指公安派),而一个是'革命党'(指胡适)"(周质平,77—101)。

〔16〕 有关梅光迪等"学衡派"的理论在 80 年代以前的学界罕有探讨,比较早期的研究见侯建 1974 年出版的《从文学革命到革命文学》(57—93 页),专题讨论则有 1984 年沈松侨的《学衡派与五四时期的反新文化运动》。晚近研究转多,代表性的著作有沈卫威、郑师渠等人的著作。

〔17〕 胡适在《留学日记》(1915 年 6 月 6 日)中记载他的"词乃诗之进化"的想法,又有《词的起源》一文,更具体分析诗词的关系(《胡适古典文学研究论集》,594、535—549 页)。但据任半塘的研究,唐代"声诗"与词本为二体(《唐声诗》上,341—403 页);叶嘉莹亦有《论词的起源》一文,分析"词为诗余"一说的不可信(《灵溪词说》,1—27 页)。

〔18〕 龚鹏程在《试论文学史之研究》一文中指出"诗体代兴"之说本出自宋明以来"极狭隘的文体观念和崇古论"(252—255 页)。但在胡适笔下,"代兴"之说却是"进化论"的例证,其中关系,值得玩味。

〔19〕《中国诗史》分上中下三卷,其下卷为"近代诗史",分论唐五代词、南宋词、散曲及其他,唐以后诗完全不论;此书原由大江书铺在 1931 年印行,1956 年由北京作家出版社再版,但全书结构没有更动。

〔20〕 唐德刚更判定新文学运动属于"缙绅传统"的活动(《胡适杂忆》,87—91 页)。

〔21〕 在《寄陈独秀》一函中胡适大力批评了《新青年》三号所载谢无量的一首长律;《文学改良刍议》在"不作无病之呻吟"、"务去烂调套语"、"不用典"等项下,又举了不少"时弊"的例子,其中以胡先骕的一首词作为挑剔对象,可能是引发后来胡先骕苛评《尝试集》的原因之一(《胡适文存》1卷 1、10 页)。

〔22〕 陈衍曾将道光以来的诗分为"清苍幽峭"、"生涩奥衍"两派,认为郑孝胥属于前者,陈三立属于后者(《石遗室诗话》3卷2页上下)。

〔23〕 例如维新运动中人裘廷梁就有《论白话为维新之本》一文,其结论是:"由斯言之,愚天下之具,莫文言若;智天下之具,莫白话若。……文言兴而后实学废,白话行而后实学兴;实学不兴,是谓无民"(郭绍虞、王文生《中国历代文论选》4卷172页)。他又编印《白话丛书》,主办《无锡白话报》。约略同时出现的白话报章,还有《杭州白话报》、《苏州白话报》、《绍兴白话报》、《安徽俗话报》等等(参李孝悌,1—42)。

〔24〕 胡适在1915年8月3日的《留学日记》中就抄录了白居易《与元九书》的论诗意见,他认为白居易的理论属于"实际主义"(realism)(《胡适留学日记》,721—728页)。

〔25〕 梅光迪曾写信给胡适,赞成他对宋元白话文学的意见说:"来书论宋元文学,甚启聋聩。文学革命自当从'民间文学'入手,此无待言"(《逼上梁山》,《建设理论集》,10页)。

〔26〕 胡适批评"文学革命"以前的社会家把社会分作下等的、应用白话的"他们"和上等的、应用古文古诗的"我们";而他参与其中的"文学革命"主张"白话文学",则没有"他们"和"我们"的分别(《建设理论集·导言》,13—14页;《五十年来中国之文学》,90—91页)。其实胡适他们又何尝没有上智下愚之分呢!

〔27〕 胡适在《新思潮的意义》一文中特别标举尼采的话:"尼采说,现今时代是一个'重新估定一切价值'的时代。"以此解释新思潮的方法和态度(《胡适文存》4卷728页)。

〔28〕 Wei Shulun的博士论文就是从修辞的角度去分析胡适的"文学革命",可以参考。

〔29〕 这里套用Jurji Tynjanov讲文学作品在文学系统演化中的一个术语("On Literary Evolution",68)。

引用书目

中文部分

王尔敏:《中国近代思想史论》,台北:华世出版社,1977年版。

任半塘:《唐声诗》,上海:上海古籍出版社,1982年版。
任访秋:《中国新文学渊源》,郑州:河南人民出版社,1986年版。
朱自清编:《诗集》,《中国新文学大系》,赵家璧主编,第八集。
余英时:《中国近代思想史上的胡适》,台北:联经出版公司,1984年版。
余英时:《史学与传统》,台北:时报文化出版公司,1982年版。
李孝悌:《胡适与白话文运动的再评估——从清末的白话文谈起》,《胡适与近代中国》,周策纵等,台北:时报文化出版公司,1991年版,1—42页。
沈松侨:《学衡派与五四时期的反新文化运动》,台北:台湾大学文史丛刊,1984年版。
沈卫威:《回眸"学衡派"——文化保守主义的现代命运》,北京:人民文学出版社,1999年版。
周作人:《中国新文学的源流》,北京:人文书店,1934年版。
周质平:《胡适文学理论探源》,《胡适与鲁迅》,台北:时报文化出版公司,1988年版。
侯健:《从文学革命到革命文学》,台北:中外文学月刊社,1974年版。
胡适:《五十年来中国之文学》,北平:新民国书局,1929年版。
胡适:《白话文学史》,上海:新月书店,1928年版。
胡适:《胡适文存》,台北:远东图书公司,1975年版。
胡适:《胡适古典文学研究论集》,上海:上海古籍出版社,1988年版。
胡适:《胡适留学日记》,台北:商务印书馆,1957年版。
胡适:《国语文学史》,北平:文化学社,1927年版。
胡适编:《建设理论集》,《中国新文学大系》,赵家璧主编,第一集。
唐德刚:《胡适杂忆》,台北:传记文学杂志,1980年版。
唐德刚译注:《胡适口述自传》,台北:传记文学出版社,1983年版。
夏志清:《中国古典文学之命运》,《知识分子》,1985年春季(1985年4月),25页。
夏志清:《新文学的传统》,台北:时报文化出版公司,1979年版。
耿云志:《胡适研究论稿》,成都:四川人民出版社,1985年版。
张汝伦:《从进化论到历史主义》,《现代中国思想研究》,上海:上海人民出版社,2001年版,3—108页。
梅光迪:《评提倡新文化者》,《中国新文学大系》第二集《文学论争集》,郑振铎编,127—132页。
郭绍虞、王文生编:《中国历代文论选》,上海:上海古籍出版社,1979年版。

郭湛波:《近代中国思想史》,香港:龙门书店,1973年版。

陈衍:《石遗室诗话》,台北:商务印书馆,1976年版。

陈国球:《文学结构与文学演化过程——布拉格学派的文学史理论》,《书写文学的过去——文学史的思考》,台北:麦田出版社,171—210页。

陈慧桦(陈鹏翔):《文学进化论的谬误》,《文学创作与神思》,台北:国家书店,1976年版,93—103页,《中山学术文化集刊》,19(1977年3月)期,107—121页。

陆侃如、冯沅君:《中国诗史》,上海:大江书铺,1931年版;北京:作家出版社,1956年再版。

叶嘉莹:《论词的起源》,《灵溪词说》,缪钺、叶嘉莹,1—27页。

赵家璧主编:《中国新文学大系》,上海:良友图书公司,1935年版。

郑师渠:《在欧化与国粹之间——学衡派文化思想研究》,北京:北京师范大学出版社,2001年版。

郑振铎编:《文学论争集》,《中国新文学大系》,赵家璧主编,第二集。

缪钺、叶嘉莹:《灵溪词说》,上海:上海古籍出版社,1987年版。

谭正璧:《中国文学进化史》,上海:光明书局,1929年初版,1932年四版。

龚鹏程:《试论文学史之研究》,《文学散步》,台北:汉光文化公司,1985年版,252—255页。

外文部分

Chow Tse-tsung. *The May Fourth Movement*. Cambridge, Mass.: Harvard UP, 1960.

Crystal, D. and D. Davy. *Investigating English Style*. London: Longman & Green, 1969.

Grieder, J. B. *Hu Shih and the Chinese Renaissance*. Cambridge, Mass.: Harvard UP, 1970.

Hu Shih. *The Chinese Renaissance*. Chicago: U of Chicago P, 1934.

Joos, Martin. *The Five Clocks*. Bloomington: Indiana University Research Centre, 1962.

Kuhn, Thomas. *The Structure of Scientific Revolutions*. Chicago: Chicago UP, 1970.

Liles, Bruce. *An Introduction to Linguistics*. Englewood Cliffs: Prentice-Hall, 1975.

Ong, Walter. *Orality and Literacy: The Technologizing of the Word*. London: Methuen, 1982.

Spencer, Herbert. *Illustrations of Universal Progress*. New York, 1880.

Tynjanov, Jurji. "On Literary Evolution." *Readings in Russian Poetics: Formalist and Structralist Views*. Ed. L. Matejka and K. Pomorska. Ann Arbor, Michigan: U of Michigan P, 1978, 55-78.

Wei Shulun. "A Study of Hu Shih's Rhetorical Discourses on the Chinese literary Revolution." Ph. D. Thesis. Bowling Green State University, 1979.

Wellek, René. "Evolution in Literary History." *Concepts of Criticism*. New Haven & London: Yale UP, 1963, 37-53.

第四章

"文化匮乏"与"诗性书写"
——林庚《中国文学史》探索

"启蒙"、"黄金"、"白银"、"黑夜"
"文化匮乏"情意结
惊异精神
故事性结构
诗性书写
结语

  林庚是著名的古典文学研究者,又是一位诗人。[1]这两重身份,互相交迭影响,他的创作和研究因而别具特色。他的古代文学史研究,可说迥拔孤秀,见解和书写方式与一般著作有很多不同之处。他的第一本《中国文学史》写成于1947年,由厦门大学出版。从50年代开始,他重新改写这本文学史,另题《中国文学简史》,于1954年由上海文艺联合出版社出版"上卷"。1988年《中国文学简史》"上卷"修订再版,一直到1995年全书才告完成,由北京大学出版社出版。由于1947年出版的《中国文学史》特色最为显著,故此本文以这本文学史为主要讨论对象。

一 "启蒙"、"黄金"、"白银"、"黑夜"

在2000年发表的一篇访谈录中,林庚说:

> 中国的文学传统不是戏剧性,而是诗意的,……中国还是诗的国度,所以我写文学史,也是拿诗为核心(张鸣《林庚先生谈文学史研究》,10—11页)。

这个说法,可说是林庚一贯的主张,从30年代到20世纪完结,他以大半个世纪的时间,成就了三个阶段的文学史论述,但从没有放弃这个观点。[2]当中尤其以最早完成的《中国文学史》最能宣示他的立场;这本"文学史"的内容取舍固然清楚地显示了他的看法,全书的论述模式,也是以"诗的"语言策略来酝酿经营。在未进一步说明林庚文学史论述的特色之前,我们可以先检视一下他所设定的文学史框架。

《中国文学史》的讨论范围始于远古而终于"新文学运动"前夕。全书共三十六章,分成四个阶段:"启蒙时代"、"黄金时代"、"白银时代"以及"黑夜时代"。[3]这些名目基本上是古希腊罗马神话的挪用。在这些神话中,太初是一段"浑沌时代"(Chaos),然后由"浑沌"进入文明的高峰"黄金时代",以下历经"银"、"铜"、"铁"三个时代,每况愈下。这是由今思古的神话幻设,以为宇宙世界经历了一段人性趋恶、文化衰败的过程。[4]林庚没有完全依据原来神话的格式,他的挪用,只说明了他要借助神话的语言来喻示他的观察。在《中国文学史》的正文,林庚并没有就"启蒙"、"黄金"、"白银"和"黑夜"这四个名目的具体意义做进一步说明,也没有正面解释他的分期依据,但只要配合具体章目的安排,读者不难意会林庚的意见:中国文学由"蒙昧"到"启蒙",再发展到高潮的"黄金时代",以后就是下坡的走向,直到"黑夜"时期;在"黑夜"结束之前,我们见到"文艺曙光",预示光明的"新文学"的来临。林庚借用西方神话,以"怀旧"(nostalgia)寄寓理想,去为他参与的"新文学时期"建立即将重返"乐园"(paradise)的新神话。[5]

在林庚搭建的这个文学史架构中,属于"启蒙时代"第一个阶段的包括第一章《蒙昧的传说》、第二章《史诗时期》、第三章《女性的歌唱》、第四章《散文的发达》、第五章《知道悲哀以后》、第六章《理性的人生》、第七章《文坛的夏季》、第八章《苦闷的觉醒》共八章。我们如果不看目录页所附的纲目,只看章题,就会不知所云,摸不着头脑。其实这部分无论从内容和书写方式,都为全书定了方向。例如:中国没有史诗和悲剧;中国的语言和文字不一致;语言、思想、人世经验与文艺的互动关系等,都在此安排了讨论的线索。至于论述的文学史内容则由远古神话传说,到《诗经》的《雅》《颂》《国风》、先秦诸子散文、《楚辞》,再到汉代的辞赋、东汉乐府和四言诗等。所论主要指向全书的第一个重点——《楚辞》的"惊异精神",为以后的论述开路。

第二个阶段"黄金时代"共十章。其中第九章《不平衡的节奏》,讨论从建安开始到唐以前的五言诗发展;第十章《人物的追求》和第十一章《原野的认识》分别论述六朝时候对"美"的追求和对"大自然"的感应,及其在骈文和诗歌中的表现;第十二章《旅人之思的北来》以北朝的刚劲活力与南方文化融合的过程为论;第十三章《主潮的形式》专门讨论林庚心目中的唐诗的主要形式——七言诗——在初唐以前创生的过程;第十四章《诗国高潮》以"少年精神"为基准探索中国文学史上的最辉煌的盛唐诗歌的风貌;第十五章《古典的先河》讲杜甫以精美的律诗启动文学"古典派",致使后来诗歌的活力渐渐消沉;第十六章《修士的重现》、第十七章《文艺派别》讲文学形成"古典"以后中晚唐诗的两种应变——或采超脱的生活态度而成隐逸冲淡诗风,或用力于字句而走上苦吟、写实、象征的道路;最后第十八章《散文的再起》则批评唐代古文运动之以"典式"为主的复古倾向。这个时段的论述已包含攀至顶峰然后下滑的过程。

第三阶段"白银时代"先有第十九章《口语的接近》分析诗歌语言在不同情况下向口语靠近,补充解释中晚唐以来通俗浅易诗风的现象。从第二十章开始,到第廿六章,除了其中两章以外,其余《凝静的刻画》、《抒情时期》、《骈俪的再起》、《古典的衰歇》、《第四乐府》五章分别讨论晚唐两宋词以及元散曲,由兴盛到衰亡以至被替代的循环过程。这些历程的述论很大程度是唐诗兴衰过程的复写,看来是"五四"以还唐诗宋词元曲"一代有一代文学"

之说的变相(郑志明,390—391);[6]林庚的新意在于对其间每种文体的"活力"生成过程做出细致精巧的描述;他对诗歌体裁的"新鲜"取代"陈熟"的过程的分析,有点像俄国形式主义的"陌生化"(defamiliarization)文学史观,只少了其"科学"的外观,而加添了"感悟"的色彩。此外第廿二章《晚唐余风》主要是欧阳修至苏轼、黄庭坚等宋代诗风的批评,可说是传统诗论"尊唐轻宋"的"林庚式"诠解。第廿五章《文艺清谈》指摘宋代以"诗话"为主流的批评风尚,认为是"古典"程式化过程的"又一角落"。最后第廿七章《理性的玄学》集中讨论宋代理学;林庚认为宋儒以形而上的"玄学"为儒家的"理性人生"做理论上的补充,这是"文艺衰落"的时世,"人们乃转求于思想上的解脱"。林庚这番论说主要是从旁渲染中国文学在"黄金时代"以后走向下坡的图像,但我们可以在此再一次看到林庚以"文艺"为生命的最高表现的观点。[7]

最后的"黑夜时代"是全书论述重点的一大转向:从抒情体的"诗歌文学"转到叙事体的"故事文学"。第廿八章《梦想的开始》和第廿九章《讲唱的流行》基本上和一般通行的小说史一样,追溯六朝笔记小说、唐代传奇,以至民间俗讲、变文,到宋代话本的发展;第卅二章《章回故事的出现》与第卅四章《女性的演出》讨论长篇小说的形成以至成熟的过程。第三十章《杂剧与院本》、第卅一章《舞台重心》、第卅三章《梦的结束》则是古代戏剧发展的析论。林庚明言,中国文学以诗歌为中心,但他也接受新文学运动以来习见的看法,以为宋元以后,中国文坛已是小说与戏曲的天下,所以他用全书四分之一的篇幅去叙述这个现象。虽然情非得已,但林庚的分析并没有令读者失望,这一点下文将有细论。本时段的最后两章是第卅五章《诗文的回溯》和第卅六章《文艺曙光》。前者集焦于八股程式对诗文的影响,以勾勒"自金元以迄明清"诗文的衰颓面貌;最后一章讨论晚明小品文及清代讽刺小说,认为二者带来的"破坏"以至"反抗",正是催生新时代文艺的动力。读者在掩卷前,将会对《中国文学史》这个文本以外的黎明曙光,有所希冀期待。[8]

从以上的提纲挈领,我们可以留意到林庚的《中国文学史》,基本上没有离开自新文学运动以来一般文学史著作的论述范围。可是,林庚特有的书写方式,却使这部"文学史"的面貌不比寻常。以下我们就几个关键论点,对林庚"与众不同"的文学史书写做进一步的分析。

二 "文化匮乏"情意结

(一)"没有史诗"、"没有悲剧"

林庚《中国文学史》最值得注意的地方是,从开卷就设定了中国文学传统的一种"匮乏":中国欠缺西方文学的"故事传统",没有希腊罗马的美丽神话和传说,没有史诗、没有悲剧。中国今天留存的有关远古的"零星材料",最多只能"作为当时的神话目录看"(8)。中国经历过"最适宜史诗"的游牧时期,可是只留下简陋的卜辞:

> 这将进于农业社会的游牧时代,这以迷信与战争为生活上的刺激的时代,那对于初期的农产品——酒的珍贵,这些曾使得希腊神话里产生了最有趣的牧羊神、酒神、预言之神、战神,以及长篇的史诗,伟大的悲剧,这些为什么我们没有呢?(14)

林庚就是带着这个"匮乏"情意结去思考中国文学传统的。中国之成为"诗的国度"而不是"戏剧的国度"或者"故事的国度",就是与这个"匮乏"有关。林庚后来在《漫谈中国古典诗的艺术借鉴——诗的国度与诗的语言》一文再次提到这个观点说:

> 就文学史来说,这的确是一个很大的损失,并且没有含有神话的悲剧和史诗,古代完整的神话保留下来的自然也较少。付出了这么大的代价,得到的是什么呢?那就是以十五国风代表的抒情传统(《新诗格律与语言的诗化》,113页)。

于此,林庚表现出"若有憾焉"的心理。

中国文学传统没有史诗和悲剧的遗憾,确是当时国人难以释然的。我们看到清末梁启超以杜甫《北征》、韩愈《南山》、古诗《孔雀东南飞》等与荷马的史诗比较后的失望和遗憾(《饮冰室诗话》,4页),也可以见到王国维举《红楼梦》为悲剧的补偿心理(《王观堂先生全集》,1640—1659页),更不要说胡适基于"文学革命"的需要而全面自我批判、觉得中国文学事事不如西方之说了(《建设的文学革命论》,《胡适文存》1卷72—73页;《文学进化观念与戏剧改良》,《胡适文存》1卷148—156页;又参本书第三章《"革命"行动与"历史"书写》)。林庚穷极思考,提出了很独特的解释,他把这个现象归结于中国的书写系统与口语系统之间的断裂。他认为印度与希腊用的都是拼音字母,口语可以有即时的记录;中国的象形文字创制困难,不像西方的言文一致。于是,该产生史诗的时期,就只留下龟甲的卜辞;到中国有可用的文字时,本来可产生悲剧的活泼的娱神活动已不再出现,换成了封建时代的"严肃的空洞的"祭祀仪式(14—20)。

这种以拼音文字为先进书写系统的想法,在新文化运动的过程中并不罕见。但以此直接解释东西文学的差异,还是少有的。以学理来说,林庚的解释很难经得起现代语言学理论的考查,对西方口头文学与书写文学的关系也有极大的误解(参 Ong, 5-30)。可是林庚对语言源头的误解,却触动了一些新鲜的观察和思考。自胡适以来,文言文的"言文不一"已被视为中国文学以至文化落后的重要根源,是"白话文运动"的革命对象。但林庚在坦承中国文字的缺点之余,提出:

> 这种文字的运用,并不就等于语言。它乃是一个语言的省略,好比我们在冰河上插一面红旗,那便是代表这块地方危险的意思。……不知经过了多少年月,经过了多少的创造与使用,渐渐的熟能生巧,文字才有了充分的表现能力,而语言也受文字的影响渐渐互相接近(16)。

书写文字不等同于口头语言,而只是一种省略的提示;这种想法的精彩之处在于摆脱了"语音中心主义"(phonocentrism)和"逻各斯中心主义"(logocentrism)——书写系统作为口语或者思想概念的复制,所以只有从属地位——

的限制。[9]当然,如果我们说林庚意识到"逻各斯—语音中心"的问题是不对的,因为林庚明显以为西方拼音文字能够直接表达口语是其优胜之处。不过林庚认为中国文字从开始就与口语断裂,有独立的发展体系的想法,却意外地打破了书写文字必须紧随口语的思想规限。这个因误解而得的想法在第四章《散文的发达》中就发挥了作用。林庚认为从《左传》到先秦诸子的散文,作为书写系统,可以带动口语,甚至引领思想的进一步发展:

> 它(散文)不仅是记忆,而且是发挥;不仅是语言,而且是思想本身。语言受了它的影响,才变为更高的语言;思想受了它的磨练,才变为更锐利的思想。……散文的光芒,乃笼罩了整个思想界,那美妙的言辞,崇高的文化,都为这时代增加了光荣,从各方面启发了人们的智慧(32)。

在林庚的理解中,书写系统可以透过"散文化"和"诗化"的不同途径和口语交迭磨合,甚而推动思想。这种对思想、语言和文学之间关系的"诗性感悟"和探索,是林庚的文学史论述最精彩的地方。我们强调林庚的"诗性感悟",是因为林庚的"理论逻辑"或者"散文逻辑"的意识并不强[10],在论述中偶有凿枘矛盾之处;但他有最敏感的触觉,有直探根源的悟力,往往为我们开示文学艺术的精微之处。例如他对《楚辞》语言艺术与生命意识的掌握,就是极好的例子,下文将再有讨论。

(二)"女性文艺"、"男性精神"

翻阅本书的目录,到第三章赫然见到"女性的歌唱"的字样。这和前后章出现的"传说"、"史诗"、"散文"等文体术语并排,是相当不协调的。读者于是会问:什么是"女性的歌唱"? 为什么是"女性"? 如果读者终于展卷细读,多见"悲哀"、"夏季"、"醒觉"、"原野"等词汇,渐渐会熟习林庚的文艺语言,进入林庚的驰想空间。可是,我们还是要问:"女性"和"男性"有何区别? 为什么全篇要屡屡讲及"男性精神"、"女性文艺"?[11]

其实要理解这些"男"、"女"的比喻,我们必须回到上文提到的神话、史诗与悲剧的"匮乏"问题。林庚问:"为什么我们没有呢?"很容易令人联想到弗洛伊德的女性"匮乏"情意结(castration complex,即对男性性征的盼羡 penis envy)的学说,弗洛伊德之说后来受到很多女性主义者的大力批判,也有从社会权力架构的角度去理解这种匮乏(social castration)的(参 Gilbert and Gubar)。我们不必采用弗洛伊德的性取向分析,但可以思考中国自受西潮冲击以后,对本土文化的欠缺信心的表现。这种"若有所失"的遗憾感觉我们可以称之为"文化的匮乏"。

有趣的是:林庚在《中国文学史》中的论述表示欣赏和盼羡者,如"生活上的刺激"、"一种生之惊异,一种命运的喜悦"带来的"种种传说"、"勇武恋爱的神秘故事"以及"雄伟的文艺"等(14),都是习见分类中属"男性"的刚劲特征。他对中国文学中"女性"本位的体认,正是和这些属于"西方"的特色对照而生的构想。在这个基础之上,林庚建立了整个论述的基调:中国没有西方的故事传统,只能以诗歌作为文艺的主体。中国"最早的文艺",便是《诗经》里的民歌《国风》,而"农业社会田园的家的感情,乃是女性最活泼的表现"(20、28)。林庚又就此做进一步延伸和联想。比方说,中国以孔子的儒家思想为主流,而孔子又赞美《诗经》,"响往那古人之作","女性的歌唱所带来的,现世的和平的性格,它作为孔子折衷思想的基础"(35)。这是中国文化思想的延伸。又如说:"西方文字的起源是故事的。故事是演进的精神……。中国文字的起源是诗的语言,一切以此为归宿"(33)。这是中国文字功能方面的延伸。[12]

如果依照这样的论据,林庚的主张应该是:西方文学的本质是"男性的",而中国文学则是"女性的"。他在一篇访问中,同意林在勇"戏剧强调冲突,而诗歌一般是比较追求和谐的韵致"的说法,然后下结论说:

> 中国正是一个诗的国度,所以中国文学整个思想感情和孔子的比较接近(林在勇、林庚,173)。

可是林庚在整本文学史中却又认为中国诗歌的高潮不在于"女性的"文艺;

在他笔下,最受推崇的《楚辞》和盛唐诗歌,其"惊异精神"或者"少年精神",都是"男性的"。

要解释林庚这个见解,我们还得从"匮乏"情意结说起。"匮乏"会引发有所期盼、寻求补偿的心理;中国文学固然以"女性"的安稳和谐为本位,但在发展的过程中若有显示出"男性"奔放活力的变化,就会特别受到珍视。因此,林庚的想法应该是既承认本土文化的基本取向,又殷切期待可以填补不足的变化动力。他的文学史论述就是在这种复杂的心理下建构而成的。至于林庚如何在探寻这种变化动力的过程中,为中国文学史的现象做出独有的诠解,下文继续探讨。

三 惊异精神

林庚在2000年接受访问时,回忆五十年前自己在厦门大学讲授"中国文学史"的情境时说:

> 我上课时,把题目写在黑板上,写上"文坛的夏季",台下的学生就很兴奋。……我用这样的形象来讲课,学生很愿意听,所以只要题目一写出来,台下就会有很强烈的反应,这都是到厦大以后才有的(张鸣《林庚先生谈文学史研究》,8页)。

这个描述可说是林庚《中国文学史》的"书写"过程的象征。文学与生活经验的召唤和感应,是他的文学史书写的目标。他在用心探索文学如何表现生活经验的变化的同时,也着意引发读者的经验。我们在此先讨论《中国文学史》中对"惊异"经验的省察。

(一)楚辞的"惊异精神"

林庚在全书的开卷部分抱怨中国文学没有神话传说的留存,也没有史诗和悲剧的产生;他之所以有这样的遗憾,是因为他对"无可考"的或者"纠缠不清"的过去年代,有许多揣测推想,由是感慨这些生命的痕迹没有机会以文学的方式保留下来。在他的想象拼图中,初民生活有这样的经验:

> 日月的运行,是最能引起初民的惊异的(7)。

至于"史诗时期"的游牧生活,林庚又有这样的猜想:

> 所谓史诗时期,乃是一个民族开始进于文明的时候。这时有了闲暇而又不十分安定,有了收获而又不失其为新奇,一种生之惊异,一种命运的喜悦,于是有了种种传说(14)。
> 悲剧的产生,是原始人对于宇宙的惊异与命运的反抗的表现(18)。

可惜这些"惊异"的经验随着生活方式的改变而消失。及至农业社会出现,生活稳定下来,中国才有《诗经》,作为"民族最古的一声歌唱";其中显示的生活经验已有不同:

> 原始人的惊异,游牧时代的旅人之感,已经过去了;农业社会的田园的家的感情,乃是女性最活泼的表现(28)。

在林庚的想象中,"家"的安稳感觉与原始的"惊异"是相反的。"家"既是"女性"的世界,也是"儿童"的世界。其代表的生活经验是"健康与喜悦":

> 它是朴实的生活素描,是生趣的敏锐的爱好(24)。

他强调的是对"生活的美趣"的敏感,就像儿童一样:"随处都可以找到兴趣"(24、26);"物与人与生活,整个在美化中打成一片"(25);他的重要结论是,这种"女性的"、"童年的"文艺:

> 能安于一种新鲜天真的喜悦;它富有生活趣味而不甘于寂寞,有客

> 观的爱好,而不十分注意自我。……保留在文艺上乃是更谐和的;生活上日常的变动,普遍的心情,都是这时文艺的特色。我们说它是集体的创造,因为它本来缺少自我(29—30)。

林庚在这个设想中建构的是一种平静的和谐,所以用"家"来作比喻。

《诗经》既是中国"民族歌唱"的第一声,林庚也从中领略了不少"美趣",可是他却没有满足于这"谐和安稳"。因为:

> 在《诗经》里,我们只看见一片生活。它虽然可爱,却并没有客观的认识(48)。

《诗经》所未有的"客观的认识",用林庚的话说,是指"人与人生的分离","认识与生活显然对立了",由此"我们才自觉于自我的存在,才把生活放在一个客观的地位,而有了更深刻的认识,这便是一切思想与艺术的发现"。而这特色恰恰是"诗人屈原"作品所具备的,当中显示的是"艺术与生活的分化"(48)。林庚这个观点是很有意思的,因为他留意到"自我"意识于文艺上的位置,创作成为"有意的追求",而不是"无意的获得"。依此,文学的艺术本质就指向一种"动力",而《楚辞》也因此开启了中国"文艺"之途:

> 从《诗经》到《楚辞》,这是一个文学上的关键,从此我们才有了纯粹的文艺的创作。……《楚辞》才是作者就为了表现自己而作的。……所以《楚辞》以前,都是无意的获得;《楚辞》以后,才开始了有意的追求。艺术的意思,本是人工的心血,《诗经》里所要说的话,原在一般生活上。《楚辞》它才开始领导着生活,它所表现的是人人还未知道的事物,这是一个启示,屈原所以才惊醒了一代的人们(51)。

另一方面,这个"自我"意识的建立又可以联系到人生的成长阶段,像青年男子离开家园,"走上了每个青年必经过的苦闷的路径"(49)。在林庚的比喻系统中,《楚辞》象征离开"童年",异于"女性":[13]

平静的生活过去了。人们的情操在惊涛怒浪中,屈原以他不可抑制的天才,便在这旅程上演进伟大的悲剧(52)。

"悲剧"在这里大概指屈原的"人生的情绪",而不是创制了西方的悲剧作品。然而我们还是可以意会,林庚眼中的屈原与《楚辞》,比较靠近西方以冲突为主的悲剧传统。这种阅读分明就是补偿"匮乏"的心理表现。

林庚论《楚辞》的男性特征,还不止于思想内容的"惊异"、"悲哀"或者"苦闷",更体现在体裁形式之上:

这新兴的诗体,一方面反映着时代的影响,一方面适应着诗体上发展的要求,在二字节奏之外,加进了三字的节奏;三是奇数,正宜于奇特不群的男性的表现,诗风到此乃并促成了形式上的转变(51)。

相对来说《诗经》的四言体是"二字的重叠,整齐而习惯"(50),可说"和谐均衡",有如家中的女性。当然林庚不是简单的用奇偶之数来比附"男""女"。"三字节奏"之说,是他从诗歌语言的"散文化"然后再"诗化"的过程中体会而得。[14]林庚于"散文化"和"诗化"的思考,也帮助他在理论上跨越"诗"、"文"的分隔界线,有助解释为何原属"女性"范畴的诗歌可以有"男性"的气质,例如说:

《楚辞》的来源,最初由于散文的运用。……这是一个散文发达的时代,一切思想的形成,既由于此;一切思想上的苦闷,当也非散文不足以畅快表达(49)。

林庚认为《楚辞》从散文而来,而散文与诗相对;他又多番提到散文有"彻底的精神",是"极端的男性的表现"(38)、"打破女性的温柔"(44)。由此可见《楚辞》如何透过文体形式承袭了思想上的"男性的"、强大的动力,可以进行"情操的冒险"。[15]林庚以冒险行动譬喻思想活动,似乎在呼唤读者心中的史诗和悲剧英雄故事的印象。这种联想的体会是林庚文学史论述的一大特色。

在《楚辞》的体制形式上,林庚还有许多精微的研究,在此不必一一细表。[16]我们应该注意的是林庚的思维方式和论说方向。他从人世经验的翻动出发,看到《诗经》与《楚辞》的相异之处,在于前者为和谐安稳,后者则冒险突进。由此又可见到他对文学创作的活动空间和动力的重视。这种由静观动的做法,大概又与他对中西文学本质的理解有关。在林庚的论述中,《楚辞》启动了奔放的步伐,开展历险的旅程,以后就有"诗国高潮"的出现。文学史与人生的旅程再次并置联想。

(二) 唐诗的"少年精神"

1. 两次"惊异"

在林庚的文学史论述中,唐代是一个非常重要的时期,甚至是新文学出现以前的整个中国文学历程的高潮——本书第十四章就以"诗国高潮"为题。据他的理解:"中国第一次的惊异时代在战国",而"唐代承继着南北文化的交流,成为中国第二次的惊异时代"(163)。由此看来,林庚心目中的文学史高潮,其实与生命中的"惊异"精神息息相关。中国文学史既然经历两次"惊异时代",这两次经验究竟有何异同?我们可以先参看林庚对唐代生活的经验的刻画。

在林庚笔下,唐人生活是"一种豪逸奔放的生活"(164),是"活泼的"、是"浪漫和健康"的(166)。综合各种图像,林庚得出这个结论:唐人生活是"极端男性的表现"(166);至于这个生活的表现,当然就是唐诗,[17]而且是这样的唐诗:

> 七言诗以一个全新的姿态出现在诗坛上,这才是一个完全男性的文艺年代。这时代表着唐代诗坛特色的是七绝和七古(167)。

在这里,林庚再一次用"男性"的属性来概括一时的文体的风尚。他又以唐诗的表现与人世的经验相比拟:

> 这时一切都在诗的不尽的言辞中得到解决,生活的惊异,美的健康,使得人生不复成为一个惆怅(168)。
> 它面对人生而无所怀疑,接受着现实而无所恐惧,一切的悲哀都过去了,这是一个凭借在诗歌上的无拘〔束〕的时代(168—169)。

林庚这些描述明显想告诉读者,第二次的"惊异时代"与以《楚辞》为代表的第一次"惊异时代"不同。后者的文艺表现是:

> 它一方面由于人生的幻暂,而惊觉于永恒的美的追求;一方面它已开始离开了童年,而走上了每个青年必经过的苦闷的路径(49)。

而唐代文坛却"不复是苦闷的象征了"(168)。二者的不同,主要就表现在"人生的情绪"上。

2. 王维,还是李、杜?

在比对《楚辞》与唐诗的表现后,我们可以见到林庚以"少年活泼的情趣"作为后者的时代精神,他反复用"少年的风趣"、"少年的世界"等譬喻(166),来渲染这个感觉。由是林庚的唐诗阅读,就有异于传统的文学史见解;他以为自己要访寻的"少年精神",表现在王维早期的作品之上。于是,林庚特意称赏王维17岁的作品《九月九日忆山东兄弟》、18岁作品《洛阳女儿行》、19岁作品《桃源行》,以及《少年行》、《陇头吟》等作,以坐实"少年"的意味。[18]一般人以"清静隐者"一派看王维,赞扬王维"似僧似禅"的作品;林庚不以为然,认为这类作品是王维"不足道之处"(172)。林庚从王维诗中找到"那异乡的情调,浪漫的气质",而这都是"少年心情的表现"(172页)。林庚甚至认为王维的出现,"使得唐诗各方面都获得完全的发展"(170页)。

林庚这个看法,与向来的诗歌批评传统和习见的文学史评价有很大的差异。自宋以后,论唐诗者多数会高举李白和杜甫,很少见到有如林庚一样,认为王维是"诗坛真正的盟主"(170)。[19]其实若以林庚所重视的"创造力"而言,李白足以为唐诗的冠冕。事实上林庚也说李白可"与王维分庭抗礼"(174)。他对李白的称赞包括:"那豪放的情操,无尽的驰想,使得'温柔敦厚'全变为无用"(174),"字句变化莫测,而转折之间,无不惊心动魄"(175);"如呼吸在最新鲜自由的空气中,这便是盛唐的健康"(176);"完成了那男性的文艺时代,为诗国的高潮增加了无限声势"(177);诸如此类,都显示出李白诗充分具备林庚追求的"惊异"特质。这样一来,如果林庚的文学史定位工程以李白为重心,是否就可以解决问题,免受质疑呢?

事实上,问题并不是这么简单。因为林庚眼中的王维和李白确有差别。林庚曾比较二人说:

> 王维所代表的,是诗坛的完善与普遍,李白所代表的,直是创造本身的解放(174)。

王维与李白不同之处,就在于王维"使得唐诗各方面都获得完全的发展"这一点。意思是王维代表圆满、无憾,照林庚的看法,李白在这层次显然有所不及。或者我们可以参看林庚在《唐代四大诗人》一文中更清楚的解说:

> 如果说,李白是在追求盛唐时代可能会得到的那些东西,因而成为一个集中的表现,那么,王维则是反映了盛唐时代已经得到的那些东西,因而成为一个普遍的反映(《唐诗综论》,119页)。

在讨论王维的作品时,林庚这类"完全"、"圆满"的评语,更是多见;例如说"情致的美满丰富,在有唐一代正是首屈一指"、"在动静之间,成为完整的佳作"、"天才的完善"、"空灵得令人不可尽说"、"饱满得令人不可捉摸"(171—172)。因此,我们可以再进一步了解林庚所谓"少年精神",其实是一个想象的"完全"(perfect equilibrium)。如果要做比较,那代表《楚辞》"惊异精神"的,是一位刚刚离开童年,满腔苦闷、充满怀疑的青年人;代表唐诗"少年精神"

的,却是摆开一切困扰,专意浪漫、品尝青春的"游侠"。由此看来,林庚之标举王维,应有其特别的考虑。这个选择与他对"少年精神"的理解有关。

至于杜甫的定位问题,则关乎林庚的"古典"的观念。林庚对杜甫的评论分见于第十四章《诗国高潮》和第十五章《古典的先河》。一方面林庚认为杜甫五七言古诗"不愧为诗国高潮的产物",但另一方面他觉得杜甫"把更大的精力用在律诗上,这使得他与盛唐诸人,不免有一点质上的差异"(180)。这是说,林庚对杜甫有两种不同方向的评价:一是指出杜甫确有写出和盛唐精神相通的作品,这部分作品主要"受李白的影响"(179);另一是指杜甫的律诗开启了"古典文艺"的方向,这就与"少年精神"大不相同了(184)。林庚借用了当时流行的"古典""浪漫"二分法去描述文学史发展的节奏与"创造力"盈亏的关系。

林庚认为"浪漫"与"古典"的分野在于前者是感情主导的一种追求,形式也在这种内在的需求中具体而成型;后者则是以形式美为起点的变化,借着美的形式与格律,巩固现有的传统。前者是追寻、发展;后者是沿袭、凝定。林庚在《古典的先河》一章费了许多言词去解释、同时消解传统论评对杜甫的重视。他的主要论点是:杜甫在格律形式上集前人之大成,建构了可供后人追随的典型:

> 杜甫所以开了方便之门,普济众生,使得人人都可凭一种方式获得那诗的金匙。因此他成为诗坛万世的尊师。它有可传授,有可衣承,同时文坛的苦吟与模拟,乃也都随着典型的追求而产生(185)。

林庚视"古典文艺"为历史发展过程的一个阶段,而不是个人风格的选择;他说"文艺的表现,随形式的大臻于完善而空洞";他又加上决定论的解释:"世界上原不许太多完美的东西的存在"(184)。意思是唐代文艺在充满创造活力的高潮之后,难免走上"古典"的道路,于是"苦闷"一语,才再在唐代文学的叙述中出现:

> 杜甫的苦闷,正是古典倾向下诗坛共同的苦闷,那便是离开了感情

渐远,而加入理智的安排愈多。美的形式永远不能独立存在,典型失去了内容,乃变为纯粹技巧的欣赏了(186)。

传统的文学史论述固然认为杜甫在律诗艺术上有重要的贡献,但"五四"以来重视"为人生"、以写实为尚的讲法,使得杜甫的"诗史"角色更受重视。林庚指出杜甫有"三吏"、"三别"、《茅屋为秋风所破歌》等作品,但他说这只是"一种实际的痛苦";杜甫作品中,更具代表性的是"花近高楼伤客心,万方多难此登临"(《登楼》)一类诗歌,"能借着字句的美化与精巧,使得因为人生美丽与活泼的一面,不至于沉入更深的绝望",因为"主观"的情绪,于"客体"诗歌的艺术表现过程中得到释放(193—194)。因此在林庚的诠释架构中,杜甫的重要性在于建立表现形式的"典型";这已经偏离"少年精神"的活泼意趣,开启了纯技巧的发展。因此杜甫虽受后人膜拜,林庚也承认他有"惊人的艺术"(179)、"深厚的天才"(185),但不认为他可以作"盛唐气象"的代表;只能成为文艺发展另一阶段的先导。从以后的叙述当中见到,杜甫几乎被视作中国诗歌发展衰落的源头,因为:

> 文艺形成典型后,一切都趋于固定僵硬,这便是一种死亡的象征(229)。

林庚认定杜甫建立"典型",开始了中晚唐诗衰落的轨迹,以致被词体代替了诗坛的主要位置,而词后来又为曲所代替。无论诗、词、曲,都重复这个"充满活力地兴起、建立典型后衰亡"的过程。有关过程,本章第一节已有简介,这里不再细论。下文将要探讨林庚如何处理他视为"黑夜时期"的文学现象。

四　故事性结构

"五四"以来的"中国文学史"叙述,讲到宋元之际,通常都有一个转折,把讨论重心从诗词等抒情文类转到小说戏曲等叙事文类之上。这种析述架构除了受史实的制约之外,也系于多重缠夹的文学观念。[20]林庚虽然一直强调中国文学史的中心是诗歌,但他也接受宋元以后小说戏曲为文坛的主角的成说;用他的话来说:

> 元曲以来,文坛已是故事的天下,诗文毫无起色(393)。

林庚以"故事"一词来概括小说和戏曲的特征,也就是注意到这两种文类的叙事性质。[21]然而叙事(或者"故事")的文学意义又何在呢?林庚又以"诗"为定位,选取独特的视角做诠释:

> 诗是一种富有统一性的文字,因此能以简短的语言,表现着不尽的言说。然而当其开始衰落的时候,这力量已经涣散,虽以千言万语,转不能道出当时的只字,这便是化为散文的倾向。这倾向正宜于故事的叙述,也正是需要故事的写出。因为在那里,另外的一种统一性,又表现在故事性的结构上。这便是当时文坛的趋势(324)。

林庚在这里对"活力"又有进一步的解释,提出当中的"统一性";这"统一"也可说是"力量"的凝聚。以诗来说,力量之凝聚表示以少御多——"以简短的语言表现着不尽的言说"。林庚认为在诗歌衰落以后,这力量就表现在"故事性的结构上"。林庚在1948年写成的《诗的活力与诗的新原质》中对这个观念做出详细的阐释:

> 在漫长历史的发展上,这历史虽是一条线,其力量最初则只在一点上,这条线拉得愈长创造力也就愈弱,这条线变得愈短创造力就愈强,如果这条线短到只是一个点,这就是创造力本身,它如同光之聚于一个点上,这样艺术家把历史聚为一个焦点,戏剧小说也就是这样把整个历史缩短到一个故事上。诗所以是一切艺术最高的形式,因为它真正就是那点的发光的化身(《新诗格律与语言的诗化》,152页)。

这是林庚极富个人风格的论述。他的意思是诗与戏剧小说都以其"创造力"（"活力"）表现"历史"，后者的"创造力"的表现形式为"故事"（"结构"），前者更把"历史"聚焦成一个点，这就是"创造力"本身。然而，据林庚的观察，自唐诗以后，这种力量已经开始涣散，渐渐聚结于戏曲小说的故事结构上。于是，他的论述重点就转到以"结构"为轴心的叙事文类。于此，林庚又提出不少新颖的见解。

林庚从中国文学中的故事形态之源起开始论述，留心早期的叙事体如何从如《穆天子传》的"平实的记载"（324）转成交代"因果"，因而"有了结构上的倾向"，如吴均《续齐谐记》中的"阳羡鹅笼"故事（365）。讲"章回故事"时，指出其滥觞是"相近的短篇"聚集成"许多回"，当中"并无结构的进展"（365），话本小说，也只是"故事若断若续"（366），到《金瓶梅》"已经离开章回说话的阶段，而成为一部结构完整的写法"（382）。由此可以见到，林庚在追寻"结构"的成熟过程。

除了文本内情节的因果关联之外，林庚还为"结构"这个观念赋予一个更深的意义：文学上的"结构"与人世生活有着依违互动却不是镜像反映的关系。从第二十八章论述叙事文学的部分开始，我们看到《梦想的开始》（323）、《梦的结束》（373）的标题，也有"以梦想为故事的典型"（323）、"梦的结构"（325）、"梦意"（374）、"梦的故事的神髓"（379）、"以梦起，以梦结"（387）、"梦意起，梦意终"（391）等的评断。要解释林庚所讲的"梦"与"故事"的关系，并不容易，[22]而其一贯的文艺笔触和跳跃的言说方式，也需要耐心体会。然而，只要读者能把相关的线索串连起来，其中的意向脉络还是可以见到的。

在论述"梦的结构"之先，我们看到林庚再一次以"诗"的经验作为说明的根据：

> 诗是生活的指点，在刹那间完成；刹那之后，我们仍然落在生活中，不过觉得心地更不同罢了。它虽然是完整的，却并不就是生活的结束（325）。

以诗为喻,文学虽然从生活而来,但两者并不完全对等。人生布满多向庞杂、不同层次的各种经验;文学却在它的结构中有一个完整的表现。这个完整的经验可以给予人生无穷的启示。当作者或者读者经历一次完整的文学经验以后,回到生活,就得到许多的"指点"。从这个角度,我们可以尝试解释:林庚所谓"梦的结构"就是以"梦"来象喻"故事性的结构"。在论述中,林庚的确专门标举以"梦"为题材的作品;但其实这个"梦的结构"可以引申为中国文学中所有叙事体的共有本质。"梦"由现实世界(actual world)的生活而生,却是现实生活以外的一个"可能的世界"(possible world)。[23]梦中诸种情事,源于实际生活的体验和想象,但却不能直接延伸到现实世界中。林庚甚至以"梦的结构"来解释中国缺少悲剧的原因。他认为欧洲文学的"悲剧结构"是"以整个生命去换取一个意义的形式"。换句话说,西方的叙事文学与生命同构,而中国叙事文学则是生活之外的一个驰想园地(325);西方"悲剧结构"指向一种身陷其中、不能自拔的命运,而中国"梦的结构"则是置身局外的、抽离的"静观"和"欣赏",好比庄周对"蝴蝶梦"的凝想冥思(326)。由此而言,人世的生活经验可以"梦"为镜像作映照,然而镜像之自成结构毕竟又与生活不同。这就是林庚所说:

> 梦的写作一方面是想象的自由,一方面是避免悲剧的结果。因为梦中的事最多不过是一场梦罢了。东方的故事所以始终是一个诗意的欣赏(332)。

所以"梦的结构"不是题材的问题,而是"故事性结构"的中国模式。

我们可以林庚几个说"梦"的例子来做补充。例如:在分析汤显祖《紫钗记》时,林庚说剧中"那黄衫客的出现直如一个梦意",是全剧的"神髓"(375);又如论孔尚任《桃花扇》,指出《余韵》一出,是"全剧点睛之处"、是"梦的故事的神髓"(379)。这里所讲的"梦意"、"梦的故事"已超出内容题材的范围,而指向"结构"的功能。我们再对比林庚说《红楼梦》"以梦起,以梦结",和说《桃花扇》之"以说书起,说书终"的性质(387、379),就可以明白林庚在提醒读者注意故事结构的框架。在统一性的结构框架之中,故事就如

"梦的结构"一样,与真实生活区隔。因为有这样的区隔,故事反而可以包容更多的生活真实,以供"静观"和"欣赏"。又因为有这样的区隔意识,才有可能做"蝴蝶梦"式的穿梭,于"梦"与"真"的不同境地做更深的冥想玄思。由此可见,林庚说"梦"的重要之处固然不在内容题材,但也不是纯形式的思考,因为林庚心里想的是寄存于形式的意蕴:一种东方的,或者中国的文艺形态。

林庚在思考中国文学中的叙事体类的发展时,其实念念不忘"诗意"的承传。他在讨论关汉卿、王实甫、马致远三位元曲大家时,分别以"以剧写剧"、"以诗写剧"和"以剧写诗"三语为评(357)。按他的标准,三人中以马致远为最高,因为他的杰作"几乎都在写一段诗情,也近乎一点哲理","成为元曲中更近于东方趣味的一派"(361—363)。他讨论孔尚任时又说"自马致远、汤显祖以来,鼎足而三,达到了那以剧写诗的手法"(380),可见他的目光专注所在。至于近似西方悲剧的剧目如《赵氏孤儿》、《赚彭通》,或者以曲折情节取胜的《争报恩》、《燕青搏鱼》等,就不为林庚欣赏了(363)。其实他所讲的"梦意",可算是"诗意"的变身;只是"梦"具备了"故事性结构"而已。[24]

除了"梦的结构"之外,林庚还从叙事文学中努力搜索爬梳"诗"的精神替代。他在"故事"的领域内找到"童心"的表现,在讨论《西游记》时有别具神采的发挥。但这份"童心"的揣摩,也帮忙林庚解释叙事体类的特性。他在讲解早期的《韩朋赋》和《燕子赋》等"俗赋"故事时,提出:

> 故事的爱好建筑在普遍的兴趣上,儿童之所以爱好故事,正因为儿童事事都易发生兴趣,我们对于故事的每一件小事,每一个小人物,都要发现它的兴趣,而且表现了这兴趣。……我们如果只对于故事中的主角发生兴趣,则这兴趣的狭窄必将使得故事的源泉涸竭(338—339)。

林庚从儿童的心理去理解叙事体的审美效应。叙事结构虽然有统一性,但到底不如诗的简短和集中。故事的构成除了主角的形象、行为和经历之外,还有不少填塞叙事架构的枝节。这些周边的细节情事,与主干情节可能只有间接的关系,但也有机会引发读者的兴趣。按林庚的解释,这个爱好的根源正是"事事都易发生兴趣"的"童心"。林庚之说是试图解释叙事体与诗歌体各具不同程度的"包容性":诗歌是力量高度集中的表现;相对来说故事则比较涣散,其凝聚力除了结构上的"统一性"之外,更系于"童心"的诱发。因此林庚对能触动"童心"的叙事体特别感兴趣。他说《燕子赋》是"很有情趣的童话"(340);对《西游记》也别有会心,认为"其想象之妙,文字的活泼,乃使得一部志怪之书变为纯粹的童话"(369);并感慨地说:

中国缺乏神话,尤缺少童话,《西游记》正补足了这个缺点(372)。

林庚对《西游记》的"童话精神",后来有了更深的发掘,最后写成《西游记漫话》(1990),是《西游记》研究的重要创获。事实上,林庚揭示的"童话精神",虽然与唐诗"少年精神"并不相同,却也是他要追踪的文学史的"活力"的一种。

在此,我们可以稍做回顾:林庚在叙述诗歌发展时,追求的是本质以外的异质——诗的理想不在安静和谐的家里,而在少年浪荡的旅途上。但他在剖析中国的戏剧小说时,却刻意追寻内里的"诗情"、"梦意",以中国方式诠解中国叙事体的理想结构;对近似西方剧情的中国故事,一般都是轻轻带过。如果我们要做臆测,则这种心理可说另一种的补偿:以中国的固有为尚,放弃钦羡西方的想望,补偿以往所受的打击。

五 诗性书写

(一)《中国文学史》中的"诗性逻辑"

《中国文学史》面世半个世纪以后,在 2000 年北京大学为九十高龄的林庚出版了一本《空间的驰想》,内中囊括了他数十年来的冥想玄思,究问空间、时间的奥秘,思索宇宙的无边;其中心命意是"美是青春的呼唤"、"青春应是一首诗";生命就与文艺/诗以隐喻的方式扣连对等(《空间的驰想》,3、

33页)。我们还注意到林庚有这样的说法:

> 人如果单凭感官功能,那么听力、视力等便都远远不如飞禽走兽,因此一切艺术乃都是思维,都是语言(《空间的驰想》,48页)。

林庚的意思是,人之异于禽兽,是因为人能够通过艺术去思想、去说话,以艺术的想像力开拓经验世界;人不单经验这个世界,甚至可以说,人创造这个世界:

> 人经过这世界又创造着世界。创造是青春的一页;生命在投入又独来独往,异乡欣欣的宇宙感(《空间的驰想》,51页)。
>
> 人不仅创造了物质世界,而且创造了精神世界;有音乐的耳、艺术的眼、诗的心;人因而也同时在创造着自己(《空间的驰想》,52页)。

林庚在《中国文学史》出版之后的一年(1948)也写成一篇极富启示意味的文章——《诗的活力与诗的新原质》,其中一个重要的论点是:

> 我们如果以为宇宙是一个漫长的历史,则人类的历史相形之下当然短暂得很。然而人类的历史虽然短暂,而人类之创造这一个历史,却与宇宙之创造宇宙的历史并无不同。它都需要一个力量,这力量是从开始时便已决定了的。正如一个种子之发芽生长,虽然因其环境的不同而有所变更;而其筹备这一件事的力量却是并无变更的。我很想说明这一点力量,这便是诗的活力(《新诗格律与语言的诗化》,151页)。

林庚所说的"人创造历史"的讲法,要和"人创造着世界"联系起来理解,其实是指向人在意识上的开发能力。而这种能量,又显现在艺术——尤其是诗——的"创造力"之上。林庚这个观念,很容易让我们联想到维柯(Giambattista Vico, 1668-1744)《新科学》(Scienza Nuova; The New Science)的许多论点。维柯不同意笛卡儿(René Descartes, 1596-1650)真理具有先验性质的看法,以为"认识和创造是同一回事"(*The New Science*, 349;《新科学》,146页;[25]又参 White, 197);朱光潜在《新科学》译注中指出这是维柯的一个基本哲学原理,即:

> 知与行或认识与实践的统一,人类世界是由人类自己创造的(《新科学》,146页)。[26]

维柯认为文化的开始也就是语言的开始(Adams, 64)。最早的语言产物是神话,是初民"只凭肉体的想像力……,以惊人的崇高气魄去创造":

> 因为能凭想像来创造,他们就叫做"诗人","诗人"在希腊文里就是"创造者"(*The New Science*, 376;《新科学》,162页)。

初民没有能力做智性的抽象化思维,他们有的是"诗性逻辑"或者"诗性智慧",以"隐喻"的方式去掌握自然;维柯又以为"诗"是语言的基本,由有条理的"散文"到"抽象逻辑",是后来的发展,也是一种偏离,也代表了现代人丧失了"想像力"(Adams, 66-74)。

我们不需要过分地渲染林庚的文学观与维柯的相似性,也不必考究林庚有没有读过维柯的著作;[27]我们却可以借用维柯的论述,帮助我们理解林庚的《中国文学史》的论述模式———一种以"诗性智慧"或者"诗性逻辑"进行的书写。

林庚的书写方式,往往是将自己处置在一个非常敏感的状态,类似初民认识自然一样,去感觉、去认识。在《中国文学史》中最具体的表现当然就是"惊异精神"的揭示。林庚也是以初民对天象变化的"惊异"来追写文学史的蒙昧的初始(7)。着眼于初民内心所生的"生之惊异"和"宇宙的惊异"(14、18)。由此推演下来的便是以这种"惊异"的感觉,对楚辞和唐诗的文学特色做出联想。

维柯解释"初民"作为"诗人",运用"以己度物"的"隐喻"时说:

> 由于人类心灵的不确定性,每逢堕在无知的场合,人就把自己当作权衡一切事物的标准(*The New Science*, 120;《新科学》,82 页)。
>
> 人们在认识不到产生事物的自然原因,而且也不能拿同类事物进行类比来说明这些原因时,人们就把自己的本性移加到那些事物上去。(*The New Science*, 180;《新科学》,97 页)。
>
> 诗的最崇高的工作就是赋予感觉和情欲于本无感觉的事物(*The New Science*, 186;《新科学》,98 页;又参朱光潜《维柯的〈新科学〉的评价》,571—572;White, 205)。

我们当然不能说林庚于中国文学史上的种种现象"无知",然而我们会说林庚以"诗人"的感觉去重新认识这些现象,他再把"自己"最亲切的"感觉"移加其上。于是我们见到《中国文学史》中的《文坛的夏季》、《梦的结束》、《知道悲哀以后》、《苦闷的醒觉》等等标题,尤其对人生各种情绪——例如"苦闷",更有深刻的体会,着墨尤其浓重:

> 文艺开始离开了一般生活,而发展为上层的文化。它一方面由于人生的幻暂,而惊觉于永恒的美的追求;一方面它已开始离开了童年,而走上了每个青年必经过的苦闷的路径(49)。[28]

这一段的譬喻特色很明显,将文学史的历程比做人生的旅程。"文艺"被拟人化做一个故事的主人翁:儿童长大了成为青年,离开了在家中受保护的岁月,自己独自上路;面临着不可知的未来,苦闷的感觉油然而生。这种体会文学史的方式,主要是凭借个人感受的具体经验,移加到一个集体的抽象的运动中。

维柯又说初民有如儿童,在未曾形成抽象的"类概念"以前,会创造出一些"想象的类概念"(imaginative class concepts):

> 儿童们的自然本性就是这样:凡是碰到与他们最早认识到的一批男人、女人或事物有些类似或关系的男人、女人和事物,就会依最早的

印象来认识他们,依最早的名称来称呼他们(*The New Science*,206;《新科学》,102—103页)。[29]

林庚在《中国文学史》中用了许多的"女性文艺"、"男性精神"等的譬喻。这些讲法,一直不易为人理解。上文曾经从其喻旨的指涉做过分析,指出其背后可能关联的"文化匮乏"。至于其比况的模式,或者可以借维柯所说的"想像的类概念"来做诠解。林庚之所以用最基本的对立(dichotomy)来譬喻他对中国文学的深层感受,正因为其背后的心理可能由深沉的"无意识"驱使,于是其"类概念"就采用最原始的性别二分。差不多五十年后,于1995年林庚回顾这个二分的譬喻说:

> "美"与"力",女性的美和男性的力,按中国的说法,"阴柔的"与"阳刚的",这两者反正都不可偏废(林在勇、林庚,173)。

似乎因为反省的思维,促使他重新选用比较抽象的"阴"、"阳"概念。我们可以想象,如果《中国文学史》一开始就以"阴阳"代替"男女",林庚遭受的批评可能会少一点;他自己混同喻依(vehicle)喻旨(tenor)的机会也会减低。

以上维柯论说的借用,最易启人疑窦的地方是,维柯看来只在描述"初民"的创造力,不能随便等同后世的文艺创作。韦勒克(René Wellek)在《近代文学批评史》中就批评说:

> 维柯实际上并未看出诗歌与神话的差异,他所谓的"诗的智慧"……仅指低级认识(Wellek,178)。

于此,我们有两点回应:一者,维柯所论虽有其具体文化史语境,但当他选用"诗性"来规限"智慧"、"逻辑"、"语言"等概念时,其对照当然是"散文"的性质(参 *The New Science*,409、460;《新科学》183、213—214页);由是,这些言说的涵盖面自然会指向更"普遍"的意义。正如海若·亚当斯(Hazard Adams)的分析指出,维柯之说是洛克(John Locke, 1632-1704)论说的逆反。洛克在《论人之理解》(*Essay Concerning Human Understanding*, 1690)中展示一种对譬喻的鄙夷态度,以为理想的语言是全无譬喻的(Adams, 50-62)。维柯则提醒我们"诗语言"比"散文语言"是更为基础的、"正式的"语言形式(*The New Science*, 409;《新科学》,183 页)。亚当斯并以为,我们有可能在"诗"的语言中恢复我们经验的生命力(reanimate our experience)(Adams, 76)。[30]

再者,我们以"初民的"("诗性")想像与林庚的思维比较,是想说明他在观察感受文学史的诸般色相时,仍然保有一份赤子之心。其实,现代人要摒除现实中许多的抽象概念并不容易;这种敏感的"诗性"心态只能是一个出发点。林庚的论述也不是要回复到"纯感官的"、被动的感受,也不止限于以"童心"作想像。与"想像力"相辅而行的,是许多非常精微的思考。例如他从"思想的苦闷"去体会散文化倾向对《楚辞》的影响;又从"兮"字探测《楚辞》的散文句构如何"诗化",就是很精彩的"文学史"考述(49—51)。上文第三节已经指出,林庚后来的"楚辞研究"不少创获都是源着这个"诗性逻辑"的方向深思,再加以琢磨锻炼而达至的。

前文提到林庚以譬喻为论述的重要模式,其中包含丰富的想像力,可以开拓读者的思维空间;然而,林庚却也经常犯了一个毛病,就是当譬喻用多了以后,往往分不清喻依与喻旨,把许多譬喻的说法坐实了。例如"男性"、"女性"之喻,本来是两种"文艺精神"的比况,不专指男性或者女性作家的创作;林庚曾以"女性的歌唱"来总括《诗经》的"农业社会的田园的家的感情,乃是女性活泼的表现"(28),这种诉诸感觉的论述,并无不是之处。然而,林庚再进一步说:

> 这些可喜悦的诗篇,却往往出诸女子之手。……《国风》里女性之作占去大半,这个如果我们晓得希腊早期伟大的抒情诗人 Sapho 乃是一位女性,而中国至今产生山歌最盛的地带,它的创造者也多是女子,对于《国风》里女性的特征,乃可以有所领悟(28)。

这里把"喻依"当作"喻旨",就容易招惹批评了。又如"黑夜时代"以"梦"的故事性来譬喻结构,以"梦"与"醒"的纠结说明"文艺"与"生活"的关

系,都是令人惊叹的想像。可是林庚又会说:

> 这一时期中最主要的戏剧,又莫不都以梦想为故事的典型(323)。
> 梦的写作乃成为故事中一大主流(331)。

这也是自己跌进自设的语言陷阱。[31]王瑶《评林庚著〈中国文学史〉》一文也挑出这两处毛病;他说:

> 《国风》中也不能全然指为出于女子之手(550)。[32]
> 用"梦"来叙述所谓"黑暗时代"的文学,原是颇富诗意的;但戏曲中也并不全是梦想的故事。……(戏曲小说中)梦的故事虽然很多,却并没有普遍的代表性(555)。

依我们看来,林庚这些错误本来并不致命,只要稍事修订,把喻依和喻旨分别清楚,就可以把伤害减到最低。

对于大多数"文学史"专家来说,林庚《中国文学史》最严重的缺点在于不遵守"史"的书写规范。王瑶对林庚之作最不满的地方是:"本书的精神和观点都是'诗'的,而不是'史'的"(546)。王瑶在他的书评中也举出了许多例证,说明林庚的书写不重视"史的"关联,所评都非常客观合理。问题是本书本来就没有使用"散文语言"、没有依随"散文逻辑"。林庚的论说显示的是"诗性智慧",如果我们没有这个准备,或者没有这分宽容,就难以接受这种"诗性书写",[33]尤其当个人空间愈趋狭小的年代。

(二)"诗性"的消逝

"中国文学史"的书写以依附学科建制而渐次成形,从二三十年代开始就以成就一门"科学"作标榜。[34]林庚的书写模式与主流不同,被视为怪异在所难免。尤其在50年代以后,林庚调到北京大学中文系任教,所面对的政治文化生态并不容许他再依着这个"诗性逻辑"去讲授文学史。[35]为了讲课,他从头改写他的文学史,到 1954 年出版由先秦到唐的部分,改题为《中国文学简史》上卷。如果我们比对林庚写的前后两本文学史相应部分,更加容易见到 1947 年本的特色。

林庚在《中国文学简史》上卷的《后记》中说明,这本文学史主要参照苏联《十一世纪至十七世纪俄罗斯古代文学教学大纲》而编写,努力在全书贯彻"爱国主义精神与民族的自豪感,历史主义的论述与民主成分的发扬,以及民族形式与文艺风格的具体分析"(385)。对于当前政治的要求,林庚都能理性地配合,我们不难见到《简史》对"人民"、"民主"、"爱国"等元素的致意;例如第五章《屈原》,就有"屈原伟大的斗争性和人民性"(106)、"民族形式的完成"(113)、"爱国主义的英雄性格"(116)等论述。林庚也沿此开发了如"寒士文学"、"布衣感"等别具特色的文学史思路。[36]更值得我们参详的是,其论述方式可说重新接受了主流书写方式的"散文逻辑"的导引。很容易见到,《中国文学简史》的章节安排,比前规矩工整得多;而且依照时序顺次叙述,涵括的内容也和其他标准的文学史相同。如果参照三年后(1957)出版的由高等教育部审定的《中国文学史教学大纲》第一到第五篇,所有大纲罗列的项目都可以在《简史》中见到。[37]可以说,《中国文学简史》已不能完全独立于当时的集体思维模式了。

这种论述方式和态度明显与 1947 年的《中国文学史》不同。我们试选取两本"文学史"部分样本做出比较,以下摘录《中国文学史》讨论先秦散文的第四章《散文的发达》大纲:

> 老子启思路的先河——孔子为女性歌唱时代的向往者——孟子的另一情调——公孙龙的善辩——庄子的自由——韩非子散文上的美德(《中国文学史》目录)

《中国文学简史》第四章《散文时代》同样讨论先秦散文,其纲目细项如下:

> 散文的新阶段——
> 初期封建社会解体的战国时代。所谓先秦诸子。私学的出现与游

说的风起。散文的全新时代——智者的散文。散文中口语的成分。民主的思想。寓言的发达。个性解放的时代。

散文名著——

思维的散文各有风格:《论语》、《孟子》、《庄子》、《韩非子》。记事散文追随着时代发展。《左传》的简练生动与其情节人物。《国语》与《战国策》。《穆天子传》为野史的先河(《中国文学简史》上卷,65页)。

两相比较,当然是后者的内容比较完备;再者,《简史》的论述完全符合当时共许的叙述架构,其模式是先讲政治经济阶级等"时代背景",再分论各家散文。当中固然有林庚的个人见解,行文也流畅清新,但论述的方法和取向则显然受制于一个陈熟的程式框架。《中国文学史》这一章的讨论内容却谈不上完备,只抓紧林庚所感受到的"情绪"与"思想"的表现形式,引领读者浮游于"怀疑"、"彻底"、"奔放"、"冒险",以及"理智"、"感情"、"诗意"、"惊异"等精神领域之中。这种境界,是阅读《简史》时所无法达至的。譬如上文第二节曾讨论"诸子散文"以其书写方式推进语言,引领思想之论,可说灵光闪耀,精彩动人。为方便参照,我们把原文更完整地引录如下:

> 从《盘庚》到《春秋》,是中国散文的第一个阶段。散文仅仅可以作为记忆的保留,语言的辅助。从《左传》之后,这才是散文另一阶段的开始。它不仅是记忆,而且是发挥;不仅是语言,而且是思想本身。语言受了它的影响,才变为更高的语言;思想受了它的磨练,才变为更锐利的思想。这时《诗经》的时代已经过去,散文的光芒,乃笼罩了整个思想界,那美妙的言辞,崇高的文化,都为这时代增加了光荣,从各方面启发了人们的智慧(32)。

返观《简史》的论述,则平稳而世故:

> 在战国时代以前,散文只是历史记载,只能执行简单记录的任务,文字是掌握在官家的手里,所谓《尚书》就是那样的作品;这时散文就是

> 从那样一个局限中解放出来,文化与文字开始从官家贵族们的手里落到私人平民的手里,它就不仅仅是一个呆板的纪录,而变成了活生生的思想,这就是一个智者的时代。……从语言文字上说,首先就是文字要接近于口头的语言,因为这时文字既已不是贵族所专有,便必然接近于日常语言。……由于这口语的成分,先秦的散文才从呆板的史官文字中解放出来,成熟的进入一个全新的阶段(69)。

论逻辑条理,当然是《简史》明白清晰。要追踪《中国文学史》的思绪,可能要费相当的精神。至于哪一种说法才得"文学史"的真相,其实不易判断。我们只知以"口语"为本、"民间"为大的主张,亦不外是一种"意识形态";而视"书写"与"口语"各有动力,互相推动的想法,反而打开了一条值得继续推敲琢磨的思路。[38]

《中国文学简史》的书写方式,大概反映出林庚要"从众"的压力;把原来往返宇宙天地的驰想收起,回到"人(民)间"。他只能写一本大家都不会太过"惊异"的"文学史"。虽然他对文学艺术仍然非常敏感,但他只能以"散文逻辑"去解释。事实上,《简史》于作品艺术形式的探索,相对其他类似的"文学史"论述而言,还是比较突出;尤其于诗歌节奏的观察体会,可谓出类拔萃。然而,历史告诉我们,即使以《简史》的谨小慎微,还是免不了外力的冲击。[39]《中国文学简史》上卷出版以后,虽通行一时,[40]但下卷在很长一段时间内都没有办法写出。直到三十多年后的1988年,林庚才能修订再版上卷,1995年再由葛晓音协助完成全书。值得注意的是:这部完整的《中国文学简史》,其下卷许多内容,都采自1947年本《中国文学史》;全书卷末,更附刊了当年旧本的《朱佩弦先生序》、《自序》,以及《目录》。这种安排,显见林庚非常重视当年的《中国文学史》;或者在老先生心内,几许沧桑世变也未曾阻断他超越时间的"空间的驰想"。

六 结 语

以上分别从不同角度对林庚的《中国文学史》做一探析。我们的结论是:林庚以他独到的眼光,以不寻常的书写方式,完成了一本不可再的精彩文学史著。

说"不可再"是因为林庚已经将他的文学史重新改写成《中国文学简史》,原本的论点虽然部分保留下来,但其中新的框架已经修改成传统正规的文学史模式。同时,在可见的未来再也没有人会用旧版《中国文学史》的方法去写一本文学史了。

这本文学史的精彩之处,不只是新颖的格局、漂亮的辞藻;最重要的是:它是一个邀请读者参与的文本。我们如果能够投入其间,涵泳咀嚼,就会得到很大的乐趣。我们有幸看到这一种非常奇特的文学史书写,才有机会重新思考:文学史的本质,是否应该限囿在知识的供应、史实的重现上;而所谓"知识"、所谓"史实",明明与"文学"之指向作者、文本、读者间的感应,指向审美经验等等目标不能比侔。我们是否可以凭借林庚五十年前的尝试,再来探索"文学史书写"可有通幽的曲径,引领我们骋思驰想于文学的风流万象之间?

注 释

[1] 林庚字静希,福建闽侯人,1910年生于北京。1933年毕业于清华大学中文系。历任厦门大学、燕京大学、北京大学教授。30年代出版《夜》、《春野与窗》、《北平情歌》、《冬眠曲及其他》四种,另有选集《问路集》、《林庚诗选》两种,2000年又有《空间的驰想》一集。所撰文学史著有《中国文学史》(1947)、《中国文学简史》(上)(1954;修订本1988)、《中国文学简史》(1995);另有研究著作《诗人屈原及其作品研究》(1952)、《诗人李白》(1954)、《天问论笺》(1983)、《唐诗综论》(1987)、《西游记漫话》(1990)、《新诗格律与语言的诗化》(2000)等。有关林庚诗歌创作的特色和成就,请参看陈国球《视通万里,思接千载——论林庚诗的驰想》。

[2] 林庚这个判断,是以西方文学作为参照系所作的;他又说过:"中国人是'诗'的,西方人是'剧'的。西方文学不是以诗歌为核心,从古希腊一直到莎士比亚、歌德、雨果等等,西方的整个文学发展是以戏剧为核心的"(林在勇、林庚《我们需要"盛唐气象"、"少年精神"》,173页;又参考林清晖《林庚教授谈古典文学研究和新诗创作》,21页;林庚《新诗的形式》,192—194页;《漫谈中国古

典诗歌的艺术借鉴》,111—124 页)。这个主张当然不是林庚所独创,例如闻一多就有许多相类的见解,林庚曾担任他的助教,可能受过他的影响(闻一多《文学的历史动向》、《四千年文学大势鸟瞰》、《中国上古文学》,载《闻一多全集》10卷 17—49 页;又参林继中,16—23);然而闻一多留下的相关著述不多,而且主要是讲稿大纲,未做详细阐释。根据现存的资料,我们还是可以肯定地说:林庚是最认真地从中国诗的原质探索去印证这个主张的人。

〔3〕 "黑夜时代",原书作"黑暗时代",这里按林庚先生手订本及 1995 年版《中国文学简史》附录更正。

〔4〕 这里的撮述是参考罗马诗人奥维特(Ovid, B.C. 43-A.D. 18)在《变形记》(*Metamorphoses*)中的描写(3—9)。金、银、铜、铁等时代的记述,早见于公元 8 世纪末到 7 世纪初的希腊诗人赫西奥德(Hesiod)的长篇叙事诗《工作与时日》(*Works and Days*);不过赫西奥德的讲法比较粗疏,在金(Gold)、银(Silver)、铜(Bronze)时代之后,插入一个英雄(Heroes)时代,然后才是铁(Iron)时代(26—29; lines, 130-245)。

〔5〕 林庚在《中国文学史·自序》中说有"沟通新旧文学的愿望",又说:"这部书写的时候,随时都希望能说明一些文坛上普遍的问题,因为普遍的问题,自然就与新文学特殊的问题有关"(无页码)。他在 1993 年一次访问中回顾自己的文学史研究工作时,更明确地说:"五四时期开始了反封建时代的新文学,文学又掀起了新的启蒙的一页。历代研究古典文学的学者多着重在对过去的研究上,我写文学史着眼点却是在未来,是为新文学服务的。我曾亲自经历了五四以后的新文化运动,我是一个写新诗的人,我的主要兴趣是在新诗上。而中国文学史事实上乃是一个以诗歌为中心的文学史,研究它,对于探寻诗歌美学的奥秘,诗歌语言的形成过程,都是理想的窗口和例证"(林清晖《林庚教授谈古典文学研究和新诗创作》,21 页)。

〔6〕 龚鹏程《试论文学史之研究》一文指出"诗体代兴"之说本来出自宋明以来"极狭隘的文体观念和崇古论"。但在"五四"时期,"一代有一代之文学"却被看做文学上"物竞天择"的"进化论"。林庚的讲法没有"文(诗)体进化"的味道,反而有回到传统"诗尊盛唐"的倾向。

〔7〕 这一点和林庚在《中国文学史》的《自序》中所说:"我以为时代的特征,应该是那思想的形式与人生的情绪。"按照他的理路,所谓"思想的形式和人生的情绪"的最高的表现就在于"文艺"。在"文艺"衰落时,才有其他的表现形式作补充。

〔8〕 林继中根据朱自清《闻一多全集》(北京:三联书店1982年版)序的转述,指出闻一多的文学史论说与林庚颇有相似之处(林继中,16)。按闻一多《四千年文学大势鸟瞰》一文经整理收入湖北人民出版社《闻一多全集》,我们把文中的中国文学史分期摘录如下:第一大期"黎明"(夏商—周成王中叶);第二大期"五百年的歌唱"(周成王中叶—东周定王八年);第三大期"思想的奇葩"(周定王九年—汉武帝后元二年);第四大期"一个过渡期间"(汉昭帝始元元年—汉献帝兴平二年);第五大期"诗的黄金时代"(东汉献帝建安元年—唐玄宗天宝十四载);第六大期"不同型的余势发展"(唐肃宗至德元载—南宋恭帝德佑二年);第七大期"故事兴趣的醒觉"(元世祖至元十四年—民国六年);第八大期"伟大的期望"(民国七年—　)。

〔9〕 德里达(Jacques Derrida)解构论的重点就是对这个限制的揭露和批评(Derrida,164-268 and *passim*)。

〔10〕 林庚曾说:"我哪有什么现成的文艺理论呢,只是随便说说而已。我觉得,美,真正的美,就是青春。"所说虽然是谦辞,却也可以见到他直观感悟式的美学思考(林在勇、林庚,180)。

〔11〕 《中国文学史》中提及"男性"、"女性"的地方可谓数不胜数。例如论《诗经》的《国风》时说:"农业社会田园的家的感情,乃是女性最活泼的表现"(28)。"女性的文艺正如童年,……我们只要看儿童求群好奇的心理,多哭多笑的感情,到了成年的女子都依然未变。这些都与走极端爱严肃的男性相反"(29—30)。论战国散文时说:"孔子是响往那古人之作的。女性的歌唱所带来的,现世的和平的性格,它作为孔子折衷思想的基础"(35)。"女性的歌唱既已深入了中国的文化,然而一种少年的彻底的精神,原始的遥远的情操,那单纯的思维,那自由的信念,总要求一次尽情的表现;这使得先秦的思想造成无可比拟的光辉,它同时带来了男性的一切"(37)。论《楚辞》时说:"散文彻底的精神打破了女性温柔的歌唱"(44),"这新兴的诗体,……正宜为奇特不群的男性的表现"(51)。论《楚辞》以后的秦汉文学说:"男性的彻底的办法既然蒙上了悲哀,所以秦亡汉兴,中原女性的折衷文化,暗地里已占了上风"(68)。"男性的冒险的追求,乃得暂时搁置,而女性的家的安息,成为必要了"(75)。论唐诗时说:"七言诗以一个全新姿态出现在文坛上,这才是一个完全男性的文艺时代"(167)。

〔12〕 林庚又说中国早期文字"习惯了省略","所以长篇的叙事在这文字上便无从

产生"(16)。"中国的文字笼统而不明白,喜欢结论而不爱分析,都是诗的"(39)。

〔13〕 林庚曾经补充解释说:"《楚辞》是男性的,尽管屈原写了不少女性的东西,什么香草美人,但是那种奔放的浪漫主义,完全是男性的"(林在勇、林庚,172)。

〔14〕 有关"三字节奏"的情况,林庚在往后《中国文学简史》上卷(1954,102—105页)、《唐诗的语言》(1963)、《中国文学简史》(1995,71—73页)的论述中还有很多的发挥。

〔15〕 林庚又举出公孙龙子的逻辑散文为例:"公孙龙这种彻底的推论,完全不合于女性歌唱以来的习惯。他的不谐和的口吻,冒险的追求,使得一切思路都被打破"(40)。林庚在此更清晰地将思想的活动比拟为冒险行动,充满强劲的动力。

〔16〕 例如本书对《楚辞》中"兮"字的作用,就有很好的分析,林庚就由此解释了"三字节奏"的由来(49—51)。他后来再加申论,写成《楚辞里"兮"字的性质》(《诗人屈原及其作品研究》,116—120页)和《从楚辞的断句说到涉江》(《诗人屈原及其作品研究》,121—134页)。二文,深受学界重视;葛晓音指出"这又是运用创作经验于考证的一个绝好例子"(《诗性与理性的完美结合》,124页)。

〔17〕 林庚在本章也稍稍提及唐代的传奇:"所记的故事,又莫非即以唐人的生活为张本,……这正足以说明,只有唐人的生活才是有意味的"(164)。

〔18〕 这个论述方式很易受到批评,如秦准《评林庚著〈中国文学简史〉上卷》一文,虽然讨论的是林庚另一本文学史,但所涉问题一样;秦准说:"中国历史上每个朝代都不乏少年天才;如此,岂非每个朝代都是'解放的少年时代'了吗?"(60)又,请参阅下文第五节的相关讨论。

〔19〕 如宋代张戒《岁寒堂诗话》所讲的"世以王摩诘律诗配子美,古诗配李白"(88),已经是少有的抬举。像明代陆时雍《诗镜总论》所说的"世以李、杜为大家,王维、高、岑为傍户"(1412),才是最通行的见解。王瑶《评林庚著〈中国文学史〉》一文为林庚的看法,找出清代的王士禛作为原型(547),其实并不准确。王士禛确是欣赏王维,不喜欢李白、杜甫,但他标榜的是"神韵"、"清淡"的王维诗;反观林庚先声明他不重视王维的"似禅似僧"诗,他追求的是"浪漫"、"活泼"、"惊异"等"少年精神"。林庚的取向与王士禛相差甚远。

〔20〕 这些观念及其作用包括:一、胡适的"白话文学正宗"说,对以诗文为主的传统文学史架构造成冲击;二、晚清以来以"小说戏曲为改造国民工具"的论见,促

成适时的启蒙主义文学史观;三、中国文学史家处身西方强势文化的阴影下,急于探寻可与西方文学的叙事主流相比拟的文学体制;四、中国诗论传统中的"诗盛于唐"、"宋以后诗不足论"的观念在一定程度上迎合了反传统诗文的"五四"文学观。

[21] 闻一多《四千年文学大势鸟瞰》把元世祖至元十四年到民国六年的"第七大期"称作"故事兴趣的醒觉"(31),其思考的模式与林庚也很相似。

[22] 因为其间再有林庚论述常见的毛病,分不清比喻和实说,混淆了喻依(vehicle)与喻旨(tenor)。下文第五节会有进一步的讨论。

[23] 在此借用了杜勒热尔(Lubomír Doležel)的虚构小说语意学(fictional semantics)的术语和概念(Doležel, *Heterocosmica*)。

[24] 林庚就说过由北曲而南曲,"诗意渐少",舞台上的故事"遂必须兼有完整的诗意",于是"一种梦意的写作乃独擅了剧坛的风流"(374)。又说孔尚任《桃花扇》中有"梦的人生的默化",把悲剧"冲淡而成为一个诗意"(379)。可见"诗意"和"梦意"的对应关系。

[25] 引文根据 T. G. Bergin and M. H. Fisch 英译 1744 年第三版《新科学》:*The New Science of Giambattista Vico*, 依惯例标明段落的序码;中译据朱光潜译本,并标明页次。

[26] 在《新科学》中这个世界指人创造的"民政世界"(the civil world),与上帝创造的"自然世界"不同(*The New Science*, 331;《新科学》,134—135 页;又参"Introduction"B8)。

[27] 维柯著作的传入中国,有赖朱光潜在 60 年代到 80 年代的介绍和翻译(参岳介先、钱立火,63—80)。林庚在厦门从事《中国文学史》的书写过程中,应该未有接触过维柯的思想。

[28] 韦特(Hayden White)指出维柯对隐喻中的感觉与情绪的关系,特别强调(White, 205)。这一点恰巧也是林庚的特色。

[29] 朱光潜对此的阐释是:"例如见到年长的男人都叫'爸'或'叔',见到年长的女人都叫'妈'或'姨'。'爸'、'叔'、'妈'、'姨'这类词对儿童还不能是抽象的类概念,还只是用来认识同类人物的一种具体形象,一种想象性的类概念"(《维柯的〈新科学〉的评价》,572 页;又参 Verene, 65-95;White, 205)。

[30] 维柯在卷首就声明"诗性智慧"是开启他的"新科学"的钥匙(*The New Science*, 34;《新科学》,28 页)。费伦(D. P. Verene)依据这个声明,在他的研

究专著(*Vico's Science of Imagination*)中深入探析维柯的"想像论"的普遍意义。又巴拉殊(Moshe Barasch)《艺术理论》(*Theories of Art*)一书,也有专节讨论维柯《新科学》的论见与现代艺术理论的种种关涉(2:7—16)。

[31] 上文第三节曾举出的例子还有:论"少年精神",必以王维的少年作品为论;已遭受秦准的批评。

[32] 按:林庚只说"占去大半",不过仍然很逃避这项指摘。

[33] 60年代梁容若在他的《中国文学史研究》中,评论林庚这部著作说:"本书无时间观念,既不用朝代帝王纪年,亦不用西历纪年,任意糅合史料,可谓混乱一团。以黄帝至建安为启蒙时代,以东汉五言诗出现至韩愈为黄金时代,以白居易至宋儒为白银时代,以唐小说兴起至清为黑暗时代,其断限均互相牵混。各章标题,多抽象而意义不明,……本书虽形式堂皇,两序均大言壮语,高自期许,内容殊少可取之处,更不适于用作大学课本"(154)。从梁容若语气之猛烈,可知他在阅读本书时,所受打击极重。

[34] 例如以继承传统文学观为主的钱基博,在30年代写成的两本文学史——《中国文学史》与《现代中国文学史》,都声明:"文学史者,科学也"(《中国文学史》,5页;《现代中国文学史》,4页)。

[35] 戴燕在《作为教学的"中国文学史"》一文中,对当时的学术政治和教育制度的变革风貌,以及对"中国文学史"书写的影响等,都有很精到的分析(《文学史的权力》,82—105页)。

[36] 这个论述方向在林庚《诗人李白》(1954)一书中有更多的发展。

[37] 《中国文学史教学大纲》第一至五篇的纲目是:〔第一篇〕第一章 绪论,第二章 古代神话,第三章 散文的发展,第四章 诗歌的发展,结语;〔第二篇〕第一章 绪论,第二章 历史散文,第三章 诸子散文,第四章 伟大的诗人屈原和楚辞,结语;〔第三篇〕第一章 绪论,第二章 秦及汉初作家,第三章 伟大的散文家司马迁和他的史记,第四章 西汉后期的作家,第五章 东汉作家,第六章 两汉乐府民歌,第七章 五言诗的成长,结语;〔第四篇〕第一章 绪论,第二章 建安正始文学,第三章 晋代文学,第四章 陶渊明,第五章 南北朝的民歌,第六章 南朝的作家作品,第七章 北朝的作家作品,第八章 这一时期的小说,结语;〔第五篇〕第一章 绪论,第二章 隋及初唐文学,第三章 盛唐时代的诗人,第四章 李白,第五章 杜甫,第六章 中唐诗人,第七章 白居易与新乐府运动,第八章 韩愈柳宗元与古文运动,第九章 晚唐诗人,第十章 唐代的传奇,第十一章

词的兴起,结语。《中国文学简史》上卷的章题是:第一章 史前的短歌与神话传说,第二章 周人的史诗,第三章 民歌的黄金时代,第四章 散文时代,第五章 诗人屈原,第六章 秦与两汉的文坛,第七章 建安时代,第八章 魏晋文学,第九章 江南民歌与陶渊明,第十章 南朝文学的发展,第十一章 诗国高潮,第十二章 李白、杜甫,第十三章 苦难的呼声,第十四章 诗歌的落潮与古文运动,第十五章 文坛的新潮与词的发展。

〔38〕《中国文学史》第十九章《口语的接近》专论"口语"与中晚唐诗歌演变的关系,可见这时期林庚并不忽视"口语"的作用;之所以没有从这个角度解释"先秦散文"的进步,应该是基于当时的判断,而不是疏忽遗漏。

〔39〕葛晓音《诗性与理性的完美结合》一文指出:"林先生的学术生涯是坎坷的,在建国以来的多次政治运动中,他曾遭受到不公正的批判"(131)。1958年10月中国人民大学新闻系六位教师又以九天的时间写成《林庚文艺思想批判》一书,其批判对象就是《中国文学史》和《中国文学简史》上卷。

〔40〕据笔者手上的版本所载,本书1954年9月出版,1955年2月第一版已做第四次印刷,四次共印12000本。

引用书目

中文部分

中国人民大学新闻系文学教研室古典文学组:《林庚文艺思想批判》,北京:人民文学出版社,1958年版。

王国维:《红楼梦评论》,《王观堂先生全集》,台北:文华出版公司,1968年版,1640—1659页。

王瑶:《评林庚著〈中国文学史〉》,《王瑶文集》,石家庄:河北教育出版社,2000年版,2卷545—557页。

朱光潜:《维柯的〈新科学〉的评价》,《朱光潜美学论文集》,第三卷,上海:上海文艺出版社,1983年版,554—586页。

岳介先、钱立火:《朱光潜与维柯的〈新科学〉》,《朱光潜与当代中国美学》,文洁华主编,香港:中华书局,1998年版,63—80页。

林在勇、林庚:《我们需要"盛唐气象"、"少年精神"》,《新诗格律与语言的诗化》,林庚,168—180。
林庚:《唐代四大诗人》,《唐诗综论》,112—154页。
林庚:《唐诗的语言》,《唐诗综论》,80—99页。
林庚:《新诗的形式》,1940年版,《问路集》,192—194页。
林庚:《漫谈中国古典诗歌的艺术借鉴——诗的国度与诗的语言》,《新诗格律与语言的诗化》,111—124页。
林庚:《中国文学史》,厦门:厦门大学出版社,1947年版。
林庚:《中国文学简史》,北京:北京大学出版社,1995年版。
林庚:《中国文学简史》上卷,上海:上海文艺联合出版社,1954年版。
林庚:《西游记漫话》,北京:人民出版社,1990年版。
林庚:《空间的驰想》,北京:北京大学出版社,2000年版。
林庚:《唐诗综论》,北京:人民文学出版社,1987年版。
林庚:《问路集》,北京:北京大学出版社,1984年版。
林庚:《新诗格律与语言的诗化》,北京:经济日报出版社,2000年版。
林庚:《诗人李白》,上海:上海文艺联合出版社,1954年版。
林庚:《诗人屈原及其作品研究》,上海:上海古籍出版社,1981年版。
林清晖:《林庚教授谈古典文学研究和新诗创作》,《群言》1993年8期(1993年11月),21—24页。
林继中:《文学史新视野》,北京:北京大学出版社,2000年版。
胡适:《胡适文存》,台北:远东图书公司,1975年版。
秦准:《评林庚著〈中国文学简史〉上卷》,《文学遗产选集二辑》,《文学遗产》编辑部编,北京:作家出版社,1957年版,56—73页。
高等教育部审定:《中国文学史教学大纲》,北京:高等教育出版社,1957年版。
张戒:《岁寒堂诗话》,陈应鸾笺注,成都:四川大学出版社,1990年版。
张鸣:《林庚先生谈文学史研究》,《文史知识》,2000年2期,4—11页。
梁容若:《中国文学史研究》,台北:三民书局,1967年版。
梁启超:《饮冰室诗话》,长春:时代文艺出版社,1998年版。
陈平原主编:《中国文学研究现代化进程二编》,北京:北京大学出版社,2002年版。
陈国球:《视通万里,思接千载——论林庚诗的驰想》,《中外文学》,30卷1期(2001年3月),4—32页(又见本章附录)。
陈国球:《传统的睽离——论胡适的文学史重构》,《书写文学的过去——文学史的思考》,陈国球等编,台北:麦田出版公司,1997年版,25—84页。

陆时雍:《诗镜总论》,《历代诗话续编》本,北京:中华书局,1983年版。

葛晓音:《诗性与理性的完美结合——林庚先生的古代文学研究》,《文学遗产》,2000年1期,120—131页。(又载《中国文学研究现代化进程二编》,陈平原主编,319—342页。)

维柯著:《新科学》,朱光潜译,北京:人民出版社,1986年版。

闻一多:《四千年文学大势鸟瞰》,《闻一多全集》,10卷22—36页。

闻一多:《闻一多全集》,孙党伯、袁謇主编,武汉:湖北人民出版社,1994年版。

郑志明:《五四思潮对文学史观的影响》,《五四文学与文化变迁》,中国古典文学研究会编,台北:学生书局,1990年版,381—405页。

钱基博:《中国文学史》(1939),北京:中华书局,1993年版。

钱基博:《现代中国文学史》,上海:世界书局,1933年版。

戴燕:《文学史的权力》,北京:北京大学出版社,2002年版。

龚鹏程:《试论文学史之研究》,《文学散步》,台北:汉光文化公司,1985年版,252—255页。

外文部分

Adams, Hazard. *Four Lectures on the History of Criticism and Theory in the West*. Taipei: Hongfan Book Co., 2000.

Barasch, Moshe. *Theories of Art*. New York: Routledge, 2000.

Derrida, Jacques. *Of Grammatology*, Trans. Gayatri Chakravortry Spivak. Baltimore: Johns Hopkins UP, 1976.

Doležel, Lubomír. *Heterocosmica: Fiction and Possible Worlds*. Baltimore: Johns Hopkins UP, 1998.

Gilbert, Sandra, and Susan Gubar. *The Madwoman in the Attic: The Woman Writer and the Nineteenth Century Literary Imagination*. New Haven, Yale UP, 1979.

Hesiod. *Works and Days · Theogony*. Trans. Stanley Lambardo. Indianpolis, Indiana: Hackett Publishing Co., Inc., 1993.

Ong, Walter J. *Orality and Literacy: The Technologizing of the Word*. London: Methuen, 1982.

Ovid. *The Metamorphoses of Ovid*. Trans. Allen Mandelbaum. New York: Harcourt Brace & Co., 1993.

Verene, Donald Phillip. *Vico's Science of Imagination*. Ithaca: Cornell UP, 1981.

Vico, Giambattista. *The New Science of Giambattista* (3rd ed., 1744). Trans. Thomas Goddard Bergin and Max Harold Fishch. Ithaca: Cornell UP, 1968.

Wellek, René. *A History of Modern Criticism*. Vol. 1 New Haven: Yale UP, 1955.

White, Hayden. "The Tropics of History: The Deep Structure of the *New Science*." *Tropics of Discourse: Essays in Cultural Criticism*. Baltimore: The John Hopkins UP, 1978. 197-217.

附录

思接千载　视通万里
——论林庚诗的驰想

　　　　视域的开展
　　　　窗框中的风景
　　　　浪漫主义的"现代派"
　　　　艺术与生活
　　　　结语

　　林庚(1910—　)是著名的《楚辞》和唐诗学者、文学史家。不过,就林庚于自己生命的体认来说,他首先是诗人。林清晖在《上下求索——林庚先生的诗歌道路》一文这样介绍林庚:

　　　　他毕生都在追求诗意,诗的世界便是林庚的世界,诗里融会了他对宇宙、对人生的思索和对自由、对真善美的渴望。也正是诗的力量在推动着他的文学研究(167)。

这段介绍并不浮夸。笔者在研究林庚的《中国文学史》时,发现如果不了解他的诗和诗观,根本不可能做出深入的讨论。可惜的是,他对诗的热诚并未得到应有的重视。一般现代文学史都没有认真探讨林庚的诗作;90年代以来虽然出现若干出色的研究文章,但讨论似乎还未足够。本文预备从林庚诗的视域开展这一切入,对他的《夜》(1933)、《春野与窗》(1934)、《北平情歌》(1936)和《冬眠曲及其他》(1936)四本诗集和相关的诗论做深入的剖析。除了少数例外,讨论重点不包括林庚在50年代以后的作品。因为一者林庚的创作旺盛期应该是这几个诗集出版的时候;再者40年代的诗作已多半散佚,50年代以还的作品亦未有专书结集;现在只能从1984至1985年出版的两本选集《问路集》和《林庚诗选》中略窥一二。另一方面,50年代以后的政治社会有翻天覆地的变化,林庚的作品亦已进入另一个阶段,应该有另一种处理的方法。

一　视域的开展

我们可以从林庚在1933年写的一首诗《喂!》开始讨论,因为这首诗很能显示他面对经验世界的观察方式:

　　　　喂!
　　喂!你还说什么
　　五色的蝴蝶翩翩飞去了
　　古代是什么没有人晓得
　　慢慢飞到离世界很远的地方
　　北极乃太古冰鹿的居宅
　　当未有人前太阳如一团烈火
　　地上有一阵和风
　　喂!你还说什么
　　五色的蝴蝶翩翩飞去了(《春野与窗》,2页)

这首诗的立足点是一种醒觉,以"喂!"这一声叫唤标志视界的展现。"你"无疑是诗中"我"的一个分体,"蝴蝶飞去"本是当下的现象,但"飞"的行动开展了一个驰想的活动,进入一个深远的时间维度:"古代"、"太古"、"当未有人前"。但这个冥思又由"喂!"叫唤回来,"五色的蝴蝶"作为语言记号第二次的出现,提醒"你"("我"自己):目下正有色彩斑斓的、"翩翩飞去"的情事在发生。诗中人一边思考历史的神秘,同时意识到眼前有种种变化。林庚在文学旅途上的种种努力,正是要绾合这两个视角,从而寻觅一个足以安身立命的所在。

从眉睫之前往深远的历史想象奔驰,往返千里于咫尺之幅,是林庚诗思的特色。我们可以用废名(冯文炳)誉为"神品"的《沪之雨夜》做补充说明(《林庚同朱英诞的新诗》,174 页):

沪之雨夜
来在沪上的雨夜里
听街上汽车逝过
檐间的雨漏乃如高山流水
打着柄杭州的油伞出去吧

雨水湿了一片柏油路
巷中楼上有人拉南胡
是一曲似不关心的幽怨
孟姜女寻夫到长城(《春野与窗》,66 页)

开首两句是现代城市音影的捕捉,以"听"来统摄感觉、聚焦意识。汽车在雨夜驱驰的影像转成音声,而想象就在音声飘渺之间延展;檐前雨滴,就得以虚接伯牙、钟子期之间的"高山流水";甚至油纸伞也撑开了杭州西湖的凄美故事。[1]第二节再以当前雨湿的感觉为胡琴的声音着色渲染,从而进入历史传说中孟姜女哭长城的幽怨世界。这好像《江南》诗中所说的"满天的空阔照着古人的心/江南又如画了",以"又"字将古今的心象叠合一样(《春野与窗》,64 页)。孙玉石指出《沪之雨夜》表现了一个敏感的知识者,身处一个陌生的现代大都市中,所产生的无法排遣的内心的痛苦,这是现代人的忧郁和寂寞病","诗篇中诗人心境浸透了现代感"(《中国现代主义诗潮史论》,229、140页;又参看468页)。这是非常精确的观察。可是我们不应忽略林庚的当下视野与历史时空的关联互动;他诗作的现代感往往由局促的现世空间展步跨越,而与深邃的时间意识撞击而骤生。[2]

二 窗框中的风景

林庚诗飞跃于不同的时空,将新异的视域带到读者眼前。这个驰想的活动,往往借助于一个常见的意象——"窗"。这意象在《夜》的第一首诗《风雨之夕》中已经出现。这首诗共两节。第一节写风雨之夕的户外,"一只无名的小船漂去了";整节主要以描写的笔触营造气氛。第二节随着"窗子"出现,诗的"故事性"得以开展:

> 高楼的窗子里有人拿起帽子
> 独自
> 轻轻的脚步
> 纸伞上的声音……
> 雾中的水珠被风打散
> 拂上清寒的马鬃
> 今夜的海岸边
> 一只无名的小船漂去了(《夜》,1页)

第一节的景色刻画,为观景者(没有露面的叙事者、读者)带来静态的感觉。第二节"窗子"的出现,将一个神秘的行动布置在一个框架之内,于是观景者除了感知面前的景色外,还因所见的行动而触发一连串有关旅途的联想:窗中人拿起帽子外出?撑起纸伞到街上走?骑马在清寒的雨雾中远行?至此,"一只无名的小船漂去了"的旅途感就浮现出来;而末句"无名"一语,亦惟有在叙述性的"故事"层面,才显出其意蕴。[3]因为在静态描写中,本就不需要名字；但故事中的无名,却启迪了神秘、未知的联想；这未名、莫名的世界更是全诗的境界所在。[4]

林庚另一篇传诵的诗作《破晓》,也以"窗"作为诗思的关键：

> 破晓
> 破晓中天旁的水声
> 深山中老虎的眼睛
> 在鱼白的窗外鸟唱
> 如一曲初春的解冻歌
> （冥冥的广漠里的心）
> 温柔的冰裂的声音
> 自北极像一首歌
> 在梦中隐隐的传来了
> 如人间第一次的诞生（《春野与窗》,42页）

诗中人身处窗内,在半梦半醒的景况下,领受窗外的声音所牵起的最鲜活的感觉。林庚曾经写有《甘苦》一文(见《问路集》,179—188页),对这首诗定稿前的创作环境和修订经过做出详细的叙述。我们将这篇文章与《破晓》合读,就更能理解林庚的诗思运转形态。[5] 据林庚的解释,这首诗写于他在清华大学当助教时的一个冬天清晨。当时清华大学每天早上都会吹起升旗号角,而林庚正是抒写其中一次梦中听见"那缠绵和美"的号角声的感受。这首诗初稿原来有第二节：

> 远远无人的城楼上
> 第一个号兵
> 吹起清脆的羌管

"升旗号角"这个现实世界里的诗意催生剂,在多次修改以后,已经不复存在于文本中。在诗中只剩下伴随声音的感觉。这个充溢全诗的韵外之韵由

"天旁的水声"的意象开始鼓动,而想象中的深山虎眼,可以说是凝视窗外世界的窗内主体的投影,眼睛由窗内移到窗外,和广漠的世界互生感应,于是一切都铭刻在"冥冥的广漠里的心"上。声音意象由"鸟唱"的"解冻歌",延伸到北极的"温柔的冰裂"。这个驰想更特别的是,在飞越邈远的空间之后,再攀登时间之梯,到了人世之初:"人间第一次的诞生。"其中的理路,完全是以诗的感觉指引。诗中惟一的现实凭借,就是窗内的主体;或者更确切地说,是身处屋子里向窗外投射视域的主体。诗中人有的是诗心,于是可以在窗内抓紧窗外的号声以邀游天地,往返宇宙。诗成之后,更赢得闻一多的赞叹:"真是水到渠成!"[6]

林庚第二本诗集《春野与窗》分三辑,第一、二辑分别题为"秋深的时候"和"除夜",第三辑是"窗",当中的主题诗《窗》就以这个生活中常见的物象作为思考的媒体。[7]这首诗于《问路集》和《林庚诗选》都有采选,但经过大规模的删削,显得更为结实耐读。[8]但《春野与窗》的繁本中有以下值得注视的两句:

> 我是隔着一层笼烟的窗纱啊
> ……
> 心该是放在窗子内的吗

诗中人的意向当然是跨越窗内空间的局限,由窗内观照窗外;所以诗中人这样描述:

> 窗外的路益辽阔了
> 但窗外的夜是很近的

但这个观照既由心生发,窗外的世界自然会被收纳入心,使观照的主体受到当下广漠暗夜的撞击。往下,繁本的诗中出现了"可怜无定河边骨,犹是深闺梦里人"的轻省变奏:

>　　梦是夜中不寐的人
>　　在窗外的梦是太迢远了吗

心随梦转,袭人的夜色又随梦去;于是在诗中人的心中,当前近在身边的夜就变成"绵绵思远道"的夜了:

>　　窗前的夜乃漫长且悠远了

在林庚的诗篇中,与"窗"一样赋有指涉视域功能的意象,还有不少,其中最有兴味的莫如《无题》诗中的"一盆清丽的脸水",既"映着天宇的白云万物",也盛载着他想"通通倒完"的"怅惘",天宇与心田,尽投影在这一盆"清丽"之上(《春野与窗》,72页)。当然更能显示视域的穿梭往返的意象是"梦"。梦境所代表的"唯我"的灵视,更适合林庚的浪漫精神的发扬。例如《驰想中的印度》中的森林、红头巾、恒河、檀香,各种异域的迷彩,都是"梦里的事情"(《春野与窗》,17—18页)。又如《冬眠曲》中的"夜的五色梦冰的世界里",我们看到:

>　　睡醒的梦到谁家园子中
>　　破晓的寒窗又藏在梦里
>　　夜的五色梦冰的世界里
>　　冰的世界里(《冬眠曲及其他》1上)

在这首诗中,"梦"开启了一个视域,"破晓的寒窗"又交叠在"梦里"。究竟哪里是"梦里"?哪里是"梦外"?"梦"支配了这个难分真假的迷离世界。

由"窗"(或者"脸盆水"、"梦"等变奏)在这些诗的位置和功能可以见到,"窗"为诗的视境提供一个聚焦的范围,透过窗可以超越眼前的(室内的)空间。由此引申,读者读诗,何尝不是以诗为窗,透过诗去见到超越个人经验世界的更广阔的时空?但"窗"本身又提醒我们当中有窗里窗外的区隔;要穿越这个区隔,我们需要有意识地探首观望,或者如《破晓》一样静心聆听窗外的声音。所以这个框套的存在,既是新视域之得以开拓的条件,也是不同视域之间存有区隔的一个提示。主体要超越所处的物质时空,就需一扇窗户;或者说,主体意识需要积极地参与,透过一定的门径,才能把握更广阔的世界。

三 浪漫主义的"现代派"

林庚向来被视为"现代派"诗人。[9]他开始创作时正值中国的"现代派"诗歌方兴未艾的时候(参林清晖《上下求索》,169—170页;《划破边缘的飞翔》,9—10页;陈世澄、罗振亚,115),他的作品也经常在《现代》杂志发表并受到注目。[10]因此,从写诗活动的背景看来,林庚之为"现代派"中人,可说毋庸置疑。所谓"现代派",照孙玉石的解释:

> 指的是受西方象征主义、意象主义以及现代派诗潮影响而产生的中国现代主义诗歌潮流(《中国现代主义诗潮史论》,458页;又参同书8页)。

孙玉石更认为:

> 这一潮流同浪漫主义、写实主义一起,成为并行发展的三大艺术潮流之一(《中国现代主义诗潮史论》,459页)。

按照这个说法则"现代主义"是异于"浪漫主义"和"写实主义"的流派,从中国新诗发展脉络的梳理而言,这个分划是很有意义的。[11]然而,如果参照西方文艺思潮的内涵与发展过程,我们知道"浪漫主义"与"现代主义"有许多相承之处,例如"现代主义"对科学实证与逻辑的否定,就好比"浪漫主义"对启蒙时期(Enlightenment)惟理性是尚(rationalism)和新古典主义(Neo-Classicism)墨守成规的反弹;再如二者都不满足于语言的模仿与再现功能,意图超越表象和现实,热衷于内心世界的探索等等,都是相沿的痕迹。[12]

回看中国诗坛的"现代派",曾受"现代主义"特别是其中的"象征主义"表现形式的影响固然明显,但我们也不难发现大部分中国现代派诗人其实不脱"浪漫主义"精神。尤其林庚曾经自称"浪漫派"[13],我们更可以"浪漫主义"与"现代主义"的会通去说明他的诗歌理念。例如林庚诗中的"窗",就很容易令人联想到德国浪漫主义画家佛雷德瑞克(Caspar David Friedrich, 1774-1840)的画《窗前的女人》(1822),引领观者追随室内主体的视野往窗外开展,追寻一个更广漠的宇域。他以灵视而非以目视的"内视风景"("Inner Landscapes" or "Inner Vision of Landscapes")画风[14],正好为我们对林庚诗中出现的视域做诠解时提供参证。[15]我们发现作为长期在城市生活的诗人,林庚的作品充斥着"浪漫主义"的"田园"和"春野"等意象,描绘自然的辞藻如"春风"、"春雨"、"秋深"、"冬夜"、"花穗"、"残花"、"落叶"、"荷伞"、"露珠"、"杜宇"、"夜莺"、"燕子"、"蝴蝶"……,甚至牧歌式的词汇如"牧童"、"仙女"、"魔笛"等,与他身处的现实环境很难说有可以一一对应的指涉。

这些田野的景色,当然是诗人游心所见,好比《春野》所说:"随着无名的蝴蝶／飞入春日的田野"(《春野与窗》,1页);或者如《朦胧》所说:"是！有一只黑色的蜻蜓／飞入冥冥的草中了"(《夜》,2页)。这些心灵的驰想,可以跨山越海,窥见"森林大叶子下／斜袒与红头巾……／檀花的香味／木柴熊熊的烧起火苗"(《驰想中的印度》,《春野与窗》,17—18页);甚至飞升宇宙,如《末日》所说:"红色的心已离开了地球飞开远去"(《春野与窗》,23页)。驰想历程的意义,在《夜》一诗中最能显示:

夜

夜走进孤寂之乡
遂有泪像酒

原始人熊熊的火光
在森林中燃烧起来
此时在耳语吧？

> 墙外急碎的马蹄声
> 远去了
> 是一匹快马
> 我为祝福而歌(《夜》,3页)

诗以抒情主体的孤寂情绪开始,这是当前的现实。这份情绪的具象是"泪","泪"之幻化成"酒",正是为视域的转化做出暗示。"酒"指向酒醉所可能进入的另一个空间,好比李白《月下独酌》诗所说的"三杯通大道"或者"糟丘是蓬莱"。顺着这个思路,第二节的视域跳接到初民的世界。"熊熊的火光"代表文明的开始。这个邈远的世界,在诗的中心部分活现,显然是上下求索的目标。第三节以"急碎的马蹄声"象喻时间的流逝,骏马奔驰千里的空间跨度,也就是思想的飞跃,从现实到远古之间往返,来了也去了。在现实世界中陷入孤寂的"我",只留下"祝福"的歌声;这"祝福"也是面对苦闷的一种排遣,超越现实的一种希冀。[16]这种飞驰和超越也是"浪漫主义"的"想象"("Imagination")精神的菁粹。

《夜》一诗的重要意义除了显示"时空驰想"的历程之外,还宣明了林庚对人世经验的一个思考方向。诗中出现的"原始人火光"并不是一种人类学的考古张扬,换句话说,这不是一个对上古的"历史真实"(historical reality)的像真模仿(imitation)[17],而是林庚对人世中"鲜活"经验的延伸想象——由"鲜"到"新"到"初"的延伸。林庚在《问路集》的《自序》提到,他在写《夜》时觉得自己"是在用最原始的语言捕捉了生活中最直接的感受"[18],当时又写了一个座右铭:

> 星星之火可以燎原
> 太多的灰烬却是无用的
> 我要寻问那星星之火之所以燃烧
> 追寻那一切开始之开始(《自序》,1页)[19]

"开始之开始"有双重意义:一是历史上的开始,另一是引发这经验产生的开端;文明的启始,象征二者交叠之处,也就是"鲜"、"新"、"初"的叠合。正如《破晓》一诗,从一天的开始,驰想到初春的解冻,到北极的冰裂,再追索到"人间的第一次的诞生";用《甘苦》一文的话就是:"世界初开辟的第一个早晨"(《问路集》,184页)。林庚对这"太初"的经验,有极大的兴趣,类似的遐想还见于《喂!》诗所说的"当未有人前/太阳如一团烈火/地上有一阵和风"(《春野与窗》,2页),《末日》诗中的"一日古时的洪水/乃奔波而前来"等(《春野与窗》,25页)。

这种追源溯始的意念,其实反映了林庚对"整体"(totality)——无论是共时的(synchronic)"当下"或者历时的(diachronic)"历史"——的关注,他当然了解到自身的经验和知识只能是"断片"(fragments),但他却认为诗、文艺可以揭露这个更完整的世界或者完整的历史。[20]他在《诗的活力与诗的新原质》这篇极富启示意味的文章中,就特别标举诗的"揭示"(to disclose)作用:

> 我们写诗……就正如写诗的历史……
>
> 我们如果以为宇宙是一个漫长的历史,则人类的历史相形之下当然短暂得很。然而人类的历史虽然短暂,而人类之创造这一个历史,却与宇宙之创造宇宙的历史并无不同。
>
> 诗如果无妨说是最短的故事,那么也无妨说诗就是那最完全的历史(《新诗格律与语言的诗化》,151—152页)。

这里所关心的对象之间,似乎存在一种"隐喻"的作用:"写诗"可以隐喻"写诗的历史";"人类的历史"隐喻"宇宙的历史";"诗"隐喻"最完全的历史"(参Shiff,105-120)。换句话说,诗虽然是个别的创制,但却可以揭示超越个体的"完全"。林庚对诗的信念,主要基于他所体会的"诗的活力"。按他的想法,"人类之创造人类历史"与"宇宙之创造宇宙历史"的相同之处是二者都需要一个力量。原始人走向文明的推动力就是这种"雄厚的力量":

从原始人进步到文明,这需要一个漫长的时间,然而在原始人的心目中必早有一个力的面向,正如飞蛾扑火一样,这光明的力量,才引导着野蛮人走进文明,野蛮人赤手空拳走进这文明的世界,这力量何等的雄厚。

他叫这个力量做"草创力",并说:

在这里我们寻到了诗的本质。

他的意愿是:

我很想说明这一点力量,这便是诗的活力(《新诗格律与语言的诗化》,151—152 页)。

这个"活力"的体认,反映在林庚的文学史研究层面之上的,是他著名的"少年精神"论点(参张鸣,95;林在勇、林庚,174;葛晓音,126);反映在创作层面之上的就是对小孩子、童年的钟情。他的诗中多次出现"童年"母题,从《月亮与黄沙之上……》(《夜》,14 页),到《秋深的乐园》(《春野与窗》,35 页),以至《忆儿时》(《冬眠曲及其他》,17 下),都由个人怀旧提升到象征启示。可是最能将这个"活力"做深邃挖掘的是《那时》一诗。不少论者对《那时》的理解是"宇宙的(涵)容,童年的欣悦",欣赏诗中所说的"像松一般的常浴着明月;像水一般的常落着灵雨"(参商伟,438—441;林清晖《上下求索》,171 页;《划破边缘的飞翔》,11—12 页;陈世澄、罗振亚《传统诗美的认同与创造》,117 页);然而诗中更有如下的想象:

如今想起像一个不怕蛛网的蝴蝶,
像化净了的冰再没有什么滞累,
像秋风扫尽了苍蝇的粘人与蚊虫嗡嗡的时节

> 像一个难看的碗可以把它打碎!
> 像一个理发匠修容不合心怀,
> 便把那人头索兴割下来!(《夜》,40页)

这里显示的,已不是可爱的烂漫童真,反而更像上文讲的原始人"飞蛾扑火"、野蛮人"赤手空拳"乱闯的一种原始冲动;表现出来的是当中不顾现实羁绊的超越"力量"。在林庚眼中,这就是"草创力",是一切创造所系的能量。因为这个力量在诗中最能集中显现,所以:

> 诗的活力是一个全部历史的创造,……诗因此是宇宙的代言人(《新诗格律与语言的诗化》,153页)。

《诗的活力与诗的新原质》虽然完成于1948年,但无论在此以前,还是未来的岁月里,林庚的文学观、人生观,甚至宇宙观,都可以由这篇文章窥知。2000年北京大学为九十高龄的林庚出版《空间的驰想》,内中囊括了他长久以来的冥想玄思,有不少论点可与《诗的活力与诗的新原质》一文相呼应。当中究问空间、时间的奥秘,思索宇宙的无边,其中心命意还是"美是青春的呼唤"、"青春应是一首诗";在林庚心中,能够有所突破,"面向无限"的,还是"打开窗子"的浪漫"诗人"(《空间的驰想》,3、33、8页)。

四 艺术与生活

卜立德(David Pollard)评述林庚《春野与窗》一集时指出:

> 林庚诗的题材主要是天体的运转、季候景色、天气态况、家居田野和街头景象、远游的乡思,以及缘此而生的冥想与洞察。……叙事成分很稀薄,诗句中绝少提到任何具体事件(见 Haft, *A Selective Guide*, 166)。

我们在上一节已经提到林庚诗的"春野"视域,但卜立德之说还有一个要点:

林庚诗缺少"叙事成分",罕有提到"具体事件";换句话说,林庚诗鲜有现实生活的描写。早在1934年穆木天评论林庚第一本诗集《夜》的时候,也有类似的观察。他认为林庚诗"现实主义的成分,是相当地稀薄",是属于"象征主义的诗歌";上了"象征主义之路途"的诗人,都"脱离或回避现实"(穆木天,202)。面对穆木天等对诗人的社会责任有所期待、以"真挚地科学地去认识社会现实"为基准的评论(穆木天,209),林庚有这样的回应:

> 我好像到如今还不大懂得什么是"内容",也不很懂得什么叫"意识正确",什么叫"没落"。我觉得"内容"永远是人生最根本的情绪;是对自由,对爱,对美,对忠实,对勇敢,对天真……的恋情;或得不到这些时的悲哀;悲哀即使绝望,也正是在说明是不妥协的;是永对着那珍贵的灵魂的!我觉得除非有人反对自由,反对爱,反对美,……或过分的空洞的喊着并不切实的情绪,那才是"意识不正确";若有人对自由,对爱,对美,……麻木了,不兴奋了,不热烈,不真,那才是"没落"〔《春野与窗》,《自跋》(无页码)〕。

比较穆木天与林庚的诗观,可知二者有不同的面向。前者正是以语言反映现实为出发点;文艺以再现"社会的机构",例如"帝国主义经济侵略下农村的破产,和父与子的冲突",才算接近"真实"(穆木天,207—208)。林庚的"真实"则别有所在,是以"(浑)厚"、"警绝"、"冲淡"、"沉着"、"深入浅出"、"不可捉摸"等的"身手"去求索的"文艺的灵魂"〔《春野与窗》,《自跋》(无页码)〕;这些"身手"已是"语言"的提升,"灵魂"更是"现实"以外的鹄的了。简言之,穆木天认为"目之所视"最重要;林庚则追求"灵视",备受批评也是理所当然的了。然而,正如穆木天文章所指出,林庚诗中不是完全没有触及"中国社会的动荡的情形"[21],只是他的表现方式与"反映论"有相当的距离。例如《夜谈》一诗:

> 夜谈
> 浓云悄悄的十五夜

> 安静的院落
> 老年家人谈着往事
> 仍有二十世纪初页
> 自己所不知道的
> 渐淡了袅袅的蚊香
> 追想宋元堂阁之陈设
>
> 五族共和还觉得新鲜以前
> 古朴的气息
> 紫禁城红门的自信
> 共数次的希望而衰歇!
> 乡下人迎神赛会
> 仍练着大刀
> 作关公赴会的村戏
> 渐有革命的歌声
> 东洋车的皮轮辗过
> 日影明暗着
> 永远的,永远忘不了的事
>
> 城中灰色的营幕
> 八国兵士践踏中
> 埋在土里的元宝不见了
> 柏油路上马蹄声
> 非复中国人之心目(《春野与窗》,15—16页)[22]

这首诗的题材很清晰:讲民国时期不久以前的历史。诗中的历史社会是以寄存于记忆中的鲜活经验如"气息"、"红门"、"大刀"、"歌声"、"皮轮"为构件,以"日影明暗"、"马蹄声",甚至"袅袅蚊香"推动时间滚轴,汇合成一幕一幕的"中国人之心目";更深刻的是在这幕幕景象底下存有一种无力回天的历史感喟:受尽外敌欺凌的"中国人",在往后岁月的马蹄声中还可以"追想宋元"吗？诗中以"沉着"其中、"冲淡"其外的身手,轻轻的把"中国人"的共同记忆("永远的,永远忘不了的事")嵌入老年家人的夜晚闲谈中。生活、生命的"真实"就这样透过"夜谈"这个"言说"(discourse)的方式得以揭露。这个镶嵌法是林庚捕捉生活或生命真实的方法的最好示例,"夜谈"其实也是"窗"的变奏,在"夜谈"的框架中我们见到历史和民族记忆被照亮了。

三四十年代的中国是一个苦难的时代：日本侵略、内战不断,不少其他诗人都为时代而哀号呻吟,林庚身处其中又怎能视而不见？在《冬眠曲及其他》一集中,我们可见到没有"冬眠"的林庚。我们知道《北平情歌》和《冬眠曲及其他》诗集是林庚潜心于诗歌格律的试验的时候,但他的艺术试验其实也是以艺术包容生命的深度锻炼。我们可以《北平自由诗》一诗为例,略做解析：

> 北平自由诗
> 当玻璃窗子十分明亮的时候
> 当谈笑声音十分高朗的时候
> 当昨夜飓风吹过山东半岛时
> 北平有风风雨雨装饰了屋子(《冬眠曲及其他》,页19上)

"屋子"把我们与屋外的世界区隔,大家可以在屋内言笑无厌；但当屋子有一个"明亮的玻璃窗"时,在"山东半岛"肆虐的飓风,也会使北平的屋子感受到那"风风雨雨"。当日本军在山东半岛以至华北一带大肆侵夺的时候,"装饰"一语,或者不能满足热血批评家的期待,但林庚其实把北平的屋子化成当时的"公共空间",他灵敏的心眼好比再没有区隔的"明亮的玻璃窗",为朗声谈笑的众人,照见已赫然侵至的"风风雨雨"；"装饰"似是对未醒觉者的嘲弄,是更深痛的哀恸。诗题《北平自由诗》也是复杂诗意的标志。北平的民众,是否在"自由"地谈笑？这"自由"有多大的空间？可惜自1936年的《冬眠曲及其他》以后,林庚再没有机会出版专集,我们很难进一步了解他以什么方式去捕捉时代的实感,但从五十年后的选集——《问路集》(1984)和《林庚选集》(1985)中,我们还可以找到他在 40 年代后期写的几首诗来做侦测;当中就包括《冬之呼唤》、《宽敞的窗子》、《苦难的日子》、《历史》等,明显都是当前困苦生活的刻画。

但作为将生命托付予艺术的诗人,林庚梦魂所系还在于生命和艺术如何穿越那个开向无穷视域的"窗"。这首诗题作《北平自由诗》,却明明不是那曾经让他"一写就感到真是痛快"的"自由诗"(《新诗格律与语言的诗化·代序》,15 页)[23],而是整整齐齐的"韵律诗"。要解释"韵律诗"中的"自由诗"这个矛盾,我们有必要在这里探视林庚的诗学视域。在林庚的理念中,自由诗固然是"无韵律的诗",但他的着眼点并没有停在形式的表象,他在《诗的韵律》中说:

> 自由诗的重要并非形式上的问题,乃在他一方面使我们摆脱了典型的旧诗的拘束,一方面又能建设一个较深入的活泼的通路。……
> 这充分自由的天地中没有形式的问题,每首诗的内容是自己完成了他们的形式(《新诗格律与语言的诗化》,11、14 页)。

但正因为它没有固定的形式,自由诗要能保有诗的意味,就往往在语言字句的运用上力求探险,林庚在《从自由诗到九言诗》中说:

> 为了加强语言的飞跃性能,于是自由诗往往采用了拉大语言跨度的方式,迫使思维必须主动地凝聚力量去跳。……(自由诗)可能唤起我们埋藏在平日习惯之下的一些分散的潜在的意识和印象;……于是展开了想象的翅膀,凝聚组合、自在地翱翔,这乃正是一种思维上天真的解放(《新诗格律与语言的诗化·代序》,17—18 页)。

由于语言的运动影响了主体的创作思维方式,于是自由诗的风格也会有一定的特色。林庚认为诗有两种类型,一是"惊警紧张",一是"从容自然";如"水是眼波横,山是眉峰聚,欲问行人去那边,眉眼盈盈处"属于前一类型;"积雨空林烟火迟,蒸藜炊黍饷东菑,漠漠水田飞白鹭,阴阴夏木转黄鹂"则是后者。[24]所谓"惊警紧张"是指那种"尖锐"、"深入但是偏激",或者"刹那的新得"的表现方式。林庚认为自由诗属于"惊警紧张"这一类,"这样有力的把宇宙启示给我们"(《诗的韵律》,《新诗格律与语言的诗化》,14—15页)。

依照这种思路,则"北平自由诗"的象征意义大概是:在表面的平静的北平城内,其实充满紧绷动荡的张力,好比屋子里虽免于"风风雨雨"的侵袭,但"窗子明亮"使人无所回避。由这首"韵律诗"的命题,可以推知当时诗人心中的激荡。林庚这种"名实不符"、文体与题目相左的诗作,还有题为《散文诗》的"韵律诗":

散文诗
我特别喜欢读散文诗
它有着诗人素朴的心
素朴该受到普遍尊敬
不必板起那诗的面孔
这该是多么美的声音

我曾踏过那早春薄冰
我曾爱过那紫丁花地
从那遥远的天真回忆
我也听过那林风呼唤
我也想过那天上流星

蛛网记下了人生断片
屋檐留下了童年日影
永不褪色的写生画面
比一切语言都更清醒
它从不需要有人邀请(《问路集》,160—161页)

这首诗在1981年发表,是诗人在历尽劫波之余,于晚年回思前尘的作品。

如果我们沿用以鲁迅《野草》为"散文诗"典型的看法[25],则林庚的创作生涯中似乎没有出现过这种体裁的作品。[26]然而林庚所讲的"散文诗"可能是与"自由诗"同义的术语;他在1934年写的《诗与自由诗》和1957年的《关于新诗形式的问题和建设》两篇诗论,都曾将这两个名词随意互换。[27]我们再参看他在《问路集·自序》中所说:"自由诗使我从旧诗词中得到一种全新的解放,它至今仍留给我仿佛那童年时代的难忘的岁月"(《问路集·自序》,1页)。描述的境况就像这首诗所说的一样,可见"自由诗"和"散文诗"可以互相指涉。再检看林庚早期的作品,可以见到另外一首《散文诗》:

    散文诗
  甘草味的散文诗
  散在秋原的气氛中的
  昨夜甜蜜的富于颜色性的梦
  渲染了那已忘掉的事情了
  已忘掉的事情有着不同的苦乐
  而昨夜是笑且又流泪了吗
  在一个多忆的枕畔,那是一件礼物
  多么多情的一回温柔的情谊啊
  为了富于颜色性的
  秋深,我曾写过无数行的诗吗
  为了在这枕畔有着无数的相思草呢
  我已忘掉了的事情而且是如此之多啊
  但染了那散文诗的甘草味呢(《春野与窗》,79页)

这首30年代前期完成的诗是名实相符的"散文诗/自由诗"。这时也是林庚全力创作自由诗的阶段,从写作之中他得到最大的乐趣。对这份欣喜的余味做进一步的咀嚼体会,就是这首诗的重点。诗中告诉我们,生命中充满记不清的苦乐("有着不同的苦乐"、"是如此之多"),随着时间流逝,都会一一淡忘("我已忘掉的事情");但诗人不懈创作写就的"散文诗"相当于一个个

"多忆的枕",开启"梦"的视域,让"我"再度经验过去的种种苦乐("甜蜜的富于颜色的梦"、"昨夜是笑且又流泪了吗?");它是如此的多情、温柔,把忘掉的记忆化成散在秋天原野上的无尽相思("散在秋原的气氛中"、"枕畔有着无数的相思草"[28])。

这首《散文诗》以"甘草味"向秋原飘散开始,再以"甘草味"萦绕枕畔作结;诗中以"富于颜色的梦"、"多忆的枕畔"作为网捕灵思的"散文诗"视域的鲜活刻画;较诸"水是眼波横,山是眉峰聚"的奇隽精刻可谓不遑多让,可说是"有力的把宇宙启示给我们"(《新诗的格律与语言的诗化》,15页)。然而我们知道林庚的诗学理想中,除了"自由诗"所代表的"惊警紧张"之外,还有"韵律诗"或者"自然诗"的"从容自然"。林庚认为前者可以说"刹那的新得",而后者却是经过刹那之后而变成的"深厚蕴藏"(《质与文》,491—492页;"On Poetry",166);前者代表"人对宇宙的了解",后者则"有如宇宙本身"、"表现着人与宇宙的合一"(《新诗的格律与语言的诗化》,15页;"On Poetry",167)。林庚认为如果新诗渐渐形成一个普遍的形式,变成谐和均衡,"也便如宇宙之均匀的,从容的,有一个自然的,谐和的形体",则这种诗的形式就"如自然的与人无间",故可以称之为"自然诗"。换句话说,"自然诗"有一个使人不觉得的外形(《新诗的格律与语言的诗化》,15页;《质与文》,492页)。他这样的理解,主要是从新诗的历史发展角度思考;他认为自由诗借助散文化的力量从旧诗打出了一条道路之后,无可避免要承受散文愈趋规范化的压力:要么成为分行的散文,失去诗的艺术特征;要么回避散文,把诗写得晦涩,以保持其语言混沌含蓄的诗性特征,因此只能做到"惊警紧张"(见林清晖《林庚教授谈古典文学研究和新诗创作》,23页;龙清涛,5)。所以在1935年以后,林庚就放弃"自由诗"的探险,转而走在求索新诗韵律的道路之上了。[29]

以韵律形式写成的《散文诗》在五十年后出现,我们尚不能说这时林庚已找到"与宇宙合一"的形式,但这首诗的确有含蓄蕴藉的味道。"散文诗"原来代表惊心动魄的力量,但在长年岁月的洗练之后,已变成"遥远的回忆";由是"散文诗"在诗中成了"童年"的隐喻。老年人回首前尘,活泼的童年只留下率真"素朴"的一面,不会"板起面孔";"散文诗"曾带领他走过奔放的生命之旅,但在晚年编织起来的记忆之网,只捕捉了"早春薄冰"、"紫丁花地"、"流星林风"等影像。诗中以"曾踏过"、"也想过"这些过去完成时态的语意,配合整齐的框架,企图达至一个梳理生活以纳入秩序的效果;这次诗题与诗形的相异,目的可能不在设计冲突矛盾,而在于以艺术的秩序去涵容生命。

我们当然记得这首《散文诗》是诗人晚年的作品,然而诗歌、文艺如何面向世界宇宙,与生命、生活构成一种什么样的关系,一直是林庚探索路上的重要关捩。他曾经在《漫谈中国古典诗歌的艺术借鉴——诗的国度与诗的语言》一文中说过:"艺术不是生活的装饰品,而是生命的醒觉"(《新诗的格律与语言的诗化》,120页)。后来在《空间的驰想》又说:"有音乐的耳、艺术的眼、诗的心;人因而也同时在创造着自己"(52)。可见他的观念远超于"文艺可以丰富人生"的简单说法。在他眼中"艺术"不是"生活"的附庸,不是反映生活的一面"镜子",而是一个"窗子",为我们打开一个无边的生命宇宙。至于这个窗子如何可以载负这个开发的功能,当然关系到林庚所究心的"语言"和"形式"的问题。正如上文讨论所见,林庚不断思考、不断试验,当林庚说"自由诗的重要并非形式上的问题"(《新诗的格律与语言的诗化》,11页)、以"质与文"的观念回应戴望舒等人的批评时,他所考虑的重点已不仅是长短句式、韵律节奏等表面形式,而指向诗歌如何将"万象中无尽的风流"或者"生活中多情的回响","凝成诸般色相"的更深层意义的形式(《空间的驰想》,1、4页)。我们可以再举一首题为《诗成》的后设诗(metapoetry),申论林庚对艺术与生活关系的思考:

> 诗成
> 读书人在窗前低吟着诗句
> 微雨中的纸伞小孩上学去
> 秋来的怀想病每对着蓝天
> 纸伞上的声音乃复有佳趣(《北平情歌》,60页)

这首诗的"后设"意义,在于林庚运用一首本身韵味盎然的小诗,很巧妙地宣明他的诗观。[30]若依着诗句的叙事成分去理解,这首诗只讲了一个简单的故事:读书人和上学的小孩子隔着窗,分属两个世界:一个吟诗,一个打着伞在路上。读书人病于自己之耽于怀想,锁在个人的天空下;想象于路上打伞的小孩比自己得到更多的乐趣。在这个意义层面,我们还可以说:"艺术反映人生。"然而《诗成》的题目提醒我们,林庚在讲一首诗的完成。当中"低吟"和"怀想病"会不会是指"闭门觅句"的苦恼?[31]窗外有的是现实的生活:下雨、小孩子走在路上、打伞、上学,……。如果"有音乐的耳、艺术的眼、诗的心",我们是否可以从生活上的种种,比方说雨点打在纸伞上的声音,领会到生命中的乐章?这时诗中出现过的两种声音:"低吟诗句"和"纸伞上的声音",就回环复合,指向一种浑成的经验——充满"佳趣"的诗意。这样一来,我们要思考的,可能是艺术如何从"人生"开发出"生命"中的佳趣,艺术如何与人生共构"生命"("生命的醒觉"、"同时在创造着自己")。从这个角度,我们就可以更清楚地理解林庚所说的:"艺术应当高于生活";"艺术高于生活,不是指脱离生活,而是说艺术所达到的境界应高于之"(龙清涛,3)。

五 结 语

以上的论述大概从林庚诗歌视野如何开展出发,试图追随诗人御风驰想的旅程。我们看到从自由诗的林庚到韵律诗的林庚,都能吞吐大荒,在相应的艺术形式之内,揭示生命,表现宇宙。林庚个人诗学的发展方向,明显向韵律诗倾斜。这一个违反当世诗潮航道的探索,为林庚惹来当时诗友的指摘,往后文学史书写对他的轻蔑。[32]林庚固然继续"高驰而不顾",一直潜心"自然诗"的试验。或者到今天我们还未能看到诗人预言的应验,但他的研精究微已带给我们许多精彩的诗学思考。无论对诗的表现形态、艺术和生活的关系等等,林庚都有卓异的见解。只有他的慧眼,才能告诉我们:"文艺并不等待时代,而是创造时代"(《新诗格律与语言的诗化》,153页)。我们还希望林庚企盼的时代与社会,真有莅临的一天:

那些能产生优秀文艺的时代,才是真正伟大的。没有文艺的时代,无论如何,离开那理想的社会必然还远;所以我正如一些社会学家之要求某一种文艺,我则只要求那能产生伟大文艺的社会。……我以为在黑暗里摸索着光明的,正是文艺;有文艺就有光,就有活力,然后一切问题才可以解决〔林庚《中国文学史·自序》(无页码)〕。

注 释

〔1〕《列子·汤问》:"伯牙善鼓琴,钟子期善听。伯牙鼓琴,志在高山;钟子期曰:善哉,峨峨兮若泰山。志在流水;钟子期曰:善哉,洋洋兮若江河。"废名说:"上海街上的汽车对于沙漠上的来客一点也不显得它的现代势力了,只仿佛是夜里想象的急驰的声音,故高山流水乃在檐间的雨漏,那么'打着柄杭州的油伞出去吧'也无异于到了杭州,西湖的雨景必已给诗人的想象撑开了"(《林庚同朱英诞的新诗》,174 页)。

〔2〕孙玉石又说:"'孟姜女寻夫到长城'古老的一曲幽怨与现代的大都市汽车驶过声音的交响,更给诗人的叹息情怀一种跨越时空的悠远无尽的感觉"(《中国现代主义诗潮史论》,468 页)。

〔3〕林庚后来在《春野》诗中也用过类似的表现方法:"春天的蓝水奔流下山/河的两岸生出了青草/再没有人记起也没有人知道/冬天的风那里去了/仿佛傍午的一点钟声/柔和得像三月的风/随着无名的蝴蝶/飞入春日的田野",见《春野与窗》,1 页。诗中的"无名"是"没人记起、没人知道"的深化,其作用也是在写景的气氛中燃点起"故事性"的玄想;但论意境似还不及《风雨之夕》的清空。

〔4〕王晓生认为林庚以"一只无名的小船漂去了"作结,是"进入空境",而全诗是"诗人在风雨之夕似入禅境而写成"(87)。

〔5〕卜立德(David Pollard)在介绍《春野与窗》诗集时,也特别以《甘苦》一文开展林庚诗的讨论,认为这里描述《破晓》的"诞生历程"(life-history)很能说明林庚创作的构建律则(compositional rules)与诗学价值观(poetic values),但他也指出林庚这种创作方式,可能让读者跟不上他的诗思(见 Haft, *A Selective Guide*, 165-166)。

〔6〕据《甘苦》的记载,闻一多看到这首诗的定稿,连说"真是水到渠成!水到渠成!"(《问路集》,188 页)

〔7〕林庚在《春野与窗》的《自跋》中特别提到写这首诗时"精神异常愉快;……觉得

在一种新的风度中的尝试中,能够把自己用毅力安顿在长时间的追求里,忠实地完成了它的欣慰"(无页码)。可见这首诗是他在文学追求上的一次重要表现。

〔8〕《问路集》和《林庚诗选》所收的简本只有两节共十八句;原诗则共三节四十八句(分见《问路集》,77页;《林庚诗选》,57页;《春野与窗》,80—83页)。

〔9〕例如钱理群、温儒敏、吴福辉和孙玉石都把林庚归入30年代的"现代诗派"(见钱理群等,369—370;孙玉石《中国现代诗歌艺术》,243页;《中国现代主义诗潮史论》,130—130页);王晓生《徘徊在现代与古典之间——论林庚的诗》也试图从林庚诗的意象、象征、暗示三方面论述其"现代色彩"(80—87)。

〔10〕程光炜《林庚与〈现代〉杂志》一文统计《现代》杂志各卷诗人发表的诗篇数量,指出林庚总共发表诗4首,是统计的十三位诗人的第五位(72)。事实上林庚于《现代》所发表的诗作共7首——《风沙之日》(3卷2期)、《独夜》(4卷4期)、《破晓》(4卷6期)、《春天的心》(5卷3期)、《春晚》(5卷3期)、《无题》(5卷3期)、《细雨》(6卷1期)。

〔11〕孙玉石曾指出《现代》杂志中"有些诗人貌似现代派,实则仍停留于浪漫主义的传统。如宋清如、史卫斯的许多作品"。主要是从"分"的角度去看"现代主义"和"浪漫主义"(《中国现代主义诗潮史论》,151页)。然而蓝棣之引述番草之说:"以戴望舒为代表的现代派,并不是提倡主知精神的20世纪英语系的'现代主义',而只是浪漫派、高蹈派和象征派的糅合与总结。"这可以用"合"的角度来看"现代派"的复杂性了(《现代诗的情感与形式》,203页)。

〔12〕例如Northrope Frye "The Drunken Boat"就说:"现代主义"不是别的,只是一种"后浪漫主义"(post-romanticism)(*Romanticism Reconsidered*,24);延续这种论点的还有Harold Bloom和George Bornstein等人;至于提出异议的则有Ricardo J. Quinones(120—163)。这里没有必要做进一步的辨析,因为当这些西方思潮移植接枝以后,在中国文学环境中已有全新的变奏,在此借鉴两个主义的部分观念,只是为了照明林庚诗的视野。与本文论点直接相关的论述还有Andrew Bowie和Ian Heywood等人的论述;哲学角度则参照Charles Taylor(368—390、456—492)。

〔13〕林庚说:"我是个浪漫派——这恐怕是诗歌史上最好最正常的一个流派了"(龙清涛,7)。

〔14〕Friedrich曾说:"The artist should not only paint what he sees before him, but also what he sees within him. If, however, he sees nothing within him, then he should also omit to paint that which he sees before him."(转引自 Vaughan, 24-25)他的著名作品如《海岸上的僧人》(1808—1810)、《雾海前的游子》(1818)、《日落前的女人》(1818)等,画中人的主体意识都非常凸出,由是面前展现的风景已转成一种灵视的境界(参 Hunt and Candlish)。

[15] E.G. Gombrich 曾指出 Friedrich 的风景画仿佛中国的山水画,这一点与林庚铺写江南的风景更有非常相似的地方(Gombrich, 496)。

[16] 孙玉石《一支逃离寂寞的心曲——浅析林庚的〈夜〉》说:"以原始人的热烈与亲密来对比衬托现代人的孤独与寂寞,以幻想中的远古世界来强化对现实世界的批判精神,这是诗人现代意识的曲折方式的表现"(《中国现代诗导读》, 434 页)。

[17] "浪漫主义"的一个主要特征是从"模拟"到"表现"的转向(参 Abrams 21-26、70-99; Taylor, 368-390)。

[18] 我们必须注意林庚这句话的背景:在此以前林庚主要的文学创作是旧体诗词,对他来说,用现代的语言来写诗是一种非常新鲜的经验(参林清晖《上下求索》,169 页;《划破边缘的飞翔》,9 页)。又请参考下文对"自由诗"的讨论。

[19] 林庚后来在这个"座右铭"之上加了一句,再加标点:"美是青春的呼唤。/星星之火可以燎原,/太多的灰烬却是无用的;/我要寻问那星星之火所以燃烧,/追寻那一切开始之开始!"成为《林庚诗选》的题词,并注明"一九三二年一月"。所加上的第一句"美是青春的呼唤"又见于《空间的驰想》的《序曲二》(3);这是林庚有关"文艺与生命"的重要理念。

[20] "浪漫主义"其中一个信念是:艺术可以"揭示"更"真"的世界,如 Andrew Bowie 所指出:"(Romantic theory) linking truth to art, via the claim that art reveals the world in ways which would not be possible without the existence of art itself.... Truth is here seen in terms of the capacity of forms of articulation to 'disclose' the world."(18)有关断片("fragments")的意义,又可参考 Bowie 所讲的"the Romantic sense of the fragmentary nature of all finite attempts to articulate the infinite."(225)

[21] 穆木天《林庚的〈夜〉》说:"虽然不能科学地去分析社会,去获得正确的社会认识,但是他的诗人的锐利的直观有时使他注意到社会上的断片的真实的现象。'九一八'以来的中国社会的动荡的情形,有时,在他的诗里,直接地,被表现出来"(207)。陈世澄、罗振亚的《传统诗美的认同与创造》一文袭用了穆木天的

句子,但做了一点修改:"虽然诗人缺少直接突入生活获得正确社会认识的心理机制,但锐利敏感的直觉又使他能在某些时候把握住社会片断的本质真实,准确捕捉'九·一八'后动荡现实与人们心灵的信息"(115—116)。值得注意的是前者的"断片的真实的现象"变成后者的"片断的本质真实",似乎评价有所提高,但在理论层面却自相矛盾了。

〔22〕 这首诗最初发表时,并没有"城中灰色的营幕"以下几句,这几句原是另一首诗《时代》初刊时的结尾;"渐有革命的歌声"原作"渐有维新的歌声","永远的,永远忘不了的事"原作"永远的,永远如梦的事"。《夜谈》和《时代》原刊《文学季刊》第 1 卷第 1 期及第 2 期(参见张曼仪、黄继持等,556、563)。

〔23〕 这篇代序题作林庚《从自由诗到九言诗》。林庚又在《再谈九言诗》一文说:"我还记得我自己的第一首自由诗《夜》写出之后,我有好几天兴奋得不能看下书去,我觉得我真的在写一种新的诗了"(《新诗格律与语言的诗化》,53 页)。

〔24〕 林庚有好几篇文章,如《诗的韵律》(《新诗格律与语言的诗化》,14—15 页)、《质与文》(491—493),及 "On Poetry"(166),都提到"惊警紧张"和"从容自然",或者"警绝"和"自然"的区分。所举诗例为北宋王观的词《卜算子》前阕和唐代王维的七律《积雨辋川山庄作》前四句,见林庚的英文短论"On Poetry";林庚在举例时以《卜算子》之句为苏轼所作。

〔25〕 最近《现代中文文学学报》有 Lloyd Haft 主编的"散文诗"研究专辑,可以参考("Special Issue: Modern Chinese Prose Poetry")。

〔26〕 《现代》杂志第 5 卷第 1 期(1934 年 5 月)曾刊载林庚的"诗化散文"六章,总题《心之语》(133—140)。

〔27〕 林庚在《诗与自由诗》中说:"自由诗之与诗如一个破落之世家中有一个子弟振兴起来,但其面目本是全然不同了。但散文诗之有益于诗是无疑的,那又像冬日的霜雪是有益于来春花草的茂发的"(59)。他在《关于新诗形式的问题和建设》中又说:"应当说明,自由诗我是从来不反对的,甚至于我从来就是喜欢散文诗的"(《新诗的格律与语言的诗化》,76 页)。

〔28〕 林庚把这首诗收入《问路集》时曾加修订,将原作最后三行改成两行:"秋原的甘草味/蔓生了枕畔的相思草",将开卷时显现的"散在秋原的"诗歌韵味,牵引到"枕畔",变成"蔓生的相思草",写来更觉流转圆融(76)。

〔29〕 在这条路上林庚走得并不顺畅;钱献之、戴望舒等现代派中人都对他大力批评,认为他"以白话做旧诗"(参戴望舒,167—173;杜荣根,121;蓝棣之,216)。

〔30〕 有关"后设诗歌"的概念,请参陈国球《司空图〈诗品〉——一种后设诗歌》的讨论(《镜花水月》,13—52页)。

〔31〕《诗林广记》引《朱文公语录》记载:"黄山谷诗云:'闭门觅句陈无己,对客挥毫秦少游。'陈无己平时出行,觉有诗思便急归,拥被卧而思之,呻吟如病者,或累日而后起。真是'闭门觅句'者也"(蔡正孙,309)。

〔32〕 杜荣根在90年代时回顾林庚的诗学理念,得出的结论是:"林庚把自己的诗情诗意都密封在狭窄的框子里。……林庚非但没有冲破旧诗格律的桎梏,反而被它们俘虏了过去,说《北平情歌》在格律形式上代表了一种走回头路的倾向也许不是无稽之谈"(121)。

引用书目

中文部分

王晓生:《徘徊在现代与古典之间——论林庚的诗》,《诗探索》2000年1—2期(2000年7月),80—87页。

杜荣根:《寻求与超越——中国新诗形式批评》,上海:复旦大学出版社,1993年版。

林在勇、林庚:《我们需要"盛唐气象"、"少年精神"》,《新诗格律与语言的诗化》,168—180页。

林庚:《心之语》,《现代》5卷1期(1934年5月),133—140页。

林庚:《诗与自由诗》,《现代》6卷1期(1934年11月),56—59页。

林庚:《质与文——答戴望舒先生》,《新诗》2卷4期(1937年),491—493页。

林庚:《中国文学史》,厦门:厦门大学出版社,1947年版。

林庚:《冬眠曲及其他》,北平:北平风雨诗社,1936年版。

林庚:《北平情歌》,上海:开明书店,1936年版。

林庚:《夜》,上海:开明书店,1933年版。

林庚:《林庚诗选》,北京:人民文学出版社,1985年版。

林庚:《空间的驰想》,北京:北京大学出版社,2000年版。

林庚:《春野与窗》,上海:开明书店,1934年版。

林庚:《问路集》,北京:北京大学出版社,1984年版。

林庚:《新诗格律与语言的诗化》,北京:经济日报出版社,2000年版。

林清晖:《上下求索——林庚先生的诗歌道路》,《新文学史料》1993年2期(1993年5月),167—175页。

林清晖:《林庚教授谈古典文学研究和新诗创作》,《群言》1993年8期(1993年11月),21—24页。

林清晖:《划破边缘的飞翔——略论林庚的诗歌道路》,《诗探索》1995年1期(1995年3月),8—18页。

孙玉石:《中国现代主义诗潮史论》,北京:北京大学出版社,1999年版。

孙玉石:《中国现代诗歌艺术》,北京:人民文学出版社,1992年版。

孙玉石:《中国现代诗导读》,北京:北京大学出版社,1990年版。

商伟:《宇宙的涵容,童年的欣悦——析林庚的〈那时〉》,《中国现代诗导读》,孙玉石主编,438—441页。

张曼仪、黄继持等编:《现代中国诗选 1917—1949》,香港:香港大学出版社,1974年版。

张鸣:《"追寻那一切的开始之开始"——诗人学者林庚先生的古代文学研究》,《文史知识》,1999年6期,95—98页。

陈世澄、罗振亚:《传统诗美的认同与创造——评林庚20世纪30年代的诗》,《北京大学学报》,2000年3期(2000年5月),114—120页。

陈国球:《镜花水月——文学理论批评论文集》,台北:东大图书公司,1987年版。

程光炜:《林庚与〈现代〉杂志》,《诗探索》2000年1—2期(2000年7月),72—73页。

葛晓音:《诗性与理性的完美结合——林庚先生的古代文学研究》,《文学遗产》2000年1期(2000年1月),120—131页。

废名(冯文炳):《林庚同朱英诞的新诗》,《论新诗及其他》,废名著,陈子善编订,沈阳:辽宁教育出版社,1998年版。

蔡正孙:《诗林广记》,北京:中华书局,1982年版。

穆木天:《林庚的〈夜〉》,《现代》5卷1期(1934年5月),202—209页。

钱理群、温儒敏、吴福辉:《中国现代文学三十年》(修订本),北京:北京大学出版社,1998年版。

龙清涛:《林庚先生访谈录》,《诗探索》1995年1期(1995年3月),3—8页。

戴望舒:《谈林庚的诗见和"四行诗"》,《戴望舒全集:散文卷》,王文彬、金石主编,北京:中国青年出版社,1999年版,167—173页。

蓝棣之:《现代诗的情感与形式》,北京:华夏出版社,1994年版。

外文部分

Abrams, M. H. *The Mirror and the Lamp: Romantic Theory and the Critical Tradition*. Oxford: OUP, 1953.

Bloom, Harold. *The Ringers in the Tower: Studies in Romantic Tradition*. Chicago: U of Chicago P, 1971.

Bornstein, George. *Transformations of Romanticism in Yeats, Eliot, and Stevens*. Chicago: U of Chicago P, 1976.

Bowie, Andrew. *From Romanticism to Critical Theory*. London: Routledge, 1997.

Frye, Northrope, ed. *Romanticism Reconsidered*. New York: Columbia UP, 1963.

Gombrich, E. G. *Story of Art*. 16th ed. London: Phaidon, 1995.

Haft, Lloyd, ed. "Special Issue: Modern Chinese Prose Poetry." *Journal of Modern Literature in Chinese* .3. 2(2000. 1).

Haft, Lloyd, ed. *A Selective Guide to Chinese Literature 1900-1945*, Vol. III: The Poems. Leidon: E.J. Brill, 1989.

Heywood, Ian. *Social Theories of Art*. New York: New York UP, 1997.

Hunt, Caroline, and Louise Candlish, ed., *Friedrich: German Master of the Romantic Landscape*. New York: DK Publishing Inc., 1999.

Lin, Keng. "On Poetry," *Modern Chinese Poetry*. Harold Acton and Chen Shih-hsiang, ed. London: Duckworth, 1936. 166-170.

Quinones, Ricardo J. *Mapping Literary Modernism*. London: Methuen, 1977.

Shiff, Richard. "Art and Life: A Metaphoric Relationship," *On Metaphor*. Sheldon Sacks, ed. Chicago: U of Chicago P, 1979. 105-120.

Taylor, Charles. *Sources of the Self: The Making of the Modern Identity*. Cambridge, Mass.: Harvard UP, 1989.

Vaughan, William. *Romanticism and Art*. London: Thames and Hudson, 1994.

第五章

叙述、意识形态与文学史书写
—— 以柳存仁《中国文学史》为例

> 历史与文学·"历史"与"文学史"
> "文学史"与求真
> 作为叙事体的"文学史"
> 在历史中的叙事体

一 历史与文学·"历史"与"文学史"

"文学史"的书写，究竟是怎样的一项活动？这个问题可以从很多不同的角度去思考。或者我们先以韦勒克（René Wellek）的一些观察为讨论的出发点。韦勒克在《文学史》（"Literary History"）一文中曾经指出：

> "文学史"或则被视为历史的一个分支，尤其是文化史的一支，而文学作品就如历史的"文献"或证据（"documents" and evidence）的被征用；或则被视为一种艺术史，文学作品就像艺术"碑志"（"monuments"）的被

研究(20)。[1]

韦勒克提到的两种讲法,前者把文学作品看做往昔某种境况的集中表现,有助我们(在史家引领下)对此一境况做具体的了解,其属性因此是"过去的"。后一种讲法是认为文学作品只会历久常新,永远没有"过去"。韦勒克作为新批评学风的重要倡导者,[2]似乎比较倾向于后者,对前一种处理态度显得忧心忡忡。虽然他也提及两种态度并非互相排斥。这种将文学作品的性质区辨为史料与艺术品的做法,在当下文学理论已全速向文化理论靠拢的时刻,[3]似乎显得过时;但作为我们回顾过往的"文学史"著作,或者重新思考"文学史"书写活动的出发点,还是很有用的。比方说,我们正可参照"历史"著作的书写情况,考察两者的同异。

一般"历史"或者"文学史"既有"史"字,已先验地限定这种活动的性质:必须包含"回顾"的姿态,面对过去的时空。当然,"回顾"的姿势是当下所做,但"过去"毕竟有"非现在"的成分,它的存现方式就是当下的"回忆"。班纳特(William J. Bennett)说"历史"就是"组织起来的回忆"("organized memory")(165);正如"自传"、"回忆录"就是个人面向自己的"过去",将记忆中的种种事件与行动(events and actions)组织起来,历史大概就是民族、国家的集体记忆的组合整理。再而问题或者就转到,什么情事才能进入集体的记忆领域?这些筛选又由谁决定?是否能为人力决定?郑振铎在《插图本中国文学史》的《绪论》中提到昔人称"历史"为"相斫书":

> 所谓"历史",昔人曾称之为"相斫书",换一句话,便只是记载着战争大事,与乎政治变迁的。在从前,于上云的战争大事及政治变迁之外,确乎是没有别的东西够得上作为历史的材料的。所以古时的历史只不过是"相斫书"而已(1)。

无论所谓"太史简"、"董狐笔",所注视的不外乎是可以用政治民族等集体规范(即所谓"大义")审判的人物情事。再说,"立功"、"立言"、"立德"的"不朽"目标,也就是进入集体记忆的企盼。当然我们还见到正史中有"货殖"、

"游侠"、"滑稽"等传,近世更有经济、民生、风俗的专史,但我们可以理解,"历史"所记是关乎大众的,个体只是作为整体的选样示例,或者象征隐喻而出现于史册之中。

然则"文学史"所处理的又是什么记忆?郑振铎又说过:

> 我们要了解一个时代,一个民族,或一个国家,不能不先了解其文学。……文学史的主要目的,便在于将这个人类最崇高的创造物文学在某一个环境、时代、人种之下的一切变异与进展表示出来;……"中国文学史"在这样的情形之下,便是一部使一般人能够了解我们往哲的伟大的精神的重要书册了。一方面,给我们自己以策励与对于先民的生活的充分的明了,一方面也给我们的邻邦以对我们的往昔与今日的充分了解(7—8)。

刘大杰在《中国文学发展史》的《自序》中也指出:

> 中国文学发展史,是中国文化发展史中的一部分,也可以说是最精采的一部分(1)。

他又引述朗松(Gustave Lanson,1857—1934)《论文学史的方法》的说法:

> 一个民族的文学,便是那个民族生活的一种现象,在这种民族久长富裕的发展之中,他的文学便是叙述记载种种在政治的社会的事实或制度之中,所延长所寄托的情感与思想的活动,尤其以未曾实现于行动的想望或痛苦的神秘的内心生活为最多(1)。[4]

这都是19世纪实证主义的论见。于是文学展示的是时代精神(*Zeitgeist*),文学只有第二性的身份,只是从属于历史(Patterson,251)。其背后的哲学假设就是"模仿论"(Mimesis):文学要能表现人生,表现情感与思想。这种"五四"以后新文学家视为"进步"的观念,充斥于一般的"文学史"著作之中,

包括我们熟悉的郑振铎、刘大杰的著作。在此一观照下,"文学史"也就是要处理一些集体的象征,正如刘大杰说:

> 文学史者要集中力量于代表作家代表作品的介绍,……因为那些作家与作品,正是每一个时代的文学精神的象征(1)。

据此,文学作家作品的重要性在其整体性,在能成为时代精神的象征;而整体性的重视,又是指向民族集体记忆这一个理念的。[5]

这样开展出来的文学史观,自然离不开文学与历史的关系。我们可以说,刘大杰等人尝试在文学中"读出"历史(reading history out of literature),与现今把文学"读入"历史之中(reading literature into history)的要求(Arac,106),实有差距;以"回忆"为喻,也可能引入很有意思的思考,问题是对"回忆"作为一个活动过程(process)有没有足够的敏感。然而,我们现在"回顾"这些"天真浪漫"的"时代精神"时,又是否游走于"读出"与"读入"之间呢?以下笔者预备以柳存仁《中国文学史》的实际情况再多方面思考一下以上提到的有关问题。

柳存仁(1917—)的《中国文学史》于1956年由香港的大公书局出版,面世后大受欢迎,一直到60年代后期还不断再版;[6]又有杨维桢的学术书评,予以极高的评价(333—336)。柳存仁是现今国际有名的汉学家,而《中国文学史》却是他侨居香港时为高中学生写的一本参考书。这个例子特别有意义:一方面,作为五六十年代香港极受欢迎的高中参考书,可以揭示当时一般人都能接受的想法;另一方面,其著者既是学养精深,就不致有一般流行书册的粗滥倾向,当中于专精与普及的取舍,也很值得注意。

二 "文学史"与求真

柳存仁在《中国文学史·引论》开首说:

> 我们现在讲中国文学史,是(讲)在中国历史上特富创作能力,不带

模拟色彩,而合乎时代性的文学(1)。

"合乎时代性"是目的、是标准,"特富创作力,不带模拟色彩"是"表现当代"、"表现真实"的手段、方法(7)。这也是以"模仿"、"反映"为衡度的根据。韦勒克所挂虑的就是这种选择性地处理文学与历史的关系,只顾把文学看成历史在某个范畴的投射,文学史就只能是历史的一个分支;所以他会有担心文学作品变成印证时代历史的证据的表示。然而,文学作品在"文学史"叙述中的作用,实际会与一般"历史"叙述的材料和"证据"不同。这一点我们可以分别讨论一下。

"历史"若系回忆的组合,回忆的根据不外乎是史迹、文献。历史家从官方实录、私家著述、野史杂记,去综合过去已发生的情事,曾出现的人物及其活动。这个组织过程虽然充满种种屏障,但"求真"必然是史家的努力方向。[7]换句话说,历史最关心的是"指涉性的真伪"问题(referential falsifiability) (Arac, 105)。

"文学史"也有类似的重组过去的"真实"的诉求;例如柳存仁书中引用宋赵彦卫《云麓漫钞》以证明唐代传奇小说与科举中温卷制度的关系(149),据明祝允明《猥谈》、元周德清《中原音韵》、明叶子奇《草木子》等说明南戏的渊源(234),都有类史家的以"求真"的精神去征引材料,以重构属于过去时空的"实况";其"真"与否,理想中也有鉴定的可能。[8]

然而,"文学史"要处理的重心更在文学家和文学作品,其间与"求真"的关系并不容易理清。一般的说法是:文学史中的作家已难重起于地下,只能倚靠历史文献以重构他们的行迹。但也有论者主张,文学作家不是指作为物质形态的人,而是作品总貌的集合体(陈国球《文学结构与文学演化过程》,96页);准此,则作家只是文本在阅读过程中的派生物,无所谓"真伪"的问题。至于文学作品,当然也有面世年代、版本流变、作者归属等有待实证之处;但不要忘记,文学作品的主要属性是供人阅读(正如其他的艺术品有赖观赏者的感知一样),而这个阅读的行为不仅限于一时一地发生,苦心重构文本于面世时的种种"实况",仍未足够;于是有所谓作品"接受史"的研究,考鉴作品在不同时代如何与读者共构不同的关系。这些考虑,都还切合

"文学史"之以"过去"为探究对象的假定:文学作品与读者(文本与领受者)的相互作用都在"文学史"的叙述活动之前完成。可是,我们还需注意,文学作品因为其特有的存有模式(mode of existence),[9]使得"过去"与"现在"在"文学史"的叙述体中畛域难分。所谓特有的模式是说文学作品的存有不在其物质层面。此一特质甚至使文学作品与书画雕塑等艺术品不同;比方说,画的艺术性只能寄附在具体的帆布、宣纸之上,观赏者绝难人手一帧。然而诗歌小说却可以传抄印刷等多种方式流通;唐人读到的李白诗与今天我们读的李白诗只有物质上的差异,但基本上还是同一艺术品。当然我们可以说在不同背景或物质环境中出现的李白诗就有不同的阅读方法,但起码我们不能说我们看到的只是复制品。由是我们又如何面对跑到"现在"的"过去"?这还是不是"过去"?这一点在柳存仁的《中国文学史》中或者比其他"文学史"著作更明显特出。我们发觉这本不到二十万字的"文学史"中,引录了很多作品,即如《孔雀东南飞》(51—55)、《京本通俗小说》的《菩萨蛮》(205—213)等,都完整地在我们面前搬演。这些眼前的经历和叙述体中其他作品的摘录或撮述构成一种什么关系?和叙事者或详或略的评介批点,以至辛苦构筑的"文坛背景"等不同声音又以何种方式并存或争持?"求真"的知性活动会否被艺术的美感经验覆盖?这都是我们从理论的角度思考"文学史"问题时所必须正视的(参 Crane,46)。

"文学史"的"求真"企图在柳存仁的一类"插图本文学史"中最显出理论的困境。自从郑振铎开始了"插图本文学史"的编制以后,似乎很为读者接受(陈福康《郑振铎论》,586页)。柳存仁《中国文学史》的初版并没有插图,在往后的版本却在封面和书脊清楚标明"插图本",看来这个增订应该是郑著方向的继承。一直到今天,我们还见到相类的"文学史"计划;例如冰心、董乃斌、钱理群等主编的《彩色插图本中国文学史》,杨义等合著的《二十世纪中国文学图志》,陈思和正在编写的"插图本现代中国文学史"。[10]这种选择,我们不能仅仅以出版商的促销伎俩视之;实际上"插图"于"文学史"著作中究竟起了什么作用?还是值得我们思考一下的。郑振铎的"文学史"中有两则"例言"专门说明他对这项"创制"的理解,其中之一说:

中国文学史的附入插图，为本书作者第一次的尝试。……作者以为插图的作用，一方面固在于把许多著名作家的面目，或把许多我们所爱读的书本的最原来的式样，或把各书里所写的动人心肺的人物或其行事显现在我们的面前；这当然是大足以增高读者的兴趣的。但他方面却更有一个重要的原因，使我们需要那些插图的；那便是，在那些可靠的来源的插图里，意外的可以使我们得见各时代的真实的社会的生活的情态。故本书所附插图，于作家造像，书版式样，书中人物图像等等之外，并尽量搜罗各文学书里足以表现时代生活的插图，复制加入(3)。

我们试以柳存仁的"文学史"来思考郑振铎的讲法。柳著的插图其实不多，只有八幅。当中包括《韩熙载夜宴图》(插图三、四)、《宋张择端清明上河图》(插图六)等，目的就正如郑振铎所讲的要"表现时代生活"。前者要使读者"想象得到"西蜀南唐的君王贵族们宴乐时"那种笙歌妙舞的情韵"，他们如何的"沉醉于宫廷享乐的富贵生活"，而"词的发展也极有赖于这一群饱食嬉游，不理国事，却专门努力填词作曲的帝王和贵族们"(166)；后者则表现了"宋代繁华街巷生活……，这也是民间讲唱文学产生的背景"(插图六说明)。

这些"时代生活"其实已由书中的文字表述构筑出来，插图的目的只为增加文字指涉的可信程度，好让读者更易于接受所重构的"事实"。但有趣的是，这些图像并非可以验证的史迹(譬若可以印证殷商文化生活的甲骨文)，而只是史家以为可以取资的艺术品。从柳书叙事者对插图的说明看来，其对读者的要求也是如某些历史著述一样，只从反映论的角度去进行这个"取信"(make-believe)的活动。于是，我们见到的是：以艺术构筑去证信文字构筑。如果这种行动行之有效，又是什么缘故呢？

至于书影如《大唐三藏取经诗话及新雕大唐三藏法师取经记》(插图七)及《元代建安虞氏新刊全相武王伐纣平话》(插图八)等，大概可以让读者假想自己接触到作品"最原来的式样"(见上引郑振铎语)。实际而言，这不过是"原样"的一鳞半爪；"文学史"的读者不能真的捧读整部作品。换句话说，这也是构筑假象的方法而已。"文学史"插图以虚设取信的情况，于作者图像一类尤其明显。柳书并无此类插图,但在郑振铎书中我们就可以见到屈原、陶渊明等诗人的"真貌"。以这种连艺术反映论的观念都用不上的艺术制品去谋使读者信任,这不是诉诸"艺术效应"多于"科学求真"吗?[11]

以上主要讨论"文学史"叙述与"求真"假设的种种关涉,下文再从叙事行动本身去剖视"文学史"作为一种书写活动的有关问题。

三 作为叙事体的"文学史"

正如上文所说,"文学史"书写与一般"历史"书写有不少异同之处,但基本上二者都离不开一项主要的活动:以书写行动将所能掌握的"过去"按照一定的方向和目标构述出来,让读者有机会在另一时空去体验此一"过去";换句话说,当中有的是包括叙事者(narrator)、叙事体(narrative)和接受者(narratee)的一项叙事行动(narration)。在这一个层面,历史叙事学家怀特曾有深入的探索,很值得我们借鉴。怀特指出历史书写作为叙事行动有三个阶段:

1. 史事编序(to make a chronicle):即依时序排列史事;
2. 故事设定(to shape a story):即选取叙事体的主角,安排故事的起中结,使某一时限之内呈现为一个过程;
3. 情节结撰(emplotment):以某种为读者熟悉的叙事模式去组织故事情节(*Metahistory*,"Introduction",5-7; *Tropics of Discourse*, 58-63、83-85、109-110)。

借助这个思考方向,我们可以观察一下柳存仁《中国文学史》如何设定故事的起结,如何安排情节。

柳书的一个特点就是故事脉络清晰,情节简单明确。整本《中国文学史》其实是由诗歌、小说、戏曲三个系列的情节绾合而成。全书共六编,十八章。其中第一至五编,除了第八、十二、十五章,主要都是叙述诗歌传统的发展;第三编的第八章、第四编的第十二章、第五编的第十五章、第六编的第十七和十八章则讲及小说传统的历史过程;第六编的第十六、十七、十八章又叙述了戏曲的兴替。

文学史的叙述就像历史叙述一样,受所"知"的"历史实在"的限制;正如柏肯斯(David Perkins)在《文学能成史吗?》(*Is Literary History Possible?*)一书所讲,历史叙事与虚构小说有根本的不同:小说可以由情节主导,改变故事内容;但"文学史"和"历史"不能改变史料在故事(story)层次的次序,更不能随意更动内容(34—35)。不过,在言说(discourse)的层次,叙述行动的作用力(或者说,作者的经营匠心)也就能够显现出来。[12]我们只要留意柳存仁书中各个情节系列的"起"、"中"、"结"部分,就会发现它们都不是"历史过去"的直接、等速、"如实"的再现。例如小说的起源,按时序应在第一编叙述,但由先秦到汉之间有关小说的滥觞却以压缩撮要的方式在魏晋南北朝一编中描述。类似的情况又见于元代一章(第六编第十六章),这里的开首部分又把上古先秦至宋期间与戏剧有关的事迹做一简述,而没有依时序在前面的章节做交代。对于一般读者来说,这种处理方式好像是理当如此,没有什么问题。为什么呢?因为作者和读者已同在叙事体的框架内展开思维活动,自觉或者不自觉地接受了叙事系列中有主要的行动者("主角")的想法。志怪大概是小说系列的主角的童年;而元剧则是戏曲系列的少年英雄。主角一经圈定,他的前世祖先只能为他开道鸣锣,只能隐入备考的系谱了。

至于诗歌系列以《诗经》一集为起始点,也颇堪玩味。[13]正如其他"文学史"选用商、周,甚至唐、虞时期作为起始点会引来许多的诘疑,[14]代之以《诗经》也只是模糊了读者的视野而已。若"中国文学史"以此启程,到底我们是以这本总集编定的时间算起,还是以个别篇什的面世时间作准?从西周到春秋有六百年的时间,我们就只含含糊糊地把它看成混沌的一片?相对于本书中北宋词(只历经 167 年)的分为四期、元曲(时段为公元 1234—1367)分为三期等非常人工化的安排,我们又要怎样理解其中"真正"的历史流程呢?[15]

"中国文学史"的叙述终点似乎比较容易解决。柳存仁说:"本书的写作范围,断(至)清代",因为:

> 民国以来中国文学的趋向,尤其是五四新文学运动以后的新的发展,是应该有多少部专史的收集才够叙述清楚明白,来做编通史的参考

资料的(255)。

下限之设是因为清以后文学有了"新的发展";新旧的变化在清末完成:

> 古典的贵族的旧传统文学,终于失去领导社会的地位(248)。

这个讲法和刘大杰在《中国文学发展史》中所说:"清代文学是中国旧体文学的总结束",大略相同(428)。刘大杰依着这个判断去观照清代文学,因而在他笔下,"清代文学"面世之时就好像专意为一本"文学史"作最后一章似的;作为一个叙事体,这样的收束是非常"得体"的,读者在掩卷时心理上自有舒缓之感。至于柳书则在最后一章以小说系列的铺叙为结,特别强调它与"旧传统文学"的争衡,这种安排也颇能增进阅读快感,这一点下文再有补充。

首尾定位以后,内里的过程就要编成易于感知的情节。从柳存仁《中国文学史》看来,叙事者主要先把"文学"对立二分:一方面是平民文学,另一方面是贵族或士大夫的文学。二者有时成为异同对照,有时互相争斗,有时互相合作;叙事者对这两个不同的角色并没有公平看待,他立场鲜明地站在平民文学一边。在第一、二章描叙代表平民文学的《诗经》和贵族文学的《楚辞》时,叙事者只做异同的区辨;到第三、四章讨论赋和乐府的时候,叙事者就"深刻"地揭露平民文学和贵族文学的"善"与"恶"的本质了。依着这个方向,叙事者在第五章指出建安文学的成功是因为文士清客们能够"模仿民间俚俗的乐府诗辞"(56)。第六章提到"传统的文学(指辞赋)对于当时的影响仍很巨大,刚得些生机的民间文学又渐渐的缩回头去了"(72)。第七章则叙说在南方"民歌势力的浩荡"(84),连"宫廷贵族"和"文人清客"都竞相摹仿,因而促成绝句的产生(86);但北朝地区却因"学着贵族文学化起来","再也作不出快马健儿的英雄好汉文学了"(92)。诸如此类的由"冲突"到"汇流"的不同情节,就被套用到不同世代的文学过程之上。

除了"贵族文学"和"平民文学"这些主要角色的正面争衡之外,还有不同作用的元素在不同的层次参与其事。例如"战争祸乱"或"太平盛世"、"儒家思想"或其他另类文化等。在这个论述框架底下,一般地说太平盛世会促进贵族文学和士大夫文学的发展,例如汉时的赋、初唐的应制诗等(35、109);儒家思想又是创新平民文学的障碍,例如小说就因"一班士人腐儒"而"不能及早成熟"(93);至于外来文化的输入如"佛教东渐"却有助小说发展(96);战乱又有助文学风气转向,例如建安时期的纷乱,使文人"不能再做粉饰太平富丽的辞赋了",反之,"使他们深刻地,普遍地受到民间文学极大的影响","以通俗化的诗歌作文坛上的骨干,脱离了丰缛词藻的辞赋,表现他们自己慷慨悲壮的感情"(56);天宝十四载(公元755)的安史之乱,使得唐代文学有了新趋势:"再也不是那种歌舞升平浪漫绮靡的玩意儿了,相反地,诗人们要拿自己经历过的这流离困苦黑暗颠沛的苦境,非常深刻非常真实地写在他们的作品里面"(128)。

这些不同的因素为读者究问情节的因果关系时,提供了悬解的乐趣。准此,文学史上不同的发展趋向以至各种内缘的争逐抗衡和外缘的冲激影响,从功能分析的角度来看,就好像英雄(hero)和恶汉(villain)及他们的帮助者以不同面相在各处争斗,有如普洛普(Vladimir Propp)在《民间故事形态学》(*The Morphology of the Folktale*)中分析各种故事人物时所揭示的情况一样(20—21)。有趣的是,有时同一元素可以成为英雄的助手,也可以成为恶汉的帮凶,例如政治纷乱可助成"建安风骨",也可以促使西晋末东晋初的诗人"逃避现世,倾向庄老谈玄理的厌世思想",作品"流为怪诞颓废"(56、74—75)。就对唐诗的影响来说,政治纷乱可以激发盛唐诗人如杜甫"尽情地把自己的痛苦愤慨抒写出来",也可以造就中唐"平淡真实的一派",更可使晚唐出现"一种避开现实沉沦麻醉的风气,使人又回转倾向唯美文学的旧路"(128、134、145)。

到最后叙事者还安排了一个高潮的结局,于清代的各种文学体类中独选小说做比较详细的交代,因为小说到这个世代:

> 已经有了相当地位能够和正统文学相抗衡,并且很快地压倒了几千年来的传统文学,而更形突飞猛进的活跃,这个现象尤其是到了清代末年,使古典的贵族的旧传统文学,终于失去领导社会的地位(248)。

英雄恶汉的争持有了最后的解决,故事可以了结,读者可以安然掩卷了。

我们做这样的释读,目的不在指证一本"文学史"著作如何未臻完美,而企求另辟门径来揭示"真正"的因果关系;我们只想说明文学史上的种种现象,有赖"文学史家"去梳理串连;其编整的步履,正如怀特所讲,很自然的会选用大众最容易理解最熟悉的情节结构。当我们进行阅读时,应该对叙述过程中的人为作用有所警觉。

四 在历史中的叙事体

作为叙事体的《中国文学史》,其叙事的声音是很清晰的。我们暂不攀附向来的"春秋义法"或"太史公曰"的传统;就以文本所见为论,说话人从不匿藏他的身影。本书《引论》第一句就说:

> 我们现在讲中国文学史……。

说"我们"、说"现在",就是要表明立场:根据当前的认识去回溯过去。他没有像刘大杰的声明"要做作品之客观的真确的分析",[16]但他也像最权威的传统叙事者一样,预期读者不会怀疑《引论》中那些"我们"的、"现在"的主张的"正确"程度。[17]然而,既然笔者及其预期读者是不一样的"我们",有不一样的"现在",我们就有可能、也有需要思考一下这个叙事声音的立场和态度。

我们最容易察觉到的,是柳书于"五四"传统的继承。《引论》中有这样的讲法:

> 我们试比较一下,能够表现清末社会的作品,是李伯元、吴趼人、刘鹗等的白话小说呢?还是其他的文人学士们拟古的作品呢?我们再看是明代的李梦阳、何景明等极力摹仿唐宋的古文能够表现时代呢?还是汤显祖的传奇能够表现时代呢?推而上之,元曲、宋词、唐诗、战国时期的辞赋……都是很有价值的文学作品,它们都受了民间文学的影响。

民间文学,就是白话文学的起源(6—7)。[18]

这正是胡适《白话文学史》的论调(尤参《引子》,3—5页)。胡适等领导的"白话文运动"或者"新文学运动"虽然在理论上绝难说得上周密圆通(陈国球《"革命"行动与"历史"书写》),但却能倾动一时,甚且发挥了巨大的历史作用;自此所构建的种种迷思,如:

1. 只有白话文才能表现真实;
2. 白话文学适合平民欣赏;
3. 白话文学等同平民文学;
4. 平民文学才能反映时代精神。

诸如此类,对后来的"文学史"的书写方向,都有显著的影响。而柳存仁的《中国文学史》更可说与此有直系的传承;有关的理念也助成了全书的情节构撰。上文提到的以象征平民文学的小说"压倒了""古典的贵族的旧传统文学"为全书的高潮收束已经是一个明证。此外,胡适等在推动文学革命时,以桐城古文为当前的斗争对象,到了《白话文学史》,胡适更着意地贬抑"古文传统",说:

> "古文传统史"乃是模仿的文学史,乃是死文学的历史;我们讲的白话文学史乃是创造的文学史,乃是活文学的历史(5)。

这也是柳书古文观点的理论根据,《引论》中对"拟古的死文学"的反复论证,都可以在《白话文学史》中寻见(柳存仁,6—12;胡适《白话文学史》,1—9页)。正如上文所述,《中国文学史》只集中讨论诗歌、小说和戏曲,刻意回避古文和骈文的传统;为此柳存仁提出一个非常务实的解释:

> 故兹篇所叙,凡近日课本之所详者如骈散文以及传统之文论,则稍略之,于课文之太略而又涉猎策问所已及者,则补充之。非必以轻八家而炫新异,亦稍有裁制,以丞务之急(《序》)。

然而细考之,这个"稍有裁制"以补充教学课程、协助学生应付会考的讲法可能只是个借口;古骈文情节的删略,主要还是配合"五四"运动以来师效西方文学观念的大方向。柳存仁在本书的《引论》部分特别指出"文学"的广狭二义,如章太炎所讲的"包括一切著于竹帛者"的是"广义的文学";[19]本书所主张的却是狭义的"纯文学",因为:

> 广义的文学,是古人对于学术和文学,没有分清楚时候笼统的界说,现在一般地说,已经不能适用(6)。

柳书的说法是很有代表性的,尤其在"五四"以后,不少的文学论著和"文学史"都强调旧学的不"科学",概念不清;"现今"(即经"新文学运动"洗礼后)大家都应该明白"文学"的"真义",知道什么是"纯粹的文学"。[20]事实上,这些当时矜为"进步"的想法,不外是西方在19世纪以后学科厘分的主张的东传。西方模型的影响更反映在文体类型的体认之上:"文学史家"心目中的"纯文学"或者"真正的文学"甚至要在西方的三分文体中存现;例如刘大白《中国文学史》就说:

> 文学底具体的分类就是诗篇、小说、戏剧三种,……只有诗篇、小说、戏剧可称为文学,……我们所要讲的中国文学史,实在是中国诗篇、小说、戏剧底历史(6)。[21]

柳存仁虽然没有像刘大白一样从文体类型的角度具体说明他的"纯文学"的范畴,但确也只论及诗歌、小说、戏曲三体。这样的选择,与其说是教学所需,不如说是"五四"的遗传。事实上本书的理论主张,基本不出胡适等人的文学观念范围。

这一点或者我们可以追溯本书的生产过程,以探测其间的部分因由。杨维桢在评论本书时提到:

> 这不是我们首次读到柳存仁先生所写的中国文学史了,因为在一

九三五年他出版过《中国文学史发凡》,一九四八年他又出版《上古秦汉文学史》一书([附录]1)。

1935年的那本"文学史"由苏州文怡书局出版,作者署名"柳村任"。[22]我们将其中的纲目与本书比较,可以见到二者的基本架构无大分别:[23]从内容而言,都是不讲散文,有意标举民歌、小说和戏曲等"平民文学";从形式而言,"编"、"章"的分划大同小异,而篇末同附"中国文学人名生卒考"。因此,我们有理由相信这个1935年本是本书的底本。至于1948年的《上古秦汉文学史》,可能是作者企图编撰一本更大规模的"文学史"的前期部分;其中所论所述,与本书前两编《汉以前》和《汉代文学》颇有重复而更加详悉。例如第七章论汉代的民歌,和本书一样以《孔雀东南飞》的讨论作结;然而本书在引录原文之后,只有不足三行的说明(5);《上古秦汉文学史》却据"悲剧格式"、"对话叙述"、"叙述手腕经济"、"作风朴实"、"叙述善于穿插"、"篇幅分量分配有相当之比例"六点详细分析诗篇的"文学上之特色"(170—171)。

1935年本面世之日,正是以胡适为旗手的"五四"文学史观全面普及化的时候。胡适的"文学革命"思想虽然早在1915至1916年留学美国时期已经萌生,但有系统地以白话文运动为基础来建构文学史,再著为篇籍,则要迟至1927至1928年的《国语文学史》和《白话文学史》。[24]自此以后,采纳这种新观念(相对于林传甲、汪剑余等的旧式文学史观而言)来重构文学史的风气大盛(参陈玉堂,1—110;郑志明,381—405页),"柳村任"的《中国文学史发凡》正是这个风潮中的产物,当中的承传关系,自可想见。1948年的《上古秦汉文学史》其实也早在1940年以前写定,[25]书中继续以当时的"正统"文学观为基础,援引亦以胡适、顾颉刚、傅斯年和容肇祖等人的论著为多,因此全书的论述取向,以至类似前面举出的作品分析等等,都不出"五四"品味,也就不难理解。[26]1956年的《中国文学史》与这两本著作既是一脉相承,文学观点有所延续,就作者思想的内在理路而言,是极其自然的事。

但我们仍然不能完全解释文本和文脉的关系;换句话说:为什么这本在1956年的香港出版的高中学生参考书会以薪传"五四"的面貌出现?这个问题的焦点需要从香港与中国的文化关联这个角度才能掌握。

香港作为英国在中国大门口的一个殖民地,其地位相当特殊。在这里,没有一般殖民地所有的土著文化为宗主国文化扼杀禁绝的现象(Bray,324-325;Jones,142)。这不是说大英帝国特别厚待这里的原住民,而是说为了远东贸易的庞大利益,有需要保持香港与中国在文化上的一些联系。战前香港的中小学一直维持有中文教育,而且沿用中国内地的教科用书;全国性的出版社如商务印书馆也有在香港设立分店,出售中国教育部审定的课本(参Sweeting, *Phoenix*, 6-7、213-214, *Education*;Luk,650-668;Ng Lun)。宗主国文化固然在"精英"阶层占主导地位,绝大多数的居港华人仍然自以为生活在中国文化的网络之内。虽然在"中原正统"的人士眼中,香港还是"化外"之地,但中国文化成为香港文化的模范楷式,这一点是毫无疑问的。"中国文学史"在香港华人社会中的作用与地位,与在大陆无异;北京上海出版的"中国文学史"也在香港流通,少数在香港出版的"文学史"如霍衣仙的《新编中国文学史通论》(1936年初版,1940年香港培正书局修订版),也只应看做是居住在南中国的学人的著述。虽然这个文化流播的过程难免有"时间差",但横向共时的基本模式还是显而易见的。

然而1949年中国政权转移的大变化,对香港的文化构建造成重要的影响;越界而来的,不光是文化制成品,更是成品的创制主体、文化人。不少原居大陆的学人于1949年前后辗转流徙到香港,企图在此"继承"、"重建"或者"复兴"中华文化。[27]当这一批南下的文化力量在本地以不同的方式定位以后,香港文化与中原文化的承接不再是共时横向,虽然追慕的心态依旧,但已转移到历时的轨轴之上了。

至于这时期的中国大陆,无论政治、社会、经济、文化都掀起巨大的变革浪潮;而国家政权的缔建与"文学史"的书写(nation and narration)的关系更以一种最直接、最不矫饰的方式展现;无论上下,由国家掌领文教的权力机构到高等学校的学生,都在同一种意识形态的导引下,企图揣摩一套最合适的"文学史"叙述。虽然刘大杰和郑振铎等人的大部头的"文学史"的修订重印还只是在原有基础之上的扩充,[28]但补漏的意识就是要把叙述做到更完足,而文字上的添补删订也是为了让新的叙事声音更易突显。至于陆侃如、冯沅君的改写《中国文学史简编》、林庚把《中国文学史》修改成《中国文学简史》,更让我们清楚见到同一时段的文学史过程如何变成不同的叙事体。[29]意识形态力量的集结更表现在国家高等教育部审定的《中国文学史教学大纲》中;其汹涌的波涛则见于以北京大学中文系1955级及复旦大学中文系古典文学组为代表的学生集体编写的"文学史"(参中国作家协会,《中国文学史讨论集》)。

这些"新貌",并没有在同期香港出版的"文学史",例如柳存仁这本《中国文学史》之中得到反映。作为南下的知识分子之一,柳存仁有需要对自身的经历以至所背负的文化传统重新思考,更要切合当前的政治经济环境。他一方面以公立中学教员的身份加入本地的建制之中,另一方面又和钱穆等以继承中国传统文化为己任的文化人有一定的接触;他所写的这本"文学史"正由来源不同的多种力量所互动而成。

为了配合宗主国的全球策略,殖民地政府对于一大批从中国大陆南下的"文化遗民"采用了"积极的不干预"政策。正如上文所说,香港的华人居民,除了少数的"精英分子"以外,向来以大陆为文化母体,但到了50年代,南下的学人却可以更直接地提供文化养料;他们与当时中国大陆学界于意识形态上的分野更有助殖民地政府在无需直接申令的情况下,使香港与大陆的文化关联减到最低。政府在其主持的教育机制中提倡的是最与现实远离的经学、国学知识,文学教育则以骈文、古文为主导。柳存仁《中国文学史》的序文中指出:

> 依照目前学校中国语文所用课本及教材,初中已有《列子》、《左传》,以及王维、陆游诸作,文字非浅,而高中暨投考大学入学试诸生,时复驰骋于儒墨、名法、《诗》、《书》、《礼记》之门;则以所选有思想史,有学术史,亦有经学源流,非必文学总略之所赅也,然皆归之为旧学常识。其不能识者,惟志记诵。即以文章一端而论,普通课本之最大部分为骈散文,附以诗词套曲小说诸事,兼罗并蓄。

这种"重古学避今事"的倾向,不一定始于50年代,崇古尊古本是中国旧文化的特性之一;但于50年代以后,殖民政府刻意在教育文化政策上将这个倾向加以强化,则又是不争的事实(Sweeting, *Phoenix*, 192-220, "Hong Kong Education", 40-47; Morris and Sweeting, 252-288; Luk, 664-668; Bray, 338)。

观此,柳存仁《中国文学史》将"五四"的神话重新镶嵌在这个历史时空就有其特定的意义。在书序中,我们可以看到柳存仁很委婉地表达他的看法,说删略古文骈文是因为这部分是"课本之所详者",需要补充的是"课文之太略而涉猎策问所已及者",他还声明"非必以轻八家而炫新异,亦稍有裁制,以丞当务之急"。表面看来,本书内容的轻重取舍只是出于补充课本教材的务实考虑,是斟酌当前实际情况的"裁制"。但如果我们对照本书雏形的《中国文学史发凡》,就会发觉所谓"裁制以丞当务之急"的讲法,并没有把最重要的考虑说出来;事实上,他不是新编一个文本,也不是把原来包容骈散文和传统文论的底本裁减成今本模样,只要我们翻看书中对这些"传统文学"的评价,就会发现他所做的,是抗衡多于补漏:他只是继续袭用"五四"那种"纯文学"的观念,来抗衡旧式的文学教育;委婉的姿态不外是建制的制约下的一种掩饰而已。

"五四"精神的神话功能在柳存仁笔底有两个方面的发挥:一、在面向中国文化母体时,既予疏离,也予承接;所承接的是柳存仁在二三十年代所吸收承纳的白话文学或民间文学为重心的文学史观,所疏离的是当时大陆"文学史"与阶级政治结合的书写热潮;是横的疏离,也是纵的继承。二、在面向殖民政府的教育机制时,既有配合,也有抗衡;政府的治理策略是尽量把本地华人居民与当时大陆的种种关联冻结,以配合宗主国在政治经济上围堵中国大陆的全球战略,崇古略今的文学教育正是此一政策下的文化实践;柳存仁《中国文学史》以"五四"的启蒙视野来书写中国文学传统,在不违背从上而下的政策规条的情况下,为这个传统的接受过程保存了疏通透气的孔洞。

"五四"的启蒙精神本来就与危机及救亡的意识同生,是中西文化撞击下激生的自卑自卫的综合意结;胡适等文学革命家比照中西,主要是为中国传统文学诊症看病,指出中国文学如何不如西洋(胡适,1卷72—73、148—156;陈国球《"革命"行动与"历史"书写》);在五六十年代的香港,历史时空有异,不少"文化遗民"审世度情,反而以中国传统为终极寄托。柳存仁的《中国文学史》绾合了这些不同的思维方向:启蒙意识在书中的表现是对锁国自限的超越,但焦点再不是中国文学如何不如西方;反之,是试图为中国文学在世界版图定位。开卷第一章的首句是:

>《诗经》是在中国古代文学中,最光荣,最伟大,最足以夸耀于世界文学之林的不朽权威(19)。

第十章论李白诗说:

> 李白的诗歌,在盛唐中固然很伟大,而同样地也为中国诗歌在世界文坛上吐出万丈的光芒,照耀着千古,当然不是一件寻常的事情(123)。

第十七章论《西游记》说:

> 世界著名奇幻诡谲的《天方夜谈》,恐怕也不及它的趣味和雄壮的结构罢(243)。

第十八章论《红楼梦》说:

> 像这样伟大的杰作不但在过去中国小说里可以称霸,即推列于世界的文坛,亦无逊色(250)。

这样的意见或者不能说是创获,因为在三四十年代的文学论述中已不难见到类似的说法,但我们应该结合以下这些话语,再思考其中的意义:

> 近年英国学者 Arthur Waley 氏曾特别研究中国古代的巫,并把《九歌》完全英译了,见所著 *The Nine Songs*(George Allen & Unwin 1955 年版),可见《九歌》只是当时沅湘间祀神歌舞的讴歌。(28)
>
> 在世界各国翻译的中国诗歌作品里,杜诗的数量也要算最多的。

近百年来欧洲有许多国家的译本甚至有伪造的杜诗出现(见拙著《读洪煨莲著杜甫传》书评,刊香港大学东方文化研究所出版《东方文化》第二卷第二期)(133)。

近年向世界介绍研究唐代小说最成功的,要推英国的 E. D. Edwards 教授了。她费了多年的心血,把几百篇传奇用现代的文笔完全英译了出来,使欧洲学者如入宝山,顿觉唐代故事有许多地方较之正史更足以说明它的特质和社会背景。但是她的书名却称为《唐代的散文》(*Chinese Prose Literature of the Tang Period*, Probsthain 版),这正足以说明传奇在中国散文里的重要地位(150)。

夸耀中国文学世界地位的论述,很多时只是主观愿望的投射,好比知道西方有莎士比亚,就说中国也有汤显祖,所以"亦无逊色";这是自卑心理的反弹。留心西方如何认识品评中国文学,引介西方汉学的成果,是沿着"五四"思维方向的理性发展;当然,这里没有所谓"东方主义"(Orientalism)的警觉,反之西方的抑扬判断更成为反击中国固有标准或"定论"的犀利武器。由此可见,这是"五四"意识的延续,但也是一种变奏。在香港这个有更多机会面向世界(其实只是西方世界)的地方,就有足够的空间让这个变奏发展。柳存仁作为中国学人的身份,也在此开始有所蜕变,他在《上古秦汉文学史》的自序中说:

> 书成之岁,余移居香港,治西洋汉学,谒林语堂、许地山、容元胎、陈寅恪、袁守和诸先生,颇加策许,拟更自译此书为西文(1)。

柳存仁也就是在香港这个环境中经历了研治西方汉学而至投入其中的过程,今日就以"华裔澳大利亚学者"的身份(参《和风堂文集》的作者介绍),继续他在国际汉学界的贡献。至于《中国文学史》一书,所包含的"五四"式的西方视野,究心于"纯文学"、推重小说戏剧的"正面形象",以贴近口语、趋近民众的作品为文学正宗,也在这时期的华人文学教育中发挥一定的历史作用;整个书写活动,真正地为历史做见证。我们这个阅读,正如前文所讲的游走于"读出"与"读入"之间;然而在汝南月旦之余,似乎也应该有"后设"之思。

注 释

〔1〕按:视文学作品为"monuments"的讲法,早见于丹纳(Hippolyte Taine)的《英国文学史》;参 Lee Patterson, 252。

〔2〕韦勒克本属捷克布拉格学派中人,但他的文学史观却与布拉格学派宗师穆卡洛夫斯基不同;韦氏主张文学有客观的价值,这种看法使得他与美国的新批评思潮一拍即合。参陈国球《文学结构与文学演化过程》,110—111页。

〔3〕参 Anthony Easthope;他就以"典范"的转移来描述这个趋向。

〔4〕朗松原文刊于 1910 年,中译见昂利·拜尔,1—32。

〔5〕文学史是民族记忆的讲法,又参 Kolodny, 300。

〔6〕直至 1968 年共出八版,以下引文主要以第八版为据,因为本文要处理部分后来的增补。

〔7〕怀特(Hayden White)曾对历史书写与其中的虚构成分有很好的论述,代表了现今理论家对历史求真的理念的质疑,参 *Metahistory*。

〔8〕有两点先要在此说明:1.以《云麓漫钞》证明传奇与温卷关系已屡受质疑,这更提醒我们历史材料的指涉和证伪的问题;2.柳氏《中国文学史》中这一类的论证说明多是传统习见之论的撮述,并不代表他的学力;柳先生的考据学问可见于所著 *Chinese Popular Fictions*、*Wu Cheng-en*、*Selected Papers*,以及《和风堂文集》等。

〔9〕"Mode of existence"是 Roman Ingarden 和 René Wellek 颇不愉快地共用的术语。参 René Wellek and Austin Warren, 142-157, chapter 12; Ingarden, 9-12, I.3, "The problem of the mode of existence of the literary work," and esp. lxxx of "Preface to the third German edition"; Wellek, "An Answer to Roman Ingarden," 21-26。

〔10〕冰心的书后对图片和文字的配合方式做了简略的说明;钱理群、吴晓东又有《"分离"与"回归"》一文介绍同书 20 世纪部分的写作构想。又,杨义也曾就"图志"的效用做出解释,见《序言》,1—11 页。有关陈思和的写作计划见氏著《一本文学史的构想》,48—73 页。

〔11〕有关文本与插图于表义效应上的争逐,或可参 Miller 的 *Illustration*。

〔12〕 这里"story"和"discourse"的用法是参考 Seymour Chatman 的叙事学分划;见氏著 *Story and Discourse*.

〔13〕 同以《诗经》为起始点的"文学史"很多,例如胡云翼、杨荫深、赵景深、刘麟生、霍衣仙、赵聪等人所撰的"文学史"都是。

〔14〕 柳存仁在《中国文学史》的《引论》部分就批评了这些主张,并提出:"中国文学的信史……应自殷商开始"(12—16)。可是下文他又指出现存"类似商代的文学作品,远不及卜辞记事的简单朴实,我们现在只好列为传疑。所以,简明的中国文学史应该从商代以下的西周讲起"(18)。于是正文就以《诗经》开展他的论述。

〔15〕 前一种做法可说是"时序的共时化"(synchronization of the diachrony),后者可称做"过度的时序化"(excessive diachronization)。

〔16〕 刘大杰于《中国文学发展史·自序》中引述朗松的讲法,又说自己"写本书时,是时时刻刻把他这一段话记在心中的"(1—2)。

〔17〕 笔者在《中国文学史的省思》一书的导言《文学史的探索》中分析过"文学史"叙事体的几个特征:1.叙事者表明所叙述的不是谎言,乃是真相;2.叙事者假设自己和读者对相关知识的掌握程度并不对等;叙事者访得了知识的火光,然后传递给蒙昧的读者;3.基于不平等的地位,基于高度的自信,叙事体充满从上而下的指导语态,藏有嘉惠后学的自慰心理(4—5)。

〔18〕 如果容许我们现在回应柳书的诘问,我们可以说李梦阳、何景明或汤显祖各以撰制的文本表现了当世各种政治社会经济文化力量在其间的角力争逐;我们可以问:难道李、何的拟古不是当时作为正统文人抗衡平庸无生气的台阁体的一种表现吗?难道拟古文风不就是知识分子有感于当世政治黑暗而在祖遗文本的迷思中探求出路的一种现象吗?

〔19〕 章太炎《国故论衡·文学总略》,见《中国文学史》5—6 页引;柳书还引述潘科士脱(Pancoast)之说:"文学有广义和狭义两种:凡可写录的……叫做广义的文学。凡专为述作,惟主情感,娱意志的,叫做狭义的文学"(6)。

〔20〕 看柳书认同的文学的界说,分别是罗家伦(《什么是文学》)、鲁迅(译《苦闷的象征》)、朱自清(《文学的一个界说》)等人的意见(分见 4—5),就可知其渊源所自。

〔21〕 同期又有刘经庵的《中国纯文学史纲》专论诗词、戏曲、小说。

〔22〕 这本书现在已不易见到,我们在几个相关的书目中找到署名"柳村任"的同名

书录,应该就是杨维桢所讲的一本;分见《中国新文学大系1927—1937·史料·索引二》,34页;陈玉堂,87;北京图书馆,201。

〔23〕 柳村任《中国文学史发凡》分八编,凡二十章:第一编,汉以前(一、诗经,二、楚辞);第二编,汉代文学(三、汉赋,四、汉代的民歌,五、建安文学);第三编,魏、两晋、南北朝(六、诗歌,七、继续发展的民歌,八、小说的起源和发达);第四编,唐代的文学(九、唐代文的时期及社会,十、初唐的诗,十一、盛唐的诗,十二、中晚唐的诗,十三、唐代的小说,十四、词的起来及晚唐的词);第五编,五代文学(十五、五代词的光辉);第六编,宋代文学(十六、宋的诗和词,十七、小说);第七编,元明文学(十八、元代戏曲的特别发展);第八编,近世文学——清代(二十、清代的戏曲和小说)。

〔24〕 胡适在1921到1922年间为教育部国语讲习所授课的时候,编成《国语文学史》的讲义,到1927年黎锦熙把当时有限流通的讲义修订出版,胡适自己则另写成《白话文学史》于1928年出版;参《白话文学史·自序》,1—12页;陈国球《"革命"行动与"历史"书写》。

〔25〕 《上古秦汉文学史》的《自序》成于1940年腊月,序中说:"自纂述之日迄于完成,亦已两历寒暑。各章文字,先后在光华大学及太炎文学院印为讲章,教授诸生。"观此大抵可知此书的写作时间。

〔26〕 书中《自序》说:"凡所援征,大率以胡适之,顾颉刚,傅孟真,容元胎四先生所说为最多。"

〔27〕 徐复观在香港继续出版《学原》、钱穆等创办新亚书院,都是这种想法的相应行动。

〔28〕 郑振铎的《插图本中国文学史》初版在1932年由北平朴社出版,修订版由北京作家出版社于1957年出版。刘大杰的《中国文学发展史》初版上下卷分别于1941年及1949年由上海中华书局出版;1957年增订后由上海古典文学出版社出版;1962—1963年又做修订增补,由中华书局重排新一版;70年代前期再根据儒法斗争的方针改写,由上海人民出版社于1973及1976年出版第一、第二卷。参陈玉堂,60—63,110—113;吉平平、黄晓静,56—58,61—63。

〔29〕 陆侃如、冯沅君《中国文学史简编》1932年大江书铺初版,1957年作家出版社修订版。林庚《中国文学史》1947年厦门大学初版;《中国文学简史》(止于唐代)1954年上海文艺出版社初版,1957年上海古典文学社新版;1988年又有修订版,1995年再有补写到"五四"前夕的新版,均由北京大学出版社出版。参陈玉堂

60—61、122—123;吉平平、黄晓静,54—56、65—66;又参本书第四章《"文化匮乏"与"诗性书写"》。

引用书目

中文部分

上海文艺出版社、上海图书馆编:《中国新文学大系 1927—1937》,上海:上海文艺出版社,1984—1989 年版。

中国作家协会上海分会文学研究室编:《中国文学史讨论集》,上海:中华书局,1959 年版。

北京大学中文系文学专门化 1955 级:《中国文学史》,北京:人民文学出版社,1958 年版。

北京图书馆编:《民国时期总书目·中国文学》,北京:书目文献出版社,1992 年版。

冰心主编,董乃斌、钱理群副主编:《彩色插图本中国文学史》,艾蒙:祥云(美国)出版公司,1995 年版。

吉平平、黄晓静:《中国文学史著版本概览》,沈阳:辽宁大学出版社,1992 年版。

昂利·拜尔编,徐继曾译:《方法、批评及文学史:朗松文论选》,北京:中国社会科学出版社,1992 年版。

林庚:《中国文学史》厦门:厦门大学出版社,1947 年版。

林庚:《中国文学简史》,北京:北京大学出版社,1995 年版。

柳存仁:《上古秦汉文学史》,上海:商务印书馆,1948 年版。

柳存仁:《中国文学史》,香港:大公书局,1968 年八版。

柳存仁:《和风堂文集》,上海:上海古籍出版社,1991 年版。

胡适:《白话文学史》,上海:新月书店,1928 年版。

胡适:《胡适文存》,台北:远东图书公司,1975 年版。

胡云翼:《新著中国文学史》,上海:北新书局,1932 年版。

高等教育部:《中国文学史教学大纲》,北京:高等教育出版社,1957 年版。

陈玉堂:《中国文学史书目提要》,合肥:黄山书社,1986 年版。

陈思和:《一本文学史的构想:〈插图本 20 世纪中国文学史〉总序》,《中国文学史的省思》,陈国球编,香港:三联书店,1993 年版,48—73 页。

陈国球:《文学史的探索》,《中国文学史的省思·导言》,1—14页;又见本书"附编"。
陈国球:《文学结构与文学演化过程:布拉格学派的文学史理论》,《文学史》1期(1993年),87—114页;又见本书"附编"。
陈国球:《"革命"行动与"历史"书写——论胡适的文学史重构》,见本书第5章。
陈福康:《郑振铎论》,北京:商务印书馆,1991年版。
陆侃如、冯沅君:《中国文学史简编》,北京:作家出版社,1957年版。
复旦大学中文系古典文学组:《中国文学史》,上海:中华书局,1958—1959年版。
杨义、中井政喜、张中良:《二十世纪中国文学图志》,台北:业强出版社,1995年版。
杨荫深:《中国文学史大纲》,上海:商务印书馆,1938年版。
赵聪:《中国文学史纲》,香港:友联出版社,1959年版。
赵景深:《中国文学小史》,上海:大光书局,1937年二十版。
刘大白:《中国文学史》,上海:开明书店,1934年再版。
刘大杰:《中国文学发展史》,上海:上海人民出版社,1973—1976年版。
刘大杰:《中国文学发展史》,上海:中华书局,1949年版。
刘大杰:《中国文学发展史》,上海:上海古籍出版社,1982年版。
刘经庵:《中国纯文学史纲》,北京:自印本,1935年版。
刘麟生:《中国文学史》,上海:世界书局,1932年版。
郑志明:《五四思潮对文学史观的影响》,《五四文学与文化变迁》,中国古典文学研究会主编,台北:学生书局,1990年版,381—405页。
郑振铎:《插图本中国文学史》,北京:北平朴社,1932年版。
郑振铎:《插图本中国文学史》,北京:人民文学出版社,1982年版。
钱理群、吴晓东:《"分离"与"回归":绘图本〈中国文学史〉(20世纪)的写作构想》,《文艺理论研究》1995年1期,37—44页。
霍衣仙:《新编中国文学史通论》,香港:培正书局,1940年修订。

外文部分

Arac, Jonathan. "What is the History of Literature?" *Modern Language Quarterly* 54 (1993): 105-110.

Bennett, William J. *Our Children and Our Country: Improving America's Schools and Affirming the Common Culture*. New York: Simon and Schuster, 1988.

Bray, Mark. "Colonialism, Scale, and Politics: Divergence and Convergence of Educational Development in Hong Kong and Macau." *Comparative Education Review* 36.3 (1992): 322-342.

Chatman, Seymour. *Story and Discourse: Narrative Structure in Fiction and Film*. Ithaca: Cornell UP, 1978.

Crane, R. S. *Critical and Historical Principles of Literary History*. Chicago: U of Chicago P, 1971.

Easthope, Anthony. *Literary into Cultural Studies*. London: Routledge, 1991.

Ingarden, Roman. *The Literary Work of Art*. Trans. and intro. George G. Grabowicz. Evanston: Northwestern UP, 1973.

Jones, Catherine. *Promoting Prosperity: The Hong Kong Way of Social Policy*. Hong Kong: Chinese UP, 1990.

Kolodny, Annette. "The Integrity of Memory: Creating a New Literary History of the United States." *American Literature* 57 (1985): 298-316.

Liu, Tsun-yan (柳存仁). *Chinese Popular Fictions in Two London Libraries*. Hong Kong: Longman, 1968.

Liu, Tsun-yan. *Wu Cheng-en: His Life and Career*. Leiden: E. J. Brill, 1976.

Liu, Tsun-yan. *Selected Papers from the Hall of Harmonious Wind*. Leiden: E. J. Brill, 1976.

Luk, Bernard Hung-kay. "Chinese Culture in the Hong Kong Curriculum: Heritage and Colonialism." *Comparative Education Review* 35.4 (November 1991): 650-668.

Miller, J. Hillis. *Illustration*. Cambridge, Mass.: Harvard UP, 1992.

Morris, Paul, and Anthony Sweeting. "Education and Politics: The Case of Hong Kong from an Historical Perspective." *Oxford Review of Education* 17 (1991): 249-267.

Ng Lun, Ngai-ha. *Interactions of East and West: Development of Public Education in Early Hong Kong*. Hong Kong: Chinese UP, 1984.

Patterson, Lee. "Literary History." *Critical Terms for Literary Study*. Ed. Frank Lentricchia and Thomas McLaughlin. Chicago: U of Chicago P, 1990. 250-262.

Perkins, David. *Is Literary History Possible?* Baltimore and London: The Johns Hopkins UP, 1992.

Propp, Vladimir. *The Morphology of the Folktale*. Trans. Laurence Scott. Austin and London: Texas UP, 1968.

Sweeting, Anthony. *A Phoenix Transformed*: *The Reconstruction of Education in Post-War Hong Kong*. Hong Kong: Oxford UP, 1993.

Sweeting, Anthony. *Educaion in Hong Kong, Pre-1941 to 1941*: *Fact and Opinion*. Hong Kong: Hong Kong UP, 1990.

Sweeting, Anthony. "Hong Kong Education within Historical Processes." *Education and Society in Hong Kong*: *Toward One Country and Two Systems*. Ed. Gerard A. Postiglione. Hong Kong: Hong Kong UP, 1992. 39-81.

Wellek, René. "An Answer to Roman Ingarden." *Komparatistik*: *Theoretische Uberlegungen und sudosteuropaische Weschselseitigkeit* (*Festschrift fur Zoran Konstantinovic*). Ed. Fridrun and Klaus Zerinschek. Heidelberg: Carl Winter, 1981. 21-26.

Wellek, René. "Literary History." *PMLA* 67 (1952): 19-29.

Wellek, René, and Austin Warren. *Theory of Literature*, 3rd edn. New York: Harcourt, Brace & World, 1966.

White, Hayden. *Metahistory*: *The Historical Imagination in Nineteenth-century Europe*. Baltimore and London: The Johns Hopkins UP, 1973.

White, Hayden. *Tropics of Discourse*: *Essays in Cultural Criticism*. Baltimore: Johns Hopkins UP, 1978.

Yang, Wei-chen(杨维桢). Review on *A History of Chinese Literature*. *Journal of Oriental Studies* 3.2 (1958): 333-336;中译见柳存仁《中国文学史》书后 1—4 页。

第六章

诗意与唯情的政治
——司马长风文学史论述的追求与幻灭

从语言形式到民族传统的想象:一种乡愁
诗意的政治:无何有的"非政治"之乡
唯情论者的独语

香港作为一个受英国殖民统治近百年的华人地区,其文化的多元混杂,游离无根,已是众所同认的现象。因为无根,所以没有历史追寻的渴望;香港有种种的文化活动,可是没有一本自己的"文学史"。历史的意识,每每在身份认同的求索过程中出现。在香港书写的寥寥可数的几本"文学史",都是南移的知识分子对中国文化根源的回溯。当然在这个特定时空进行的历史书写,往往揭示了在地文化的样式及其意义。香港既是一个移民都市,异地回忆作为文化经验的主要构成也是正常的,到底香港还有一个可以容纳回忆的空间。现在我们要讨论的司马长风(1920—1980),正是一位于1949年南移香港的知识分子(参关国煊,417—418)。他写成的《中国新文学史》,是香港罕见的有规模的"文学史"著作,但也是一份文化回忆的纪录。在这本多面向的书写当中,既有学术目标的追求,却又像回忆录般疏漏满篇;既有青春恋歌的怀想,也有民族主义的承担;既有文学至上的"非政治"论述,也有取舍分明的政治取向。以下的讨论试图从这本"文学史"书写的语意元素、思辨范式,从其文本性(textuality)到历史性(historicity)等不同角度做出初步的探索。

据司马长风自己描述,他在1973年到香港浸会学院代徐讦讲授现代文学,才苦心钻研文学,并且在1974年完成《中国新文学史》上卷,于1975年由香港昭明出版社出版(《中卷跋》,中卷323页;[1]《代序:我与文学》,《文艺风云》,4—5页),1976年中卷出版,下册在1978年出版。当时在香港比较易见的"新文学史"包括王瑶《中国新文学史稿》、刘绶松《中国新文学史初稿》、丁易《中国现代文学史略》(以上大陆出版的著作都有翻印本在香港流通)、李辉英《中国现代文学史》等,但司马长风所著一出,令人耳目一新,很受读者欢迎,以至再版三版。[2]在台湾亦有盗印本出现(《台版前记》,1页),远在美国的夏志清也有长篇的书评(夏志清,41—61)。到80年代初本书又传入大陆,对许多现代文学的研究者都产生过影响(黄修己,431、424)。但打从夏志清的书评开始,司马长风《中国新文学史》就被定性为一本"草率"之作,很多学术书评都同意司马长风"缺乏学术研究应有的严肃态度"(黄里仁,87;陈思和,61)。可是上文提到这本"文学史"的繁复多音的意义,还未见有充分的讨论。本章就尝试在已有的众多学术批评的基础上,做另一方向的剖析。

一 从语言形式到民族传统的想象:一种乡愁

(一) 语言与新文学史

《中国新文学史》的批评者之一王剑丛,在《评司马长风的〈中国新文学史〉》一文指出司马长风的其中一项失误:

> 作者把文学革命仅仅看成是文学工具的革命,……以一九二〇年

> 教育部颁布全国中小学改用白话的命令作为文学革命胜利的标志,就说明了他这个观点。……这是一个形式主义的观点(39—40)。

偏重语言的作用是不是失误或可再议,但毋庸置疑,这确是司马长风"文学史"论述的一个特征。他在全书的《导言》中就以"白话文学"的出现作为"新文学史"的开端:

> 因此要严格的计算新文学的开始,可以从一九一八年一月算起。因该年一月号《新青年》上,破天荒第一次刊出了胡适、沈尹默、刘半农三人的白话诗,是新文学呱呱坠地的第一批婴儿(上卷9页)。

据他看来,文学革命的成功在于"白话文的深入人心","政府不能不跟着不可抗的大势走",在1920年1月12日颁布国文教科书改用白话的命令(上卷74页)。这种阅读文学革命的方式,并非司马长风独创;胡适在1922年写成的《五十年来中国之文学》小册子,就以教育部的颁令作为"国语文学的运动成熟"的标志(104)。作为新文学运动的重要倡导者,胡适的策略就是以形式解放为内容改革开路;他在1919年的《尝试集自序》中清楚地说明:

> 我们认定文学革命须有先后的程序:先要做到文字体裁的大解放,方才可以用来做新思想新精神的运输品(《胡适文存》,1卷202页)。

他在《〈中国新文学大系〉第一集导言》再次说明他的想法:

> 这一次的文学革命的主要意义实在只是文学工具的革命(姜义华,259)。

由于胡适既是运动中人,他的历史叙述又轻易得到宣扬,[3]于是较早出现的"新文学史"论述如陈子展《最近三十年中国文学史》(215—217)、王哲甫《中国新文学运动史》(51—52)、霍衣仙《最近二十年中国文学史纲》(21,29)等都承袭了胡适的说法,共构成众所同认的论述事实上文言白话之争,可说是"现代文学史"必然书写的第一页(参王瑶,24—27;唐弢,50;钱理群等,7、11、19—20)。

然而胡适并没有以语言或者白话取代文言的变化,涵盖一切新文学运动的论述。他在《〈中国新文学大系〉第一集导言》中,就重点提到周作人的"人的文学"论,视为新文学运动的思想取向(姜义华,255—258)。到晚年追忆时,胡适又做了这样的概括:

> 事实上语言文字的改革,只是一个我们曾一再提过的更大的文化运动之中,较早的、较重要的、和比较更成功的一环而已(唐德刚,174)。

其他的"文学史"著作在检讨过"文学革命"一段历史之后,也很快就转入文学思潮的报道;尤其是当中的"启蒙精神",或者"文学革命"之演变为"革命文学"的历程,都是后来"文学史"论述的中心(陈子展,274;王哲甫,58—59、94;王瑶,84;唐弢,43—44;钱理群等,5、25)。部分论述在回顾早期胡适的主张时,就反过来指摘他只重形式:

> 提倡文学革命的根本主张只有"国语的文学,文学的国语"十个字,这只是文体上的一种改革,换言之就是白话革文言的命,没有甚么特殊的见解(王哲甫,94)。

批评者认为语言变革的言论"没有甚么特殊的见解",其实是没有考虑到语言与意识形态的密切关系。从这些文学史的资料安排以至论断褒贬,可知语言因素被看成是次要的,比不上"思想"的言说那么"有意义"。

司马长风对"语言"在新文学史上的作用,却有比他们更持久的执著。在他的叙述中,白话文还有一段从初生到成熟的历史;在"诞生期"(1917—1921)的语言是生涩不纯的:

> 作品的特色是南腔北调、生硬、生涩不堪,因为还没有共通的白话

国语,不得不加杂各地方言;语文既不纯熟,写作技巧也很幼稚;百分之九十以上的作品,都不堪卒读(上卷11页)。

到了"收获期"(1929—1937),作品的语言已臻成熟:

> 白话文直到抗战时期才完全成熟。由于各省同胞的大迁徙,使各地方言得到一大混合,遂产生了一新的丰富的国语,可称之为抗战国语。这种新的国语才是最多中国同胞喜见乐闻的国语,同时期的白话文才是流行最广的白话文(中卷156页)。

以"白话"(或者加上民族主义意识形态标签的"国语")为焦点,视其变化为一段"成熟"的过程,作为新文学史历时演进的表现,司马长风这种论述方式,看来正是一种"形式主义"的"工具论"。

(二)"国语文学"与"文艺复兴"

司马长风的"新文学史"论述,与胡适关于"文学革命"的历史论述都被人批评,都被指摘为语言工具论或者形式主义。二人的论述又确实有承传的关系。然而这些以语言形式为中心的论述,背后却隐藏了丰富的意识形态内容。从这个角度做进一步的观察,我们会发觉由于文化语境的差异,司马长风和胡适的论述其实各有不同的深义。

胡适论"新文学运动"以"国语的文学,文学的国语"作中心。这个论述先见于1918年写成的《建设的文学革命论》,当时这是推行革命的一项行动。到了1935年应赵家璧之邀写《中国新文学大系》的《导言》时,同类的论述已变成历史的叙述。在历史中的行动与后来描述历史的书写当然有本质的差异,但胡适占有一个特殊的位置,在历史行动当中他已不断地挪用回忆(如《留学日记》、书信等),故此他在行动中的书写与描述历史的书写之间,可谓互相覆盖,这是文学史研究的一个极有兴味的课题。有关情况,还待另文探讨。这里只能先立下这份警觉,以免论述时迷失了方向。

从文学革命的开端,胡适就一直以文学史为念,以行动去写文学的历史,并以"文学史"的方式去报道行动。他对"国语文学"一词非常重视,因为他心中有一段文学史供他参照,甚至代入。这就是他理解的欧洲文艺复兴时期各国的国语文学史变革。他的文学革命第一炮《文学改良刍议》,已提到:

> 欧洲中古时,各国皆有俚语,而以拉丁文为文言,凡著作书籍皆用之,如吾国之以文言著书也。其后意大利有但丁诸文豪,始以其国俚语著作。诸国踵兴,国语亦代起。……故今日欧洲诸国之文学,在当日应为俚语。迫诸文豪兴,始以"活文学"代拉丁之死文学,有活文学而后有言文合一之国语也(《胡适文存》,1卷16页)。

更清楚的思想纪录是胡适在1917年回国前,日记中有关阅读薛谢儿女士(Edith Sichel)《文艺复兴》(*Renaissance*)一书的感想:

> 书中述欧洲各国国语之兴起,皆足供吾人之参考,故略记之。中古之欧洲,各国皆有其土语,而无有文学(;)学者著述通问,皆用拉丁。拉丁之在当日犹文言之在吾国也。国语之首先发生者,为意大利文……(《胡适留学日记》,1151—1152页)。

胡适的整个新文学和"国语"的观念,其实是建构在"文艺复兴"这个比喻上的。他是看了文艺复兴的历史,再将自己的种种思考整合成类似的历史,并按照这个认识去行动,也依此作书写。胡适对"文艺复兴"之喻可说达到迷恋的程度,1926年11月胡适在英国皇家国际事务研究所做的演讲,就正式以历史叙述方式标举"'中国'文艺复兴"。[4]往后他对新文学运动的历史叙述都一定会借用这个比喻。

目下"文艺复兴"的研究,由于新历史主义的带动,已成为各种文学理论的实验场;[5]然而对于胡适及其同辈而言,他们的理解主要还是受当时西方学界的观念的支配,以欧洲中世纪与文艺复兴时期作二元对立:前者是充满种种束缚限制的时代；后者是觉醒时期，是从黑暗步向光明，步向现代世界的开端。这些观念大抵根源于1860年布卡特(Jacob Burckhardt)的经典著作《意大利文艺复兴时期的文明》(*The Civilization of the Renaissance in Italy*)。到今天布卡特的许多论点已经备受质疑，例如布克(Peter Burke)就把那些二元对立的想象称为"文艺复兴的神话"(the myth of Renaissance)（Peter Burke, *The Renaissance*, 1-6[6]）。

回到中国的情况。即使以传统的解释为据，"文艺复兴"这个概念在欧洲的历史意义，也不尽能配合"五四"前后的文化境况。"文艺复兴"的"复"是指恢复中世纪以前的希腊罗马的文化精神，而欧洲各国以方言土语为国家语言以及伴随的国族意识却是中世纪以后的新生事物。胡适等"五四"时期的文化领袖并没有复兴某一时段中国古代文化的怀旧意识，反而破旧立新才是当时的急务。[7]早在1942年李长之写的《五四运动之文化意义及其评价》一文，就认为"外国学者每把胡适誉为中国文艺复兴之父"，是"张冠李戴"，他认为"五四"运动"乃是一种启蒙运动"（330）。[8]

当时惟一可称得上是"复"的，只有在语言层面所做的"发明"或者"发现"中国的"白话文传统"，并以之为新文学运动承传的遗产（参陈国球，57—60）。这种比附当然也有不恰当的地方，[9]但已经不是"革命时期"的参与者所能细思的了。无论如何，欧洲的语言变革确实触动了胡适的心弦，增强了他的革命信心。他所提出的"国语的文学，文学的国语"的口号，结合了清末的白话文运动以至民国时期的"国语运动"，正如黎锦熙《国语运动史纲》所说："文学革命"与"国语运动"呈双潮合一之势（70—71；又参李孝悌，1—42）。胡适在《建设的文学革命论》中提出、《中国新文学大系·第一集导言》再度引述的论点，特别值得我们注意：

> 我们所提倡的文学革命，只是要替中国创造一种国语的文学。有了国语的文学，方才可以有文学的国语。有了文学的国语，我们的国语才可算得真正的国语。国语没有文学，(便没有生命,)便没有价值，便不能成立，便不能发达（《胡适文存》,1卷57页；姜义华,249）。

近代欧洲民族国家以方言文学建立文化身份的过程,对胡适的"国语文学"说有很大的启发作用。所以看重文学语言的作用,并非简单的"工具论";钱理群等就认为胡适的主张在当时具有特殊的策略意义,在文学革命中成长的"国语",成为"实现思想启蒙和建立统一的现代民主国家的必要条件"(20)。

(三) 文言、白话的"二言现象"

要进一步说明胡适的文学革命与语言的关系,我们可以用社会语言学的"二言现象"(diglossia)说去解释当时的语言境况。[10]据傅格逊(Charles Ferguson)题为"Diglossia"的一篇经典论文所界说:"二言现象"是指在一个言语社群(a speech community)之中存在着两种不同功能阶次的语言异体(language varieties),而这两种异体又可以根据不同的语用而分划为高阶次语体(H or "high" variety)和低阶次语体(L or "low" variety)。[11]

在清末民初的中国,傅格逊所描述的"二言现象"非常明显:[12]"文言"是属于庙堂的、建制的 H,"白话"是民间的、非公用的 L。以林纾为例,他自己曾写过不少白话文,但这是为启导"下愚"而写的。[13]至于胡适等人的主张,在他眼中,是"行用土语为文字",依此则"都下引车卖浆之徒所操之语,按之皆有文法"(《致蔡鹤卿书》,见薛绥之等,88),这是他完全不能接受的。于是分别写了论文《论古文白话之相消长》厘清两种语体的历史功能,又写小说《荆生》痛骂陈独秀、胡适(薛绥之等,81—82),再写信给北京大学的校长蔡元培大声抗议;这都是当时在不少知识分子心中,H、L 两种语体泾渭分明、不容侵夺的戏剧性表现。正是在这个语言状况下,才会有胡适所领导的"文学革命"——对"二言现象"的功能阶次做出一个重要的调整(repermutation)甚至消灭;将原属 L 的"白话"的位置调为 H,而宣布原来居高位的"文言"是"死文字"。若果这是历史发展的报道,则新的国家语言就正式建立了。可是,如果我们细心考查当时语言运用的情况,"文言"绝对未"死";当前的"白话"还未能完全适应新的位阶,所以胡适等除了要做宣传工作之外,还要进行不少的探索和试验。"怎样做白话文?"在当时还是一个要讨论研究的问题,傅斯年在《新潮》杂志中,以此为题写了探索的文章(傅斯年,1119—1135),而胡适在《中国新文学大系·第一集导言》中的话,也很能显示出运动之不能一蹴而就:

> 我们提倡新文学的人,尽可不必问今日中国有无标准国语,我们尽可努力去做白话的文学。……中国将来的新文学用的白话,就是将来中国的标准国语。造中国将来白话文学的人,就是制定标准国语的人(姜义华,250)。

胡适、傅斯年等人的建议包括:一、讲究说话,根据"我们说的活语言"去写;二、多看《水浒》、《红楼》、《儒林外史》一类白话小说;三、欧化;四、方言化(姜义华,251)。可见这时期的关切点,是"文言"如何被取代,"白话文"还只是一个模糊的概念,是尚在追寻的目标。这个运动的终点确如胡适所宣扬的一样,是一种新的国家语言标准的建立;然而当时只不过是革命的开端,离开行动成功而做历史追述的地步还有距离(参 Ferguson,247)。

(四)"纯净"白话文的追求在香港

以胡适的情况来参照,我们就可以叩问,司马长风对语言形式的执著,是否有深一层的文化政治意义。司马长风在《中国新文学史》上卷提出一种"纯净"语言的要求:

> 笔者认为散文的文字必须纯净和精致,庞杂是大忌。吸收外国语词虽然不可避免,但是要把它消化得简洁漂亮,与国语无殊才好,不可随便的生吞活剥,方言和文言则越少越好(上卷176—177页)。

下卷又反复申说:

> 新文学自一九一八年诞生以来,散文的语言,为两大因素所左右,

一是欧化语,二是方言土话。这两个因素本是两个极端,居然同栖于现代散文中,遂使现代散文生涩不堪。欧化语是狂热模仿欧美文学的结果;方言土话是力求白话口语的结果。这两个东西像两只脚镣一样,套在作家们的脚上,可是因为兴致太高,竟历时那么久,觉不出桎梏和沉重(下卷 144 页)。

在"文学史"中标示这种语言观,表面看来只是白话文的推重,与胡适的说法相去不远。但在历史语境不同的情况下,两者的意义却大有差别。胡适的革命很清楚,是寻找一种新的国家语言,以改变原来的 H、L 并存的"二言现象"。依照这个想法,文言文的 H 地位不但要被推翻,它在社会的一般应用功能也要取消。在"国语"建立的过程中,除了要向他构筑的"白话文学传统"学习之外,还有必要参酌欧化和方言化的进路。但司马长风则强烈排斥欧化和方言化的倾向。原因是什么呢? 我们或者应该考察一下司马长风所面对的语言环境及其文化政治状况。他在全书开卷不久,解释文学革命以前的语言环境时说:

古文(文言文)是科考取士的根本,是士人的进身之阶,与富贵尊荣直接相关。这正如今天的香港,中文虽被列为官方语文,只要仍是英国的殖民地,重视英文的心理就难以消失,因为多数白领阶级,要依靠英文讨生活。道理完全一样(上卷 25 页)。

这段话向我们透露了一个讯息:司马长风的"文学史"论述不是一段抽离自身处境的第三者的"客观"报道。他的叙述体本身就包藏了不少的社会文化意识。司马长风将文言文的地位与香港的英文相比,就是其中一个值得注意的现象。在 70 年代以前,香港存在的不是傅格逊所描述的"经典二言现象"(classical diglossia),[14]而是如费什门(Joshua Fishman)所定义的"广延二言现象"(extended diglossia)。[15]在这个殖民地之内,高(H)低(L)位阶的语体不再是同一语言的异体,而是本无语系关联的英语和粤语。社会上的华裔精英以英语作为政府公文、法律甚或高等教育的通用语体;而粤语则是普罗大众的母语,最贴近日常生活的语言。[16]当然香港的语言环境中还有以普通话(或称国语)为基础的中文书面语,看来是一种"三言现象"(triglossia)或者"复叠二言现象"(double overlapped diglossia)(Mkilifi,129-152;Fasold,45),但实际上在70年代的香港,这第三语体的运用并不全面,因为香港的华人一般都沿用粤语去诵读这种书面的"雅言",通晓北方官话的口语及其书面形式的,只属少数。

准此,我们可以检视"白话"和"白话文"在香港的特殊意义。"白话"在中国其他地区往往是指口语,而"白话文"与口语的密切关系,就如胡适和傅斯年《怎样做白话文》所说,"白话文必须根据我们说的活语言,必须先讲究说话。话说好了,自然能做好白话文"(姜义华,251;参傅斯年,1121—1127)。但在香港,"白话"只与"白话文"一词连用,而"白话文"(或称"语体文")是与日用语言有极大距离的北方官话相关的,是在学校的语文课内学习而得的。对于以粤语为母语的香港人来说,这种书面语并没有"活的语言"的感觉。

可是,如司马长风这样一个成长于北方官话区的文化人,当南下流徙到偏远的殖民地时,面对一个高位阶用英文、日用应对用粤语的语言环境,当然有种身处异域的疏离感。他反对欧化、方言化的主张,正好和他所面对的英文与粤语的环境相对应;[17]"白话文"就是他的中国文化身份的投影。

这个民族文化传统的意识更显示在"文艺复兴"概念的运用上。司马长风在《中国新文学史》的开卷部分,引述胡适1958年的演讲《中国文艺复兴运动》和《白话文学史》卷首的《引子》,说明中国有上千年的"白话文学传统","文学革命"也就是"文艺复兴":

> 照我们以往顺着"文学革命"这个概念来看,新文学是吸收西方文学,打倒旧文学的变革过程。现在既然知道,我们自己原有白话文学的传统,那么上述的变革方式显然存在着重大的缺点。因为单方面的模仿和吸收西方文学所产生的新文学,本质上是翻译文学,没有独立的风格,也缺乏创造的原动力,而且这使中国文学永远成为外国文学的附庸。……
>
> 我们必须深长反省。首先要决然抛弃模仿心理和附庸意识,应该

回过头来,看看自己的传统——尤其是白话文学的传统。我们的传统不止有客观的价值;而且每一中国作家有继承的义务(上卷 2—3 页)。[18]

经胡适的建构,白话文学有一个悠久的传统,因此又可以承担起民族意识的重责。对于胡适来说,这个"白话文学传统"是为革命开道的一种方便,一种手段,他的重点在于新生的新文学。对于司马长风来说,这个"传统"的符号意义,却是一种回归,是漂泊生涯中的一种盼望。究其实,他并没有真的认为新文学史是一段"中国文艺复兴"的历史,他只是借用胡适的概念来作历史回顾的判准,甚至是为还未出现的文学理想定指标:

现在我们来清理源头,并不是想抹杀过去的新文学,而是重新估评新文学;以及从新确定今后发展的路向。我们发觉凡是经得起时间考验的作品,都是比较能衔接传统,在民族土壤里有根的作品(上卷 3 页)。

(五) 司马长风的"乡愁"

在司马长风的时空里,白话文的作用不在于回应当前的政治现实,而只在于建构内心的"中国想象",或者说是,重构那份乡土的回忆:

文学革命时期,本有现成而优秀的散文语言,那就是水浒传、红楼梦、儒林外史,传统白话小说的散文语言,胡适曾有气无力的提倡过,可是没有认真的主张,遂令那些作家们,在欧化和方言土话中披荆斩棘,走了一条艰辛的弯路。这条弯路,到了李广田的《灌木集》才又回归了康庄大道。在《灌木集》中,罕见欧化的超级长句,翻译口气的倒装句;也绝少冷僻的方言土话,所用语言切近口语,但做了细致的艺术加工。换言之,展示了新鲜圆熟的文学语言,也可以说,重建了中国风味的文学语言(下卷 144 页)。

"传统白话小说的语言",不用"欧化"句子、不掺杂"方言土话",就是"中国风味的文学语言"的基础,这是司马长风的文学理想。然而在香港,白话文是以外地方言为基础的书面语,与在地有空间的距离;白话文学传统以《水浒》、《红楼》为依据,与当下又有几百年的时间区隔。白话文只能透过教育系统进入香港的文化结构。香港的语言环境与司马长风的中国想象有很大的冲突,可是司马长风却对此不舍不弃,甚至要努力将这个中国想象纯洁化——要求文学语言的"纯",排斥驳杂不纯的"欧化"和"方言化"现象:

> 二十年代后起的作家如萧乾、何其芳、李广田、吴伯箫等,一开始就以纯白的白话,纯粹的国语撰写他们的篇章,他们是崭新的一代(中卷156页)。

我们从未见过胡适标榜"纯净"的文学语言,可是在司马长风的眼中,"纯净"的语言,可以神话化为中国的乡土:

> 《在酒楼上》所写的景物、角色以及主题都满溢着中国的土色土香……,都使人想到《水浒传》,想到《儒林外史》或《三言二拍》里的世界,在在使人掩卷心醉。在这里没有翻译文学的鬼影,新文学与传统白话文学衔接在一起(上卷152页)。

从司马长风的论述看来,语言已不只是形式、工具,它可以与"人民"、"亲情"绾合,升华为"民族"、"乡土":

> 《边城》里所有的对话,真正是人民的语言,那些话使你嗅出泥味和土香(中卷39页)。
> 中国文学作品特重亲情和乡愁(下卷155页)。

中国文学与"亲情"、"乡愁"的关系,司马长风并没有做确切的论证,只是直感的综合,可是司马长风自己的确"特重"乡愁。他有两本散文集都以"乡愁"为名,分别题作《乡愁集》和《吉卜赛的乡愁》,在另一本散文集《唯情论者的独语》中有《不求甚解的乡愁》一文,文中说:

> 甚么是乡愁?苏东坡词中有"故国神游"四字,足以形容。我们些〔这?〕些黄帝的子孙,都来自海棠叶形的母土。我们的脑海里、心里和血里,都流满黄河流域的泥土气味;我们对于孔子,远比耶稣亲切,对王阳明远比对马克斯熟悉;我们的英雄是成吉思汗,不是亚历山大;最使我们心醉的是《水浒传》和《红楼梦》,不是《异乡人》和《等待果陀》,……因为我们是黄帝的子孙,是地道的中国人!说到这里,只有一团浓得化不开的情绪,再无任何道理可讲了(149)。

在这段抒情的话语中,我们可以看到《水浒传》、《红楼梦》等司马长风一直挂在口边的传统白话文学的位置,这是他的"乡愁"的主要元素。当他的身边只是些"国语讲得不好"的、"没有余力亲近白话文学"的香港人时(《新文学丛谈》,23、42页),他的"乡愁"自然更加浓重了。他在50岁时误以为得了绝症,写了遗言似的《噩梦》一文,当中有这样的话:

> "再会了,香港人!"不禁想起了二十七年来在这里的生活。生在辽河,长在松花江,学在汉江,将终在香江,香港虽小,也算是世界名城,她不但美如明珠,并且毗连着母土!呵!小小的香港,你覆载我二十七年,是我居住最久的地方,也是最没有乡土感的地方,现在觉得实在对不起你(《绿窗随笔》,63页)。

香港虽是司马长风一生居住最久的地方,但他总觉得是在异乡作客,因为他心中存有一个由回忆和想象合成的,包括语言、文化、风俗、民情的中国乡土。套用他自己的话作比喻,可以这样总结《中国新文学史》全书:

> 书中什么也没有,只有一缕剪不断的乡愁(下卷84页)。

正是这一缕乡愁,蕴蓄了司马长风"文学史"书写的文化意义。

二 诗意的政治:无何有的"非政治"之乡

(一) 美文、诗意、纯文学

除了对"语言"的重视之外,司马长风《中国新文学史》最惹人注目的一个特色就是"纯文学"的论述取向(王剑丛,35—36;许怀中,67;王宏志,113、117)。这和他要求语言的"纯"有类似的思考结构,但也有不同方向的文化政治意义,我们预备在此做出探析。所谓"纯文学"的观念,一般就简单地判为西方传入的观念;其实即使在西方,这也是近世才逐渐成形的(Widdowson, 26-62)。文学在西方的早期意义与中国传统所谓"文质彬彬"的"文"或者"孔门四科"的"文学"都很相近,与学识、书本文化相关多于与抒情、审美的联系。[19]"纯文学"的出现一方面可以说是从"排他"(exclusion)的倾向而来;另一方面也可以说是从"美学化"(aestheticization)的步程而来。所谓"排他"是指在其他学科如宗教、哲学、历史等个别的价值系统确立之后,各种传统的文化文本("经籍")以及其嗣响,在18世纪以还,纷纷依类独立,所剩下的"可贵的"文化经验只能够由"美学价值"支援。与此同时,从18世纪后半到19世纪中叶,康德、黑格尔、席勒(Johann Schiller)、柯尔律治(Samuel Taylor Coleridge)等的"审美判断"、"美感经验"等论述在欧洲相继面世,文学就以语言艺术的角色,承纳了这种论述所描画或者想象而成的特殊、甚而是神秘的能力。从此现代意义的"文学"就以这个特征卓立于其他学科之外。[20]

司马长风的"纯文学"应该与这些近代西方的观念有比较密切的关系,因为中国传统的诗文观(无论是"言志"还是"兴观群怨",又或者"载道"、"征圣")都是以社会功用的考虑为主流,而他则主张撇开这些思想文化或者道德政治的考虑。他在讨论鲁迅时,力图把杂文从"文学史"论述的范围"排除"出去:

在"为人生"的阶段,他(鲁迅)创造了不少纯文学的作品,尤其在散文方面《野草》和《朝花夕拾》,为美文创作留下不朽的篇章。可是自参加"左联"之后,他不但受所载之道的支配,并且要服从战斗的号令,经常要披盔带甲、冲锋陷阵,写的全是"投枪"和"匕首",遂与纯文学的创作不大相干了(中卷111页)。

直到一九三〇年二月"自由大同盟"成立、三月"左联"成立后,(鲁迅)始将大部分精力投进政治漩涡,几乎完全放弃了纯文学创作。从那时起到一九三六年逝世为止,除写了几个短篇历史小说之外,写的全是战斗性的政治杂文,那些东西在政治史上,或文学与政治的研究上,有其独特的重要性,但与文学便不大相干了。……其实在那个年代,他绝无意趣写什么散文,也更无意写什么美文,反之对于埋头文学事业的人,他则骂为"第三种人",痛加鞭挞。在这里我们以美文的尺度来衡量他的杂文,就等于侮辱他了(中卷148页)。

照司马长风的说法,"美文"是属于"纯文学"范畴之内的文类,而"投枪"、"匕首"一类的"战斗性的政治杂文"却是不同领域的语言表现。我们应该注意,司马长风在这里并没有否定鲁迅杂文的价值,只是说不能用"纯文学"("美文")的尺度为论,可知这是有关价值系统的选择和认取的问题。此外,在讨论"文以载道"的弊端时,司马长风正式表示自己的立场:

> 我们……是从文学立场出发的,认为文学自己是一客观价值,有一独立天地,她本身即是一神圣目的,而不可以用任何东西束缚她、摧残她,迫她做仆婢做妾侍(上卷5页)。

他又反对"为人生的文学",因为这个主张:

> 破坏了文学独立的旨趣,使文学变成侍奉其它价值和目标的妾侍(上卷8页)。

这是"文学自主观"(the autonomy of literature)的宣示。夏志清曾经批评说：

> 文学作品有好有坏，……有些作品，看过即忘，可说是一点价值也没有，实无"神圣目的"可言。……世上没有一个"独立天地"，一座"艺术之官"(276)。

其实夏志清的切入点与司马长风不同。夏氏讲的是个别的作品，而司马长风所关注的是作为集体概念的"文学"，在回应批评时他就表明了这个"独立旨趣"是经由"排除"过程而来：

> 我所说的"文学自己是一客观价值，……"这几句话，乃针对具体的情况，有特殊的意义。具体的情况是有许多的"道"，欲贬文学为工具，特殊意义是争取维护文学独立、创造自由。(《答复夏志清的批评》，95页)

所谓"许多的'道'"就是指不同的价值系统；在排拒了这许多不同的系统之后，所剩下的正是那神秘的、缥缈的、"无目的"(disinterested)的"美感价值"。[21]司马长风推崇"美文"的基础就在于"美"的"无目的"性质，没有"实用"的功能。我们只要看他对新文学各家"美文"的实际批评，虽然反复从文字或内容立说，[22]但其归结总不离以下一类的评语：

(评周作人《初恋》)美妙动人(上卷178页)。
(评徐志摩《死城》)这篇散文真美(上卷181页)。
(朱大楠散文)文有奇气，极饶诗情，有一种凄伤的紫魂之美(上卷185页)。
(何其芳散文)作品集合中西古典文学之美(中卷114页)。
(冯至《塞纳河畔的无名少女》)人世间从未有这么美的文字，……所谓美文，以往只是一空的名词，现在才有了活的标本(中卷124页)。

废名(散文)——孤独的美(中卷129页)
朱湘(散文)——美无所不在(中卷155页)

司马长风并没有对各家(或各篇)散文之"美"的内容,理出理论的解说,但当他在进行感性的阐发时,所说的"美"往往指向一种超乎文类的性质——"诗意":

(徐志摩的)散文比他的诗更富有诗意,更能宣泄那一腔子美和灵的吟唱(上卷180页)。
(何其芳)以浓郁的诗情写诗样的散文(中卷114页)。
(何其芳的散文)词藻精致诗意浓(中卷118页)。
朱湘的散文也和徐志摩相似、诗意极浓(中卷154页)。
(无名氏《林达与希绿断片》)显然超越了散文,这是诗(下卷158页)。

这种"诗意"的追寻,甚至延伸到小说的阅读,例如论鲁迅的《故乡》:

字里行间流露着真挚的深情和幽幽的诗意。这种浓厚的抒情作品,除了这篇《故乡》,还有后来的《在酒楼上》(上卷107—108页)。

又谈到郁达夫的小说:

《迟桂花》较二者(《春风沉醉的晚上》、《过去》)更有气氛,更有诗意;若干描写凝吸魂魄(中卷79页)。

再而是连戏剧的对话与场景都以当中的"诗意"为论,例如读田汉的《获虎之夜》:

这一山乡故事,约两万字长的独幕剧,一口气读完不觉其长,极其美丽动人,许多对话、场景饶有诗意(上卷223页)。

论李健吾的《这不过是春天》:

> 这段对话,自然,美妙,诗情洋溢,映衬了"这不过是春天"的情趣(中卷296页)。

更能说明问题的,是他对诗歌的论析;他索性将"诗意"从诗的体类抽绎出来,诗与"诗意"变成没有必然的关联。例如他评论田汉的诗《东都春雨曲》说:

> 有诗意,像诗(上卷103页)。

评废名的《十二月十九日夜》说:

> 诗句白得不能再白,淡得不能再淡,可是却流放着浓浓的诗情(中卷203页)。

在评论艾青的《风陵渡》时却说:

> 既没有诗味,也没有中国味,……不像诗的诗(下卷202页)。

评李白凤的《小楼》时说:

> 诗句虽有浓厚的散文气息,但诗意浓得化不开(下卷232页)。

诗有可能没有"诗味",散文、戏剧可以充满"诗意",可见在司马长风的论述中,"诗意"这种本来是某一文类(诗)所具备的特质,被提升为超文类的"文学性质"(literariness),其背后作支援的,当是非功利的"美感价值"。这种情况会让我们想起注重文学本体特质的英美新批评家如艾略特（T. S. Eliot）、瑞恰慈（I. A. Richards）、布鲁克斯（Cleanth Brooks）等，都倾向以诗的特性来界说文学，俄国形式主义理论和布拉格的结构主义理论的文学观也是围绕诗的语言（poetic language）和诗的功能（poetic function）来立说（Eagleton, *Literary Theory*, 50-52、98-99）；照伊格尔顿（Terry Eagleton）的分析，这是因为相对于小说戏剧等文类，诗最能集结读者的感应于作品本身，更容易割断作品与历史、社会等背景因素的关系（51）。司马长风"寻找诗意"的政治意义，也可以借伊格尔顿的理论来做说明。但他自己的解说是：

> 诗是文学的结晶，也是品鉴文学的具体尺度。一部散文、戏剧或小说的价值如何，要品尝她含有多少诗情，以及所含诗情的浓淡和纯驳（中卷37页）。

以"诗"的成分去量度其他文学体裁，当中实在有许多想象的空间，而"诗意"、"诗情"除了可知是与"美"相关之外，究竟是何所指，也有待进一步的界定。或者我们可以对照参考司马长风另一段关于"文学尺度"的解说：

> 衡量文学作品，有三大尺度：一是看作品所含情感的深度与厚度，二是作品意境的纯粹和独创性，三是表达的技巧（下卷100页）。

正如上文所言，司马长风排拒就政治或社会意义为文学立说；他所注重的方向是：一、文学与情感抒发的关系（"含有多少诗情"、"情感的深度与厚度"）；二、这些情感经验如何在文学作品中措置（"浓淡"、"纯驳"、"表达技巧"）。至于"意境"，在中国传统文学理论中一般是指文学作品整体的艺术效果，是美感价值的判定，但在司马长风的论述中则是指文学家由触物而生的感怀、经想象提升为艺术经验，但尚待外化为具体艺术成品的一种状态：

> 诗人从生活得到感兴，经过想象升为意境，再经字句锻炼成为诗。形成次序为下：生活→感兴→意境→诗。感兴来自生活，生活是人生的

具体表现,自然会反映人生;无须说,"为人生而艺术";而从感兴到意境,再从意境到诗,是艺术的进程,必须倾力于艺术技巧,这就是艺术本身,又何须说:"为艺术而艺术"?(下卷320页;又参《感兴·意境·词藻》,《新文学史话》,86—87页)

这个环节可以是美学思考的一个重点,[23]但司马长风只轻轻一笔带过,并未就其作为"量尺"的可行性做出足够的解释;依司马长风的简述,我们充其量只能从具体成形的文学作品入手,按其所带给读者的美感经验,还原为想象中作者曾有过的艺术经验(就是司马长风定义的"意境")。这把衡度的量尺其实没有另外两个标准那么容易检视;在司马长风的批评实践当中,运用的频率也相对地少。

所以说,司马长风对文学性质(或者"诗意")的观察点,主要还是离不开主体的"情"和客体的"形式"。后者是"纯文学"论的重点,我们可以先做剖析。司马长风并不讳言对"形式"的重视,他说:

> 任何艺术,都免不了一定的形式,否则就不成艺术了。但形式并非一成不变。创新形式正是大艺术家的本领(中卷186页)。

这份对"形式"的重视,又可以结合他常常提到的"纯"的追求;例如他在讨论郁达夫的散文理论时说:

> 散文的要旨在一个"纯"字,文字要纯,内容也要纯。不能在一篇文章里无所不谈,而是要从宇宙到苍蝇,抓住一点,做细致深入、美妙生动的描述(上卷177页)。

批评何其芳的散文《老人》时又说:

> 散文最重要的原则是一个"纯"字。对旨趣而说,须前后一贯,才能元气淋漓,大忌是支离;对文字来说,朴厚,耐得寻味,切忌卖弄或粉饰

(中卷116页)。

所谓"内容"的纯、"旨趣"的纯,都是指内容结构的统一,仍然是形式的要求。司马长风就是用这种论述,将本来指向历史社会现实的课题导引到形式的范畴。[24]至于"文字"的纯,无论是上文讲的国语方言的问题,还是文字风格的要求,都属于形式的考虑。

但司马长风却不是个非常精微的"形式主义"者。尤其是对诗的形式要求,他的主要论述只停留在格律的层次:

> 不论哪个国家,哪个时代的诗人都会知道,诗的语言绝对不是自然的口语,必须经过致密的艺术加工。……所谓艺术的加工,便是诗的格律,换句话说,要讲求章句和音韵,否则便没有诗(上卷50页)。

由是新月派的格律诗主张便成了司马长风诗论的归宿:

> 唯独诗国荒凉寂寞,直等闻一多,徐志摩等新月社那群诗人出现,才建立了新诗的格律,新诗才开始像诗(上卷51页)。

又说他们代表"新诗由中衰到复兴"(上卷190页)。其他诗人如冯至以卓立的形式、徐訏以近乎新月派的风貌,都赢得司马长风的称赏:

> 诗句韵律虽异于中国传统的诗词,但是铿锵悦耳,形式与内容甚是和谐,自新月派的格律诗消沉之后,这是最令人振奋的诗了。……诗所以别于散文,诗必须有自己的格调,那么,十四行诗比自由诗更像诗,更有诗味(下卷191—195页)。

> 徐訏的诗,无所师承,但从风貌看与新月派极为接近。……由于音节、排列和词藻,都这样顺和古典和现代的格律,徐訏的诗遂有亲切悦人的风貌,特具吸引读者的魅力(下卷218页)。

当然司马长风在赞扬新月派的时候也有说过他们"创格"的"格","不止是格律和形式,也是格调、风格"(上卷191页);但他也没有做进一步的阐发。事实上司马长风也不擅长这方面的思考。据我们的推想,司马长风所指应该是结构形式的效应,照这样的思路,才能从形式层面提升到他所常标举的"诗意"、"诗味"的美感范畴。

(二)"即兴以言志"的抒情空间

相对来说,司马长风于形式客体的论述,比不上他对文学主体层面——"诗情"或者"情"——的探索那么富有兴味。比较精微的形式主义论述如俄国形式主义以至法国的结构主义,都尽量疏离文学的主观元素,以求科学的"客观"精密。只有新批评前驱的瑞恰慈,对诗与情感的关系做了本质的联系。他认为诗是"情感的语言"(emotive language),而不是"指涉的语言"(referential language)。[25]瑞恰慈的理论基础是:文学(诗)足以补科学之不足,这种情感语言正好是科学实证世界的一种救济。这其实是一种文学功利主义和美学主义的结合(Eagleton, *Literary Theory*, 45-46)。

司马长风的论述却另有指向,我们可以从他标举的"美文"开始说起。司马长风视为"纯文学"表征的"美文",在他笔下却又是"抒情文"的别称。他在申论《中国新文学大系》的散文卷导言时说:

> 散文应以抒情文(美文)为主是不易之论(上卷176页)。

在《何其芳确立美文风格》一节又说:

> 抒情文——美文是散文的正宗,叙事文次之,这是必须确立的一个原则(中卷118页)。

由这个好像不解自明的等同,可知在司马长风心目中"抒情"与"美"及"纯文学"的关系非常密切。正如上文所论,司马长风所刻意追寻的"诗意"和"诗

情",就是文学性质(literariness);看来"抒情"的表现就是这种性质的主要特征。他在论鲁迅的《故乡》时说:

> 字里行间流露着真挚的深情和幽幽的诗意。这种浓厚的抒情作品,除了这篇《故乡》还有后来的《在酒楼上》(上卷107—108页)。

后面论《在酒楼上》又说鲁迅"流露了温润的柔情"(上卷150页)。有时司马长风更会将"情"的"文学性"位阶定于结构语言之上,他在比较鲁迅与郁达夫的短篇小说时,就判定郁达夫作品的"文学的浓度和纯度"较优,因为当中有"情":

> 鲁迅的作品篇篇都经千锤百炼,绝少偷工减料的烂货,但是郁达夫则有一部分失格的作品;在谨严一点上,郁达夫不及鲁迅。但是,郁达夫由于心和脑无蔽,所写的是一有情的真实世界,而鲁迅蔽于"疗救病苦"的信条,所写则多是没有布景,缺乏彩色的概念世界;在文学的浓度和纯度上,鲁迅不及郁达夫(上卷159页)。

司马长风在很多地方都提到自己是"唯情论者"[26],在《中国新文学史》中确实是"唯情"到"感伤"的地步,书中常有"深情似海,赚人眼泪"(上卷182页)、"至情流露,一字一泪"(中卷142页)、"一往情深"(下卷152、199页)一类的评语。我们在经过现代主义的洗礼之后,可以很轻松地批判司马长风的"感伤主义"(sentimentalism)。不过,这种批评可能比司马长风还肤浅。因为我们忘记了司马长风"感伤"背后的意义:其中最重要的是他以"抒情"或者说"缘情而绮靡"的主张,去与现实世界做连接,而又抗衡了中国现代"文学史"主流论述的"政治先行"观点。

司马长风主张文学自主、独立,但他没有把文学高悬于真空绝缘的畛域。作者在整个文学活动中的作用,就是司马长风所赖以打通文本内的艺术世界与文本外的现实世界的主要通道。他在评论朱自清的诗论时说:

第六章 诗意与唯情的政治

> 从文艺独立的观点看,……文艺基本是忠于感受;不从感受出发,无论是玩弄技巧,或者侍候主义,都是渎亵文艺(下卷332页)。

他又赞赏刘西渭在《咀华二集》的跋文中的话,说是"维护文学的独立自主",因为刘西渭认为文学批评家有其特定的责任:

> 〔批评家的〕对象是文学作品,他以文学的尺度去衡量;这里的表现属于人生,他批评的根据也是人生(下卷340页)。

可见司马长风所界定的"文学的独立",正在于作品能显出对人生的忠实感受。这种"忠于感受"的表现理论(expressive theory)(参 Abrams, 21-26),更具体的表述见于他对周作人的文艺观点的剖析。他先说周作人在1923年放弃了《人的文学》的"为人生的文学"的主张,提出"文艺只是表现自己"(上卷121、231页),再阐发周作人在《中国新文学大系》的散文卷导言和《中国新文学源流》中的"载道"和"言志"的观念。周作人原来的说法是:"文学最先是混在宗教之内的,后来因为性质不同分化了出来",因为"宗教仪式都是有目的的",而文学"以表达出作者的思想感情为满足的,此外再无目的之可言"(《中国新文学的源流》,14—17页)。他把文学表达思想感情的性质概称为"言志"。与此对立而在中国文学史上互为起伏的文学潮流是"载道",其产生原因是:

> 文学刚从宗教脱出之后,原来的势力尚有一部分保存在文学之内,有些人以为单是言志未免太无聊,于是便主张以文学为工具。再借这工具将另外的更重要的东西——"道",表现出来(17)。

周作人的理论可说是非常粗糙;钱钟书在一篇书评中,指出周作人根据"文以载道"和"诗以言志"来分派是很有问题的,因为在中国文学传统中"诗"和"文"本来就属于不同的门类,"载道"与"言志"原是"并行不悖"的(《〈中国新文学的源流〉书评》,83—84页)。再者,"言志"说在传统诗学思想中往往包含道德政治的目的,[27]与此相对的"诗缘情"说反而更接近周作人的主张(参裴斐,18—22、97—105页)。司马长风的"文学表现说"正是"言志"与"缘情"的混成物。周作人又提到：

> 言志派的文学,可以换一名称,叫做"即兴的文学",载道派的文学,也可以换一名称叫做"赋得的文学"(38)。

司马长风受到这些概念的启发,建立了一个层次分明的架构,很能说明他的思路,值得在此详细地引述：

> 载道是内容的限制,赋得是形式的限制,有了这一区别,可产生下列四组观点：
> （一）赋得的载道
> （二）即兴的载道
> （三）赋得的言志
> （四）即兴的言志
> 赋得的载道,是说奉命被动的写载道文章；即兴的载道,是说自觉主动的写载道文章；这种文章虽然载道,为一家一派思想敲锣打鼓,但他对这一家思想有自觉的了解、自愿的向往；道和志已经合为一体,这样的载道,也可以说是言志。虽是载道文字也有个性流露,因为有自觉尊严,绝不肯人云亦云。……
> 赋得的言志,直说是被动的言志,确切的说(是)有限度的言志,……有些人受了外界的压力或刺激,把自己的心灵囚于某一特定范围,不再探出头来看真实的世界。……
> 即兴的言志,是说既不载道,思感也没有"框框",这才是圆满的创作心灵(中卷110页)。[28]

司马长风很满意这个论说架构,认为自己"把周作人的言志论发挥尽致"(《周作人的文艺思想》,270页)。事实上,这个架构的确比周作人的简单二分来得精微,而且能显示司马长风的文学观点。

对于周作人来说,"言志"与"载道"本来是从"文学的功用"立论,其焦点在文本以外。意思是"载道"的文学于社会有其宗教或者道德的作用;"言志"的文学于社会就欠缺这种作用的力量。他说"文学是无用的东西"正是以"言志"为文学的正途,"载道"为偏行斜出。司马长风则以"内容的限制(或无限制)"去诠释"载道"(或"言志"),"限制"如果是一种文学活动的操作过程,则"内容"云者,转成了文本内的语义结构。这个关节就是优秀的形式主义者最令人惊叹的地方;至此,文本外的历史社会指涉就可以存而不论。可是司马长风并没有停留于这个转化程式;认真来说,这部分工作也不是他的专长。他再以"形式的限制(或无限制)"去诠释"赋得"(或"即兴"),吊诡的是这个"形式"正与一般理解的文学形式相反,是指文学活动所受的、外加的"限制"。这些制约的宽紧有无,据他的诠释,直接或间接影响了"言志"或者"载道"(文本的内容)的美感价值。[29] 由此看来,在这个论述架构内的两组元素无疑是处于互相依存的关系,可"即兴"、"赋得"甚或比"言志"、"载道"重要,[30] 因为这是司马长风的"文学独立自主说"跨越形式主义藩篱的通道。在此,我们可以见到司马长风在《中国新文学史》中一切的痛陈哀说。

以创作主体的"忠于感受"为论,文学的思辨中自然会介入所"感受"的"生活"。沿着这个方向再进一步,就会继续探索创作主体与外在环境的不同接合方式。司马长风对何其芳的"风吹芦苇"和闻一多的"钢针碰留声机片子"的比喻十分着迷,曾多番引述:

我是芦苇,不知那时是一阵何等奇异的风吹着我,竟发出了声音。风过去了我便沉默。

诗人应该是一张留声机的片子,钢针一碰它就响。他自己不能决定什么时候响,什么时候不响(中卷 115 页;又参中卷 176 页;下卷 320 页;《新文学丛谈》,52 页;《新文学史话》,103 页)。

他觉得闻一多的创作是:

> 无囿无偏,保持圆活无蔽的敏感,无论是族国兴亡,同胞福祸,还是春花秋月,皆有感有歌,不单调的死唱一个曲子(中卷201页)。

对这种"即兴以言志"的更具体的论说是:

> 把文艺回归"自己的表现",……每个自我都对时代有所感受,都可能反映时代的苦难,换言之也自然有鲁迅所说"揭出病苦"、"引起疗救"的作用,不过自我的感受不受局限,作家的笔端也不受束缚;除了这些之外,他仍可以表达爱情、兴趣、自然、和整个的宇宙人生;所谓"天高海阔任鸟飞"(上卷231—232页)。

(三)"怵目惊心"的"政治"

"风吹芦苇"、"风拨琴弦"都是浪漫主义的遐想;[31]但司马长风的浪漫感伤不是无病的呻吟,却是惊悸之余的哀鸣。他所体会的中国新文学的现实处境是困厄重重的:

> 政治是刀,文学是花草;作家搞政治,等于花草碰刀;政治压文学,如刀割花草。不幸,中国现代文学,一开始就跟政治搞在一起了。叶绍钧曾说:"……新文艺从开始就不曾与政治分离过,它是五四运动时开始的,以后的道路也不曾与政治分开。"因此,政治伤害和折辱文学的悲剧就不断上演。三十年代南京当局对左翼作家的镇压,固使人怵目惊心,但是在抗战时期的四十年代初,由于国共两党交恶,政治之刀又在作家的头上挥舞了(下卷34—35页)。
>
> 大敌当前,救亡第一。面对伦理的和政治的要求,一切艺术的尺度都瘫痪了,苍白了。这个漩涡自九·一八形成,经一·二八,七七事变,越转越强,到了抗战后半期,由一个漩涡变成两个漩涡,一是抗日战争的冲击形成的漩涡,二是国共摩擦的冲击形成的漩涡。战后,前一漩涡消

失了,后一漩涡,则继续约制了历史的洪流(下卷317—318页)。

从一九三八到一九四九,在文坛上是社会使命、政治意识横流的时代(下卷223页)。

司马长风在《中国新文学史》中绝对没有回避政治历史的叙述,而且不乏态度鲜明的政治判断;尤其面对抗日战争的时候,他甚至连文学化为宣传都认为值得原谅:

当整个的民族,被战火拖到死亡边缘,触目尸骇〔骸〕、充耳哭号的情景,……纵然混淆文学和宣传,是可悲的谬误,但实在是难免的谬误,对那一代为民族存亡流血洒泪的作家,我们只有掬诚礼敬(下卷182页)。

对于"左派作家"的作品,他也尽其所能去做评论。比方说他对曾获得斯大林文艺奖的丁玲小说《太阳照在桑干河上》,有这样的评论:

这部小说一直得不到公允的品鉴,多以为是典型的政治小说,其实并不尽然。基本上虽是政治小说,主题在反映一九四七年前后,中共的土地改革,但是在人物、思想、情节诸多方面,都表现了独特的个人感受,颇有立体的现实感,读来甚少难耐的枯燥,具有甚高的艺术性。同时,作者贯注了全部的生命,每字每句都显出了精雕细刻的功夫(下卷120页)。[32]

当然我们可以不同意他的评价,甚至可以怀疑他的品味,但总不能说他盲目排斥含有政治意味的文学作品。值得注意的是,"忠于感受"、"表现自己"的主张,使他的文学观没有在"民族大义"或其他的政治重压下破产。他仍然坚持争取一个抒情的空间:

禁制爱情和自然入诗,是一时的呢,还是永久的(?)例如到了国泰民安的时代,是不(是)也照旧禁制呢?但无论一时的或永久的,都违反文艺的原则。我绝不相信,在苦难的时代,人们不恋爱,不欣赏自然之美。把任何实有的感受加以禁制或抹杀,都会伤害文艺生命(中卷181页)。

在《中国新文学史》中,他努力地翻寻挖掘那虚幻的"独立作家群",正是为了体现"即兴的言志"的构想。[33]这许多的评断和取舍的背景就是司马长风的幽暗意识。[34]在他的意识中,"政治"已成"怵目惊心"的刀斧,文学家处身于"是非混淆"的"漩涡"、"横流"之中。[35]司马长风自己的心境很难说是平静的,但他却刻意去追寻文学史上的平静;例如他非常珍视李长之的"反功利"、"反奴性"的主张,说"在那个是非混淆的漩涡时代",李长之的话是"金石之音,不易之理,是极少数的清醒和坚定"(下卷344页)。《中国新文学史》在"全书完"三字之前的终卷语是这样的:

在饥求真理(下意识的救世主)的社会,在激动的漩涡的时代,遂引起殊死的争论,终导致残酷的政治镇压。这是无可如何的悲剧(下卷356页)。

司马长风自处于这种阴暗、沉重的气压下,他所讲求的"文学自主",其实只是一种设想、一分希冀。他个人的历史经验让他在南天一角的香港仍然怀抱家国之痛。[36]可以说:他期待的"任鸟飞"的"海阔天高"不在他寄身的殖民地香港,也不在海峡两岸,而只会是一个符码(signifier),它的所指(signified)是"文学的独立自主"。当这个符号再成符码,其所指就是他翘首盼望的、遥不可及的那个"自由、开放的社会",那种"国泰民安"的生活。[37]然而这亦不过是巴尔特(Roland Barthes)所定义的"神话"罢了(*Mythologies*, 115)。

(四)"政治化"地阅读司马长风

司马长风的"文学非政治化"的主张,正如一切主张"文学自主"、"艺术无目的"的学说,当然具有深刻的政治意义,这已是不需深究就可知的。可是这却成了学者们表现评论机智的机会。例如有学者批评说:

> 这种"远离政治"的观点,看来似乎是要脱离任何政治,但其实也是一种政治(许怀中,69)。

又有评论说:

> 本意或在于希望文艺能摆脱政治;他大概未曾想到,结果却是使自己的书因浓厚的政治批判色彩,也显得相当政治化(黄修己,426)。

更严厉的批判是:

> 司马长风只不过是以另一种政治来代替中国大陆出版的新文学史里所表现的政治思想吧(王宏志,136)。
> 单纯地把文学和政治截然划分,还会带来一个危险,便是把一些曾经发生重大影响的作品排斥出来,这其实跟以狭隘的政治标准来排斥作品没有多大分别。……这其实就是我们在上文提到,司马长风以一种看来是"非政治"的态度来达到政治的效果,他以作品的艺术性为工具,打击及否定了很多政治色彩浓烈、在中国现代文学史上产生过影响、而这些影响更及于政治方面,因而受到大陆过去的文学史吹捧的作家(王宏志,143)。

说司马长风以"艺术性为工具","打击及否定"了许多有影响力的作家,未免言重,也是过分的抬举。以政治阅读(to politicize)任何书写活动,一定可以读出当中的政治意味。但"政治"不是中性的,其作用也有分殊。如果我们参照伊格尔顿等的政治阅读,我们会得悉18世纪出现的美学思潮,例如康德的"美感无目的论"、席勒的"游戏论",主要作用不外是维护中产阶级的"理性"信念及其政治体现的霸权(Eagleton, *The Ideology of the Aesthetic*, 13-

28、70-119；Bergonzi, 88-90；Bennett, 150-162；Tredell, 130-133）；我们又会知道重视文本、坚持"文学作品为有组织的形式整体"的英美新批评家，其政治态度也非常保守，文本的不变结构原来是他们心中的传统社会的投射（Eagleton, *Literary Theory*, 39-53；Guillory, 155-156；Widdowson, 48-59；Baldick, 64-88；Jancovich, 15-20）。再回看司马长风的论说，一方面我们可以有这样的观察：司马长风并不是个严谨的"形式主义者"或"艺术至上论者"；他有太多的妥协，对于艺术形式的关注只是一种姿态。另一方面我们更要明白：他的焦点其实是一个可以容纳"无目的"的艺术的空间，或者说，可以"即兴以言志"的空间。他的态度好像非常保守：标举"民族传统"，讲求艺术形式的"纯"、语言的"纯"；可是若将他的言说落实（contextualize）于他所处的历史时空——一个南来殖民地的知识分子，处身于建制之外，以卖文为生——就可以知道他只是在做浪漫主义的梦游、怀想。这份浪漫主义的血性，驱使他向当时已成霸权的"文学史"论述做出冲击；他的反政治倾向更有利于他对成说的质疑，在文学评断上，重勾起许多因政治压力而被遗忘埋没的作家和作品；在政治言说上，他痛斥政治集体力量对文人、知识分子的奴役。他没有，也不可能捍卫任何一个现世的霸权。他曾经说过：

> 我们知道任何全体性的坚硬的思想体系，都具有侵犯性，难以容忍异己思想，一旦与政治权力结合，就是深巨的历史灾难（下卷343页）。

这不是成熟的政治思想，只能看做一种饱受刺激后的反应。他的确排斥鲁迅的杂文，贬低茅盾的《子夜》；然而，背后有政治力量支援他去"打击"别人吗？被他放逐于《中国新文学史》之外的作家作品，还不是鲜活地存现于大量"正统的""文学史"之中？为什么我们不能承认这是一种文学的见解、一种文化的取向？将他的"不满政治压制"的政治态度简约化，抽去内容，再与"以集体的政治力量压制异己"的政治取向同质化，称之为"只不过是另一种政治"，难道就是学术的"公平"吗？

三 唯情论者的独语

（一）文学史的客观与主观

司马长风认为文学史是客观实存的；他在讨论文学史的分期时说：

> 文学史有其自然的年轮和客观的轨迹（上卷8页）。
>
> 某些文学史家，不顾客观事实，只凭主观的"尺度"乱说（上卷9页）。

相对于那些不顾"史实"的主观文学史家，他认为自己是客观、公正的。在《中国新文学史》中他每每宣称要尽"文学史家的责任"、显明"文学史家的眼光"（上卷68、109页；中卷48页；下卷4页）。当然，如果文学史有的是"自然的年轮"、"客观的轨迹"，"文学史家"的工作只是如实报道；但有趣的是，每次司马长风要表明他这个特殊身份时，都做了非常主观的介入。例如他"以文学史家的眼光来看"鲁迅的《狂人日记》、以"认真研究和重估"《阿Q正传》为"文学史家无可推卸的责任"时，都着意地推翻其他"文学史家"的判断，又说：

> 鲁迅的才能本来可以给中国新文学史留下几部伟大的小说，可是受了上述观点（按：指把小说看成改良社会的工具）的限制，他只能留下《呐喊》与《彷徨》两本薄薄的简素的短篇小说集（上卷68—69页）。
>
> 鲁迅如不把阿Q当作一个人物，一开始就以寓言方式，把他写做民族的化身，那么会非常精彩（上卷111页）。

这显然是非常主观的臆度。司马长风坚持文学史上有一套客观的价值标准，"文学史家"的判断就是这个客观标准的体现。事实上，我们应该再认真深思这是不是一种"课虚无以责有"的假象。然而这种假设已是不少文学史家、文学评论家共享的信念,不独司马长风为然。只是,司马长风往往有更进一步的幻构,想象每一个文学文本背后都有一个柏拉图式的理想版本,有待一位文学史家,如他,去揭示。所以,他在评论周作人的名作《小河》时,不但要批驳康白情、胡适、朱自清、郑振铎等人的讲法,更会有改诗的冲动:

> 在这里笔者忍不住做一次国文教师,试改如左:……(上卷94页)。

类似的情况又见于对何其芳散文《哀歌》的评论:

> 这段话和第二段类似的话只是炫耀和卖弄,如果完全砍掉,整篇文章会立刻晶莹夺目,生气勃勃(中卷116页)。

又如评冯至《塞纳河畔的无名少女》时说:

> 题目太长了,如果改成"天使的微笑"或"天使与少女"就好了(中卷125页)。

"文学史"如果要强调纪实,就会尽快把读者引入叙述的时序框架之内,让读者顺着时间之流去经历这段虚拟的真实。除了在书前书后的前言跋语显露形迹之外,"文学史"的书写者都会极力隐匿自己的主观意识。在正文中即使有所论断,亦以"为千秋万世立言"的"客观"意见出之。可是在司马长风的"文学史"当中,叙事者的声音却不断出现,毫不掩饰地宣露自己的意识,甚至思虑的过程,例如:

> 笔者考虑再三,感到非选这首诗(刘半农《教我如何不想他》)不可(上卷91页)。
> 我告诉读者一个大秘密,也是一个大讽刺,周作人自己对上述的主张,却只坚持了一年多,很快就悄悄地把它埋葬了(上卷116页)。

> 据我的鉴赏和考察,(何其芳)最好的几篇作品是……。笔者最喜爱……(中卷116页)。
>
> 笔者曾不断提醒自己是否有偏爱(沈从文作品)之嫌(中卷125页)。
>
> 李健吾的散文作品这样少,而今天能读到的更少得可怜,执笔时不胜遗憾(中卷136页)。
>
> 笔者忍不住杜撰,将他(巴金)的《憩园》、《第四病室》、《寒夜》合称为"人间三部曲"(下卷73页)。

这样的全情投入,则读者被带引浏览的竟是叙事者——"司马长风"——的世界。我们看到他的犹豫、冲动、遗憾。于是,一个本属于"过去的"、"客观的"世界,就掺进了许多司马长风的个人经验。最有代表性的例子是对孙毓棠《宝马》的评论,司马长风认为这首长诗是"中国新文学运动以来惟一的一首史诗","前无古人,至今尚无来者";但他不止于评断,更伴之以感叹:

> 悠悠四十年竟默默无闻。唉,我们的文学批评家是不是太贪睡呢?或者鉴赏心已被成见、俗见勒死,对这一光芒万丈的巨作竟视而不见,食而不知其味!(中卷187—188页)[38]

我们看到的不只是司马长风的读诗经验,还有他对"无识见"的文学论断的愤慨。如果我们再做追踪,会发现这里更植入司马长风的少年经验。他在《〈宝马〉的礼赞》一文中说:

> 我初读《宝马》时还是十几岁的孩子,当然还没有鉴赏力来充分欣赏它,但是我记得确曾为它着迷。并且从报纸上剪存下来,读过好多次,后来还把它贴在日记上。时隔三十年,最近我重读它,六十多页的长诗,竟一口气又把它读完了,引导我重回到曾经陶醉的世界(《新文学丛谈》,128页)。

司马长风说过许多遍,他中年以后再读文学,是一次回归的历程(《中卷跋》,中卷323页;《文艺风云》,1—5页);他的"文学史"论述,就像重读《宝马》,其实是"重回曾经陶醉的世界"的一个历程。现在很多评论家认同司马长风"文学史"的一项优点,是重新发掘了不少被(刻意或者无心)遗忘的作家(王剑丛,35;黄修己,428;王宏志,138—139;古远清,183—184)。究之,这些钩沉不一定是司马长风单凭爬梳整理存世文献而得的新发现,个人往昔的记忆可能是更重要的根源。他在《文艺风云》的序文《我与文学》中,回叙自己上了中学之后,受国文老师的熏陶,兴致勃勃地读新文学作品的经验:

> 抗战前夕,正逢新文学的丰收期,北方文学风华正茂,沈从文、老舍的小说,何其芳、萧乾等的散文,刘西渭、李长之的文学批评,都光芒四射,引人入胜(2)。

更感性的,或者说"唯情的"记叙有《生命之火》的一段:

> 一九三七年的深秋,日军的铁蹄下,这座千年的古城,阴森得像洪荒之夜;那面色苍白的少年,为民族而哭,为家人而泣,又为爱情的萌芽而羞涩⋯⋯。我居然活过来了。一方面靠外祖公父遗传给我的生命力,一方面得要感谢文艺女神的眷顾。每天坐到北海旁边的图书馆里去,⋯⋯何其芳的《画梦录》、萧红的《商市街》、孙毓棠的《宝马》,也曾使我如醉如痴,我活过来了,居然活过来了(《绿窗随笔》,47页)。

只要比对一下,不难发觉以上提到的作家作品在《中国新文学史》中都得到相当高的评价。再者,《生命之火》提及少年时的"萌芽爱情",也是后来司马长风的"文学史"论述的泉源之一;《中国新文学史》中对于周作人的《初恋》(上卷178页)、无名氏的《林达和希绿》(下卷158页)等写"朦胧的"或者"充满诗情的"恋爱的作品特别关顾;[39]对何其芳的《墓》(中卷116—118页)、冯至《塞纳河畔的无名少女》(中卷123—125页)、徐訏的《画像》(下卷221—222页)等作品中出现的天真纯美的少女形象反复吟味;这都是司马长风个人情怀的回响。甚至弥漫全书的"唯情"色彩,以及维护抒情美文等主张,可以说,都源自他自己眷恋不舍的爱情回忆。

一般认为,"文学史"书写的目的是传递民族的集体记忆,但"文学史"的书写者是否必须,或者是否有可能完全排除个人的经验,是一个值得思考的问题。事实上,有特色的"文学史"都是个人阅读与集体记忆的结合。而个人的阅读过程当中必然受过去的生活经验影响甚或支配。例如已被视为经典著作的夏志清《中国现代小说史》,[40]据刘绍铭说,当中"给人最大的惊异"是"对张爱玲和钱钟书的重视"(《中译序》,《中国现代小说史》);夏志清这个评断对后来的"文学史"论述有莫大的影响,现在已成为集体记忆的一部分。然而我们也知道,钱钟书和夏志清早年有个人的交往,张爱玲的《天才梦》刚刊出时已为夏志清欣赏,他在书写的选剔过程中有自己旧日的阅读记忆作支援,是很自然的事。这里要说明的不是"文学史"著作如何因私好而影响"公断";反之,是要指出"文学史"论述往往包含个人与公众的纠结,"文学史"的书写不乏个人想象和记忆。

(二)"学术"追求之虚妄

在撰写《中国新文学史》时,司马长风以传统概念的文学史家自我期许。他努力地追踪新文学史的"自然的年轮和客观的轨迹",而他也着实为这一份学术忠诚付出不少精力,可是换来的却是论者的猛烈批评和嘲弄。例如王宏志《历史的偶然》一书,既指斥他的"学术态度"不严肃,又说全书所用资料只有几种:

> 仔细阅读三卷《中国新文学史》,便不难发觉司马长风所能利用的资料十分有限,他主要依靠的资料有以下几种:《中国新文学大系》、《中国新文学大系续编》、王瑶的《中国新文学史稿》、刘西渭的《咀华集》及《咀华二集》、曹聚仁的《文坛五十年》等几种。以撰写一部大型文学史来说,这明显是不足够的(149)。

司马长风若看到这种批评,一定气愤不平,觉得受到很大的冤屈。我们可以在他的《新文学丛谈》中,见到他几番提到自己挖掘资料的艰辛:

> 费九牛二虎之力验明了他(阮无名)的正身,原来是左派头号打手钱杏(村)(113)。

> 今天研究新文学史最辛苦的是缺乏作家的传记资料,为了查一个作家的生卒月日,每弄到昏天黑地,数日不能下笔写一字(115)。

> 因为找不到李劫人的《死水微澜》和《暴风雨前》,只好向该书的日文译者竹内实先生求救(141)。

> 四月二十五日又去冯平山图书馆看资料,无意中发现了叶公超主编的《学文》月刊,大喜望外(151)。

> 在旧书摊上买了一本冷书——《现阶段的文学论战》(187)。

我们还知道他勤劳地往香港大学冯平山图书馆"寻宝",用心地追寻刘呐鸥的身世、穆时英的死因,以至为了翻查沈从文在香港发表的一篇文章,辗转寻觅 1938 年《星岛日报》的《星座副刊》(《新文学史话》,59、230 页;《文艺风云》,96 页);可见他的文学史构筑,既有借助现成的记述,也有不少是个人一点一滴的积累。尤其他在各章后罗列的作家作品录、期刊目录、文坛大事年表等,都是根据繁多的资料所整理出来。正因为司马长风没有参照严格的学术规式,不少资料没有注明出处,转引自二手资料也没有一一交代,我们很难准确计算他引用资料的数量;但他所用的资料绝对不止几种。[41]仅以各章注释所列,去其重复,可见全书征引个别作家的作品凡 35 种(其中鲁迅作品引用甚多,只计《鲁迅全集》一种),作品选集及文献资料集 29 种,"文学史" 13 种,各家文学论集 32 种,相关的传记 16 种,历史著作 9 种,报纸副刊 7 种,期刊 19 种(其中大约有七八种不能确定是否转引)。就中所见,他一方面固然得助于当时香港出现的大量新印或者翻版的现代文学资料,[42]另一方面他也注意吸收刚刊布的研究成果。[43]

在两次总结自己的"文学史"写作时,司马长风都以"勇踏蛮荒"作比喻。[44]"蛮烟瘴气的密林榛莽"是他对居垄断位置的意识形态的想象,[45]"不顾一切"的"勇踏"行为,则是他个人作为悲剧英雄的表现。在他想象的世界里,他需要"提起笔跃马上阵杀上前去",而且是急不可待的;他说:"人们等得太久了,我也等得太久了"(中卷323页)。整部《中国新文学史》显现出来的,就是一段急赶的追逐过程。

司马长风自己和他的批评者,都说他写得太快;1975年1月上卷出版,仓促到连一篇序跋都来不及写,"有关的话"到中卷出版时(1976年3月)才"赶在这里说",上卷初版书后更附了一份长长的"勘误表",当中大部分都不是排印的技术错误,而是司马长风对自己论述的修订;到再版序文(1976年6月)又说改正了不少错误。中卷初版时又有密密麻麻的"勘误表";到1978年3月再版,书前说明校正错漏近百处,又发觉当中有关30年代文学批评与论战部分遗漏了梁实秋的主要论见,于是加上附录一篇。1980年4月上卷三版,序中再指出上中两卷尤其作家作品录的部分错漏特多,所以重新校订一遍;此外增添了《周作人的文艺思想》一文作为正文论述的补充,另附《答夏志清的批评》一文。由1975年直到1980年他离世前,《中国新文学史》的上卷出了三版,中卷两版,下卷一版。每卷每版刊出时,都要追补之前的缺失,而且好像永远都补不完。在全书的正文论述中,我们不难见到前面的叙述被后来的增补或者变更。最有启示意味的是文学史分期中就1938至1949年一段所设的标签:在写上卷《导言》时,司马长风实在还未开始抗战时期文学的研究,只想当然地说这时文坛"值得流传的东西,少之又少",所以名之为"凋零期"(上卷13页)。到后来才发觉这时期有许多成熟的作品,尤其长篇小说质与量俱优。但大概因为和夏志清论战而稍做坚持,[46]下卷行文故意沿用同一名称;1980年上卷三版,《导言》已改用"风暴期"的新说,[47]可惜他没有来得及在生前再修改下卷,所以在言文自相追逐的情况下,又增加了一个矛盾。[48]

司马长风以为自己营营逐逐,做的是一件学术工作,但是他始终不明白,他写的永远都不会被视为学术著作;他没有受过按西方模式所规限的学术训练,对资料的鉴别不精细,论文体式不整齐。他有的是冲劲热诚,有的是敏锐触觉,但学术标准不包括他所具备的优点,学界不会接受他的草率、疏漏。尤其对于二十多年后的现代学者来说,由于有更多资料重新出土,更多研究成果可供参照,当然可以安心地去蔑视这本不再新鲜的"文学史"。[49]

(三) 司马长风的"历史性"与"文本性"

司马长风完成《中国新文学史》中卷以后,在《跋》中写道:

> 本书上卷十五万字自一九七四年三月开笔、九月杀青,前后仅约半年时间;中卷约二十万字,自一九七五年七月到本年二月,也只花了约七个月时间。这里所说的六个月、七个月,并不是全日全月,实是鸡零狗碎的日月!这期间我在两个学校教五门课,每周十四节课;同时还在写一部书,译一部书,此外还平均每天写三千字杂文。在这样繁剧的工作中,我榨取一切闲暇……。我把自己当做一部机器,每天有一个繁密、紧张的进程表,几乎每一分钟都计算,都排入计划。因为时间这样可怜、这样零碎,工作起来便势如饿虎、六亲不认。在难以置信的时间里,读了那么多页,写了那么多字,我自己都感到是奇迹。是的,奇迹,一点也不含糊!(中卷323—324页)

在文本以外,我们见到的司马长风就是这样的争分夺秒,与时间竞赛。胡菊人《忆悼司马长风兄》说:

> 他这样催逼着时间,时间又反过来催逼他(《司马长风先生纪念集》,70页)。

在文本之内,我们又见到"文学史"的论述在追逐一种奉学术之名的"严谨真确"。但这个"以析述史实为宗"的学术目标(《新文学史话》序),显然没有达到。司马长风也为这个落空的追逐而感到痛苦:

> 这样匆忙、潦草的书,竟一版、再版、三版,这不但使我不安,简直有

点痛苦难堪了(《中国新文学史》上卷三版序)。

他明明知道处身的境况不可能让他全力于学术的追寻,但还是刻刻以此为念。到最后,学府内秉持量尺的专家,就判定他的失败。好比他在文本中竭力构建的"文学自主",本来就寄寓他对一个"自由开放社会"的追求、"海阔天高任鸟飞"的国度的期盼。这种对"自由民主"的向往,基本上只能停留于言说的层面;在行动上,就如徐复观《悼念司马长风先生》所说,"必然是悲剧的收场"(《司马长风先生纪念集》,85页)。至于由民族主义所开发的中国文化企划,也是司马长风移居香港以后的另一个追求,这方面和唐君毅、牟宗三等新儒家在香港开展的文化论述有着同一方向;[50]但实际上,在50年代的新界建设文化村,以表现中国传统生活方式的想法,也只能落实为《盘古》杂志上的文字设计(《司马长风先生纪念集》,29页);其最终结穴就成为《中国新文学史》之中萦绕不绝的乡愁。

看来,文本以外的司马长风,虽有种种的追寻,也确实付出了真心诚意,最后也只能归结为文本,好像"司马长风"一名,本来就是承担他的文学事业以至"文学史"书写的一个笔名、一个符码。[51]实际生活中的胡若谷,[52]究竟是否存在,好像不太重要;就如香港这个他生活时间最长的地方,也成不了他的乡土一样,然而,在这块殖民地的土壤上,居然容他一个寻觅理想的空间,于是他可以做一个"明天的中国"的梦;[53]于是他可以以司马迁的"浪漫主义风格,和化不开的诗情"(《新文学史话》,176页),去书写新文学史"失魂落魄的六十年",以李长之的"焕发传统,疏导沟通传统与新文学"的精神,去为新文学招"民族的灵魂"(下卷341、354页)。尽管在现实中只见司马长风不断地落空,但他的追逐过程本身,就有丰富的蕴涵可供我们解读。

再以本书中卷所附的两张照片为说。两张照片都附有说明,大概都是司马长风的书写。图一的说明是:

作者赶写本书的情景,旁边是作者小女儿莹莹。

所见影像是穿上整齐西服的司马长风和他的天真可爱的女儿。图二的说明是:

作者赶写本书时,书桌一景。

书桌上横放着纸笔文稿、中外文参考书籍。两张照片与本节开首所引的跋文可以互为呼应,司马长风希望读者看到他的辛劳不懈。但这里表述的不单是文本以外的书写过程;当已成过去的一刻以显然经选择设计(但不能说是虚假)的方式凝定于文本之内时,整个书写过程就被彻底地文本化。推而广之,司马长风的整个追寻行动,正是一页南来香港的中国知识分子生活史。

(四) 唯情的"文学史"

前面我们讨论的是司马长风的"文学史"书写行动,主要的审思对象是当中的学术追求过程;我们见到他懵然地去追求,但所愿却一一落空。以严格的学术标准而言,他的成绩不及格。然而我们不必就此盖棺,我们可以进一步省思,"文学史"论述的学术规条,是否不能逾越。

学术论述要求严谨,是学术制度化在言说层面的一种体现。在现今社会价值系统混杂不齐的情况下,制度化的作用就是品质管理(quality control),但更重要的意义当在超越个别视界,使论述为超个体的(集体的)成员所共用。而所谓"control"的意义就除了"管理"之外,还起"支配"的作用。基于此,许多不符现行范式(paradigm)的、不严谨的言述就被排除于共享圈之外。司马长风虽然也在香港的大专院校任兼职,但他所兼的社会角色太多太杂,又专又窄的学术规范实在不是他能一一紧随的。但我们是否就要简单地把他的"文学史"论述排拒在视界之外呢?事实上,如果不严谨仅指当中匆促的笔误(如"无产阶级文学"写成"无产阶段文学"之类)(王宏志,148)、语言表述的前后龃龉(如先说评介十大诗人,下文却讨论了十四位诗人)(黄维梁,88)、资料的错判误记(如长篇小说误为短篇、把民国纪年讹作公元等)(王剑丛,40;《中国新文学史》台版前记,2),则僭居学府的我们似乎不应就此判为"不可原谅"。[54]司马长风生前确已诚惶诚恐地拼命追补更正,我们只要看看他在各卷前言后记所作的自供状就会知道。司马长风所需的,可能是一个称职的研究助理。今日,如果我们怕误导青年后生,则由严谨的学者们制作一个《中国新文学史》的勘误表,[55]又或者另行刊布一部"精确的"新文学史大事年表或资料手册,就可以解此倒悬了。

对《中国新文学史》的另一个学术评鉴是:司马长风有没有在书中准确地描述或者"再现"文学史。当中所谓"准确"包括有没有遗漏"重要的"作家作品,有没有对作家作品做出"恰当的"(或者"公正的")评价。再推高一个层次,是他的"文学史"论述是否前后矛盾,论证过程是否周密无漏,是否经得起逻辑的推敲;评断有没有合理的基础,有没有圆足的解说。

于作家作品的见录数量而言,司马长风所论相对的比以前的"文学史"为多,这是大部分学术书评都同意而且赞许的一点。在评价的判定上,司马长风的异于左派"文学史"也是众所同认的。主要的批评是指他以艺术基准为号召,但恰恰显示了非常政治化的反共意识。再而是分期的标签与内容不符,褒贬的自相矛盾,论述的简单化甚至前后不能照应(王剑丛,40;王宏志,143、145、147)。有关政治化的问题,前文已经讨论过,至于其他的学术考量,则或许可以有其他进路的思考。

司马长风的"文学史"论述,的确矛盾丛生。但这重重的矛盾却产生一些非常有趣的现象。我们可以参看他和夏志清的论战。夏志清对他的每一项批评,他都可以做出反驳。[56]事实上,除了上文讲的资料或文字语言的讹误之外,其他学者就司马长风的个别论见所做批评,我们几乎都可以在《中国新文学史》中找到足以辩解的论点。这不是说司马长风的论述周备无隙;相反,当中大量的局部评论本来就未曾做系统的、全盘的联系。但因为司马长风惯常使用对照式的评论,让他有许多追加补充或者解说的机会;所以甲漏可以乙补,丙非可以丁是;然而甲与丙、乙与丁之间,却也可能产生新的矛盾。换一个角度看,论者要指摘其错漏,当然也非常容易。我们不打算仔细地计量这些细部的问题,我们想问的是:这种不周密的"文学史"论述,是否还值得我们去阅读?

我想,大部分学术论评所揭示《中国新文学史》的"异色"——被忽略的作家作品的钩沉、唯美唯情的评断等,固然值得留意,但我们应该可以在司马长风的"文学史"论述中,读到更多的深义,其关键就在于我们的阅读策略。

司马长风的"文学史"论述结构,主要是由几组不同层次的语意元素(如纯净白话、美文诗意、文学自主、乡土传统等)筑建而成;各种元素之间,本来就不易调协。最重要的是,他的叙述基调是立足于"不见"(absence)之上,又因"不见"而创造了怀想的空间。这可以他在正文中没有讨论,但在《导言》中标志的"沉滞期"说起。他不单把1950到1965年定为"沉滞期",在《导言》中更感慨地说:

> 一九六五年掀起文化大革命,那些战战兢兢,搁笔不敢写的作家们,也几乎全部被打成"牛鬼蛇神"。
>
> 另一方面在台湾,因为与大陆的母体隔断,竟出现"新诗乃是横的移植,而非纵的继承"的悲鸣。……
>
> 中国文坛仍要在沉滞期的昏暗中摸索一个时候(上卷14页)。

司马长风所感知的中国文坛正处于昏沉的状态,所以他竭力地追怀他所"不见"的"非西化"和"非方言化"的文学传统、"非政治"的文学乡土。在这其中,就有感性切入的缝隙。我们发觉,在司马长风的叙述当中,悲观的气色非常浓厚。全书各章的布局,只有上卷由"文学革命"到"成长期"算有比较积极的气氛。中下两卷合占全书超过三分之二的篇幅,其中语调已转灰暗:篇章标题中出现的"歉收"、"泥淖"、"阴霾"、"贫弱"、"凋零"、"飘零"、"歧途"、"彷徨"、"漩涡"等字眼,掩盖了其他描叙成果的词汇。正是在这种哀愁飘荡的空间,司马长风敏感的个人触觉可以游刃其中。学术训练的不足,反而使他少了束缚,任凭自己的触觉去探索,将个人的感旧情怀自由地拓展,为"新文学史"带来不少新鲜的刺激。可以说,这些创获是与个人经验的介入、撕破学术的帐篷,有很大的关系的。

当然,我们无意说唯情的"文学史"论述比紧守学术成规的著作优胜,也不能为司马长风的草率隐讳;在此,只想再思"文学史"的论述是否与科学客观、逻辑严谨、摒除主观情绪等学术规范有"必然"的关系。"文学史"书写最大的作用是将读者的意识畛域与过去的文学世界做出联系。读者对这种联系的需求,可能出于知识的好奇,可能出于文化寻根的需要,可能出于拓展经验世界的希冀;作为"文学史"的叙述者,为什么一定要有庄严的学术外观?为什么不能是体己谈心的宽容?正如文学批评,既可以是推理论证、洋洋洒洒的著述,也可以是围炉夜话的诗话札记。西方"文学史"著述中既出现了如《哥伦比亚美国文学史》(Emory Elliott et al.)、《新法国文学史》(Denis Hollier)等不求贯串的反传统叙事体,而赢得大家的称颂,我们为什么容不了一本与读者话旧抒怀的"文学史"?

注 释

[1] 即司马长风《中国新文学史》,中卷,第323页。除非另外说明,本章引用《中国新文学史》都以香港出版的各卷初版本为据。

[2] 《中国新文学史》正式刊印的版次情况是:

1. 港版:香港:昭明出版社;上卷:1975年1月初版,1976年6月再版(1976年9月再版序),1980年4月三版(1979年12月三版序);中卷:1976年3月初版,1978年11月再版(1978年11月再版说明),1982年8月三版,1987年10月四版;下卷:1978年12月初版,1983年2月再版,1987年10月三版。

2. 台版:台北:传记文学出版社,1991年,上下二册。

[3] 《申报》在20年代已请胡适为过去的文学发展做历史的回顾,写成的《五十年来中国之文学》很快(1923年)就由日本人桥川译成日文,当中写文学革命的"第十节"又被阿英收入《中国新文学大系》的《史料·索引》卷首,可见这一段论述的广为接受。再者,1935年赵家璧主编《中国新文学大系》,又请胡适主编当中的《建设理论集》,集内的《导言》亦成了当时的"正史"论述。此外,他的《说新诗》、《尝试集自序》、《逼上梁山》,以及许多描叙文学革命的演说文章都有多种形式的流通。

[4] 这次演讲及讲评的记录载 *Journal of the Royal Institute of International Affairs*, 5 (1926): 265-283(见周质平, 195—217)。后来胡适对"中国文艺复兴"一说迷恋愈来愈深,就如高大鹏所说的"历史幅度愈来愈扩大、愈来愈深化",将中国近千年的学术文化演变都包容在内(高大鹏, xiv)。胡适这种思想演化的格局,好比他将晚清到"五四"的白话文学发展讲成几千年的"国语文学史"一样。

〔5〕 这些研究方向的较新评估可参 Comensoli and Stevens。

〔6〕 又参见 Peter Burke, *The European Renaissance*；余英时早年有《文艺复兴与人文思潮》一文介绍四五十年代西方学界对布加特的批评，见余英时，305—337。

〔7〕 他在1917年的日记上说应以"再生时代"去取代"文艺复兴"这个旧译，其重点正在一"生"字（《胡适留学日记》，1151页）；他在回到北京大学任教时，为学生傅斯年等办的杂志《新潮》选上"Renaissance"为英文刊名，也说明了他看重"新"的一面（唐德刚，174—175）；在1958年的一次演讲中，胡适干脆说："Renaissance这个字的意思就是再生，等于一个人害病死了再重新更生"（《胡适演讲集》1卷178页）。正如 Jerome B. Grieder 所说，他毋宁是取其新生的意义多于复旧（314—319）。

〔8〕 高大鹏《传递白话的圣火——少年胡适与中国文艺复兴运动》一书从心理的角度尝试追踪胡适的"白话文运动"如何演变提升为"一个文艺复兴运动"，很值得参考（87—104）；但只能说是胡适心中情意结的解绎。

〔9〕 由中世纪到文艺复兴的语言境况，并不是拉丁文被各国方言取代的简单过程。Peter Burke 就指出当时意大利要"复兴"的语言不是本国土语，而是相对于中世纪拉丁文（Medieval Latin）的古典拉丁文（Classical Latin）或希腊文，最低限度在1500年以前，方言文学并不受重视。再者，以欧洲各国语言书写的文献，也有不少被译为拉丁文作国际流通之用；又方言书写兴起之后，各国又出现混杂的方言拉丁化（Latinization）现象（*The Renaissance*, 11-15；*The European Renaissance*, 135-137）；另一方面，在中世纪时期亦不见得各国方言没有应用于知识传授的环节，现存资料可以看到中世纪的经籍注疏既有拉丁文，也有各地方言文字（Klaus Siewert, 137-152）。至于"五四"时期的语言发展，唐德刚也认为不应以极度简化的"白话取代文言"去理解，而拉丁文于欧洲各国的历史作用并不同于中国的文言文（182—185注）；近时宇文所安又对"文言/白话"与"拉丁文/欧洲各国语言"的比附提出异议，认为中国的文言白话之间没有拉丁文和欧洲各国语言之间那样清晰的分界线（Owen, 172；宇文所安，312—313）。Masini 对中国现代"国家语言"的历史渊源，与前代各种文化因素的关系，有比较详尽可信的解释（109—120）。

〔10〕 "Diglossia"不译作双语，因为双语应为 bilingualism 的中译，与 diglossia 并不相同。Fishman 说 bilingualism 是心理学家或语言心理学家的研究对象，而 diglossia 则是社会学家或社会语言学家的对象（Fishman, 92；又参见 Fasold, 40）。

〔11〕 傅格逊从"功能"(function)、"声价"(prestige)、"文学承传"(literary heritage)、"掌握过程"(acquisition)、"标准化程度"(standardization)、"稳定性"(stability)、"语法"(grammar)、"词汇"(lexicon)、"语音状况"(phonology)等方面去解释 H 与 L 的"二言现象"。例如阿拉伯地区以《古兰经》的语言为基础的古典阿拉伯文就是 H，而如埃及开罗的通用口语却只能算一种 L；在大学的正式课堂，就只会用 H，不少国家甚至有法例规定中学老师不能以 L 教学(Ferguson,236)。他所做的简明定义是："DIGLOSSIA is a relatively stable language situation in which, in addition to the primary dialects of the language (which may include a standard or regional standards), there is a very divergent, highly codified (often grammatically more complex) superposed variety, the vehicle of a large and respected body of written literature, either of an earlier period or in another speech community, which is learned largely by formal education and is used for most written and formal spoken purposes but is not used by any sector of the community for ordinary conversation."(245) 又参 Trask,76-78.

〔12〕 Ferguson 在他的经典论文中也借助赵元任的论说，指出汉语中的"二言现象"(246—247)，又参 Schiffman,210.

〔13〕 张俊才《林纾年谱简编》记载："本年(1900)，林纾客居杭州时，林万里、汪叔明二人创办白话日报，林纾为该报作白话道情，颇风行一时。"又："(1919 年)3月24日，北京《公言报》为林纾等辟《劝世白话新乐府》专栏。……4月15日和23日，又在《公言报》发表《劝孝白话道情》各一篇"(薛绥之等,26、49)。又据包天笑《钏影楼回忆录》说："其时创办杭州白话报者，有陈叔通、林琴南等诸君"(168)。

〔14〕 Ferguson 后来也有补充申明：他提出的"二言现象说"不能完全解释所有多元的语用情况(Ferguson, "Diglossia Revisited",91-106)。

〔15〕 "Classical diglossia"及"extended diglossia"是 Schiffman 在检讨 Ferguson 及 Fishman 的理论之后所做的概括(208)。

〔16〕 在1974年以前，英语是香港的惟一法定语文，直到《一九七四年法定语文条例》在立法局通过之后，中文才被承认为一种有法律地位的语文(王齐乐,351—352)。

〔17〕 他在《新文学与国语》一文中说："今天许多(香港的)广东人，所以感到写作困难，也主要因为不会讲国语，或者国语讲得不好。"《文学士不写作》一文又提到

香港学生:"日常生活讲的是粤语,从幼稚园到中学被填塞了一脑袋半生不熟的英文;进了大学的中文系,则被引进敦煌的石窟里去,不见天日,只能与言语不通、生活迥异的古人打交道。粤语、英文、古文这三种东西,都妨碍使用国语白话写作,换言之,三种东西缠住他们的心和脑,没有余力亲近白话文学,哀哉!"(《新文学丛谈》,23、42页)

〔18〕 司马长风在《周作人的文艺思想》一文中说周作人在1926年11月写的《陶庵梦忆序》中已提出以"文艺复兴""代文学革命"之说,比胡适1958年的演讲早了二十(三十?)多年(《中国新文学史》上卷三版,271页);其实周作人之说肯定是从胡适中来,见上文的讨论。

〔19〕 Peter Widdowson 在 *Literature* 一书中指出:"The English word literature derives, either directly or by way of the cognate French *litterature*, from the Latin *litteratura*, the root-word for which is *littera* meaning 'a letter' (of the alphabet). Hence the Latin word and its European derivatives all carry a similar general sense: 'letters' means what we would now call 'book learning', acquaintance/familiarity with books. A 'man of letters' (or 'literature') was someone who was widely read(31-32). 又参 René Wellek, "The Name and Nature of Comparative Literature", 4-8. 有关西方文化传统中早期的"文学"概念可参 Adrian Marino, *The Biography of "the Idea of Literature"*. 中国传统对"文学"的解释参见王梦鸥《文学概论》,1—16页。

〔20〕 Peter Widdowson 又说:"(C)ritics are now (mid-eighteenth century) talking of a kind of literary writing which is distinguished from other kinds of writing (e.g. history, philosophy, politics, theology) that had hitherto been subsumed under the category 'literature', and which is precisely so distinguished by its *aesthetic* character.... By the second half of the nineteenth century, then, a fully aestheticised notion of 'Literature' was becoming current" (35-37). 又参看 Eagleton, *Literary Theory*, 20-21; Bergonzi, 36-37、193-194。

〔21〕 司马长风对周作人《中国新文学源流》所说过的"文学是无用的东西"一语(14),表示认同(中卷247—248页)。由康德到席勒的美学思想,都标举这种"实用"以外的价值;参 Bergonzi, "Beyond Belief and Beauty" (*Exploding English*, 88)。对这个观念的政治批判可参 Tony Bennett, "Really Useless Knowledge: A Political Critique of Aesthetics" (*Outside Literature*, 143-166)。

〔22〕 司马所说的"内容"在大多数情况下是指语义结构,而没有文本以外的历史社

会等实际指涉。

〔23〕 柯尔律治对这内化的过程有很重要的讨论,有关论述见 John Spencer Hill 编的资料选 *Imagination in Coleridge*,又参 Abrams,167-177;克罗齐(Benedetto Croce)的美学理论更是以这个阶段为艺术的完成(Brown,26-31)。

〔24〕 王宏志在《历史的偶然》中,对司马长风这方面的"纯"的要求,有一个非常严重的误读。他说:"更极端的是,司马长风甚至曾经说过内容上谈到外国的东西也不无问题。我们可以举出他讨论何其芳的一篇散文《哀歌》为例,他认为《哀歌》是一篇佳作,但却也有不妥当的地方,原因在何其芳在描写年轻姑母被禁锢而夭折的时候,开头一大段写了许多西方古代的哀艳美女,它的罪状是'中西史迹杂糅,也有伤"纯"的原则'"(147)。其实司马长风的论说观点很明晰:先是提出"从艺术水准看",何其芳《老人》一文有"缺陷","缺陷"之一是"支离","破坏了全文的氛围";下文再评《哀歌》"开头一大段写了许多西方古代的哀艳美女,与后面的主文不大相干。"王宏志有意或无意地略去最后"与后面的主文不大相干"一句,将司马长风刻画成义和团式的盲目排外,未免有厚诬之嫌。司马长风的论说当然有意识形态的指涉,但不是如王宏志所讲的,无理地排斥所有涉及西方文化的内容。有关意识形态的问题,下文再有析论。

〔25〕 近代西方由形式主义方向开展的论述,基本上都在索绪尔(Ferdinand de Saussure)的"符码"(signifier)与"所指"(signified)的结构之内运转,这个理论模式将语言结构外的实际指涉(referent)从理论系统中剔除。瑞恰慈将"情感语言"与"指涉语言"分割的讲法,就很能说明这种倾向。其实西方不少语言或思想的理论模式都没有忘记我们经验的实存世界,例如 Frege 的 "Expression", "Sense", "Reference"; Carnap 的 "Expression", "Intension", "Extension"; Ogden and Richards 的 "Symbol", "Thought", "Referent"; Pierce 的 "Sign", "Interpretant", "Object"等都包括"referent"的环节(参 Scholes,92;Tallis,3-4;Bergonzi,112-115)。司马长风虽然以文学自主为前提,但他没有自囚于文学的形式结构之内;或者说他的能力并没有让他在形式结构上做出精微的推衍,他的性向和对传统的倚赖使他不能不把目光转移到"言志"(以至"缘情")的思考,亦因此而得以跨越"文学的独立"疆域。

〔26〕 他曾写过《唯情论者的独语》、《"唯情论"的因由》、《情是善和美的根源》等文解释自己的"唯情论",分见《唯情论者的独语》1—8;《新文学史话》,75—79

页,《吉卜赛的乡愁》,47—50页。胡菊人在《清贫而富足的司马长风》一文中说:"他是一个浪漫主义者,这主要表现在文学取向上,他似乎特别喜欢感情澎湃的著作"(10)。

[27] 朱自清《诗言志辨》说:"现代有人用'言志'和'载道'标明中国文学的主流,说这两个主流的起伏造成了中国文学史。'言志'的本义原跟'载道'差不多,两者并不冲突;现时却变得和'载道'对立起来。"见《朱自清古典文学论文集》,190页。

[28] 参见司马长风《周作人的文艺思想》,《中国新文学史》上卷三版,270页。

[29] 这一点可参看布拉格学派的 Jan Mukařovský 对俄国形式主义者 Viktor Šklovskij "文学如纺织"的著名譬喻所做的补订。Šklovskij 说过,如果把文学比做纺织,批评家只需考查棉纱的种类和纺织的技术,无需理会世界市场的状况或者企业的政策变化。Mukařovský 则认为纺织的技术问题离不开世界市场的供求状况,所以文本内的形式构建必会承受文本外的历史社会变化的影响(Mukařovský,140)。

[30] "即兴"组中即使有"载道",但因为不是为外力所强加,司马长风就认为近于"言志";"赋得"组中的"言志",却是因外界压力而自囿于某一范围,所以并不可取。

[31] 风弦琴(Aeolian Lyre)是英国浪漫主义表现理论的一个重要比喻,闻一多和何其芳的比喻大有可能是受雪莱等诗人的影响而创造的(参 Abrams,50-51)。

[32] 这也不是惟一的例子,其他的"左派作品"如茅盾的小说《腐蚀》、夏衍和陈白尘的戏剧等,都有正面的评价(见下卷119、277、280页)。即使是他所谓"自囿于政治斗争"的作家如蒋光慈、胡也频等的小说,都有褒有贬,并特别指出蒋光慈的小说非常畅销,对青年读者颇有吸引力(中卷36页),绝非王宏志《历史的偶然》所说的"完全没有提及",更不能说成是"打击及否定"(143)。

[33] 司马长风在全书第四编《收获期》和第五编《凋零期》的综论和分体论中,常常先就整体情况分划三到四个流派,当中多有一个"独立作家"的名目,代表那些不受左右两派政治力量支配的作家。然而如果我们仔细考查他的几个名单,就会发觉这些派别的界线很模糊。例如《三十年代的文坛》一章郁达夫、张天翼和叶灵凤属于"左派作家",在《中长篇小说七大家》中郁达夫被列为"独立派",叶灵凤、穆时英则划为"海派",张天翼和靳以则入"人生派";到了《诗国的阴霾与曙光》章,则穆时英、靳以都列为"独立派"。见中卷21、33、34、

174页。这版图周界的随时变迁,说明不受政治干扰的"独立作家"的群体很可能是司马长风自己一厢情愿的构想。

〔34〕 这里是借用张灏讨论中国文化的一个概念;张灏在《幽暗意识与民主传统》中说:"所谓幽暗意识是发自对人性中或宇宙中与始俱来的种种黑暗势力的正视和省悟"(4)。司马长风对政治也有这种体会。

〔35〕 "漩涡"的比喻源自刘西渭的《咀华二集》:"我们如今站在一个漩涡里。时代和政治不容我们具有艺术家的公平(不是人的公平)。我们处在神人共怒的时代,情感比理智旺,热比冷容易。我们正义的感觉加强我们的情感,却没有增进一个艺术家所需要的平静的心境"(见下卷317页)。

〔36〕 有关他个人的历史经验下文再有讨论。

〔37〕 司马长风曾引述朱光潜"反口号教条文学"的言论,评说:"这些话在自由社会本是常识,可是在中国新文学史上竟成为空谷足音"(下卷338页)。又批评胡风的《置身在为民主的斗争里面》说:"像这样傲慢的呓语,烦琐的理论,若在开放的社会中,他只能得到无人理睬的待遇",但实际上胡风却遭受"残酷的镇压"(下卷356页)。

〔38〕 司马长风论艾青诗时又有这样的感叹:"啊艾青,纯情的艾青,悲剧的艾青!伟大的良心,迷途的羔羊"(下卷329页)。

〔39〕 司马长风《初恋的情怀》一文,将自己的初恋与周作人、郁达夫的恋爱回忆联合(《吉卜赛的乡愁》,41—45页)。他对周作人的《初恋》一文感受特深,在很多地方都提到,例如《新文学丛谈》就有《周作人的初恋》一文(199—200);又在自己编的《中国现代散文精华》中选入周作人此篇(18—21)。

〔40〕 夏著在1999年被选为"台湾文学经典"(参陈义芝,477—487)。

〔41〕 例如他在下卷的《跋》中说自己为了写《长篇小说竞写潮》一章,"耐心的研读了近百部主要作家的代表作"(下卷373页)。

〔42〕 大约在1955年开始,香港的文学出版社就出版发行了《中国新文学丛书》,当中包括:冰心、朱自清、郁达夫、巴金、老舍、叶绍钧、郭沫若、张天翼、闻一多、沈从文等家的选集;香港上海书局又在1960年及1961年编印《中国文学名著小丛书》第一、二辑,当中包括鲁迅《伤逝》、茅盾《林家铺子》、王统照《湖畔儿语》、许钦文《鼻涕阿二》等各十种;又由台湾传入不全的《徐志摩全集》、《朱自清全集》、《郁达夫全集》等;这些作品都一直有多次的重印,流行不衰。至于三四十年代作品,更有创作书社、神州书店、实用书局、波文书店、一山书屋等

大量翻印。这些翻印出版,虽然谈不上是有系统的整理,但对于作品的流通有很大的帮助。相对于80年代以前的大陆和台湾,香港的一般读者可以接触到更多不同思想倾向的现代文学作品。

〔43〕例如胡金铨在1974年《明报月刊》发表的老舍研究,《中华月报》1973年开始刊登的夏志清《中国现代小说史》各章中译,甚至刚面世的报章副刊等,司马长风都有参用。

〔44〕例见《中国新文学史》,中卷,《跋》,第324页;下卷,《跋》,第373页。

〔45〕他写过《新文学三层迷雾》(《新文学丛谈》,31—32页)、《失魂落魄六十年》(《新文学史话》,19—22页;又见《绿窗随笔》,183—186页)等文,都是同类的历史想象。

〔46〕司马长风在《答复夏志清的批评》时说自己"也曾对这个称谓感到怀疑。当初选择'凋零期'这个字眼,因为这个期间赶上两场毁灭性的战争:抗日战争,国共内战。……到现在为止,我还没有决定舍弃'凋零期'这个字眼,但是也未完全消失不妥当的疑惑"(103—104)。

〔47〕同时收入《文艺风云》(8—9)和《新文学史话》(6—7)的《中国新文学运动六十年》一文,也采用了"战争风暴"的字眼来描述1937—1949年的新文学。

〔48〕此外,黄维梁《略评司马长风〈中国新文学史〉》指出中卷论"收获期"诗时先说选评十大诗人,但后来所论却有十四人(88)。这个书写计划与正式论述的距离正好把当中的时间流程突显,而这也不是仅有的例子,例如中卷论小说时,先提"六大小说家"之名,再说"此外萧军、萧乾都有优异作品问世",但正式论述却没有讲萧乾,本章则题为《中长篇小说七大家》(中卷37页)。

〔49〕胡菊人在《忆悼司马长风兄》一文中说:"尽管他的《中国新文学史》有人认为略有瑕疵,但是大脉络上仍是相当充实的。而且因为缺乏安全的环境,没有固定的收入,更不像学院派的人那样,先拿津贴,申请补助,才决定写不写一部书。以学院派的要求来批评他,似不公允。基本上他一方面是卖文,另方面卖得有其道——著书立说"(《司马长风先生纪念集》,70页)。可算是学院外的一种回应。

〔50〕司马长风与唐君毅、牟宗三、徐复观等新儒家中人都有来往。

〔51〕司马长风在《李长之〈文学史稿〉》中说:"我现在这个笔名是在读过李长之著《司马迁的人格与风格》一书之后起的"(《新文学丛谈》,135页);可知司马长风是以司马迁和李长之的风骨和才华为追慕的理想的。

第六章 | 诗意与唯情的政治

〔52〕 据《司马长风先生的生平行谊》一文记载：司马长风原名胡若谷，又名永祥、胡欣平、胡越、胡灵雨（《司马长风先生纪念集》，20页）。这里说他原籍沈阳，但黄南翔《欣赏中的叹息》指出他是蒙古人，本姓呼丝拔(8)。

〔53〕 司马长风《噩梦》一文有这样的话："（我）现在觉得实在对不起你（香港）。多亏你这点屋檐下的自由，使我奔腾的思考，汹涌的想象，得到舒展和憩息"（《绿窗随笔》，62页）。他著有《明天的中国》一书，胡菊人《清贫而富足的司马长风》说他"为中国的将来设计了一幅美丽的蓝图"，"是不是可行，是不是合于实际，是否纯属主观幻想，当然是可以诘疑的，但至低限度，代表了他对国家的满腔热爱，无限遐想"(10)。

〔54〕 王宏志《历史的偶然》说："最令人不满的是里面很多非常简单、毫无理由出错的情况，例如一些重要而且耳熟能详的文章名称或文学史常识也弄错了，诸如胡适的《文学改良刍议》被写成《改良文学刍议》；梁启超的《论小说与群治之关系》变成《小说与群治的关系》，'无产阶级文学'变成'无产阶段文学'等"(148)。

〔55〕 传记文学出版社在刊行台版时已做了一些补订，但显然不够完备。又据悉小思女士曾有校勘之议，但最后未及实行。

〔56〕 例如夏志清批评司马长风对朱自清《匆匆》的评价过高（《现代中国文学史四种合评》，54—55页），他却可以轻易地找到回应的方法（《答复夏志清的批评》，98—99页）。

引用书目

中文部分

王宏志：《历史的偶然：从香港看中国现代文学史》，香港：牛津大学出版社，1997年版。

王哲甫：《中国新文学运动史》，北平：杰成印书局，1933年版。

王梦鸥：《文学概论》，台北：艺文印书馆，1975年版。

王瑶：《中国新文学史稿》，上海：新文艺出版社，1953年版。

王齐乐：《香港中文教育发展史》，香港：三联书店，1996年修订版。

王剑丛：《评司马长风的〈中国新文学史〉》，《香港文学》22期（1986年），34—40页。

包天笑：《钏影楼回忆录》，香港：大华书局，1971年版。

古远清:《香港当代文学批评史》,武汉:湖北教育出版社,1997年版。

司马长风:《答复夏志清的批评》,《现代文学》复刊2期(1977年10月),91—112页。

司马长风:《中国新文学史》(三卷),香港:昭明出版社,1975—1978年初版。

司马长风:《文艺风云》,台北:时报文化出版公司,1977年版。

司马长风:《吉卜赛的乡愁》,台北:远行出版社,1976年版。

司马长风:《唯情论者的独语》,香港:创作书社,1972年版。

司马长风:《乡愁集》,香港:文艺书屋,1971年版。

司马长风:《新文学史话——中国新文学史续编》,香港:南山书屋,1980年版。

司马长风:《新文学丛谈》,香港:昭明出版社,1975年版。

司马长风:《绿窗随笔》,台北:远行出版社,1977年版。

司马长风著、刘绍唐校订:《中国新文学史》(台版,上下册),台北:传记文学出版社,1991年版。

司马长风编:《中国现代散文精华》,香港:一山书屋,1982年版。

宇文所安:《过去的终结:民国初年对文学史的重写》,《他山的石头记:宇文所安自选集》,田晓菲译,南京:江苏人民出版社,2003年版,306—335页。

朱自清:《朱自清古典文学论文集》,上海:上海古籍出版社,1981年版。

余英时:《文艺复兴与人文思潮》,《历史与思想》,台北:联经出版公司,1975年版,305—337页。

李孝悌:《胡适与白话文运动的再评估——从清末的白话文谈起》,《胡适与近代中国》,周策纵等,台北:时报文化出版公司,1991年版,1—42页。

李长之:《五四运动之文化意义及其评价》,《李长之批评文集》郜元宝、李韦编,珠海:珠海出版社,1998年版,328—339页。

周作人:《中国新文学源流》,杨扬编校,上海:华东师范大学出版社,1995年版。

周质平主编:《胡适英文文存》,台北:远流出版公司,1955年版。

姜义华编:《胡适学术文集:新文学运动》,北京:中华书局,1993年版。

纪念集编委会:《司马长风先生纪念集》,香港:觉新出版社,1980年版。

胡菊人:《清贫而富足的司马长风》,《香港作家》1999年1期,10页。

胡适:《五十年来中国之文学》,上海:新民国书局,1929年版,原载1923年《申报》五十周年纪念刊《最近之五十年》。

胡适:《胡适文存》,台北:远东图书公司,1953年版。

胡适:《胡适留学日记》,上海:商务印书馆,1937年版。

胡适:《胡适演讲集》,台北:远流出版公司,1986年版。
唐弢:《中国现代文学史》,北京:人民文学出版社,1979—1980年版。
唐德刚译注:《胡适口述自传》,台北:传记文学出版社,1986年版。
夏志清:《现代中国文学史四种合评》,《现代文学》复刊1(1977年7月),41—61页。
夏志清著、刘绍铭等译:《中国现代小说史》,香港:友联出版社,1976年版。
高大鹏:《传递白话的圣火——少年胡适与中国文艺复兴运动》,板桥:骆驼出版社,1996年版。
张灏:《幽暗意识与民主传统》,台北:联经出版公司,1989年版。
许怀中:《中国现代文学研究史论》,厦门:厦门大学出版社,1997年版。
陈子展:《最近三十年中国文学史》,北京:太平洋书店,1937年版。
陈思和:《一本文学史的构想——〈插图本20世纪中国文学史〉总序》,《中国文学史的省思》,陈国球编,香港:三联书店,1993年版,48—73页。
陈国球:《"革命"行动与"历史"书写》,见本书第三章。
陈义芝主编:《台湾文学经典论文集》,台北:联经出版公司,1999年版。
傅斯年:《傅斯年全集》,台北:联经出版公司,1980年版。
黄里仁(黄维梁):《略评司马长风〈中国新文学史〉》,《书评书目》60期(1978年),86—95页。
黄南翔:《欣赏中的叹息——略谈司马长风的文学事业》,《香港作家》1999年1期,8—9页。
黄修己:《中国新文学史编纂史》,北京:北京大学出版社,1995年版。
裴斐:《诗缘情辨》,成都:四川文艺出版社,1988年版。
赵家璧主编:《中国新文学大系》,上海:良友图书公司,1936年版。
黎锦熙:《国语运动史纲》,上海:商务印书馆,1934年版。
钱理群、温儒敏、吴福辉:《中国现代文学三十年(修订本)》,北京:北京大学出版社,1998年版。
钱钟书(中书君):《〈中国新文学的源流〉书评》,《中国新文学的源流》,杨扬编校,上海:华东师范大学出版社,1995年版,《附录三》,83—84页。
霍衣仙:《最近二十年中国文学史纲》,广州:北新书局,1936年版。
薛绥之、张俊才编:《林纾研究资料》,福州:福建人民出版社,1983年版。
关国煊:《司马长风小传》,《中国新文学史》(台版),司马长风著、刘绍唐校订,台北:传记文学出版社,1991年版。

外文部分

Abrams, M. H. *The Mirror and the Lamp: Romantic Theories and the Critical Tradition*. Oxford: Oxford UP, 1953.

Baldick, Chris. *Criticism and Literary Theory: 1890 to the Present*. London: Longman, 1996.

Barthes, Roland. *Mythologies*. Trans. Annette Lavers. London: Grafton Books, 1973.

Bennett, Tony. *Outside Literature*. London: Routledge, 1990.

Bergonzi, Bernard. *Exploding English: Criticism, Theory, Culture*. Oxford: Clarendon Press, 1991.

Brown, Merle E. *Neo-Idealistic Aesthetics: Croce-Gentile-Collingwood*. Detroit: Wayne State UP, 1966.

Burckhardt, Jacob. *The Civilization of the Renaissance in Italy*. Trans. S. G. C. Middlemore. London: Penguin, 1990.

Burke, Peter. *The European Renaissance: Centres and Peripheries*. Oxford: Blackwell, 1998.

Burke, Peter. *The Renaissance*, 2nd ed. London: Macmillan, 1997.

Comensoli, Viviana and Paul Stevens, ed. *Discontinuities: New Essays on Renaissance Literature and Criticism*. Toronto: U of Toronto P, 1998.

Eagleton, Terry. *Literary Theory: An Introduction*. Oxford: Blackwell, 1983.

Eagleton, Terry. *The Ideology of the Aesthetic*. Oxford: Blackwell, 1990.

Elliott, Emory, et al. ed. *Columbia Literary History of the United States*. New York: Columbia UP, 1987.

Fasold, Ralph W. *The Sociolinguistics of Society*. Oxford: Blackwell, 1984.

Ferguson, Charles. "Diglossia Revisited." *Southwest Journal of Linguistics* 10 (1991): 91-106.

Ferguson, Charles. "Diglossia." *Language and Social Context: Selected Readings*. Ed. Pier Paolo Giglioli. London: Penguin, 1972. 232-251.

Fishman, Joshua "Societal Bilingualism: Stable and Transitional." *The Sociology of Language*. Rowley, MA: Newbury House, 1972. 91-106.

Grieder, Jerome B. *Hu Shih and the Chinese Renaissance: Liberalism in the Chinese Revolution 1917-1937*. Cambridge: Harvard UP, 1970.

Guillory, John. *Cultural Capital: The Problem of Literary Canon Formation*. Chicago: U of Chicago P, 1993.

Hill, John Spencer, ed. *Imagination in Coleridge*. London: Macmillan, 1978.

Hollier, Denis, ed. *A New History of French Literature*. Cambridge: Harvard UP, 1989.

Jancovich, Mark. *The Cultural Politics of the New Criticism*. Cambridge: Cambridge UP, 1993.

Marino, Adrian. *The Biography of "the Idea of Literature": from Antiquity to the Baroque*. Albany: SUNY Press, 1996.

Masini, Federico. *The Formation of Modern Chinese Lexicon and Its Evolution Toward a National Language: The Period from 1840 to 1898 (Journal of Chinese Linguistics Monograph Series, No. 6)* Berkeley: UC Berkeley, 1993.

Mkilifi, Abdulaziz. "Triglossia and Swahili-English Bilingualism in Tanzania." *Advances in the Study of Societal Multilingualism*. Ed. Joshua Fishman. New York: Mouton, 1978. 129-152.

Mukařovský, Jan. "A Note on the Czech Translation of Šklovskij's Theory of Prose." *Word and Verbal Art*. Ed. John Burbank and Peter Steiner. New Haven: Yale UP, 1977.

Owen, Stephen. "The End of the Past: Rewriting Chinese Literary History in the Early Republic." *The Appropriation of Cultural Capital: China's May Fourth Project*. Ed. Milena Doleželová-Velingerová and Oldřich Král. Cambridge, Mass.: Harvard University Asia Center, 2001. 167-192.

Schiffman, Harold F. "Diglossia as a Sociolinguistic Situation." *The Handbook of Sociolinguistics*. Ed. Florian Coulmas. Oxford: Blackwell, 1997. 205-216.

Scholes, Robert. *Textual Powers: Literary Theory and the Teaching of English*. New Haven: Yale UP, 1985.

Siewert, Klaus. "Vernacular Glosses and Classical Authors." *Medieval and Renaissance Scholarship*. Ed. Nicholas Mann and Firger Munk Olsen. Leiden: Brill, 1997. 137-152.

Tallis, Raymond. *Not Saussure: A Critique of Post-Saussurean Literary Theory*. Basingstoke: Macmillan, 1988.

Trask, R.L. *Key Concepts in Language and Linguistics*. London: Routledge, 1999.

Tredell, Nicolas. *The Critical Decade: Culture in Crisis*. Manchester: Carcanet Press, 1993.

Wellek, René. "The Name and Nature of Comparative Literature." *Discriminations: Further Concepts of Criticism*. New Haven: Yale UP, 1970. 1-36.

Widdowson, Peter. *Literature*. London: Routledge, 1999.

第七章

"香港"如何"中国"
——中国文学史中的香港文学

"香港文学"在香港
"香港文学"在中国
把"香港"写入"中国"
"香港"如何"中国"?

一 "香港文学"在香港

现代文学在香港活动已经有一段不短的历史。如果依从众说,以1928年创刊的《伴侣》杂志为标记,则香港新文学的起步只比《新青年》杂志正式刊载白话文作品的1918年晚十年(黄康显《从文学期刊看香港战前的文学》,18—42页;黄维梁《香港文学的发展》,535—536页)。照袁良骏的讲法,这个起步时间更可以推前到1924年;他指出英华书院在1924年7月出版的《英华青年》季刊中已有白话小说五篇(《香港小说史》,37—41页)。我们必须明白,当时在英国殖民统治之下,香港的文化发展几乎无所着力;香港人在种种条件的限制下,只凭简单的信念去摸索文学的前路。我们翻开侣伦的《向水屋笔语》,从其中几篇忆旧的文章,例如《寂寞地来去的人》、《岛上的一群》等,就可以看到在新文学运动开展不久,香港作家已经很努力地探索学步,甚至以朝圣的心情,主动跑到上海拜会文艺界,希望取经悟道(侣伦,3—21、29—31、32—34)。可以说,香港的新文学活动在举步维艰的情况下开展,起起伏伏地存活于世,也遗下不少形迹和影响。

可是,以"香港文学"作为一个具体的言说概念,为它定义、描画,以至追源溯流,还是晚近发生的事。从流传下来的资料中,我们偶然也会见到"香港文学"一词在60年代以前的文学活动中出现;例如在香港大学中文系任教的罗香林,就曾在1952年11月以《近百年来之香港文学》为题做演讲。[1]但这不过是以香港所见的中国文学活动为谈论对象,与罗氏后来的另一次题为《中国文学在香港的发展》的演讲相近。[2]当时的视野,主要在于揭示香港这个由英国人统治的弹丸之地,还留得中国文学的一点血脉。另一个以"香港"为单位的文艺考察,可以李文在1955年刊行的《香港自由文艺运动检讨》为例;文中分别讨论东方既白、赵滋蕃、格林、易文、张爱玲、沙千梦、耿荣、黄竞之、徐速、徐訏、黄思骋、余非等人的作品;但这篇文章的目的在于以"自由"为口号去宣扬"反共"文艺,对"香港"这个符号,无所究心。当然这篇长达79页的文章,本身的文学史意义也是不容忽视的(《当代中国自由文艺》,14—92页)。以上两种论说,前者意在以血缘传统的想象来抚慰文化孤儿的心理匮乏,后者则是文艺与政治宣传结合的一次操作示范;各有其文化政治的意义。

然而,上述二说到底没有70年代以还那种追寻本土个性的冲动。香港人为本土文化定位的行动,当然与70年代麦理浩(Sir Crawford Murray MacLehose)统治时期(1971年11月—1982年5月)所滋生的"香港意识"有密切关系(参郑树森,52—53;萧凤霞,20;田迈修、颜淑芬,7;藤井省三,91—93)。《中国学生周报》在1972年就曾发起过"香港文学"的讨论;1975年香港大学文社更举办了一次"香港四十年文学史"学习班,编就《香港四十年文学史学习班资料汇编》。1980年中文大学文社又曾主办"向态文学生活营",编制包括《香港文学史简介》、《文学杂志年表简编》、《理论、背景及杂志选材》等资料册。这些活动所开展的只是粗浅的文学史论述,所编制的资料也充斥疏误阙遗,但的确可以见证当时香港本土年轻人的意识中,已有为"香港文学"做系统理解的想法。

当然,这种追寻"香港文学"的意识,初期只能具体化为零星的言说;要经历相当时日的酝酿,才因时乘势,转化为大规模的书写行动。早在1975年,活跃于香港文坛的也斯,曾在香港中文大学的校外课程部开设"香港文学三十年"的课程(参也斯《香港文化空间与文学》,218页)。[3] 从80年代开始,在香港境内更出现不少"香港文学"的研究活动,大学与各种文化机构多次举行学术研讨会(参卢玮銮《香港文学研究的几个问题》);文人学者纷纷撰写详略不同的论文,以发声比较响亮的几位论者为例,我们可以顺次举出这十年间好些有关"香港文学"的文章:

刘以鬯《香港的文学活动》(1981年3月);
黄维梁《生气勃勃:一九八二年的香港文学》(1983年1月);
黄继持《从香港文学概况谈五六十年代的短篇小说》(1983年3月);
黄维梁《香港文学研究》(1983年8月);
卢玮銮《香港早期新文学发展初探》(1984年1月);
刘以鬯《五十年代初期的香港文学》(1985年4月);
黄康显《从文学期刊看战前的香港文学》(1986年1月);
杨国雄《关于香港文学史料》(1986年1月);
刘以鬯《香港文学的进展概况》(1986年12月);
黄继持《能否为香港文学修史》(1987年5月);
卢玮銮《香港文学研究的几个问题》(1988年10月);
梁秉钧《都市文化与香港文学》(1989年5月)。

(资料根据:黄维梁《香港文学初探》、黄继持《寄生草》、卢玮銮《香港故事》、刘以鬯《短梗集》、刘以鬯《见虾集》)

在检讨"香港文学"作为言说概念所引发的活动时,我们却可以见到一个值得再思的现象:香港境内的学者,到了2003年的今天,还没有为"香港文学"征用一个更强而有力的符号:"文学史"。香港境内不能说没有类似"为香港文学修史"的书写行动,只是各人所做的都是片段的、个别的游击;

还无力写成一本以"香港文学史"为名的著作。[4]最近传闻香港艺术发展局有一个"香港文学史"的书写规划在筹备中,其书写的取向和定位尚未明晰。[5]另一方面,在中国内地,"文学史"力量发挥不懈。我们可以看到有两方面的书写行动在同时进行:一是撰写专门的"香港文学史";另一是在新撰的"中国文学史"中加入"香港"的部分。

二 "香港文学"在中国

在未进一步讨论这些文学史书写之前,我们可以稍稍回顾一下"香港文学"作为一个文化的话语概念,如何进入内地的视野。由于地缘的关系,内地学术机构中,能够充分利用体制的力量来研究香港文学的,主要集中于对外交流较早较密的粤闽地区。活跃于港粤两地的曾敏之说自己远在1978年,就在广东作家召开的会议上呼吁"配合开放与改革,文学也应'面向海外,促进交流'"(曾敏之,1;又参许翼心,2)。据说写成第一本香港文学的历史描述专著的潘亚暾,正是这种呼吁的最早回应者之一(潘亚暾、汪义生《香港文学概观》[6])。曾敏之的说法,明白宣示"香港文学"研究与政治上的"开放政策"的关系。由于官定政策的强力推动,内地大学不少原来研究现当代文学的学人,从80年代开始转习台湾和香港文学;例如写《香港小说史》的袁良骏原是鲁迅专家,主编《香港文学史》的刘登翰原本研究中国新诗发展,编有《浮城志异——香港小说新选》的艾晓明早期专研左翼文学和巴金……(参古远清《内地研究香港文学学者小传》)。此外,福建和广东等地陆续成立"台港文学研究室"[7],举办台港文学研讨会[8]、台湾香港文学讲习班等。[9]纷纷攘攘,看来比香港本土的"个体户"研究方式热闹得多。由此建立起来的研究团队,就是内地"为香港写文学史"的力量源头。

然而,我们却有兴趣知道,内地学界对香港文学的关顾,是否仅限于沿海对外开放交流的省市;除了官定研究机关的热心学人外,其他文化中人究竟如何(或者曾否)"接受"、"承纳"香港文学。我们尝试从在内地知识分子中流通极广的杂志《读书》入手,试图测度"香港文学"声影的流播过程。这个选样相信比"专业对口"的《台港文学选刊》、《四海》等专为介绍推广台湾、

文学史书写形态与文化政治

香港以至海外华文文学的刊物,更有启示意味。因为专业刊物只为"专家"而设;而《读书》的面向,则是整个中国的知识界。前者或可细大不捐、精粗并陈;后者则需要注意与受众的视界互动以至融合。

《读书》从1979年创刊第1期到1998年第12期的二十年间,一共出版了240期,当中与香港相关的文章共有40篇,专论文学(包括作家作品)的占34篇(见"附录")。最早的一篇见于1981年第10期,题《沙漠中的开拓者——读〈香港小说选〉》,是写过《丹心谱》(1979)、《左邻右舍》(1980)等剧作的苏叔阳所撰。这篇文章极有象征意义。所评论的小说选,由福建人民出版社编辑,于1980年10月出版[10],可说是内地出版的最早以"香港"的集体概念为名的文学选本之一。[11]这个《小说选》目的在于宣示"资本主义制度下的香港的形形色色的描写",其功能就如一面镜子,"反映了摩天高楼大厦背后广大劳动人民的辛酸和痛苦"、"揭露和鞭挞了香港上层社会那些权贵们的虚伪和丑恶"(《后记》)。如果这个选本真是一面镜子,香港境内的文学活动参与者大概会见到一个陌生的镜象。检视《香港小说选》一书,入录的作家包括:阮朗、舒巷城、刘以鬯、陶然、李洛霞、吴羊璧、梁秉钧、杨柳风、张雨、谷旭、东瑞、连云、张君默、刘于斯、夏易、白洛、海辛、彦火、黎文、谭秀牧、夏炎冰、西门杨、萧铜、瞿明、漫天雪、徐讦、侣伦、凌亦清。当中固然有徐讦、李辉英、梁秉钧、李洛霞等与香港左翼文艺关系不算深的作家,但所选小说是否他们的代表作却成疑问;名单的主要代表是香港的左派作家和当时初到香港的南来作家。即使在南来作家群中,也有人不满这个选本。《读书》杂志关于"香港文学"的第二篇文章,就是南来作家之一的东瑞(有《恭喜发财》一篇入选)所写《对〈香港小说选〉的看法》(1980年第12期)。文中并非针对苏叔阳文章做出回应,而是指出这个选本"缺乏代表性"、没有"尊重作者"、"排编失当"。

这个选本也有另一种反映作用:可以映照出编选者当时视野的局限。照黄子平所说,《香港小说选》的审视标准只能是恩格斯评巴尔扎克的"典型论"和"现实主义";而"回到现实主义"本来是当时对"假大空"的极"左"文艺路线的拨乱反正,有其积极的作用;可是对于内地的文学中人,香港的"辛酸和痛苦"、"虚伪和丑恶",似乎分量不够,且了无新意(《"香港文学"在内地》,

271—273页)。黄子平的感慨,让我们更清楚地看到"现实主义"、"反映论"的"科学"和"客观",其实与"主体"的"期待视野"有莫大关联。这个选本面世时,黄子平身在北京,正处思潮新变的酝酿期。据他的回忆,这里所选48篇作品"未能给当时的读者留下应有的印象"(《"香港文学"在内地》,273页)。因此,苏叔阳在文章结尾表明"无力也无心评断当今香港小说的现状",这种态度,也是可以理解的。

然而苏叔阳对"香港"和"香港文学"毕竟也做了很有参考价值的评断。他指出:

一、香港是个畸形的社会,光怪陆离的高度资本主义化的城市;文学难逃被商业侵袭的厄运。这说明了一个真理:资本主义于文学的发展是不利的。(问题是:是否有一种政治制度对文学的生存和发展最有利呢?)

二、中国的文学,在打倒"四人帮"以后,突飞猛进;创作思想上越来越摒弃那种主题先行,从观念出发的非文学的指导思想。香港的文学,还没有追上这股汹涌的洪流。(问题是:"香港文学"是否都是主题先行的写作?)

三、香港小说的成绩,不要说同世界小说的发展看齐,离中国小说的主流也相去甚远。(问题是:何谓"世界小说"?为什么要你追我赶?)

苏叔阳的衷心之言是:

> 无论如何,中国文学的主流是在内地,是在大陆,这是不可否认的事实。……我只希望,香港的作家们也能解放思想,站得高一点,看得远一点,把自己的作品溶于中国文学的长河,汇入世界文学的海洋(33)。

其实,我们由苏叔阳的说话,也可以理解当时知识分子如何理解"中国文学"、"香港文学"和"世界文学"的位置:"世界文学"最先进;"中国文学"正努力追赶;"香港文学"却落后停滞。苏叔阳代表了当时知识分子刚从思想禁锢的黑暗夜空走出来,感受到阳光灿烂的"新启蒙",预备与现代化的"世界(文学)"接轨。面对文化的差异,首先拈出的是"历时的"衡尺量度,排列成"落后"到"进步"的轨迹。福建人民出版社编的《香港小说选》仅仅以"图解生活"、"图解概念"的作品为主要样本;没有兴趣翻寻香港人在过去几十年与中西文化的纠缠镠轇,没有探问香港作家在社会、经济种种压力下蜿蜒流动的努力。苏叔阳的惟一根据既不全面,无怪乎他觉得香港的小说"还停留在初创的阶段",谆谆告诫香港的作家要跟随那努力追赶"世界文学"的人潮。

《读书》二十年中关乎香港文学的三十多篇文章,超过一半是罗孚(除了最早一篇之外,均以"柳苏"为笔名)所作。最早一篇是 1986 年 12 月的《曹聚仁在香港的日子》,最后一篇是 1992 年 10 月的《杂花生树的香港小说》。最密集的是 1988 年 1 月到 1989 年 1 月这段期间,每期都刊出一篇。当中只有两篇是香港文坛的综合介绍(《杂花生树的香港小说》、《香港的文学和消费文学》),其余都是作家的介绍;所论作家包括:曹聚仁、亦舒、金庸、梁羽生、三苏、唐人、叶灵凤、林燕妮、梁厚甫、西西、侣伦、徐訏、刘以鬯、小思、董桥、李辉英等。罗孚谈论的作家,主要以小说和散文的创作为主。如果我们把这份名录与福建人民出版社编选的《香港小说选》和《香港散文选》的作者名单相较[12],我们可以看到其间有极大的差异。

这些差异背后有许多个人和时代的因缘,不能简单地以品味不同来解释。以时代而言,"文革"后的"新启蒙"在 80 年代后期已有深长的发展,专以文学思潮而言,从 1985 年"二十世纪中国文学"概念的提出,到 1988 年"重写文学史"的倡议,已可以见到其间动力的运转。知识分子对各种"新异"有好奇的容忍。政治的大气候当然是 1984 年《中英联合声明》的签订,香港要从英国人手中归还中国。这南方的海隅一角,居然得享全国目光的"凝视"(the gaze)。在黎庶的视界中,香港的形象更挟商品经济发展大势而获得"近于谀"的令誉(参罗孚《收场白"大香港心态"?》[13])。可是,《读书》的受众都有"知识的傲慢",不会"从众"地欣赏庸俗的"港式"世情。

在此以外的"历史偶然"是罗孚从 1982 年起羁留北京超过十年。罗孚本是长期在香港活动的开明左派,与左翼以外的文化人来往较多,对香港的认知有可能冲出政治的藩篱。在《好一个钟晓阳!》一文中,罗孚就提到 1981 年自己以"左派阵营的一员",约见"在右边以至台湾的报纸发表作品"的钟晓阳。这种"跨越"左右界线的举措,在当时而言,不是所有文化人都愿意或者有能力做的。当他在北京找到一个可以游移的空间时,刚好碰上"香港"以复杂形相浮现当前,于是他先写了《香港·香港……》(北京:三联书店,1987年版)一书,由"太平山顶"谈到"女人街"、由"香港的'中国心'"说到"香港人"享有的"自由"。[14]接下来就在《读书》畅谈香港的文坛。[15]

　　由于罗孚的文章较多,可说自成体系,它们在《读书》的连续出刊,很能说明"香港文学"的展现模式。我们首先注意到罗孚的书写策略有二:一是掌故,另一是猎奇。二者又自是互有关联。第一篇是《曹聚仁在香港的日子》。曹聚仁在现代中国文学史上本来就有一个清晰的"上海作家"形象,与鲁迅和周作人兄弟关系非浅。由这个文化回忆来开展一段掌故,可以牵动怀旧的好奇。《读书》的读者在文中看到夏衍、聂绀弩、秦似等的声影之余,罗孚从旁点染,指出曹聚仁"一生的著作有五分之四是在香港完成的"。由是,"香港"就得以依附在一丝半缕的旧情之上,汇入共同记忆的川流中。再如稍后一篇《凤兮凤兮叶灵凤》在细说主人公寓居香港的生涯之余,结尾是这么一句:"如果凤凰也有中西之分,那就可以断言,叶灵凤是一只中国凤。""香港"是"中国"记忆之川偶然溅起的几点水珠。

　　罗孚在写过曹聚仁之后,就以《香港有亦舒》来做另一方向的开展。接下来再写《金色的金庸》、《侠影下的梁羽生》。80年代开始,大陆曾有一阵"琼瑶热",于是罗孚就以"台湾有琼瑶,香港有亦舒"一句来开始他的文化导游。亦舒是"书院女"(即香港"英文中学"的女学生),写"流行言情小说"、讲"现代化都市的爱情故事",这都是新鲜的滋味。至于金庸、梁羽生等的武侠小说,从"文革"后期通过夹带偷运等民间活动早一步"回归祖国",后来更进占南北街巷的书摊,本来毋庸引介。然而罗孚的贡献是:特别为中国读者奠定品尝异域野味的心理基础(或说"思想准备");他屡屡指出:"海外不同于大陆"(《金色的金庸》),"在香港、台湾和海外,新派武侠小说并不被排除于文学领域,新派爱情小说就更不被排除了"(《香港有亦舒》)。"香港"既是异域,当然有可供猎奇的有趣珍玩。于是有《才女强人林燕妮》中刻画的"奇女子",又有《三苏——小生姓高》中"标榜"的文言、白话加广东话的"三及第"怪论;前者之"新"在于"奇情爱情"、"现代都市"的"软绵绵";后者之"奇"在于"香港又是长期受到封建文化影响的地方,文言文的遗留也就不足为奇"。

第七章　"香港"如何"中国"

"香港文学"在这种论说中,不失其"光怪陆离"的"本质"。

罗孚并不是没有品味的导游。他介绍刘以鬯时,把他的"现代"与"现实"纠结处娓娓道来(《刘以鬯和香港文学》);当他述说西西的长短篇时,又能以疏朗的笔锋剪影存神(《像西西这样的香港女作家》)。当然他不会忘记在重要关节刻记如下的断语:《酒徒》"既是香港的,又是有特色的";"像西西这样的香港女作家"会得赞美"读书无禁区"的"我城"。我们看到罗孚的确站在香港境外的立场,以寻幽搜奇的目光来看"香港文学"。

这位文化导游可精于其业,虽然他自己在香港本来就是左翼文坛的中心人物,但他没有重点倾销积存的现货;除了曹聚仁、叶灵凤等别有"怀中国文坛之旧"功能的作家以外,属于圈内同仁的作家他只选了侣伦、唐人和两份文艺刊物作为样本。[16]重点所在,还在于"香港文学"的"异色"。但这"异色"又不能太生涩难谐,于是罗孚记得说明亦舒崇拜鲁迅、崇拜曹雪芹、崇拜张爱玲;三苏曾经表示写小说得力于《老残游记》、《儒林外史》和《阿Q正传》;林燕妮追随罗慷烈进修古典中国文学、"梦中情人"是纳兰容若;西西会得写文言文,小思因为研究中国作家在香港的文踪而成为"香港新文史的拓荒人"……。

在罗孚编制的采购货单中,最有指标作用的莫如董桥散文。罗孚在《你一定要看董桥》一文中郑重提醒他的读者"董文是香港的名产",甚至不惜高声叫卖:"你一定要看董桥!"相对于当时内地的文风,董文的"异色"是最明显不过的;罗孚欣赏的理由之一,应该是有见于董桥所说:"我要求自己的散文可以进入西方,走出来;再进入中国,再走出来;再入……。"这不就是"华洋杂处,中西汇流"的"香港牌"正货吗?罗孚三番四次说:"他现在是'香港人'"、"他当然是'香港人'"、"董桥可以说是'香港人'";"物化"后的"董桥"以至"香港文学"就在明早深巷的叫卖声中摆陈待售。在福建晋江出生,在印尼成长,在台湾念大学,在英国研究马克思的董桥本人,可能不一定欣赏身上挂上"香港牌"的标签,[17]但事实是:销情走俏。

董桥散文经罗孚品题之后,以"香港"的身份在大陆文化圈得享盛名。[18]相对来说,卞之琳评介诗人古苍梧,虽然比罗孚的系列文章更早见于《读书》,却没能引起类似的轰动。卞之琳对古苍梧诗集《铜莲》中的三辑诗以至林年同的序文都有独到的评析,可是反响仅限于卞之琳提出的"诗是否该用标点"这个小环节。[19]事实上罗孚以外的论家,所提到的香港作家几乎没有新增:如冯亦代谈叶灵凤、吴方谈曹聚仁、柯灵谈小思、何平和冯其庸谈金庸等。只有李公明以《批评的沉沦》为题论"梁凤仪热"一文,明显超出罗孚名单之外,而又别具文化批评的意义。

至如90年代中期以后的几篇文章,如张新颖《香港的流行文化》评介梁秉钧所编《香港的流行文化》一书,袁良骏《〈香港文学史〉得失谈》以王剑丛所撰的《香港文学史》为论,二者都是在文学史或文化史论述形态已有相当规划之后的评断,与罗孚等论说在建构正典的过程中有不同阶段的意义,有关问题可以暂且搁下。

总而言之,由苏叔阳由《香港小说选》窥探"香港文学",到罗孚推介"香港文学"的系列文章之备受中国知识界注目,其过程以至当中的策略都值得我们细心审视。以上只是初步的观察,试图为一种"香港文学"概念被捏合成形的过程做出测度;经过这个审察程序,我们可以再进而对照90年代出现的具体文学史书写和相关的后设论述。

三 把"香港"写入"中国"

在许多人的想象中,"香港文学"被写入《中国文学史》之内,大概在单行别出的《香港文学史》出现以后;其实不然。如果以正式成书的时间看,《中国文学史》之加添"香港文学",并不比题作《香港文学史》的著作迟出现。面世最早的谢长青著《香港新文学史》(广州:暨南大学出版社)出版于1990年,范围只包括1949年以前"白话文学"在香港的发展。至于1949年以还香港文学活动的历史描画,要到1993年潘亚暾、汪义生合著的《香港文学概论》。正式题"史"的是1995年王剑丛所写《香港文学史》;1997年潘亚暾和汪义生之作再修改成《香港文学史》。同年还有刘登翰主编的另一本《香港文学史》。[20]

至于各种"中国文学史"、"中国现、当代文学史"、"二十世纪中国文学史"中收有"香港"部分者,从1990年开始,到2000年为止的十年间,起码有以下十余种:

1. 雷敢、齐振平主编《中国当代文学》；
2. 金汉、冯云青、李新宇主编《新编中国当代文学发展史》；
3. 曹廷华、胡国强主编《中华当代文学新编》；
4. 孔范今主编《二十世纪中国文学史》；
5. 张炯、邓绍基、樊骏主编《中华文学通史》；
6. 田中阳、赵树勤主编《中国当代文学史》；
7. 金钦俊、王剑丛、邓国伟、黄伟宗、王晋民《中华新文学史》；
8. 黄修己《20世纪中国文学史》；
9. 国家教委高教司编《中国当代文学史教学大纲》；
10. 朱栋霖、丁帆、朱晓进主编《中国现代文学史1917—1997》；
11. 肖向东、刘钊、范尊娟主编《中国文学历程·当代卷》；
12. 丁帆、朱晓进主编《中国现当代文学》。

由以上所列看来，把"香港文学"写入的《中国文学史》，远比独立成编的《香港文学史》多；第一本《香港文学史》还未成形的1990年，已有陕西师范大学雷敢等将他们认识的"香港文学"编入《中国当代文学》的"第九编"《台港文学综述》之中。

以下我们先以1990年雷敢等主编的《中国当代文学》（简称雷著）、1992年金汉等主编的《新编中国当代文学发展史》（简称金著）、1993年曹廷华等主编的《中华当代文学新编》（简称曹著）三本较早面世的文学史为观察对象，分析其书写方式和意义。

（一）"板块组合"

从篇幅分配的角度看来，这三本早期把香港文学"写进来"的著作，都只是以谨小慎微的方式处理。雷著全书557页，以六编分述大陆文艺思潮和各体文学；以下第七编是《儿童文学综述》、第八编《少数民族文学综述》。"台港文学"的加入，只能给予最"方便"的位置——全书最后一编（第九编）；其中香港部分6页，占总篇幅的1.07%。曹著中的香港文学所占篇幅略多，全书626页，香港部分20页，占3.19%。其位置也安排在《儿童文学创作》

(第八编)、《少数民族文学创作》(第九编)和《台湾文学创作》(第十编)之后,与"澳门文学"合成第十一编。"香港文学"的位置更准确的反映,可能见诸金著之上;编者把台湾和香港的文学放在两个"附录"中。9页(占全书723页的1.24%)的"香港文学"就仅见于《附录二》。曹著《绪论》解释说:

> 从总体安排上讲,全书共分十一编,以前九编分别论述大陆文学的状况,以第十编概说台湾、香港、澳门地区的文学面貌,用"板块组合"结构,将中华当代文学的全豹勾勒出来,提供学习与研究的基础(6)。

"板块组合"是内地常用的比喻,但这个说法好像把文学史书写看做一种拼图活动,"香港"是拼图的一小块。另一方面,为学界重视的著作,如洪子诚《中国当代文学史》的《前言》则认为:

> 台湾、香港等地区的文学与中国大陆文学,在文学史研究中如何"整合"的问题,需要提出另外的文学史模型来予以解决(IV)。

陈思和主编的四十余万字的《中国当代文学史教程》,却表示:

> 不可能有充裕的篇幅来讨论大陆地区以外的中国文学(433)。

二著虽然不写香港文学,可是看来全无阙漏的遗憾,反而让读者有轻省轻松的感觉。相反地,有了"香港"这一截,"中国文学史"反而多了一个包袱,要用力从政治伦理去解释。如曹著《绪论》所说:

> 由于世界上只有一个中国——中华人民共和国;由于台湾、香港、澳门等地区都是无可争议的中国的一个部分;由于大陆及台、港、澳等地生息繁衍的都是黄皮肤、黑眼睛的中华民族成员;因此,中华当代文学的研究范围,理应包括大陆各民族的文学和台湾、香港、澳门等地区的文学。……(1)

（二）情节结撰

因为要在种种限制底下处理一个新异的对象,于是历史情节结撰(emplotment)就趋向简约,以典型手法写典型故事:

> 香港本是一弹丸小城,但自1840年鸦片战争沦为英帝国主义的殖民地以后,很快便成了它们倾销商品、掠夺资本与廉价劳动力的"自由港"和国际贸易市场,西方形形色色的腐朽文化也随之大量浸(侵)入,香港当代文学的形成与发展道路,也因此极其坎坷不平。它经过了在五十年代与"反共文学"、"美元文化"和"黄色文学"的艰苦斗争,六七十年代与西方文化的冲突交融,直到八十年代才逐渐成熟,走向多元化的蓬勃发展道路,形成真正独成体系的香港当代文学(600)。

这里"香港文学"的故事,好比一个弃置蛮荒的少年英雄,成长历险、斩妖除魔,最后得成"正果":

> 随着大陆的进一步改革开放,香港"九七"的回归,异彩纷呈的多元化发展的香港文学,目前已有由西进走向东归,由认同而回归传统的倾向。在新的形势下,它必将奔向崭新的历程,开创出更有实绩的美好前景(602)。

类似的空洞言说,也见于金著:

> 80年代,随着大陆改革开放,"一国两制"国策的确立,加之香港回归在即,香港文学呈现出多元化、全方位发展态势。由于文坛有更多的有识之士热衷于祖国统一大业,香港文学进入了自觉化时代。其主要特点是:文学、文学社团活动频繁,严肃文学影响日益扩大,众多消费文

学亦日趋健康化;写实、现代两大文学流派开始真诚交流、融合(714)。

以至雷著:

> 展望香港文学的未来,尽管流行文学势头不减,但严肃文学前途光明。由于香港作家处于独特的地位和视角,今后香港文学将更趋多元化发展,同时反映社会现实生活的深度和广度将会得到加强,而专栏"框框文学"将更兴旺、发达(555)。

把这些乐观向上的话语并置合观,我们更能体会其中历险故事中的"想当然"成分。读者如果认真去追问:"发展"如何可以"多元化"?"自觉化时代"、"由西进走向东归"是什么意思?何以见得?"专栏框框文学将更兴旺发达"的原因何在?结果一定是失望而回。或者我们可以考虑:这一类的文学史如何以书写进行其文本世界的构建?如何为这个世界画上边界?如何让这个文本世界的人(agents)与事(events)活动?诸如此类问题的探索,或者更有意义。

(三) 秩序的冲击

在香港文学未加入"中国当代文学史"的领域时,世界的秩序是井然不紊的。然而,一旦所谓"商品文学"、"通俗文学"、"消费文学"闯进来,情况就不易控制了。正如研究香港小说的袁良骏的感叹:

> 比如大陆,建国以来就没有甚么"纯文学"(或曰"严肃文学")和"通俗文学"的界限,《小二黑结婚》、《新儿女英雄传》、《铁道游击队》、《林海雪原》,举不胜举,算纯文学还是通俗文学?没有一本文学史、小说史把它们列入通俗文学,甚至文学史中根本没通俗文学这个概念(288)。[21]

这些"中国当代文学史"的书写原本有一定的程式,作品、作家、流派的措置都有清楚的伦次秩序。但"香港文学"却是一堆庞杂凌乱的材料；什么值得记录？该占什么分量？很难有一把合用的量尺。如曹著描述"香港当代文学"的特色时说：

> 它的商品化,文学也得服从于市场竞争的经济规律。于是物欲、色情、凶杀等带刺激性的作品泛滥,怪诞、奇谈、荒谬的文艺层出不穷(603)。

雷著则从反映论的角度做解释,但说来更似是为"香港文学"的宿命定调：

> 高度商业化的社会性质决定了香港文学的商品化,这种商品化集中反映在"通俗"文学上,它在香港历久不衰,拥有庞大的作者群,也拥有广大的读者群,这是香港文坛最突出的特点(550)。

金著则把量度标准调低：

> 当然,他们的作品也不同程度地缺乏应有的思想深度,但就社会环境和读者水准来说,不仅不宜苛求,甚至已属难能可贵(717)。

因此,每一本文学史的香港部分,无论篇幅如何短小,都会特别标举香港的流行作家和作品,例如金著既把唐人的《金陵春梦》说成"较有史料、认识价值,在海内外产生广泛影响"(715),也提醒"我们不能忘记梁羽生、金庸、依达、亦舒、严沁、岑凯伦、倪匡、何紫等作家在新派武侠小说、言情小说、科幻、儿童小说创作中的令人瞩目的成就"(717);曹著主要讨论的小说家只有五位,当中就有亦舒和金庸(608—611)。但最有喜剧效果的还是雷著。例如讨论香港文学刊物的寂寞一段,在罗列《素叶文学》、《文艺季刊》、《当代文艺》、《海洋文艺》等努力耕耘的文学刊物之余,接着说：

> 比较流行的刊物应该算是《电视》周刊,《马经》周刊,销量都在30万份以上。近来又有《读者良友》、《香港文艺》问世,颇有市场(551)。

下文交代"素叶丛书"出版的文学书册以后,再罗列"有影响的出版社",接着说:

> 黄电(应作黄霑)的《不文集》一书,一年之内再版30多次,成为香港第一畅销书。还有钟晓阳的《停车暂借问》一书,1983年被评为香港十大畅销书之一(552)。

《马经》周刊、黄霑的黄色笑话集,与苦心孤诣的文学事业并置,而没有任何区辨的意向,这样绘画出来的图像,绝对有荒诞的意味。雷著还为读者解释:

> (香港作家)多不愿称自己是作家,因为那样会被人认为卖文为生,地位低下(552)。

(四) 评断失衡

上面提到部分"中国文学史"在论述"香港文学"时,会尽量调低标准,以"宽容"来容纳"陌生事物";不过这种"宽容"有时变成"错乱"。最早的雷著,仅仅"精选"夏易、刘以畅(应作鬯)、海辛、施叔青、唐人五位作家为论;其评断所据,已完全无法从"文学"角度理解。另外两本著作的选取标准令人摸不着头脑。例如金著评徐訏小说云:

> 由于他诗歌、散文、剧本创作造诣甚深,各种传统艺术形式的交融,以及西方唯美主义、象征主义、形式主义、印象主义学派的影响,丰富了他的小说艺术表现力(715)。

概述香港的小说时评说:

> 以上各路作家作品的共同特点是比较健康、清新,雅俗共赏;注意融西法于民族传统之中;形式活泼多样,以引导读者向上、向真、向善、向美,达到陶冶性情、潜移默化的目的(717)。

曹著评张诗剑说:

> (他的)艺术手法,多是写实、象征与抒情的自然融合。格调朴实、清新、犀利;无论写景状物,都意蕴丰厚,深富哲理寄托,耐人寻味与联想,独具一格(615)。

"各种传统艺术形式"加上"唯美主义"、"象征主义"、"形式主义"、"印象主义","写实"、"象征"、"抒情"、"朴实"、"清新"、"犀利"、"意蕴"、"哲理"共冶一炉,说来好像不经思辨的大杂烩、大拼盘。评论香港"各路作家作品的共同特点"时,好像学生以"我的理想文学作品"为题作的文章,"真"、"善"、"美"样样俱全,可是毫无想像力;这种"虚文"只会造成面目模糊、轮廓不清的效果。[22]编者面对陌生的文学样品,大概不知如何调校品味,以致无法做出准确的判断。

然而,"香港文学"既是新近输入的品种,当然会以"异乎寻常"的形貌示人。因此这些早期的著作会自行建构一种虚妄的"港味"。例如金著罗列80年代的中青年作家如彦火、小思、也斯、东瑞、黄维梁、巴桐、西茜凰、梁锡华、黄国彬、黄河浪、钟玲玲等,说"他们思想开放,技巧新锐,感情醇厚,文笔优美,创作了大量港味十足的散文佳篇"(719);又说舒巷城在"吃尽漂泊流离之苦"后,"因而更加深沉地爱着自己的故土",于是有《海边的岩石》一诗,从中"不难感悟到他诗歌的浓郁港味的真谛"(718)。然而,无论读者如何用心参详,也很难明白这出自同一著作的两处"港味",究竟有何共同特质?更不要指望可以借此探源究始,了解"港味"的历史社会脉络、发展成形的历程。

当然最能照顾"香港文学"特色的评断,还是金著这一句:

> 就社会环境和读者水准来说,不仅不宜苛求,甚至已属难能可贵

(717)。

四 "香港"如何"中国"?

上一节讨论的三本早期文学史著,都是地区性大学(分别是陕西师范大学、杭州大学、西南师范大学)的教材。编者所在地既不是中原政治和文化中心的北京或者上海,也不是毗邻台港的广东和福建;这些撰著大概可以反映80年代到90年代初期大陆地区一般知识分子的思想倾向和学术水平。

我们曾经指出,研究香港文学的主要学术力量,还是集中在闽粤两地。由于地缘之利,得风气之先,单行别出的《香港文学史》,都由两地学者担任编辑。以下我们再参考两本在"九七"以后出版,由广东地区学者主持编写的文学史,作为对照省察的对象。其一是金钦俊等编著的《中华新文学史》(简称钦著),全书1064页;下卷为1949—1997年的"20世纪下半期文学",共608页,香港部分47页,占7.73%。其二为黄修己主编《20世纪中国文学史》(简称黄著),全书948页,1949年以后的部分共502页,香港部分34页,占6.77%。

钦著由王剑丛组织策划,广东高等教育出版社出版;黄著则由黄修己主编,广州中山大学出版社出版。前者有关香港文学的章节撰写者,也就是全书的策划人王剑丛,他自己已写有《香港文学史》;翻检本书,当可以见到一位香港文学研究的专家学者,如何把"香港文学"安置于他概念中的"中国文学"版图之中。黄著中有关香港文学部分重点放在小说之上:诗与散文部分合共只有一节,由王光明和王列耀执笔;小说占相关篇幅最多,凡三节,都是艾晓明所撰写。艾晓明曾编有颇受称赏的《浮城志异——香港小说新选》(1991),近著《从文本到彼岸》(广州:广州出版社,1999年版)中主要部分也是香港小说的相关研究。本书的特色是充分利用近年的香港文学研究成果,尤其是香港本土的评论和研究。

(一) 秩序如何建立

钦著的香港文学部分是王剑丛自原来篇幅达三十万字的《香港文学史》剪裁而成,两处思考方式以至结构组织,完全相同;前者所有的论述文字,几乎都是后者原文的摘要撮述。然而有趣的地方,还在于个别作家的删选。有些删削的原因比较明显,例如"写实主义作家"原先包括有诗人何达,但在钦著中删去。复检王剑丛原书,当中指出何达到香港后,尤其在 70 年代以后,"诗作的时代色彩、鼓动性已淡化,他不再把诗作为战斗的武器或工具"(《香港文学史》,215 页)。以钦著的框架而言,把"不再战斗"的何达删掉,理由是可以成立的。又如原书有《其余新一代本土作家的创作》、《框框杂文》等题目的章节,都不复见于钦著;其理据可能是因篇幅的限制而把次要的作家或文体省略。《香港文学史》原有戏剧和文学批评的章节,在钦著中亦被删去。大概认定这两种文体在香港文学的地位不高。我们虽不认同其判断,但也算是在一定视野之下的"合理"做法。

不过,当我们看到钦著对香港诗人的处理,则会大感不解:原来在王剑丛《香港文学史》中,被安排入"学院派作家的创作"的也斯整整一节全部删去;另外原本属于重点处理的戴天、黄国彬也删掉;反而原来只属"其余"之列的傅天虹、王一桃(见"其余新一代南迁作家的创作"一节),在钦著中却成了重点论述的作家。事实上,无论从任何一个角度来看,取王一桃而弃也斯的选择,都属于颠倒错乱的举措;尤其出自研究香港文学经年的学者之手,更令人讶异。

这或者可以说明:文学史评断的失衡,是内地把"香港"写入"中国文学史"的过程中一个持续出现的现象。这种失衡,也可以用"新武侠小说大师"金庸的位置来作说明。钦著先说金庸的作品"思想内涵博大精深"(599),这在一个以思想内容为主要基准的批评传统中,是极为重要的赞语。以下还有这样的评断:

金庸博学多才,中西学问皆通,琴棋书画、佛道儒学、秘笈剑经、气

功脉道、武功招式、江湖黑话、行帮切口、门派渊源,均了然于胸。他的
作品熔天道地道人道于一炉。金庸小说的语言雅洁、清俗,时时展现一
种诗的意境,一种如画的境界。它不仅具有一般小说的所有特点,且有
很高的文学价值和欣赏价值,如果把它放在古今中外的小说之林中,应
占有一席重要的位置(601)。

钦著以几乎失控的热情,去褒扬这位香港"通俗小说"的首要人物;所下评语
的分量,远超各位"现实主义"或者"爱国主义"作家。看来,以金庸为代表的
香港"通俗文学",是现代"中国文学史"书写一贯森严的律法面临颠覆的源
头。

(二) 通俗文学经典化

如果我们再引黄著所论为证,则"收编"行动带来的激荡会更加清晰。
黄著中"香港文学"的叙述,与"澳门文学"部分同列,是全书最后的一章(《香
港澳门文学》)。令人讶异的是,当中没有专门讨论金庸的分节或者段落,惟
有本章的"香港文学概述"一节结尾稍稍提到:

香港的通俗小说中登峰造极者一是金庸的武侠小说,另一亦舒的
言情小说。这两家小说在不同的维度上联系传统文化和城市感性,为
现代小说增添了新文体(442)。

但本章并没有细意讨论香港的"通俗文学"。如果我们以为黄著是崇雅卑
俗,就是一个大大的误会。因为在黄著的第十三章,《20世纪通俗文学》的
题目赫然在目,其中第5节就是"金庸的新武侠小说"。这现象大抵有两层
意义:一、金庸是"香港文学"中能够成功"北进",攻入中原的代表人物;二、
"现当代中国文学史"的领域,开始要分化出一个书写"通俗文学"的空间。

本来金庸作为武侠小说大家,在文体类型上有定鼎的功业,是不必质疑
的;但更成功的是他以"复印的高雅"媚众——"雅""俗"同在彀中,使文化工

业的生产与传销,攻陷雅俗之间的脆弱防线。再加上金庸于"外文本活动"(extra-textual activities)的实践行动(例如长时间经济援助武侠小说的学术研究、支持举办以金庸小说为主题的国际研讨会议),将"自我正典化"(self-canonization)依轨迹完成,其过程本身就极具文学史书写意味。我们看到国家教委高教司编的《中国当代文学史教学大纲》,标举六位香港代表作家,金庸被抬举为首位(124);朱栋霖《中国现代文学史 1917—1997》更指出:

> 金庸把武侠小说抬进了文学的殿堂,他也因此进入了20世纪中国文学大师之列(252)。

1994年海南出版社出版一套《二十世纪中国文学大师文库》,其中《小说卷》由王一川主编;十位"大师"名单中,茅盾不在其内,而金庸名列第四。这宗事件引起一番轰动。金庸的"大师"名衔,根据在此。

这都说明了金庸的成功:或则被视为"香港之首",甚而超越"香港"的樊篱,正式升入"中国文学史"的殿堂。在个人荣宠以外,更值得注意的是,包括金庸在内的"通俗文学"或者"流行文化"在被收编的过程中,反而颠覆了文学史书写的常规。黄著于整体论述中另辟新章固然是一个例证,同样的思维也以不同的方式见诸其他文学史著作之中。例如钱理群和吴晓东在冰心领衔主编的《彩色插图本中国文学史》负责撰写现代文学部分;他们没有以专门章节介绍香港文学,却开辟了"通俗小说的历史发展"的专节,并以金庸为主要讨论对象之一,顺及的香港作家则有亦舒(229—231)。

(三) 文化异质细商量

黄著的特点,除了见诸金庸的编录情况之外,值得注意的,还在于编写者对香港文学的个别作家和作品的认知。相对于90年代早期几本文学史,黄著所论似乎与我们所认识的"香港文学"比较接近。这当然与近年来港粤交流频繁、讯息易于流通有关。从书中注文征引可见,编写者曾经参阅不少香港本土以至国外学者的评论研究。当中对文学作家和作品的批评,似乎已较少受到内地批评传统的限制。然而,我们还是认为黄著的"香港文学"部分似是批评资讯的撮录,多于文学史的评断和析论。

早期的"中国文学史"论述的一大缺失,是以"瞎子摸象"的方式去描画叙述者所未能掌握的局面,将捡拾而得的断片,强作拼图的一角。黄著的问题,却不在讯息不广,而在于无法将两种相当程度的异质文化找到串连的线索。对香港文学个别现象有比较具体的掌握之后,如果只是在原来以中国大陆文学为主体的大纲上补添一章几节,所得也不过是本已割弃的"盲肠"("Appendix"既是附录,也是盲肠)。在50年代以后香港文化与中国现代文学传统有历时的传承与变奏,但却与共时的毗邻渐行渐远。殖民统治策略的变化加上本土意识的滋长,使香港的文化文学有其独特的发展。同时内地的社会政治也经历了许多深刻的变化,文学当然有异于香港的表现。既然两处地区各有异质,如果有意图将这些异质并置于一个架构之内,则这个架构不应只有一种视向,以免疏略遗漏某些殊相。这个架构应该是一个全新的框架,有足够的空间容纳不同的叙述视野,使异质既能并存对照,也能见到其间互为牵引的力量。

为了简单说明我们的构想,以下略以香港的位置,重新思考两个地区的文学关系,以为把"香港文学"写入"中国文学史"这项工程,做一些推敲:

一、在香港五六十年代出现的现代主义与三四十年代中国的文学思潮如何承传?有何变奏?如何与台湾的现代主义思潮关联互动?西方思潮在香港流播的情况又起了什么作用?

二、自50年代以后,中国大陆与香港政治社会交流有了阻隔的情况下,香港的文化环境如何与现代文学传统衔接?香港的中国现代文学教育以何种面貌出现?

三、在香港50年代以还民间出版商翻印、重排现代文学作品,以及整编现代文学资料和选本,如何影响香港文学创作与现代文学传统的关系?

四、在香港70年代以还出现的现代文学史书写,如赵聪、丁望、李辉英、司马长风等人的著作,如何建构中国现代文学的面貌?与盛行的王瑶、刘绶松或丁易的书写体系有何不同?其异同原因又为何?

以上所列,当然只是应该提问的众多问题中的一小部分;但如果我们先由这些方向出发,起码可以跨越现在的"板块"思考模式。我们得承认,文学史可以有许多种写法,范围可宽可窄;如果我们还期待"中国文学史"内有香港的角色,则更多元的切入角度必不可少。

附录:1979—1998 年《读书》所见有关香港文章目录

　　1981 年 10 月:苏叔阳《沙漠中的开拓者——读〈香港小说选〉》;

　　1981 年 12 月:东瑞《对〈香港小说选〉的看法》;

　　1982 年 7 月:卞之琳《莲出于火——读古苍梧诗集〈铜莲〉》;

　　1982 年 8 月:温儒敏《港台和海外学者的中西比较文学研究》;

　　1983 年 6 月:李毅、卞之琳、古苍梧《新诗要不要标点?》;

　　1985 年 5 月:萧兵《香港访学散记》;

　　1986 年 9 月:钱伯城《记香港"国际明清史研讨会"》;

　　1986 年 12 月:罗孚《曹聚仁在香港的日子》;

　　1987 年 8 月:陈可《认识香港·介绍香港——兼谈〈香港,香港……〉》;

　　1988 年 1 月:柳苏《香港有亦舒》;

　　1988 年 2 月:柳苏《金色的金庸》;

　　1988 年 3 月:柳苏《侠影下的梁羽生》;

　　1988 年 4 月:柳苏《三苏——小生姓高》;

　　1988 年 5 月:柳苏《唐人和他的梦》;

　　1988 年 6 月:柳苏《凤兮凤兮叶灵凤》;

　　1988 年 7 月:柳苏《才女强人林燕妮》;

　　1988 年 8 月:冯亦代《读叶灵凤〈读书随笔〉》;

　　1988 年 8 月:柳苏《梁厚甫的宽厚和"鬼马"》;

　　1988 年 9 月:柳苏《像西西这样的香港女作家》;

　　1988 年 10 月:柳苏《侣伦——香港文坛拓荒人》;

　　1988 年 11 月:柳苏《徐訏也是"三毛之父"》;

　　1988 年 11 月:一木《金庸小说的堂吉诃德风》;

　　1988 年 11 月:一木《叶灵凤和潘汉年》;

　　1988 年 12 月:柳苏《刘以鬯和香港文学》;

1989年1月:柳苏《无人不道小思贤——香港新文学史的拓荒人》;

1989年4月:柳苏《你一定要看董桥》;

1990年5月:吴方《山水·历史·人间——谈曹聚仁的"行记"和"世说"》;

1990年7月:柯灵《香港是"文化沙漠"?——序小思散文集〈彤云笺〉》;

1991年4月:何平《侠义英雄的荣与衰——金庸武侠小说的文化解述》;

1991年12月:冯其庸《瓜饭楼上说金庸》;

1992年2月:柳苏《香港的文学和消费文学》;

1992年7月:柳苏《东北雪 东方珠——李辉英周年祭》;

1992年10月:柳苏《杂花生树的香港小说》;

1993年5月:李公明《批评的沉沦——兼谈"梁凤仪热"》;

1994年3月:金庸《金庸作品集"三联版"序》;

1996年7月:张新颖《香港的流行文化》;

1997年1月:袁良骏《〈香港文学史〉得失谈》;

1997年7月:陈国球《借来的文学时空》;

1997年12月:王宏志《我看南来作家》;

1998年12月:李欧梵《香港,作为上海的"她者"——双城记之一》。

注 释

[1] 这篇讲词后来经修订扩充,改题《中国文学在香港之演进及其影响》,收入《香港与中西文化之交流》。

[2] 当时同题的讲座共有两讲,由"国际笔会香港中国笔会"举办,分别由罗香林和王韶生于1969年1月和2月主讲。王韶生的演讲词后来改题《中国诗词在香港之发展》,载《怀冰室文学论集》。有关活动的记载可参考郑树森、黄继持、卢玮銮《香港新文学年表》44、302、303页。

[3] 1985年冯伟才编成的五六十年代选本《香港短篇小说选》,其资料基本采自这个课程的教材。有关情况,承梁秉钧教授指教,谨此致谢。

[4] 刘登翰主编的《香港文学史》虽然在1997年于香港出版,但参与撰写者主要是内地学人。又寒山碧著《香港传记文学发展史》于2003年出版,算是港人著的专题文学史。

[5] 早于2001年报载香港艺术发展局的文学委员会正筹备编写一本"香港文学

〔5〕（续）史";见《明报》2001年7月3日,第C11版。然而最近的消息是,香港艺术发展局将会解散,"香港文学史"的计划仍未见进展。

〔6〕《香港文学概观》后来再改写成《香港文学史》,于1997年出版。

〔7〕这一类的专门研究机构最早成立于暨南大学中文系(1980年)。随后类似机构也在中山大学和厦门大学相继成立。

〔8〕1982年广州举行了第一届"全国台港文学学术研讨会",到1991年已办五届。

〔9〕1984年广东省作家协会、《当代文坛报》和暨南大学中文系在深圳首办"台湾香港文学讲习班"。

〔10〕同一出版社又在1980年11月编辑出版《香港散文选》。

〔11〕在香港境内,最早以总括"香港"为题的选本,可能是1973年吴其敏编的《香港青年作者近作选》,但入选的作者以参与左派文学活动者为主,离全面呈现"香港文学"的要求尚远。直到1985年冯伟才等开始编辑《香港短篇小说选——五十年代至六十年代》,以及稍后的《香港短篇小说选 一九八四至一九八五》、《香港短篇小说选 一九八六至一九八九》等,才算有系统的梳理。在此以前另有1979年也斯和郑臻(郑树森)合编的《香港青年作家小说选》和《香港青年作家散文选》,但出版地也是境外,由台湾的民众日报出版社出版。郑树森后来又在台湾的《联合文学》策划编辑《香港文学专号》,为"香港文学"做"狭义"的定位(《香港文学专号·前言》,16页)。这又牵涉到"香港文学"如何进入台湾视野的问题,其中的交缠纠结,有需要另做深入的探索。

〔12〕入选《香港散文选》的作家有:舒巷城、彦火、萧铜、黄河浪、李伯、夏果、海辛、一叶、连云、夏易、卓力、涂陶然、李怡、黄蒙田、吴其敏、吴令湄、石花、吴双翼、无涯、李阳、夏炎冰、谷旭、梁羽生、何达。

〔13〕本文只见于港版《香港文化漫游》,罗孚另外以"柳苏"之名出版本书的大陆版《香港文化纵览》,却把这篇文章抽起。

〔14〕在罗孚还未用"柳苏"之名写他的香港文坛系列之前,《读书》就有陈可《认识香港·介绍香港——兼谈〈香港,香港……〉》(1987年)一文,介绍罗孚这本书(77—81)。以下提到《读书》论香港的文章,请参阅本章"附录"。

〔15〕这些文章后来结集为《香港文坛剪影》;香港版改题《南斗文星高——香港作家剪影》,篇幅略有增添。

〔16〕罗隼曾指出:"在五十年代至七十年代围绕在他(罗孚)周围写稿的作家有:叶灵凤、曹聚仁、陈君葆、张向天、高旅、阮朗、何达、夏易、李怡、罗漫、海辛、李

阳、黄蒙田、侣伦、谭艺莎(谭秀叙)、甘莎(张君默)、韩中旋、潘粤生、陈凡、黄如卉、林擒、舒巷城、萧铜、梁羽生等许多人"(《香港文化脚印》,89页)。当然这不能算是一份完备的名单,但已可略见其队伍的庞大。

〔17〕董桥曾说:"我有一个偏见:我以为一个人写中文,他的语言本身一定要是普通话,这是最基础的,即是要有母语的基础。但香港的作者,有这基础的并不多"(见黄子程,686)。

〔18〕《读书》2001年1月还有周泽雄《面对董桥》一文,对董桥的"异质"表示欣羡,并归结为"董桥是香港人"(周泽雄,133—135)。

〔19〕卞之琳文刊于1982年7月,到1983年6月《读书》再刊登了李毅、卞之琳、古苍梧三人关于"新诗要不要标点"的通讯。

〔20〕当然,在此以前已经有一些相关的研究或资料整理的专籍面世,如:潘亚暾《香港作家剪影》、王剑丛《香港作家传略》;又有台港合论的著作,如潘亚暾主编《台港文学导论》、汪景寿及王剑丛合著《台湾香港文学研究述论》等。这些著述与"中国(现当代)文学史"开始收编"香港"的时间相差不远。

〔21〕陈平原《通俗小说的三次崛起》指出:"总的来说,在20世纪的中国,'高雅小说'始终占主导地位。但'通俗小说'也有三次令人瞩目的崛起:第一次是辛亥革命后到'五四'以前,……第二次是40年代,……第三次是近两年,港台的武侠、言情小说'热'过以后,国产的、引进的各类通俗小说如'雨后春笋',大有与'高雅小说'一争高低之势"(见《小说史:理论与实践》,273页)。袁良骏面对的正是与这第三波的震撼。

〔22〕又如曹著评蒋芸散文所说:"这情与景的交融,已到达了出神入化的境界,感人甚深"(619),也是同类信口开河的评论。

引用书目

中文部分

郑树森:《谈四十年来香港文学的生存状态》,《四十年来中国文学》,张宝琴、邵玉铭、痖弦主编,52—53页。

张宝琴、邵玉铭、痖弦主编:《四十年来中国文学》,台北:联合文学,1994年版。

萧凤霞:《香港再造:文化认同与政治差异》,《明报月刊》,1996年8期,19—25页。

田迈修、颜淑芬合编:《香港六十年代——身份、文化认同与设计》,香港:香港艺术中心,1995年版。

藤井省三:《小说为何与如何让人"记忆"香港——李碧华〈胭脂扣〉与香港意识》,《文学香港与李碧华》,陈国球编,81—98页。

陈国球编:《文学香港与李碧华》,台北:麦田出版公司,2000年版。

王韶生:《中国诗词在香港之发展》,《怀冰室文学论集》,香港:志文出版社,1981年版,333—342页。

郑树森、黄继持、卢玮銮:《香港新文学年表》,香港:天地图书公司,2000年版。

罗香林:《中国文学在香港之演进及其影响》,《香港与中西文化之交流》,香港:中国学社,1961年版,179—221页。

侣伦:《向水屋笔语》,香港:三联书店,1985年版。

袁良骏:《香港小说史》,深圳:海天出版社,1999年版。

黄康显:《从文学期刊看香港战前的文学》,《香港文学的发展与评价》,香港:秋海棠文化企业公司,1996年版,18—42页。

黄维梁:《香港文学的发展》,《香港史新编》,王赓武主编,535—536页。

王赓武主编:《香港史新编》,香港:三联书店,1997年版。

李文在:《香港自由文艺运动检讨》,《当代中国自由文艺》,香港:亚洲出版社,1955年版,14—92页。

也斯:《香港文化空间与文学》,香港:青文书屋,1996年版。

卢玮銮:《香港文学研究的几个问题》,《香港故事》,香港:牛津大学出版社,1996年版,129—145页。

黄维梁:《香港文学初探》,香港:华汉出版社,1985年版。

黄继持:《寄生草》,香港:三联书店,1989年版。

卢玮銮:《香港故事》,香港:牛津大学出版社,1996年版。

刘以鬯:《短梗集》,北京:中国友谊出版公司,1985年版。

刘以鬯:《见虾集》,沈阳:辽宁教育出版社,1997年版。

刘登翰主编:《香港文学史》,香港:作家出版社,1997年版。

寒山碧:《香港传记文学发展史》,香港:东西文化事业公司,2003年版。

潘亚暾、汪义生:《香港文学概观》,厦门:鹭江出版社,1993年版。

潘亚暾、汪义生:《香港文学史》,厦门:鹭江出版社,1997年版。

曾敏之:《香港文学概观·序》,《香港文学概观》,潘亚暾、汪义生。

许翼心:《台湾香港与海外华文文学研究的回顾与前瞻》,《台湾香港暨海外华文文学论文集》,上海:复旦大学台港文化研究所编。

上海复旦大学台港文化研究所编:《台湾香港暨海外华文文学论文集》,福州:海峡文艺出版社,1990年版。

古远清:《内地研究香港文学学者小传》,《当代文艺》,2000年4期,84—93页。

吴其敏编:《香港青年作者近作选》,香港:香港青年出版社,1973年版。

冯伟才编:《香港短篇小说选——五十年代至六十年代》,香港:集力出版社,1985年版。

冯伟才编:《香港短篇小说选 一九八四至一九八五》,香港:三联书店,1988年版。

冯伟才编:《香港短篇小说选 一九八六至一九八九》,香港:三联书店,1994年版。

也斯(梁秉钧)、郑臻(郑树森)编:《香港青年作家小说选》,台南:民众日报出版社,1979年版。

也斯、郑臻编:《香港青年作家散文选》,台南:民众日报出版社,1979年版。

郑树森:《香港文学专号·前言》,《联合文学》,94期(1992年8月),16页。

福建人民出版社编:《香港小说选》,厦门:福建人民出版社,1980年版。

福建人民出版社编:《香港散文选》,厦门:福建人民出版社,1980年版。

黄子平:《"香港文学"在内地》,《边缘阅读》,沈阳:辽宁教育出版社,2000年版,271—273页。

罗孚:《收场白"大香港心态"?》,《香港文化漫游》,香港:中华书局,1993年版,212—213页。

柳苏(罗孚):《香港文化纵览》,广州:广东人民出版社,1993年版。

张立宪等:《大话西游宝典》,北京:现代出版社,2000年版。

罗孚:《香港文坛剪影》,北京:三联书店,1993年版。

罗孚:《南斗文星高——香港作家剪影》,香港:天地图书公司,1993年版。

罗隼:《香港文化脚印》,香港:天地图书公司,1997年版。

黄子程:《不甘心于美丽——访董桥谈散文写作》,《董桥文录》,陈子善编,686页。

陈子善编:《董桥文录》,成都:四川文艺出版社,1996年版。

周泽雄:《面对董桥》,《读书》,2001年1期,133—135页。

谢长青:《香港新文学史》,广州:暨南大学出版社,1990年版。

王剑丛:《香港文学史》,南昌:百花洲文艺出版社,1995年版。

潘亚暾:《香港作家剪影》,厦门:海峡文艺出版社,1989年版。

王剑丛:《香港作家传略》,南宁:广西人民出版社,1989年版。
潘亚暾主编:《台港文学导论》,北京:高等教育出版社,1990年版。
汪景寿、王剑丛:《台湾香港文学研究述论》,天津:天津教育出版社,1991年版。
雷敢、齐振平主编:《中国当代文学》,西安:陕西师范大学出版社,1990年版。
金汉、冯云青、李新宇主编:《新编中国当代文学发展史》,杭州:杭州大学出版社,1992年版。
曹廷华、胡国强主编:《中华当代文学新编》,重庆:西南师范大学出版社,1993年版。
孔范今主编:《二十世纪中国文学史》,济南:山东文艺出版社,1997年版。
张炯、邓绍基、樊骏主编:《中华文学通史》,北京:华艺出版社,1997年版。
田中阳、赵树勤主编:《中国当代文学史》,长沙:湖南师范大学出版社,1998年版。
金钦俊、王剑丛等:《中华新文学史》,广州:广东教育出版社,1998年版。
黄修己:《20世纪中国文学史》,广州:中山大学出版社,1998年版。
国家教委高教司编:《中国当代文学史教学大纲》,北京:高等教育出版社,1998年版。
朱栋霖、丁帆、朱晓进主编:《中国现代文学史 1917—1997》,北京:高等教育出版社,1999年版。
肖向东、刘钊、范尊娟主编:《中国文学历程·当代卷》,北京:国际文化出版公司,1999年版。
丁帆、朱晓进主编:《中国现当代文学》,南京:南京大学出版社,2000年版。
洪子诚:《中国当代文学史》,北京:北京大学出版社,1999年版。
陈思和:《中国当代文学史教程》,上海:复旦大学出版社,1999年版。
陈平原:《小说史:理论与实践》,北京:北京大学出版社,1993年版。
王一川主编:《二十世纪中国文学大师文库:小说卷》,海口:海南出版社,1994年版。
冰心主编:《彩色插图本中国文学史》,北京:中国和平出版社,1995年版。

第八章

书写浮城
——叶辉与香港文学史的书写

浮城·书写·香港
"文学史"的兴起
文学·现实;香港·中国
港味·粤味
华南·双城·香港
个人·历史
余话:书写浮城

一 浮城·书写·香港

叶辉的《书写浮城》就像许多文学评论文集一样,是一个文化人持续书写的见证。所录各篇的撰成时间始于 1985 年,最迟的完成于 2001 年。读者看到的,不会是周详规划下的故事情节。然而在 2001 年结集的时候,叶辉会把这本副题"香港文学评论集"的各篇,总题之曰《书写浮城》,又有什么意义呢?"浮城"很容易让人联想到西西的名篇《浮城志异》——香港投影成"浮城",以超现实主义的意义存在于无定的空间(西西,1—19)。《书写浮城》内没有任何一篇提到"浮城"。但几年前——1997年,叶辉出版了一本散文集《浮城后记》,封面折页有这样的文字介绍:

> "浮城"也自有另一种时间简史,是水族馆式的、是围困式的透明;时间在累积着、虚构着、倒数着、混沌着。身处如此的"浮城",或许只能做一个(精神上)的安那其,只能悬身在括弧中。[1]

"香港文学评论"变成"书写浮城",应是回顾前尘然后下的判语。在迎向读者的《题记》中,叶辉以历史探索的笔触重整"个人"和"公众"的记忆。以此为提纲,则一段二十年的书写,既留下遗迹,也显现历程;让我们看到文学史意识的形成,让我们联想不少文学史的理论问题。下文尝试一一疏说,以为读者谈助。

叶辉,本名叶德辉,广西合浦人,1952年生于香港。曾任职记者、翻译、编辑,现职报社社长。业余曾参与《罗盘诗刊》、《大拇指》、《秋萤诗刊》编辑工作,现为《诗潮》编委。著有散文集《瓮中树》、《水在瓶》、《浮城后记》,小说集《寻找国民党父亲的共产党秘密》(见《书写浮城》"封面折页"[2])。

二 "文学史"的兴起

"香港文学"的评论和研究一般只能上溯到20世纪70年代,到现今为止的发展历程,可说为时尚短,甚至可以说只在萌生阶段。最明显的论据是,今日香港境内还未能生产一部"香港文学史"(参陈国球《文学史视野》)。因此,要剖析"香港文学史"的书写问题,大可比照西方学者对"文学史的兴起"阶段的一些研究;然后再就具体的文化语境,做出适当的修订调整,进行分析。当然时世有异,经验亦不尽相同;由此到彼总不会一一对应契合。这是必须有的警觉。

西方近世有关文学的研究,可以概分为两个传统:"语文学"(philology)

传统和"修辞学"(rhetoric)传统。前者偏向历时(diachronic)层面的探索,后者则以共时(synchronic)的角度,追求普遍的原则。

语文学可以追源到柏拉图的著述,中历中世纪的经籍研究,到17世纪在德国建立了一个影响深远的学术传统,然后影响流播到英法等地。语文学主要从历史发展的角度研究语言文字,讲求文献证据,以及科学研究的精神;其视野所及,不仅限于语文,而广被文化、政治、神话、艺术、风俗等领域,可说是文化整体的历史研究。到19世纪,语文学更以"硬科学"("hard science")的面貌,进占现代大学的语言文学系(参 Hohendahl, *Building a National Literature*; Hohendahl, *A History of German Literary Criticism*; Hollier; Fayolle; Baldick; Graff; Lindenberger)。

修辞学亦有自亚理士多德以来的传统,从"雄辩术"的成规,发展为散文理论,后来更与"诗学"结盟,合成对"言说艺术"(the art of discourse)的追求。中古以还,这个"修辞/诗学"传统在法国的发展比较深远。例如15世纪末到16世纪初出现的"修辞学派"诗人(*la grande rhétorique*)就对散文、韵文、虚构(poétrie)的规律,都做出很具影响的探索。直到19世纪后期,"修辞学"在学校教育一直占有主导地位;"语文学"式的研究要到朗松(Gustave Lanson, 1857-1934)取代尼扎尔(Désiré Nisard, 1806-1888)主管师训以后,重要性才有所提高。在英德等国,当然也有"修辞学"和"诗学"的著述,但在近世学统的力量相对比较弱,例如在英国是20世纪初的新批评,就要换上严谨学科训练的外貌,才能与"语文学"传统争锋(参 Kenndey; Hollier; Fayolle; Baldick; Widdowson, *Re-Reading English*; Widdowson, *Literature*; Joe Moran; Hohendahl, *A History of German Literary Criticism*)。

至于西方"文学史"的书写,前身应是经籍文献的纪录或记述,现代学者多以拉丁文"historia litteraria"称之。其中"litteraria"("文学")一词应作最宽的解释,因为早期"文学"包括一切类型的文字著述。与这种著述相近的,另有一种专事个别书册的载志(bibliomania)——类似中国的藏书目录,在法国尤其盛行。这些记述和纪录,一方面是知识的整理,另一方面则是"崇古主义"(antiquarianism)的表现。当崇古主义以国族立场出现之后——如德国的"语文学"的建立就是缘此而来,再加上从"修辞学"和"诗学"提升的"审美意识"的参与，现代意义的"文学史"书写就得以萌生发展。当然这些"文学史"在不同国家也有不一样的发展倾向，例如被誉为德国第一本具现代意义的"文学史"——盖尔维努斯（Georg Gottfried Gervinus, 1805-1871）的《德国文学史》(*Geschichte der deutschen Dichtung*, 1835-1842)，就倾向视文学史为历史发展的表现，而较轻视美学的意义；法国则因为修辞学的影响相对较强，在朗松《法国文学史》(*Histoire de la littérature française*, 1895)以前的"文学史"，都以肯定法国文学（及语言）的普遍价值为主，不太着意于历时变化的追踪（参Hollier; Fayolle; René Wellek, *The Rise of English Literary History*; René Wellek, "English Literary Historiography"; Kenny; Widdowson, *Literature*; Joe Moran; Batts; Hohendahl, *Building a National Literature*; 陈国球《文学史的兴起》)。

回到香港的情况，时世经历固然有异，但我们发觉文学史研究的开展也有类似的两种不同偏向。比较接近"语文学"传统的崇古倾向，重视资料搜集，以科学求真为目标的典型的例子，就是卢玮銮。她在 1981 年完成的硕士论文《中国作家在香港的文艺活动 1937—1941》，显示出她对史料搜寻发掘的兴趣——可说是"崇古主义"的一种表现。她的工作从 70 年代开始，早期比较偏重追寻中国内地作家在香港的文学遗迹；其背后根源大概来自寓港的唐君毅、钱穆等新儒家的思想，对中国文化的企慕成为主要的推动力。后来她也广集有关香港本土作家作品的材料，自 1996 年开始，与郑树森、黄继持合作，陆续整理出版《香港文学大事年表(1948—1969)》(后来改订为《香港新文学年表(1950—1969)》)、《香港文学资料册 1927—1941》、《香港小说选 1948—1969》、《香港新诗选 1948—1969》、《香港散文选 1948—1969》、《国共内战时期香港本地与南来文人作品选：1945—1949》、《国共内战时期香港文学资料选：1945—1949》、《早期香港新文学资料选(1927—1941)》、《早期香港新文学资料选(1927—1941)》等；对香港文学的研究，有很大贡献。她对文学史资料的严谨态度，与西方求精确、重实证的"语文学"研究方法很接近。然而，对资料、对史实追求全备无遗的想法，也显示她的"历史/文学史"迷思。她一直认为"短期内不宜编写文学史"。[3] 这种想法，在面对 80 年代开始出现的许多不成熟的香港"文学史"论述的情况下，固有其合理的成分；但以她多年积渐之厚、功夫之深，应该可以写成一本极有参考价值的史著。

至于从"修辞学/诗学"切入的进路,叶辉的评论集《书写浮城》或者是一个很好的例证,也是本章的主要讨论对象。

三 文学·现实;香港·中国

《书写浮城》所收文章,最早写定的是 1985 年的三篇:《〈游诗〉的时空结构》、《〈罗盘〉杂忆》,以及《香港的滋味——余光中诗二十年细说从头》。

《〈游诗〉的时空结构》讨论的对象是梁秉钧和骆笑平合作的诗画合集。叶辉的重点在于诗;他对梁秉钧诗"空间形式"的呈现、在不同空间的"游"、在游走中的"观看"、在观物过程中的"重整秩序"等"言说艺术"层面(the art of discourse),都有精细的疏说。又因为《游诗》本来就是诗画合集,他也就诗画两种不同的艺术载体立论,参照现代中国学者对莱辛的《拉奥孔》"诗画异质说"的思辨,[4]反复论析"梁秉钧的时间和空间结构和综合媒体的探索"。这种从文本的言说层面推敲斟酌,企图推向文学艺术原则的体认或破解的批评方式,还见于《复句结构、母性形象及其他》(1988),对不同艺术媒体界域跨越的思考,又见于《诗与摄影》(1986)和《文字与影象的对话》(1987)等篇。正如书中另一篇论文《两种艺术取向的探讨》(1986)的解释,该文细读两篇香港青年诗人的作品,目的在"分析诗中艺术取向","希望通过对问题的思辨,探讨两诗以外更广泛的诗学问题"(200)。主要的思辨探讨活动就在个别文本与普遍原理之间进行,叶辉这一类的评论可以归入杜力瑟尔(Lubomír Doležel)所讲的"例示式诗学"(exemplificatory poetics),而其指向也是偏于"共时"(synchronic)的层面(Doležel, 25-26)。

一般而言,"诗学"的意义在于建立普遍(甚而永恒)的准则——如亚理士多德《诗学》,或者重申这些基准系统的重要性——如欧洲中世纪诗学或者新古典主义的主张(参 Doležel; Bessiére),因此其指向往往是静态的(static)、规范的(normative);然而,我们却可以在叶辉这些 80 年代的论述中,找到穿破"共时"思考的线索。其关捩就在于叶辉对文学与"现实"关系的思考。

叶辉在散文集《瓮中树》一篇题作《秋天的声音》(1985)的文章里,[5]引用朋友的话说:

>在此世还谈诗,实有点悲壮。

他接着追问:

>我们真的是少数民族么?(《瓮中树》,116页)

作为一个读诗写诗谈诗的人,叶辉对于自己处身的境况,有很真切的感觉。所谓"少数民族",是相对于"现世"、"大众"而言;所谓"悲壮",是因为有所坚持,不愿随波逐流。有这样想法的人,必须接受命定的"遗世独立"的孤寂。

以这个隐喻式的(metáphorical)感喟为线索,可以帮助我们去理解叶辉和他的朋友们如何建构文学的"自我"与文学以外的(或者说"外文本"的;extra-literary/extra-textual)"现实"的关系。"现实"可以有两个指涉范畴,一是"少数民族"要抗衡的对立面:包括对文学冷感的"大众社会",以及他们无法认同的"文学社会"。后者的形相可以《深藏内敛 就地取材》(2001)一文所描述为例:

>在我们这个文词膨胀、讲究包装、连读诗也要求效率、凉薄的功利社会里——我尤其要指明,这里所说的,是所谓"文学社会",一个不肯花任何时间精神而时刻都存心捡便宜争利益的所谓"文学界"——要取艺术上的认同,简直是缘木求鱼(259)。

另一种"现实"是指文学创作所要处理的"生活经验",或者创作活动的"背景"——所谓"社会背景"、"时代背景"。如果接受机械"反映论"的信仰,文学便是"生活"、"社会"、"时代"的镜象。然而,"反映现实"大概不足以说明叶辉的理念,"脱离现实"、"逃避现实"也不是他要讨伐的罪名。在他眼中,"现实也许是一种最受误解的东西",他在《诗与女性》中申明:

>现实就是文学艺术所要抗衡和从中纾解出来的东西(277)。

叶辉的目的是想界定他构想中的"现实",但在这个定义中,还有值得细味之处,那就是"文学艺术"和"现实"之间的"抗衡"以至"从中纾解"的活动和力量。如果"现实"是某种文本以外的东西,此"物"与"我"之间,就存在一种"抗衡"的动态关系,能否得"纾解"反而是后话;[6]我们再借用 E. 巴里巴和马歇雷《论文学作为意识形态的形式》一文的概念来做进一步解说:[7]"现实"在这个定义中自然可以保有其物质性(materiality),不致虚幻无凭;只是"现实"与"文学"之间,并没有一条直达的通道;[8]而想象(imaginary)的力量,主要存乎当中的"抗衡"(和意图"纾解")的活动之中。正是这种"能动力",把叶辉带引到上下求索的"历时"(diachronic)的观照方向,省察更多层面的"现实"。

《书写浮城》中有几篇感旧回忆的文章(事实上全书各篇包括《题记》,几乎都是各种"记忆"的展陈),可以帮助我们把问题说得具体一点。其中《〈罗盘〉杂忆》提到叶辉曾经参与编务的诗刊——《罗盘》,1976 年 12 月创刊,1978 年 12 月休刊——同人的文学观,分别有以下几点:

> 《罗盘》同人对诗有基本相同的看法,厌恶浮奢、架空、因袭和堆砌,倾向生活化和诗艺结合。
>
> 大多数同人都同意的,大抵就是《发刊辞》所说的"创为诗刊,应以呈现当时的中国人的情思为依归"。
>
> 刊物本身无宏大抱负。大家的构想,是以创作为主,辅以当前本港作者的评介和不同流派的外国诗翻译。多关心本港的诗作者大概是《罗盘》较明显的路向(300)。

第一点可说是"诗学"("诗艺")的要求,其对立面就是"浮奢、架空、因袭和堆砌"等存在于"文学界"中的风气;然而当中提到"生活化"一说,自然牵扯到"文学"与"生活"的关系。第二点所讲的"当时"(具体的环境)的"情思"(由行动或事件生成的经验)就是"生活"的另一种说明。第三点提出"在地"的关心和借鉴"外方"的经验。综言之,思考范围都在于共时层面。这些话,看来淳朴无奇、平实近人。然而就是在一切都"理所当然"的话语中,或者埋藏了复杂和暧昧的"现实"。譬如说:"中国"与"本港"的指涉是否可以重叠?又怎样覆盖重叠?又比方说:"外国"是否真的是"外"?这元素如何减约或者拆解上述的重叠?

《罗盘》中人大概不会忘记在台湾的尉天聪写的《殖民地的中国人该写些什么?——为香港〈罗盘〉诗刊而作》(1978)一文,以下引述其中提到有关概念的文字:

> 香港是帝国主义从中国抢走的一块土地,然后它不仅利用这块土地推展对中国和亚洲的侵略,而且还把它培育成罪恶的渊薮。……我们相信这绝不是由于居住在那里的大多数中国人都自私、低能、命里注定要当次一等的公民,而是有人透过高楼大厦、灯红酒绿、燕瘦环肥、赌狗赛马……,不知不觉中散布了比鸦片更令人瘫痪的麻醉剂。于是,一些人上一时刻还沾沾自得于香港的街景,下一时刻已在各种有形无形的麻醉中萎靡下来。……诗人啊,你应该写些什么呢?你是用一整页的篇幅去讨论散文中该不该多用引号,在忘却中国是什么样子的情况下卖弄廉价的乡愁?还是用血泪写下被侮辱的香港,为中国历史作下亚洲人奋斗的纪录?(尉天聪,71)

在此无暇讨论尉天聪的简约主义,我们只打算将《罗盘》中人提到的"香港"、"中国"、"外国",加上作为主体(或者客体)的"人"等几个概念,从《罗盘》批评者的角度去理解其意义。结果是:"香港人"只是"殖民地的中国人";"香港"只是"外国"(外来的"帝国主义")和"中国"的竞逐场域。"香港人"的责任是写"中国"之被"外国"侮辱,而不应写"香港"的街景。

现今有关"香港"的历史论述,都会指出70年代是"本土"意识浮现的时刻;以文学活动而言,今天已成神话的《中国学生周报》,在当年就曾发起过"香港文学"的讨论(1972);《诗之页》又办过"香港专题"(于1974年7月5日刊出)。《罗盘》主张"多关心本港的诗作者",应该是这种意识的延续。但《发刊辞》"呈现当时的中国人的情思"一语的自然流露,却又说明"本土"意识与"中国人"意识暧昧地并存。换句话说,某些香港论述以为从70年代开始,"香港人"的意识的出现,是以"去中国化"为前提的想法,不一定很准确。"香港人"意识,与"殖民地的"、"中国人"等概念,还是在交锋争持之中,以一个繁复而且起伏不定的方式共存。当叶辉在《书与城市:在混沌中建立秩序》(1986)一文中,提到"香港及海外中国人"可以借鉴墨西哥人处于外来的现代文化和本土传统文化之间的反省时(119),[9]我们可以看到"香港的中国人"、"海外的中国人"和"大陆的中国人"是可以分拆处理的;或者说,我们看到一个可与"中国的香港"观念比较对照的"香港的中国"。至于"外国"("外来的现代文化"),则似乎是"香港"、"海外"中国人的文化资本之一,是有异于"中国"的中国人的条件。

《香港的滋味——余光中诗二十年细说从头》的内容也包括"回忆"与"当下"的并置。文章从二十年前读余光中《钟乳石》谈起,一直谈到余光中离港赋别的《老来无情》。当中不少论点也可以划归"诗艺"的范畴:例如批评余光中用"水晶牢"代"表"、"贴耳书"代"电话",是《人间词话》所批评的"意欲避鄙俗,而不知转为涂饰"。然而,本篇更重要的地方,在于检视作者余光中和读者叶辉如何在"文学"与"现实"之间回旋周转。

叶辉回忆往昔如何被《凡有翅的》、《敲打乐》打动,如"无数海外中国战后一代的年轻的心"被打动一样。叶辉说余光中的"美国时期"是"最接近中国的时期"(191)。这个"中国"当然不是实际的地理中国。这"中国"是余光中、叶辉、"无数海外中国战后一代的年轻的心"所共享的文化语言所能建构的"想象中的指涉"(imaginary referent);"现实"就由这套共同语言运作而生。[10]可是,经过岁月的淘洗,共同语言已经拆散崩离,虽则余光中就在"中国大陆身旁的沙田",虽则叶辉就在余光中身旁不远。叶辉说:二十年前,余光中令他心动,是因为"诗里有人";二十年后,余光中的诗更能"匠心独运",可是"再没有生命,再没有人情"(193)。我们如果再细意究问"生命"和"人情"的落脚处,则就会发现叶辉关注的"现实",正是"香港的滋味"。于此,"诗艺"实不足以解释这种"滋味"。[11]"余光中旅港前后十一年",叶辉问:"他对香港有些什么感情呢?""香港只是他的瞭望台,香港的山水,是'缩成一堆多妩媚的盆景'";他的诗中也出现了旺角、尖沙咀、红磡……,却只是"'老来无情'的诗人笔下的一堆虚渺的地理名词而已"(197)。叶辉的结论是:

>那香港的滋味,根本不是滋味(199)。

在叶辉对余光中由肯定到否定的同时,他对"中国"与"香港"的感情投射也可能经历了深刻的变化。《书写浮城》有一篇题作《1997及其他》的文章,其中第一节设定两组"历时"探索的坐标:一是"中国"和"香港"的视角对照;另一是"记忆"和"遗迹"的相承互补。叶辉先举出黄遵宪两首《香港感怀》五律,尝试理解"中国"视割让后的"香港"为"外邦"、为"民族耻辱"的情结。这个角度提醒他:

>1997年大概并不是一个今日的问题,而是一个积累了一百四十七年历史的问题了。

叶辉又记述"在这个如瓮的城市出生"的自己,第一次跟随父亲到中国的情景:

>我们这一代人走在中国的土地上,最初的经验也许只是从一个世界走到另一个世界(280—281)。

叶辉又说自己看过父亲的纪念册和母亲的相簿;他以为这都是"上一代由一个地方(中国大陆)带到另一个地方(香港)的个人记忆",但对下一代而言,却是"无以认同的痕迹"。黄遵宪之看香港,与尉天聪的观点,或者80年代在大陆开始出现的"香港论述",都属同一方向,由"猎奇"——只见高楼大厦、声色犬马,和"雪耻"——难忘帝国主义强权侵夺,两种欲望所推动;而香港看中国,如果不是仅仅恭聆父母师长的回忆叙述,如果要自己摸索体验,在许多"标志"、"痕迹"之间往返,面前只会有太多的空白。但诚恳的"香港人"如叶辉,还是"努力寻找自己的位置,找寻一些可以帮助他重认自己身份的人"。[12]《书写浮城》之中也有一个寻找的历程。我们看到叶辉如何从香港的视野出发,重新厘定"香港"与"中国"的关系,梳理香港(在中国的大背景下)的文学活动及其成果的历史线索,参与构建"香港文学史"的始创工程。

四 港味·粤味

我们说叶辉参与的,是构建"香港文学史"的始创工程,因为到目前为止,他还没有宣示撰写"文学史"的雄心。[13]然而就以《书写浮城》的各篇所见,叶辉正在把他的批评触觉伸展到有关文学史思考的不同角落,在若干环节又搭建了初具规模的历时论述架构。以下我们就几个选点,稍做疏析。

在叶辉的论述中,我们看到"香港"的文化身份与"中国"意识的互动关系。二者的离合纠缠,决定了他的"香港文学史"的叙述方向。"香港"与"中国"的关系于此拆解而后重组,从而突显"香港"的主体位置。比方说,叶辉论"情陷中国"的余光中诗,[14]就究问其中可有"香港滋味"?这是从笼统模糊的"中国"概念割分出一份"香港"意识。这种"滋味"在他的论述中,又以"粤味"的另一形相出现。这又与"华南"——依附于"中国"——的概念相关连。《书写浮城》中《粤味的启示》(1985)一文,主要从"粤语"与"文学语言"的关系出发。粤语的运用,当然不限于香港,文中也有举深圳和广州作家的作品和观点为例证;可是整篇文章的关切点,又似乎是"港味"居多。或者说,叶辉心中的"粤味",其实以"港味"为其主要内涵。经过这样的变位换相,叶辉的论述就可以深入幽微,带来许多启示。

文学史与语言的关系,本来就千丝万缕。"民族语言"、"民族国家",与"国族文学"的概念互相依存。自19世纪以来西方的历史和文学史论述,都以这种关系的确立,解释欧洲各地民族语言和民族国家兴起的关系。由清末以至"五四"下来的现代中国知识分子,也企图仿照西方模式,复制一个"现代的"民族国家,至有以文言文比附拉丁文、以白话文比附近世欧洲民族语言,而以政治社会文化运动的方式,建立"国语",以及"国语的文学"。然而,晚近的政治社会理论却提醒我们:"国家"、"民族"等等在往昔似是"确凿不虚"的事物,都不外由"想象"所构设。[15]至于民族语言,亦复如是。比方说,照R.巴里巴的分析,无论法国初级学校讲授的"基础语言",还是高等阶层使用的"文学语言",都是与现实有距离的"虚幻法语"(français fictif)。[16]

以香港的情况来说,语言的"虚幻性"(fictionality)更觉明显。首先是英语在殖民统治中占有政治、法律等领域的特权,成为"二言现象"(diglossia)的"高阶次语体"(参 Ferguson, 200-208; Fishman, 78-89; Schiffman, 208; John Guillory, 69-70;陈国球《诗意与唯情的政治》,77—81页)。中文在殖民统治者眼中,是一种土话,称之为"punti"(本地话),既没有禁制其流通,也没有刻意规管的兴趣。[17]但对于占香港人口超过百分之九十八的华人来说,最主要的应用语言还是概念模糊的"中文",视之为"母语"。[18]中小学校课程教授的规范"中文",包括"文言文"和新文学运动以来的"白话文"(或称"语体文");其设计基本模仿战前中国大陆的"课程标准"。[19]课本范文来自古今中国文学正典,都是"认可的"文学语言。因此,在香港以中文创作的文人,基本上以"中国"的文学传统——包括新文学和旧文学传统——为典范,遵从其语言规范和习套。可是,无论文言文还是白话文的规范准则,与社群中交谈应用的粤语均有许多的不同。文学创作者一方面以粤语阅读和思考写作,另一方面又要同时"悬置"正在运用中的粤语词汇、语法和逻辑;这个过程可说相当地"虚幻"。正如叶辉所说:

> 情况是这样的:我们的口语是广东话,写作的时候用国语(大多是以粤语发音的"国语")思考和组织句子,再写成书面语,中间不免有一层翻译的过程:说的是柜桶、单车、巴士、睇波、睇戏、揸车……,写的却是抽屉、自行车、公共汽车、看球赛、看电影、驾驶……(149)。

于是在香港的语言运作方式是分裂的:口语(让人觉得比较接近"现实"的"真")与受教育而掌握的书面语(因为往往牵涉一重"容易失真"的翻译,所以显得"虚假")之间总有一种不能逾越的距离。由"口语"到书面应用的"规范语",到"文学语言",通过教育建制的编排,形成从低到高的文化价值阶次。愈为"虚假"的一面,其价值阶次就愈高。最高的,当然是距离"现实"更远更远的、精英阶层才能纯熟运用的高阶次英语。"现实"受到重重压抑,被封锁、被埋没。所以反抗语言压制的诉求,包含了政治、文化、道德,和美学的想象。叶辉以及不少香港的文学创作者不满"粤味、港味的句子一直被视为瑕疵,被排拒于文学语言之外"(147),和被统治的华人向殖民政府争取应用"中文"的权利,其心理因素大概是相同的。这是对"普通话也讲不好,怎能写出好作品?"一类语言沙文主义的反抗(146)。

叶辉的反抗,表面看来,是"温柔敦厚"的。文中三番四次说:"无意提倡粤式或港式句法"(147)、"并不是要提倡粤语写作"(149)。其实潜藏在他的姿势底下,有更深刻的思考。他追求的,远远超出"语艺"的层次,而关乎文化空间内的力量调整。他的简单问题是:"书面语以北方话为标准是不是无可变易的事实?"(152)这个问题不必由他来回答。但接下来他借助一位广州作家的讲法:"广州文化和香港文化,相对于北方大陆文化,有着岛文化的倾向",然后提出自己的理念:

> 岛文化……当然不单是语言问题或地理问题,而是一种语言与文化(词与物的互证与互补)、语言与思维(命名所意味的概念和价值)的综合关系,而且往往在地图上向标准语中心折射反馈(155)。

他提出的,是语言"现实"的另一种想象空间;在"词"的"物"的交换中发掘越界(transgression)的可能,重新理解"香港"在"文化传统"的空间结构中的位置。在另一篇题作《选择语言》(1990)的文章中,叶辉说:

> 在大陆中文和台湾中文以外,我们还有香港中文(《水在瓶》,66页)。

叶辉这种理解,并不指向简单的"文化认同"的自豪——如杜倍雷(Joachim du Bellay)于1549年的"民族文学"宣言:《保卫与发扬法兰西语言》(*La défense et illustration de la langue française*)(参 Margaret Ferguson, 194-198)。[20] 他反而在意于如何在多种牵缠语体的交错活动中反思文化位置的安排。正如前述,这不是纯"语艺"的考虑。他的悲叹,源自他的深思:

> 选择语言真的是一个教人感到混乱、困惑乃至自我怀疑的问题

(《水在瓶》,66页)。

他的叩问,带来"无穷的可解"(151)。[21]

五　华南·双城·香港

联系"香港"与"华南地区",从而寻找"香港"文化位置,是叶辉论述中的一个探讨方向。十余年后他再写成《三四十年代的华南新诗》(2001)。相对于上文讨论过的"诗学/修辞"式论述,这篇文章的文学史探索意味非常浓厚。它的开展方式是先肯定一个"南方新诗传统",并为这个传统溯源到20年代来自广东的诗人梁宗岱和李金发。尤其李金发曾在香港受教育,30年代中又曾为香港诗人侯汝华的诗集《单峰驼》和林英强的诗集《凄凉之街》写序,可以见证早期香港现代诗与李金发的渊源。这也是全篇的历史叙述模式:一方面追摹南方新诗的发展,另一方面时时留意发掘香港新诗史的资料。叶辉在本篇为我们揭出可能是香港第一本的新文学诗文集——李圣华写于1922至1930年的《和谐集》;可能是香港"最早出现、论点最完整的现代诗论文"——隐郎写于1934年的《论象征主义诗歌》。把罕为人知的早期文献翻检出来,当然有探幽寻胜的乐趣;可以说,这种态度已经很接近卢玮銮的资料发掘的崇古主义。

除了资料钩沉和文学史描叙(尤其对30年代的勾勒更见明晰)之外,叶辉这篇文章还有其他值得注意的地方。或者我们可以再结合叶辉另外几篇牵及早期香港文学史的文章合论。这几篇是:《30年代港沪现代诗的疾病隐喻》(2000)、《城市:诗意和反诗意》(2001),以及《记诗人柳木下》(1999)、《鸥外鸥与香港》(2001)、《找寻生命线的连续物——诗人易椿年逝世六十四周年》(2001)。

"香港"与"中国"的关联,可以从地理毗邻、语言无殊的广州华南地区切入;也可以从生活形态相近、往昔交流接触不断的上海着眼。尤其叶辉对香港的"城市"风景有特别深刻的感受,这一个切入点更显得顺理成章。《城市:诗意和反诗意》一文,"借用狄萨图(Michel de Certeau)论述城市游走的诗学概念,说明诗与城市的某些关系——尤其是'诗意'与'反诗意'的关系",属于叶辉"例示式诗学"的论述,而非文学史的探索。但有趣的是,取以印证的两组作品却出自"30年代的上海和香港"以及"70年代经验"。后者是叶辉的重要"记忆"时段,下文再有讨论;前者则有赖上述的文学史访寻工作了。文章主要以静态方式、共时的角度,分别讨论施蛰存、鸥外鸥和梁秉钧的作品中如何在"诗意"与"反诗意"之间回旋。[22]叶辉在《三四十年代的华南新诗》中提过香港诗人李育中《都市的五月》一诗有施蛰存《意象抒情诗》的影响痕迹(341)。在本篇,他又为施蛰存诗"对香港的年轻诗人有很大的影响"做更清晰的解说:《桥洞》启迪了陈江帆以乡镇生活为背景的诗;《沙利文》启迪了鸥外鸥大量并无"诗意"的城市诗(164)。这些论述既显示出叶辉于诗艺的敏感触觉,也见到他辨识影响借鉴的文学史眼光。这个特色在《书写浮城》另一篇香港上海合论的文章中更为明显。

《30年代港沪现代诗的疾病隐喻》主要讨论"'疾病'作为一种表述方式,(因)辗转沿用而演变成为诗人、小说家等边缘族群所共用的'圣词'"(324),按理也应归类到"诗学/修辞"的范畴——事实上这是叶辉最关心、也是最得心应手的范畴。然而,本篇的文学史意义却也非常丰富,因为全篇论说是建基于具体人物情事在特定时空中活动的分析。这些活动的描摹解说,就是文学史一个段落的书写。叶辉也提醒我们注意一个事实:这个时段在现存的"文学史"著中还没有充分的讨论。他在文中先交代20世纪前期香港和上海两个城市文化交流(包括文学、电影、视觉艺术)的规模,然后说:

> 就是在这样的文化大交流的背景下,香港和上海在30年代涌现了一批年轻诗人。他们花了约莫十年的时间,为中国新诗激起一阵不为文学史所注意的波澜。也许时间太短了,又或者这批诗人都比较低调,他们的作品往后对港、台新诗尽管发生过或隐或显、或直接或间接的影响,作为诗人,他们在往后的数十年迹近寂寂无闻,只可以在一些诗选中见到他们零星的作品(306)。

为了不让这批诗人继续"寂寂无闻",叶辉就起劲地追访调查。他重检30年代香港出版的文艺刊物如《红豆》、《今日诗歌》、《诗页》、《时代风景》、《星岛日报·星座》等,以及上海出版的《新时代》、《矛盾》、《现代》、《诗歌月报》、《文饭小品》、《新诗》等,发现所载诗篇作者有很大程度的重叠。他再考订他们的生平行迹,推断其创作环境;然后,更重要的是,配合由资料提供的线索和规划的方向,仔细阅读各家作品,梳理其间的影响传承。例如篇中先后探讨李金发、施蛰存,以至艾青、何其芳等人作品中的"城乡二元性格"和"疾病"隐喻的关系,并举出香港年轻诗人侯汝华、林英强、陈江帆、杨世骧、柳木下、鸥外鸥等的诗篇来比较对照。经过叶辉用心铺排剖析,港沪诗坛间的互动情况就呈现出清晰的轮廓了。

香港和上海并称"双城",文化交流频繁,叶辉的探讨自有其客观的基础,而其论述亦以实证考订为凭据,着意补苴罅漏。然而,如果我们再小心阅读叶辉对现存"文学史"的批评,就更容易体察他的用心。他在努力爬梳资料、铺陈论点之余,常常表露这一类的意见:"(既有的新文学史)内里原来是充满偏见的,视野也显然十分狭隘"(328);"我们的新文学史家和评论家向来对史料既不关心也不尊重"(329);"(南方诗人郑思)在凉薄的文学史里被抹洗得几乎不留痕迹"(346)。这些"既有的新文学史"之所以让叶辉觉得"狭隘"、"凉薄",是因为它们摆出"普天之下,莫非王土"的架式,以"中国"之名把"香港"覆盖然后消音。[23]例如30年代涌现的一批香港诗人,就显得"寂寂无闻";叶辉一边委婉地解释,说"也许时间太短了,又或者这批诗人比较低调",一边重组他心中的"真实"图像。虽然他做的是港沪并举同列、对照细读,但焦点就是在"香港";他的心愿应该是寻找"香港"在文学史上的位置。他从来没有迷失在访古好奇的趣味中;"既有的文学史"对他来说,就如"凉薄的功利社会",是他要回应、要抗衡的"现实"。我们不难发觉,叶辉重新整理的文学史图像中一些焦点人物,如鸥外鸥、柳木下,甚至易椿年,都曾经以不同方式走进他的生活空间。《书写浮城》中的《记诗人柳木下》一文,就是最清晰的说明。文章有两个不同的情节系列:一是记叙文学史中的柳木下,交代他诗作的特色:"既有传统中国抒情诗的影子,也受过西方现代诗的影响;既保留个人抒情的风格,又流露出那个时代的民族感情",又认同郑树森以柳木下和鸥外鸥为"这时期的两大诗人"的文学史判断;另一是刻画

80年代后期常常向叶辉兜销旧书的老人。[24]两条线索、两个形象交错出现,个人世界与历史空间不断互相撞击。这种撞击同见于《鸥外鸥与香港》、《找寻生命线的连续物——诗人易椿年逝世六十四周年》等文之中,只是程度或有不同而已。

叶辉要讲历史,并非源自知识上的好奇冲动,而是因为历史无端闯进他的"现实"。

六 个人·历史

上文说叶辉在"现实"的激荡下,闯进了"历史"的领域,意思和这里讲的"历史"无端闯进他的"现实"是一样的。叶辉除了是一个读诗写诗谈诗的人,还是记者、编辑、专栏作家;总之,他不是受历史或文学史专业训练的人。然而,他以自己的生活、记忆介入历史/文学史的书写。在《书写浮城》中,我们见到一个非常有意识地回溯成长经验的叶辉。他不断提醒读者(或他自己)他的成长过程,并以此来开展不同的文学话题。最明显的是《70年代的专栏和专栏写作》一篇;文章劈头就说:

> 我是一个"70年代人"。
>
> 那是说,我是香港战后"婴儿潮"的其中一人,跟同代人一样,在60年代末70年代初完成学校教育,开始接受社会教育。
>
> 那是说,我跟好一些同代人都是在1966年至1967年间,开始重新认识自己和世界,往后几年,困惑又愉悦地学习思考和写作,到70年代初才渐渐明白写作是怎么一回事。……(131)

类似的话,有用来交代一代人的阅读经验或者文艺信念的(《〈书写浮城〉题记》、《十种个性与二十多年的共同记忆——〈十人诗选〉缘起》),有用来见证城市发展带来的新经验如何促成对既定概念的重新思考的(《复句结构·母性形象及其他——序也斯〈三鱼集〉》、《城市:诗意和反诗意》),有用来延伸"1997"的历史意义的(《1997及其他》)。叶辉在本书《题记》中解释说,他"无意强调我们这一代的香港经验"。其实,以他"书写浮城"的理路来说,其"强调"之意是难以掩饰、亦不必讳言的。他的成长、阅读、思考等经验,决定了他"和这世界的关系"——视"香港"为"浮城"、"回顾大半个世纪的香港文学"也就是"整理和重写自己"(vii-xii)。

然而,"个人"经验或者"个人"记忆,是否能代表/反映"公众"的历史/文学史呢?这当然是个值得审思的问题。

香港的文学(新文学)史历程不足百年,而书写"香港文学史"的意识由初现至今亦不过二十年左右。在材料(甚至连"什么才是香港文学史的材料"也有待讨论)流散、主流论述尚未定型的情况下,不少个人的"回忆"纷纷冒现,抢先为自己在文学史订座划位。如罗贵祥《"后设"香港文学史》指出,1986年以来,有关香港文学历史的"文章、回忆录、零碎记述"大量涌现,"一下间给人的印象是仿佛史事纷陈,每个人都曾为本地文学的发展尽了不少血汗劳力"(见阮慧娟等《观景窗》,159页)。卢玮銮也提过有关香港早期文艺刊物的论述,"往往给某些人的一两篇回忆文章定调了","这种研究方法其实是有问题的"(见黄继持、卢玮銮、郑树森,8)。叶辉也有这个警觉,明白"自己"不等于"众人",他在《1997及其他》中说:

> 个人的记忆和众人的历史固然有着这样那样的牵缠,关系有时却未必是那么直接的关系。也许是由私我到他人,然后才跟历史有了某些契合(281)。

叶辉的"浮城书写"能够超越"个人"的视野,或者就在于"由私我到他人"的意识。例如"专栏"文章是否"文学"?能否进入"香港文学史"?正是"文学史"兴起阶段常要处理的"文学定义"的问题。叶辉以70年代的新闻从业员、专栏作者的身份,见证了香港报业由"活版印刷"变成"柯式印刷"的"革命",并以本雅明(Walter Benjamin)的《机械复制时代的艺术作品》作为考察报纸专栏的理论框架,注意"文艺青年"与"专栏文学"的关系,以至报纸与文学杂志的分工协作等,虽由"个人记忆"出发,却能够贯通"私我到他人",为"公共"的历史/文学史做出有意义的检讨。[25]这又是叶辉于香港文学史书写的另一建树了。

七　余话：书写浮城

　　叶辉在《题记》中说，他在整理"大半个世纪的香港文学"的文稿时，感到有如"整理和重写自己"。所谓"整理和重写自己"，其实不能改变自己的过去，只是重新为自己在一个虚拟的公众和历史世界上定位，以期重新（或"更好地"）认识自己。这个认识是因着人生历程的某个阶段的主客观条件而生成的；意思是，这种认识是有阶段性的、暂存性的，有可能随着历史改变而改变。从这个角度再推想有关"个人经验"和"香港文学史"的问题，我们或者可以有更通达的看法。"香港文学史"的兴起，是历史的产物，不是"恒久之至道"，亦非"不刊之鸿教"。在中国大陆开展的"香港文学史"书写，和香港本土意识支撑的，各有不同的基础。如果"本土意识"随着叶辉这一代（或者下一代、再下一代）改变、转向，则要求有主体意识的"文学史"的想法，也可能有所改变。这样说，没有否定香港的文学活动、作家和作品作为现实的"物质性"（materiality）。这些活动和相关生产的文本曾经存在的事实，是谁都不能改变的。只是这些资料和文献会以哪一种形式传述流播：是地方志的"文苑"、"艺文"卷？还是如黄继持口中的"地方文学史"？（黄继持、卢玮銮、郑树森，39）果如是，则现在香港熙熙攘攘的"文学史"书写的诉求，还不是个"未曾开始已结束"的故事？[26]

注　释

[1]　《浮城后记》中有一篇散文题作《再见浮城》（132—139），一篇题作《另一种时间简史》（214—218），另一篇题作《精神上的安那其》（303—305）。
[2]　以下引用本书仅举页码。
[3]　她这个见解早在1988年发表的《香港文学研究的几个问题》中就已经提出，一直到今天还没有改变（卢玮銮，144）。
[4]　这个话题先由梁秉钧自己在《〈游诗〉后记》中点明（《书与城市》，328页）。
[5]　这本散文集收录叶辉写于1983至1987年的文章。

〔6〕 所谓"纾解",如果参照 E.巴里巴和马歇雷的说法,就只能在"想象"层次中出现———种"想象的纾解"("imaginary solution")。他们认为文学之中没有"真正的纾解",其背后的理据是:一、文学中的"想象纾解"是在现实中不能纾解的矛盾的出路,这是文学形构意识形态的作为;二、作为在特定社会中的个体,难逃当时统治阶级的意识形态支配(Balibar and Macherey,88-89)。

〔7〕 说"借用"是因为我们理解 E.巴里巴和马歇雷的马克思主义导向有许多理论的前设,而这些前设我们没有打算——应和跟从;我们愿意谨慎地"借用"他们的论说,因为其中的精微思考有助我们梳理一些比较复杂或者隐存的现象。有关论点的讨论,可参 Hohendahl, *Building a National Literature*,18-24、28-30;Barański,254-262;Bennett,67-71、156-158。

〔8〕 E.巴里巴和马歇雷固然肯定文学话语以外确有"现实指涉",但他们的重点是说明文学话语只会提供"虚幻的真实"("hallucinatory reality"):"(T)he real referent 'outside' the discourse...has no function here as a non-literary non-discursive anchoring point predating the text. (We know by now that this anchorage, the primacy of the real, is different from and more complex than a 'representation.') But it does function as an effect of the discourse. So, the literary discourse itself institutes and projects the presence of the 'real' in the manner of an hallucination."(Balibar and Macherey,91-92)。

〔9〕 也斯(梁秉钧)《书与城市》一书有《孤寂的迷宫》(1976)一文,提到移民美国的墨西哥青年摆荡于墨西哥和美国不同的文化之间,并说:"香港或海外的中国人,不也是同样处于两种不同的文化中的摆荡者,同样是感到难以适应吗?"(18)叶辉对这个想法是认同的。

〔10〕 参 E.巴里巴和马歇雷所说的"imaginary referent of an elusive 'reality'."(Balibar and Macherey,92)

〔11〕 王良和《三种声音——论余光中"香港时期"的诗歌》同是讨论余光中的"香港诗",也有论及余光中之疏离"现实",说这是因为余光中身处自成一角的中文大学,这个环境"让余光中更容易归属一个封闭的、山水田园式的历史文化空间,使他的审美心理越发趋向古典,而造成对都市事物、都市经验和现代感的疏离"(王良和,8—13)。王良和的关切点显然与叶辉不同,而更重视"诗艺"。其实我们可以把王良和的"殊相主义"(particularism)的解释稍加修补扩充,说明香港上层文化的部分共相:香港的社会政治气候,很有利于殖民统治者,以

至外来的"精英人才",封闭于一个不食"人间烟火"的圈内。当然,"港式美食"可以不在唾弃之列。

[12] 《文字与影像的对话》(1987),《书写浮城》,40页。大概这也是叶辉写《寻找国民党父亲的共产党秘密》这篇小说的命意。"国民党"、"共产党",好像与一般的香港人有断不了的血缘关系,是非现在的、永远无法清晰、却又挥之不去的"过去"。

[13] 叶辉曾于1988年发表过一篇《香港新诗三十年——一个大略的纲要》;这篇文章后来改写成一篇三千多字的讲稿:《香港新诗七十年》。文章虽然不长,但可以见到他的文学史意识;"三十年"与"七十年"之别,意味着他的"香港"视野,由50年代上溯至二三十年代。

[14] 夏志清的著名概念"Obsession with China"最适合用来描述余光中对"中国"的冥思苦想。这概念通常译作"感时忧国",词虽典雅,却似未尽其意(Hsia, 533-554;夏志清,459—477;王德威,xi-xxxi)。

[15] 无论安德森的"想象的社群"("imagined communities")论,还是E.巴里巴的"虚幻的族群"("fictive ethnicity")说,都有助戳破"国族主义"或者"民族国家"的迷思(参 Anderson; Etienne Balibar; Gellner; Suny)。

[16] R. 巴里巴之说见 Renée Balibar *Les Français fictifs*,又可参 Renée Balibar "National Language, Education, Literature"; Balibar and Macherey, 92; John Guillory, 77-78。

[17] 在整个殖民时期,英语于香港的重要性不容置疑;在1974年以前,英语更是惟一"合法"的法律和公事语言。从60年代后期到70年代,居港华人组织社会运动,积极争取中文的"合法应用",直到1974年1月11日,《法定语文条例》正式在《香港政府宪报》公布,"宣布英文及中文为香港之法定语文,以供政府或任何公务员与公众人士之间在公事上来往时之用。"自此,"中文"在香港的存在,才有其"合法性"。一种活生生的、一直在社群中口讲手写的语言,在过去竟然可以"合法地"视而不见,可见"现实"之"魔幻"。有关英语在殖民地香港的垄断地位,和香港人对此的反应,可参 Pennycook, 95-128、205-214。

[18] 有关"母语"和"语言群体"组成的关系、以语言建构的"现实"与"民族感情"投射的关系等,可参 Etienne Balibar, 98-99。

[19] 中国大陆政权转换以后,殖民统治注意区隔的是香港华人与大陆政治的联系,中文教育只要内容不涉具体政治,规管就不会严格;由是留有许多空间让

从大陆南移的知识分子继续传递"五四"以来的文学观(参陈国球《叙述、意识形态与文学史书写》,135—162页;陈国球《感伤的教育》,43—46页)。

[20] 德国文学史中也有如"结果学会"(*Fruchtbringende Gesellschaft*,成立于1617年)和奥皮茨《德国诗论》(Martin Opitz, *Buch von der Deutschen Poeterey*, 1624)等宣扬民族语言和文学的主张(参Beutin, 113-119; Batts, 31-32)。

[21] 研究"虚幻法语"的R.巴里巴,另撰有一本法国"文学史"*Histoire de la Littérature française*,从欧洲语言和不同语体交错影响支援的角度去看文学史的发展,这些历史事迹,或者可以补充叶辉的思考。R.巴里巴的书有胡其德中译,题《法国文学史》。

[22] 其实叶辉在1986年就写过《"诗意"的字》一文,可见他对这个问题的长期关注(见《瓮中树》,264—265页)。

[23] "中国新文学史"的书写传统一直没有注意殖民地香港的文学发展,可以有许多辩解的方式,这里不作细论。

[24] 叶辉《瓮中树》有两篇题作《老人和书》的散文,分别写于1985年和1986年(284—287),都是柳下木的剪影。

[25] 参《70年代的专栏和专栏写作》(1998)、《〈水在瓶〉后记——兼谈专栏写作》(1998),以及《〈浮城书写〉题记》(2001)。

[26] 叶辉在《浮城后记》引述Vasko Pepa的故事,有这样的话:"故事还没开始/已经结了局/然后开始/在结局之后"(119)。

引用书目

中文部分

王良和:《三种声音——论余光中"香港时期"的诗歌》,《文学世纪》2卷9期(2002年9月),8—13页。

王德威:《重读夏志清教授〈中国现代小说史〉》,载刘绍铭等译《中国现代小说史》,香港:香港中文大学出版社,2001年再版,xi-xxxi。

西西:《浮城志异》,《手卷》,台北:洪范出版社,1988年版,1—19页。

夏志清著,丁福祥、潘铭燊译:《现代中国文学感时忧国的精神》,载夏志清著、刘绍铭等译:《中国现代小说史》,香港:友联出版社,1979年初版;香港:香港中文大学出版社,2001年再版,459—477页。

尉天聪:《殖民地的中国人该写什么?——为香港〈罗盘〉诗刊而作》,《夏潮》5卷4期(1978年10月),71页。

梁秉钧:《书与城市》,香港:香江出版公司,1985年版。

荷内·巴里巴著、胡其德译:《法国文学史》,台北:麦田出版公司,2002年版。

陈祖君:《二十世纪中国现代诗发展的三大阶段与两大板块》,《文学世纪》2卷9期(2002年9月),30—35页。

陈国球:《文学史的兴起:西方与中国》,未刊稿。

陈国球:《文学史视野下的"香港文学"》,《作家》(香港)14期(2002年2月),76—86页。

陈国球:《叙述、意识形态与文学史书写》,《中外文学》25卷7期(1996年12月),135—162页。(见本书第五章)

陈国球:《感伤的教育:香港、现代文学,和我》,《联合文学》153期(1997年7月),43—46页。

陈国球:《诗意与唯情的政治——司马长风文学史论述的追求与幻灭》,《中外文学》28卷10期(2000年10月),70—169页。(见本书第六章)

黄继持、卢玮銮、郑树森:《早期香港新文学作品三人谈》,载郑树森等编:《早期新文学作品选》,香港:天地图书公司,1998年版,1—21页。

叶辉:《香港新诗七十年》,演讲稿。

叶辉:《香港新诗三十年——一个大略的纲要》,《经济日报》(《文化前线》)1988年6月20日。

叶辉:《水在瓶》,香港:获益出版公司,1999年版。

叶辉:《书写浮城》,香港:青文书屋,2001年版。

叶辉:《浮城后记》,香港:青文书屋,1997年版。

叶辉:《寻找国民党父亲的共产党秘密》,香港:创建文库,1990年版。

叶辉:《瓮中树》,香港:田园书屋,1989年版。

卢玮銮:《香港故事:个人回忆与文学思考》,香港:牛津大学出版社,1996年版。

罗贵祥:《"后设"香港文学史》,载阮慧娟等:《观景窗》,香港:青文书屋,1998年版,159—161页。

外文部分

Anderson, Benedict. *Imagined Communities*. London: Verso, 1983.

Baldick, Chris. *The Social Mission of English Criticism: 1848-1932*. Oxford: Clarendon P, 1983.

Balibar, Etienne, and Pierre Macherey. "On Literature as an Ideological Form," in Robert Young, ed. *Untying the Text: A Post-Structuralist Reader*. Boston: Routledge & Kegan Paul, 1981. 88-89.

Balibar, Etienne. "The Nation Form: History and Ideology," in Balibar, Etienne, and Immanuel Wallerstein, ed. *Race, Nation, Class: Ambiguous Identities*. London: Verso, 1991. 86-106.

Balibar, Renée. "National Language, Education, Literature," in Barker, Francis, et al ed. *Literature, Politics and Theory*. London: Methuen, 1986. 126-147.

Balibar, Renée. *Histoire de la Littérature française*. Paris: Presses Universitaires de France, 1999.

Balibar, Renée. *Les Français fictifs: le rapport des styles littéraires au français national*. Paris: Hachette, 1974.

Barański, Zygmunt G. "Literary Theory," in Barański, Zygmunt G., and John R. Short, ed. *Developing Contemporary Marxism*. New York: St. Martin's Press, 1985. 254-262.

Batts, Michael. S. *A History of Histories of German Literature: Prolegomena*. New York: Peter Lang, 1987.

Bennett, Tony. *Formalism and Marxism*. London: Methuen, 1979.

Bessiére, Jean, et al ed. *Histoire des Poétiques*. Paris: Presses Universitaires de France, 1997.

Beutin, Wolfang, et al ed. *A History of German Literature: From the Beginnings to the Present Day*. 4th ed. London: Routledge, 1993.

Doležel, Lubomír. *Occidental Poetics: Tradition and Progress*. U of Nebraska P, 1990.

Fayolle, Roger. *La Critique*. Paris: Armand Colin, 1978.

Ferguson, Charles. "Diglossia Revisited." *Southwest Journal of Linguistics* 10 (1991): 200-208.

Ferguson, Margaret. "1549: An Offensive Defense for a New Intellectual Elite." in *A New History of French Literature*. 194-198.

Fishman, J. A., *Sociolinguistics: A Brief Introduction*. Rowly, M. A.: Newburry House, 1971.

Gellner, Ernest. *Nations and Nationalism*. Oxford: Blackwell, 1983.

Graff, Gerald. *Professing Literature: An Institutional History*. Chicago: U of Chicago P, 1987.

Guillory, John. *Cultural Capital: The Problem of Literary Canon Formation*. Chicago: U of Chicago P, 1993.

Hohendahl, Peter Uwe, ed. *A History of German Literary Criticism, 1730-1980*. Lincoln: U of Nebraska P, 1988.

Hohendahl, Peter Uwe. *Building a National Literature: The Case of Germany, 1830-1870*. Ithaca: Cornell UP, 1989.

Hollier, Denis, ed. *A New History of French Literature*. Cambridge, Mass.: Cambridge UP, 1989.

Hsia, C. T. "Obsession with China: The Moral Burden of Modern Chinese Literature" (1967), in Hsia, C. T. *A History of Modern Chinese Fiction*, 2nd ed. New Haven: Yale UP, 1971. 533-554.

Kenndey, George E., ed. *The Cambridge History of Literary Criticism, Vol. 1: Classical Criticism*. Cambridge: Cambridge UP, 1989.

Kenny, Neil. "Books in Space and Time: Bibliomania and Early Modern Histories of Learning and 'Literature' in France," *Modern Language Quarterly* 61.2 (June 2000): 253-286.

Lindenberger, Herbert. *The History in Literature: On Value, Genre, Institutions*. New York: Columbia UP, 1990.

Moran, Joe. *Interdisciplinarity*. London: Routledge, 2002.

Pennycook, Alastair. *English and the Discourses of Colonialism*. London: Routledge, 1998.

Schiffman, Harold F. "Diglossia as a Sociolinguistic Situation." *The Handbook of Sociolinguistics*. Ed. Florian Coulmas. Oxford: Blackwell, 1997. 205-216.

Suny, Ronald Grigor. "Constructing Primordialism: Old Histories for New Nations," *The Journal of Modern History* 73 (December, 2001): 862-896.

Wellek, René. "English Literary Historiography during the Nineteenth Century," *Discriminations: Further Concepts of Criticism*. New Haven: Yale UP, 1970. 143-163.

Wellek, René. *The Rise of English Literary History*. New York: McGraw-Hill, 1961.
Widdowson, Peter, ed. *Re-Reading English*. London: Methuen, 1982.
Widdowson, Peter. *Literature*. London: Routledge, 1999.

附编一

文学史的探索
——《中国文学史的省思》导言

何谓"文学史"?

"文学史"以什么模式存在?

在回应这些问题时,应该不难分辨出"文学史"一词所涵盖的两个意义:"文学史"既指文学在历史轨迹上的发展过程,也指把这个过程记录下来的文学史著作。就第一个意义来说,文学史存在于过去时空之中;就第二个意义而言,文学史以叙事体(narratives)的形式具体呈现于我们眼底。事实上我们都习惯了这个两可的模棱,不觉得区分有什么困难。不过,如果我们从第一义出发,追问我们对文学史有什么认识、我们如何认识文学史时,就会发觉"文学史"往往以文学史常识的方式,存现于社群大众的意识之中。一个中学生大概会知道李白、杜甫是中国伟大的文学家,知道有《水浒传》、《红楼梦》这些重要的文学作品。这都是一些文学史知识。他不必捧读过《杜工部集》或者《全唐诗》,不必做过任何文学史的调查研究,他的心中可有一份文学正典(literary canon)的清单。这种集体的意识(collective awareness)从何而来? 答案是:从文学史的第二义、文学史的描述而来;文学史常识的传递、扩散,都根源于口传或成文的叙事体。

据说,文学是时代精神的集中表现,是民族灵魂的象征。在现代的教育机制中,文学传统的体认和掌握,被视为是必不可少的;文学史知识已经成为普通课程的主要组成部分。"有心人"为了教育我们的下一代,都认真地调校各种文学史的叙事体。于是大陆地区的学生都认识《呐喊》、《彷徨》的伟大;台湾地区的学生都听过徐志摩"浓得化不开"的深情,都知道林语堂是幽默大师。同一段文学史就寄存于不同的叙事体,在不同社区中保有不同的面貌。由此可见,我们不能再以轻蔑的口吻说文学史的各种描述不外是"工具"、"手段",以为文学史的"客观事实"才是基础、是骨干、是真的"第一义"。我们要认真省察种种叙事体的本质,质疑它的支配地位,进而积极地深思这叙事体的操作方式有没有改善的可能。再者,这种思考虽然针对的主要是文学史著作的撰写方法,但"如何描述"的考虑很容易就牵连到"如何选择描述对象"的问题;换句话说,所谓"客观事实"的文学活动或事件的范围,也会因应调整。因此,对文学史叙事体的省察,直接影响我们对文学史本体的认识,以及对文学史过程的理解。

本书(参见附录)所收各篇论文,正好代表这个反思的态度。书中不乏冷静的思考和细致的分析,但却不是悬空的抽象思辨;视野虽或有宽有狭,但中心点始终离不开中国的文学史、中国的文学。当中有关文学史的叙事体式及其制约的检讨和探索,占了本书的一大部分。种种批评或者拟议,也能切合历史时空,充满起衰救弊的热忱。

例如文学史著作与非文学因素(extra-literary factors)的关系,就是其中一个重要的关注点。因为文学史有被写成"思想斗争史"或"政治运动史"的危机,所以"文学史就应该是文学史"这个叠语命题(参本书王宏志文),成为不少拟议的出发点。实际上1985年由黄子平、陈平原和钱理群倡议的"二十世纪中国文学"概念,到1988—1989年陈思和与王晓明主持的"重写文学史"的讨论,都有就文学论文学、"摆脱文学与政治势力的关联"的构想(参本书龚鹏程文)。王宏志以他的细致深刻的实证主义方法,揭示出即使是信念开明的文学史家,如唐弢,在政治干扰下撰写文学史,也左支右绌,借言说蒙混虚应。

另一个相关的问题是如何面对文学史著被写成教科书的现象。陈思和的文章指出：

> 在一九三三年前后,新文学史的研究已经开始进入高校课堂,也就是具有了学科的雏形。

就现代学术研究的情况来说,这个观察是准确的。能够成为高等院校的课程的一环是学科地位的标志。正因如此,相关的著作自然兼备高校教材的功能。事实上,被视为中国人自著的最早文学史,也是林传甲在京师大学堂的讲义。可以说,在中国自有文学史研究以来,就与教育机制密切难分。教育的主要功能是传授知识,文学的历史存在既然被视为学子必须掌握的知识,而以语言文字于另一时空重现,它的叙事体式必然具备了几个特征：

1. 叙事者(narrator)表明所叙述的不是谎言,乃是真相;
2. 叙事者假设自己和读者对相关知识的掌握程度并不对等;叙事者访得了知识的火光,然后传递给蒙昧的读者;
3. 基于不平等的地位,基于高度的自信,叙事体充满从上而下的指导语态,藏有嘉惠后学的自慰心理。

于是几乎所有的文学史都采用最传统的说话人的叙事方式,就如由"话说当年"到"看官有所不知"的口讲手画,绝难见到引发读者怀疑叙事声音的现代叙事伎俩;就像陈思和文中所讲的：

> 力图公正解释各种历史现象,并负有意识形态指导者责任。

再者,在教育机制下,职在授业解惑的话语,本质上都有保守、比时代节拍稍慢的倾向;用唐弢的话是：

> 要吸收已有的成果,就是要把现代文学研究中已有的成果接受和反映出来,有些看法当时还不成熟,没有得到大家的承认,就不放进去,作为教材,这也许是必要的(见本书王宏志文)。

这一倾向在授业者愈自信、对后学能力愈怀疑时，就更加强烈。成年人要教导中小学生，有时甚至故意要编造一些"善意的谎言"，以保障小孩子不会误入"歧途"。

大陆地区的几位学者对教科书的文学史都非常着意。他们小心翼翼地区辨"专家的文学史"、"教科书的文学史"和"普及的文学史"，主要是有感于"这几十年有以教科书的文学史一统天下之势"（参陈平原《二十世纪中国小说史》第一卷《卷后语》，第 300 页）；而戴上"平稳"、"公正"面具的教科书却"像变戏法似的随着政治运动一次又一次地编造文学史的神话"，他们忧虑教科书"以一种思想文化的霸权面目出现，使舆论一律，进而达到思想的箝制"（参陈思和文）。这种忧虑是其他地区的研究者难以体验的。或者因为别处的大学用书没有这种至高的地位，虽然其中的叙事声音仍然不脱权威自命的唇吻——自觉能成一家之言的叙事者往往高度自信，但听声者不会视之为绝对真理的惟一代言，甚或仅视为喧哗的众声之一。

问题的症结当然就在于"众声"曾否或能否出现。当我们看到陈平原等在撰写以专家为拟想读者的文学史（见《二十世纪中国小说史·卷后语》）、陈思和在撰写有"偏见"的、不"全面"的"个人的文学史"（见陈思和文），我们就应该省察到这种行动的理论意义：

1. 读者是专家的拟想，调整了叙事者与读者于知识控制权的不平等地位；

2. 叙事体仅是一己之见的宣言，戳破了叙事者全能全知的神话。

另一个文学与非文学因素的纠结，又在文学史分期的问题上显现。龚鹏程要"解析"的"二十世纪中国文学"概念就是一个具体的个案。提出这个概念的作用之一，在于打通大陆学界所奉行的"近代文学"（由鸦片战争到"五四"运动）、"现代文学"（由"五四"运动到中华人民共和国成立）、"当代文学"（由 1949 到现在）三段分期。因为这三分法，正如严家炎所说，一者"分割过碎，造成视野窄小褊狭，限制了学科本身的发展"；再者"以政治事件为界碑，与文学本身的实际未必吻合"（《二十世纪中国小说史·前言》）。虽然陈平原说这个概念"不光是一个文学史的分期问题"，因为他们是要把"二十世纪中国文学"作为不可分割的有机进程来把握，"这就涉及建立新的理论模式的问题"(见《二十世纪中国文学三人谈》,第 27—28 页、第 111 页)。实际上这仍然是个分期的问题,只是这个分期概念直接关系到时期内涵的体会和把握而已。文学史的描述既是一个叙事过程,则必定有起始点和终结点。若果一个叙事体的篇幅有相当的长度,中间自然要有几个停顿。于是我们可以见到陈平原文中就"二十世纪中国文学"这个范围内的小说进程,再细分为五期(1897—1916、1917—1927、1928—1949、1950—1978、1979 以后;这与严家炎在《二十世纪中国小说史·前言》所做的七卷分期,又略有不同)。陈思和认同"二十世纪中国文学"是一个有机的整体这个概念,但他也在构想中的文学史里做出三个阶段的划分:由"五四"为开端的启蒙文化时期,由抗战为开端的战争文化时期,以及由 80 年代为开端的现代文化时期;他认为"文学的发展变化都折射出这三种文化互为消长的艰辛过程"。

这个"二十世纪中国文学"概念的意义,主要在于强调文学是叙事体的主角这一点:

> 这一概念首先意味着文学史从社会政治史的简单比附中独立出来,意味着把文学自身发展的阶段完整性作为研究的主要对象(《二十世纪中国文学三人谈》,第 25 页)。

他们认为"文学史的分期应当以文学系统的变换为依据",如果要再细分,也要"以里头的子系统的变换为依据"(《二十世纪中国文学三人谈》,第 94 页);例如 20 世纪中国小说史的细分原则:

> 除适当考虑社会文化变迁外,主要着眼于文学思潮、小说形式、时期风格与作家世代。

这个"叙事主角"的确认,实有其重要意义;据此,文学史可以不必内疚地放眼于文学的艺术形式(文体)的发展变化,可以根据文学标准去重访那些因为政治判断而被刻意遗忘的作家和作品;在处理文学与社会的关系时,不必限于"以诗证史",文学作品不再是社会政治史的原材料。

"二十世纪中国文学"概念的另一个意义在于将一段文学时期看成一个"整体"、一个"进程"。或者我们可以借用罗根泽讲文学批评史体例时用到的传统史学方法来做补充引申(参陈平原文)。如果一种文学史只是采用"编年体"的方法来铺排文学事件和行动,则这个叙事体的上下年限的意义与中间的历史过程未必具体相关;这样的断限或者就是黄子平所讲的以"物理时间"作分期;如果用的是"纪事本末体"的方法,则其起结与过程当有叙事结构的关联,加上叙事的主角是文学而非其他,这大概就是所谓"文学史时间"的分期了(《二十世纪中国文学三人谈》,第28、29页)。再者,因为所叙之事必须有所凭依,不能如小说家面壁虚构,所以,若想把这个叙事体构筑得结构井然、脉络清晰,达到"以文运事"(金圣叹评《史记》语)的境界,就需要有"史识",就需要有一个"理论的模式",足以解释事件与事件以及现象与现象间的承传或者因果关联,显示由起到结的发展演化;这样的一个文学时期才会是一个"整体"、一个"进程"。照黄子平等人的构想,"二十世纪中国文学"就是古代中国文学走向现代文学,并进入"世界文学"的进程。

　　讲"史识"、讲"理论模式",就意味着线索的追寻,关系的推敲,肌理的组合,以至系统的建构;其间的推断(speculation)成分不但是必须的,而且是判断这个"理论模式"高下的依据。照龚鹏程的分析,"二十世纪中国文学"的思路,实际上采用了"西力东渐、中国逐渐西化现代化世界化的历史解释模型",这个解释模型"并不是从文学的历史研究中形成的概念,而是把当前社会意识及愿望反映到文学史的论述中"。这种思路,与原来想脱离政治羁绊的努力,成了反讽的对照。龚文还批评黄子平、陈思和等"缺乏方法论的自觉与辨析",对所选用的解释模型欠缺反省。

　　龚鹏程所倡议的"自觉"与"反省",是当代学术思潮的主要倾向。陈思和等人其实不乏这种"反思"的能力;只因所站位置和高度与龚鹏程不同,所关切的重点、省察的方向和层次就有区别了。

　　就以陈思和的文章而言,他在论及教科书的文学史时虽然愤愤不平,但当视点落在现代文学史研究的历史状况时,他能够保持冷静的态度,做深刻的观察,梳理出"中国新文学史研究时期"、"中国现代文学史研究时期"和"中国二十世纪文学史研究时期"三个阶段,进而提出自己对文学史叙事体的一套设计方案。至于陈平原,看来更一脸平和,有时甚至故意露出一点学究的味道;他干脆放下"这几十年由于'政治干预'而造成的明显失误"不论,集中讨论"在正常状态下中国小说史研究的内在缺陷"。他审察的对象包括由过去到现在的"小说史意识"和"小说史体例",小说史描写中"进化史观"的影响,小说史研究如何面对"雅"、"俗"并存的现象等;这些论题的关涉和他探讨的导向,在在显示出他的思辨能力。对于文学史叙事体的操作方式的探索,二陈自有其贡献。

陈思和预算将台港地区的文学整合进他构想中的文学史里;陈平原认为20世纪中国小说史必须处理"高雅小说"和"通俗小说"对峙的问题;这些构想的实践,必然会使文学史的内容更加丰富,进一步刺激解释文学现象和规律的新思路。本书另外两篇文章,更集中引进新的研究范围,使文学史的领域更加开阔。

王晓明的文章指出,文学史描述的对象或者需要解释的现象,除了"由具体的作品和评论著作共同构成的文本"以外,还应该包括出版机构、作家社团,甚至读者反应、文学规范等。这篇文章就是个示例。王晓明重读《新青年》杂志时,"不仅读上面发表的那些文章,更要读这份刊物本身,读它的编辑方针,它的编辑部,它那个著名的同人圈子";他重看文学研究会时,"不仅看哪些会员写了哪些作品,更要看这个社团本身,看它的发起人名单,它的组织机构,它的宣言和章程";他想"看清楚这份杂志和这个社团是如何出现,又如何发展;它们对文学文本的产生和流传,对整个现代文学的历史进程,究竟又有些什么影响"。经过这样的侦测探问,王晓明重新诠释了"五四传统",重新解释了"五四"文学和抗战以后文学的关系。这种处理方式,其实也是龚鹏程所讲的"解释模型"的试验。现时学界一般的看法是:"五四"时期的文学崇尚个性,到了30年代中期以后中国文学忽然转向,个人主义泯灭,集体意识抬头。面对这种转变,大家采用了"外力冲击"的解释模型,以为"抗日战争"和"党派政治"是这种转变的根由。然而王晓明却为我们提供了一个"内在动因"的解释,通过考察当时的报刊杂志和作家社团等文学机制的运作,他发现"五四"时期所讲的"个人主义"已经隐含为集体服务的意义,当时已经有文学进程可以设计、文学需要指导规范的想法;经过"文学研究会"的实践,过渡到"革命文学"、"抗战文学",甚至"社会主义现实主义文学",就不觉稀奇了。

王晓明文章的意义不限于其中的具体分析,更重要的是方法的启迪,这篇文章提醒我们"文学"的范围不止于"文本",如何能深入文学机制的整体运作,为文学进程提供更有效的解释,是文学史研究应该努力的方向。

至于廖炳惠的文章,则引领我们认识文本的"衍生谱系"。他采用比较文学的方法,以陶渊明的《桃花源诗并记》和密尔顿的《失乐园》为例,探讨中西文学史的领受与创新的问题。这个切入点的意义在于调整了文学史对文学的承传过程的视野。传统文学史对作品生产过程的描述,多以作品面世的时刻为终结点。但一旦以领受(或者片面领受、借用)的角度观察,就会发觉文本诞生以后所开展的文学过程,更是多彩多姿。作者"原意"、文本"真义"等等权威也自此消亡瓦解;文义另由领受者因主客观的情况重新塑造,于是在不同的时代就呈现各种新貌。

事实上,最早提出从领受(reception 或译作接受)的角度处理文学史问题的,应该是捷克布拉格学派的伏迪契卡(Felix Vodička)。德国康斯坦茨学派(Konstanz School)的姚士(H. R. Jauss)也曾受他的影响,提出以接受美学的角度研究文学史,魏曼(Robert Weiman)又以"据为己用"(appropriation)的观念增补了领受的内涵。廖炳惠文中更吸收了傅柯(Michel Foucault)的"谱系"理论,将文本由始源到领受的复合增衍过程剖析展示,让我们进一步了解文学史过程的繁茂多姿。同时,这个切入角度又会刺激我们对文学史的叙事体式的思考,探求一种适当的叙事结构,以包容如此复杂的现象和动态。

本书各篇论文记录了几位生长在香港、台湾和大陆三个不同地区的学人对文学史问题的探索心得。由于所处社会环境不一,学术训练有别,对问题的看法可能存有种种差异。不过,我们相信各种差异的并置将会引发更多更深的思考和省察。我们不期望学术的大同,但亟盼能在互相挑战冲击的过程中,互相关怀互相学习。本书只是一个开端,我们希望类似的讨论可以继续下去,并预备以集刊的方式,就文学史的各个理论层面,进行多向的探索(按:陈平原、陈国球主编《文学史》集刊共三辑,由北京大学出版社分别于 1993、1995、1996 年出版）。

附录：《中国文学史的省思》（香港：三联书店，1993 年版）目录

1. 主观愿望与客观环境之间
　　——唐弢的文学史观和他主编的《中国现代文学史》（王宏志）
2. 一本文学史的构想
　　——《插图本 20 世纪中国文学史》总序　（陈思和）
3. "二十世纪中国文学"概念之解析　（龚鹏程）
4. 小说史研究方法散论　（陈平原）
5. 一份杂志和一个"社团"
　　——论"五四"文学传统　（王晓明）
6. 领受与创新
　　——《桃花源诗并记》与《失乐园》的谱系问题　（廖炳惠）
7. 编后记　（陈国球）

附编二

文学·结构·接受史
——伏迪契卡的文学史理论

  捷克结构主义
  布拉格语言学会与伏迪契卡
  伏迪契卡的理论立场
  "文学结构的演化"和"作品的生成"
  文学作品的接受史
  结语

一 捷克结构主义

  比利时学者布洛克曼(Jan M. Broekman)在1971年出版的《结构主义:莫斯科—布拉格—巴黎》一书,正好为本世纪以来最具影响力的文学思潮划出一条航线。"莫斯科"代表由莫斯科语言学会(Moscow Linguistic Circle)及列宁格勒的诗语言研究学会(Society for the Study of Poetic Language,简称 *Opajaz*)所发展出来的"俄国形式主义"。到了20年代末期,这个充满生机的学派还未茁壮成长,就因政治压制而偃旗息鼓。1920 年 7 月形式主义学派的领袖之一雅各布逊(Roman Jakobson)移居捷克布拉格,并开始发表一些讨论捷克诗歌的论文,与当地学者互通声气。1926 年 10 月 6 日雅各布逊联同马提休斯(Vilém Mathesius)、赫弗拉奈克(Bohuslav Havránek)等组成的布拉格语言学会(Prague Linguistic Circle)正式成立。在这里俄国形式主义经过接枝移植,再加上土壤气候的不同,就长成另一新品种——捷克结构主义(或称功能结构主义 functional structuralism)。[1]

到 40 年代这个文学运动又遭逢俄国形式主义的同一命运,先后备受战乱和政治的压逼而告瓦解。这两个学派消沉了好一段时间;在本土固然被"刻意地"遗忘,在国外亦得不到应有的重视。例如,布拉格学会的晚辈成员韦勒克(René Wellek)去到美国之后,就曾多番推介两个学派的文学理论,[2] 1955 年埃利希(Victor Erlich)又写成《俄国形式主义的历史及其学说》(*Russian Formalism: History-Doctrine*)一书,可惜都不曾唤起公众的注意。

直到 1965 年托多洛夫(Tzvetan Todorov)在巴黎出版了俄国形式主义论文的法译本《文学的理论》(*Théorie de la littérature: Textes des fromalistes russes*),造成一时的轰动,这个学派的思想才再度被体认,而且与法国本土的结构主义思想汇成洪流,在西方学界造成极大的影响。及后经韦勒克等人的再度鼓吹,布拉格学派的理论先后得到译介。以单行书册形式出现的英文著作包括韦勒克的《布拉格学派的文学理论与美学理论》(*The Literary Theory and Aesthetics of the Prague School*, 1969)、马帖雅及迪徒尼克(Ladislav Matejka and I. R. Titunik)合编的《艺术符号学:布拉格学派的贡献》(*Semiotics of Art: Prague School Contributions*, 1976)、马帖雅编的《声音、符号与意义——布拉格语言学会五十周年纪念论文集》(*Sound, Sign and Meaning: Quinquagenary of the Prague Linguistic Circle*, 1978)、史丹拿(Peter Steiner)编的《布拉格学派文选:1929—1946》(*The Prague School: Selected Writings, 1929-1949*, 1982)、史丹拿、撒尔文卡(M. Červenka)及浮隆(R. Vroon)合编的《文学过程的结构》(*The Structure of the Literary Process*, 1982)。至于学派中的文学理论宗师穆卡洛夫斯基(Jan Mukařovský),其著作除了为

苏英诺(Mark E. Suino)译出的《作为社会事实的美感功能、基准和价值》(Aesthetic Function, Norm and Value As Social Facts, 1970)之外，还有史丹拿及布尔班克(John Burbank)编译的两本穆氏选集：《词语和语言艺术》(The Word and Verbal Art: Selected Essays by Jan Mukařovský, 1977)、《结构、符号与功能》(Structure, Sign, and Function: Selected Essays by Jan Mukařovský, 1978)。其他单篇的研究论文，更不在少数。

又德语界对布拉格学派的承纳似乎比英语界更为积极，如尧斯(Hans Robert Jauss)在1970年出版的《文学史作为文学理论的挑战》(Literaturgeschichte als Provokation fur die Literaturwissenschaft)就已经多番称引布拉格学派中人尤其伏迪契卡(Felix Vodička)的意见；他领导的康斯坦茨学派(Konstanz School)的"接受理论"(reception theory)思潮与伏迪契卡的理论有不可解断的血缘关系。另外伏迪契卡的重要论文亦有德文译本《文学演变的结构》(Die Struktur der literarischen Entwicklung, 1976)，书前有斯德莱达(Jurij Striedter)详尽而深入的序言。

在中文著述方面，结构主义文学理论的介绍大概始于70年代(郑树森，207—213)，不过介绍的范围主要环绕法国结构主义及以后的发展，即或提及捷克结构主义，亦仅以片言只语带过。正面讨论的仅有1982年陈冠中的《马克思主义与文学批评》(125—128)及1985年张隆溪的《艺术旗帜上的颜色——俄国形式主义与捷克结构主义》(84—93)，但都只是非常概略的介绍。比较详细的讨论，还得求诸外文著作的中译：文首提及布洛克曼的《结构主义》一书，就有李幼蒸的中译，于1980年出版，其中第三章专门讨论捷克结构主义(62—92)；另外佛克马(D. W. Fokkema)与蚁布思(Elrud Ibsch)合著的《二十世纪文学理论》(Theories of Literature in the Twentieth Century)第二章第二节专论捷克结构主义，另外第五章又介绍布拉格学派与德国接受理论的关系，全书已由香港中文大学比较文学研究组译出，于1985年出版(26—32、129—133)。而本文要介绍的人物伏迪契卡，更只见于《二十世纪文学理论》一书，其他中文著作都未有顾及。

其实，今天的文学理论或观念已经非常繁多，杂说纷陈，难为应接。不少人认为法国结构主义已经消沉沦落，现在再讨论其前驱的理论，可能会招

"不合时宜"之讥,不过正如马帖雅所说:

> 无数例子显示出这些(布拉格学派对艺术、文学的)研究,牵动了晚近美国、西欧以至苏联的符号学理论及分析的汹涌浪潮;可知布拉格学派的探讨在今天仍然有高度的效用,以及开悟与启迪的力量(Matejka, "Preface" to *Semiotics of Art*, ix)。

再如史丹拿形容布拉格文论对现今的理论冲突有"合时性"(timeliness)的贡献(Steiner, "To Enter the Circle", xi);斯兹克雷又引述前苏联文学批评家罗斯纳(Ján Rozner)说:捷克结构主义"在今天仍然有重要的价值"(Sziklay, 110)。其余韦勒克、杜罗斯达分别指出穆卡洛夫斯基及伏迪契卡的理论和著作至今不失时效(Wellek, *The Literary Theory and Aesthetics*, 25-26; Drozda, 135)。观乎此,则我们希望以下的一番讨论不仅是文学理论的"考古学工作"而已。

二 布拉格语言学会与伏迪契卡

顾名思义,"布拉格语言学会"的研究兴趣离不开语言学。然而,从学会重要成员在1929年联署、以法文在《布拉格语言学会集刊》第一期(1929)上发表的《宣言》(*Travaux du Cercle Linguistiquede Prague* 1: 7-29),[3]以及学会同仁刊物《词语和语言艺术》(*Slovo a slovesnost*)的《创刊前言》看来,[4]他们都很强调文学研究的重要性。所以我们可以说,布拉格学派将文学带入语言学领域之内,也可以说,将语言学的观念引进文学的研究之中。学派中人以穆卡洛夫斯基于文学理论方面贡献最大,影响最深,可说是本派的代表人物;然而他的理论随着时日一直发展变化,还没有机会做出综合整理,反而晚一辈的伏迪契卡能够集其大成,成为布拉格学派的后劲(参 Wellek, *The Literary Theory and Aesthetics*, 29; Sziklay, 82; Doležel, 115-116)。有关穆氏的理论,笔者将另文讨论,本文先介绍伏迪契卡在文学理论方面的重要贡献。

伏迪契卡(Felix Vodička, 1909—1974)是布拉格学派的第二代人物(Galan, "Toward a Structuralist Literary History", 457);迟至1941年,他才正式

加入布拉格语言学会。早年他在首都的查理斯大学攻读捷克文学及历史。这种"国文系"的出身使他与学派的前辈大不相同,因为他们的基础训练多半是语言学或者美学。对于本国文学的娴熟,亦有助他日后建立全面的文学史理论。

伏迪契卡的早期文章充满实证主义色彩,在讨论19、20世纪几位著名的捷克作家时,他经常搬弄他们的通讯、日记等传记资料,又做心理学上的探讨(Galan, "Toward a Structuralist Literary History", 458-462)。后来他渐渐觉得这些处理手法对很多文学现象都不能解释,于是逐步改变研究的方向,采用他耳闻目睹的结构主义方法。1941年3月3日,他首次在布拉格语言学会的例会上以《文学作品接受过程研究的方法论笔记》("Methodological Remarks on the Study of the Literary Work's Reception")为题作演讲,并正式加入学会。这次演讲的内容经小量修改后,在《词语和语言艺术》第七期发表,更名为《文学作品的接受过程的历史研究:聂鲁达作品的接受问题》("The Historical Study of Reception of Literary Works: The Problematics of Neruda's Reception")。[5]在这篇名正言顺的"结构主义论文"之中,伏迪契卡探讨了一向为人忽略的"接受过程",而且就几个重要的文学史据点,如"符号"(Sign)的意义、"具体化"(concretization)的借用、"批评家"(critics)的重要性、"背景"(context)的影响、"作家"(authors)的功能等,都提出了虽然初步但很精辟的见解。当然要了解他的进一步意见,就要参看他在翌年发表的重要论文了。

三 伏迪契卡的理论立场

伏迪契卡最出色的理论文章是长达百页的《文学史:其问题与工作》("Literární historie, její problémy a úkoly"; "Literary History: Its Problems and Tasks"),收入1942年出版,由穆卡洛夫斯基及赫弗拉奈克合编的《语言与诗歌论文集》(Čteni o jazyce a poezii; Readings on Language and Poetry)之中(307-400)。这篇论文是现代讨论文学史理论最重要的文献之一;近年来已有德文、波兰文、英文、西班牙文及意大利文等全文或部分的译本(Galan, "Selected Bibliography", 599-607)。笔者在此就以这篇文章为主,介绍伏迪契卡的文学史理论。[6]

《文学史:其问题与工作》的第一部分先简单综述文学的历史及其与相关学科如结构主义的语言学、现象学派的本体论等的关系。因为伏迪契卡主要从本国(捷克)的角度出发,所以有关17世纪以还的捷克文学史家的业绩都多做介绍。至于外国学术如德国赫尔德(Johann Gottfried Herder, 1744-1803,德国狂飙突进运动的精神领袖)到沃斯勒(Karl Vossler, 1872-1949,语言学家、批评家)和法国泰纳(Hippolyte Taine, 1828-1893,哲学家、史学家、文学评论家)到朗松(Gustave Lanson, 1857-1934,深受泰纳影响的文学史家)的文学史研究,以至索绪尔(Ferdinand de Saussure, 1857-1913)的语言学、俄国形式主义的文学理论及波兰学者英伽登(Roman Ingarden, 1893-1970)的艺术哲学等的影响,都有分析。

当然,对伏迪契卡来说,这些学说还未能完满地解决一切有关文学史的问题。他以布拉格学派的结构主义和符号学理论为根据,[7]创制出一套全面的理论。按照布拉格学派的看法,文学以语言为媒介,而语言本身具有多种功能(polyfunctional),如表现功能(expressive function)、称谓功能(appellative function)、反映功能(representational function)等,至于促使一个文学制成品(artifact)转化成美感客体(aesthetic object)的就是语言中的美学功能(aesthetic function)。[8]从符号学的观点去考察,文学是一种特殊的符号系统;文学作品由于美学功能的作用,变成一个自足的符号(autonomous sign);由于其他功能的作用,又是一个传讯的符号(communicative sign)。符码(signifier)是文学制成品,所指(signified)是与作品构成关系的外在环境或现象,符义(signification)则是指大众意识中存在的美感客体(Mukařovský, "Art as Semiotic Fact", 3-9、82-88;又参 Galan, "Toward a Structuralist Literary History", 463-464)。因此,文学作品能否成为美感客体,端赖符号使用者的意向,使其中语言的功能或显或潜。伏迪契卡说:

> 有这样的一个可能:过去为传讯功能所支配的某一作品,因本身蕴涵一些特质而至今变成了美感客体(某些历史著作就有这样的情况出现)。另一方面,随着时间的推移,曾发挥美学功能的作品可能因新的

文学境况而丧失这种功能——换句话说,其美学功能可能不再被体认。

就如我们讨论《孟子》、《庄子》、《左传》、《史记》诸书时,也常常有这个疑问:这些典籍是不是文学作品?如果采用布拉格学派的说法,我们可以说,这些作品可能以其传讯功能(载道、记事)的面目出现,但到后世有评论家发掘到"孟子的散文艺术"、"史记的叙事技巧"时,这些作品就以文学模式呈现于大众的意识之中。至于另一种情况大概与汉赋的接受情况相近。两汉的文坛,基本上由赋支配,"言语侍从之臣……朝夕论思,日月献纳","公卿大夫……时时间作"(班固《两都赋序》),作者读者两得其乐,而其中的艺术特色,如司马相如所讲的"合纂组以成文,列锦绣而为贵,一经一纬,一宫一商"(《西京杂记》),都受到充分的重视。然而后世尤其自宋元以后,汉赋已不再像唐诗宋词那么易于打动人心;至今读汉赋的,不少是受了其中传讯功能的影响,注意其中反映的"大汉帝国强盛的国势,辽阔的疆土和国内各民族的大联合",或者"祖国壮丽的山河和先进的生产技术与文化艺术"(龚克昌,25—33)。伏迪契卡此说是他的文学史理论非常重要的一环,在论文的后半部有详细的讨论,下文将就此再做介绍。

在讲及文学作品的符号功能时,难免牵涉到这些功能本质上的社会性成分——社会背景(social context)对符号使用者的影响。他反对将文学与社会现实的关系割断,却特别强调他的"文学"立场;他认为一位文学史家的工作不在解决心理学或社会的问题——这又与他的少作背道而驰了。在相关的学科中,不难理解,他认为语言学与文学最有关连,因为:

> 语言是艺术品(按:指文学)的原料。当诗人要落实他的艺术意图时,就同时被这原料限制和刺激。整个文学创作过程都在一个复杂的语言系统的框框之内发生,而其艺术效果之获致,实有赖以语言文字作手段。

在研究的立场和目标澄清以后,伏迪契卡就展开了各理论重点的讨论。他认为文学史的研究范围应该包括"作家"、"作品"、"读者"三个部分。事实上,对于从事文学研究的人来说,这三个"研究点"并无独特之处。他的理论之所以特别值得重视是因为：

（一）对于这三个部分的历时层面(diachronic dimension)的意义,他都能够全面地做出考察；

（二）以文学作品本位为线索,贯串文学史的研究；

（三）由于（一）、（二）两点,文学史研究在他理论的棱镜下,折射成以下三个研究领域：

(1) 论作品时他注意的是"文学结构的演化"(evolution of literary structure)；

(2) 论作家时他注意的是"文学作品的生成及作品与历史现实的关系"(genesis of literary works and their relationship to the historical reality)；

(3) 论读者时他注意的是"文学作品的接受史"(the history of the reception of literary works)[9]。

下文将就这三个部分逐一析述,尤其对往昔文学史忽视的第(3)部分,更有比较详细的介绍；虽然这个部分的探究在今天已成文学理论研究的重点之一,但伏迪契卡精到的论点显然未尝被超越。

四 "文学结构的演化"和"作品的生成"

在此,我们先要理解"文学结构"和"演化"两个术语所指。用伏迪契卡的话来讲,"文学结构"是指一个"非物质的整体"(immaterial whole),"作为文学创作的所有可能性的详目而存在于文学作品的背后"。换言之,文学作品就好像索绪尔所讲的个别言语行动(parole)；而文学结构就好比语言系统(langue),蕴涵着个人使用语言的各种可能和极限。个别的言语活动要依循语言系统的"游戏规则"；文学作品的创作方法也要受文学结构的约制,其意义也必须在整个结构之中才能显现。然而这文学结构并非牢固不动的,它只是各种不同因素和力量在特定时空中形成的一个脆性的均衡状态(state of fragile equilibrium)。任何因素的变动,都足以摧毁这个均衡；而结构内的各项因素会做出一定的调整,务求达至另一个均衡状态。令文学结构恒常处于变动不居的状态的力量之一是文学传统本身内在自发的力量(immanent and self-propelled forces)。俄国形式主义用文学史上的"陌生化"倾向(defamiliarization)去解释这个内在的推动力;用布拉格学派的术语,这就是"习惯化—具体化"(automatization-actualization)的交替运动,意思是某些文学形式经历一段时间之后,大家对此过分熟悉,不能再起具体的感受,于是有新体代之而兴。由于"新变"的关系,就能唤起新的感受,直至大家过分熟悉而至习焉不察为止。如此循环不息,推动文学的"演化"。这种理论很容易使我们想起顾炎武、王国维的名言:

> 诗文之所以代变,有不得不变者。一代之文,沿袭已久,不容人人皆道此语(顾炎武《日知录》)。
>
> 盖文体通行既久,染指遂多,自成习套;豪杰之士,亦难于其中自出新意,故遁而作他体以自解脱。一切文体所以始盛中衰者,皆由于此(王国维《人间词话》)。

不过伏迪契卡非常明白这种内在力量不是促令文学结构演化的惟一因素,文学结构蕴涵这种内在性质不能保证文学可以自绝于外力的干扰,因为:

> 毕竟作品是人民的产品,它们是社会的实存之物,与其他文化生活的现象构成多方面的关系。

这种口吻好像出自马克思主义的理论家,然而他与马克思主义者不同的是,他认为这自发力量是不容忽视的,而且是致令文学传统与其他社会传统有所区别的标记。另一方面他也不认为这种力量是一种黑格尔式的运动(即有一形而上的命定目标,例如进化的历史观),虽然他也经常采纳辩证法的观点,如对立的张力(tension)、二律背反(antinomy)等,只是反对采用简化的正—反—合论式去解决问题而不去"显明一个历史过程的全盘复杂情况"。

据上所述,文学史牵连到一个无形的客体("文学结构")的运动("演化")的情况。"无形"当然难以捉摸,"运动"也不易觉察。然则文学史家如何可以掌握这个过程呢?伏迪契卡认为可以从具体的作品考查中得来,他说：

> （文学史的）第一项工程是在依时序排列的众多文学作品的客观存在（objective existence of literary works）中产生的。于此我们可以追寻到文学形式上的组织变化，这就是"文学结构的演化"。

伏迪契卡认为文学的演化可以由一系列相关的作品显示，其间作品的形式可能有不同的安排组合，这些组合的变动就是文学史家要探究的地方。换句话说，他认为每一个独立的作品是文学结构演化程序的一部分。文学史家研究作品的目的不在深刻精微的剖析（intrinsic anatomy），而在通过这些分析以考知作品的"演化价值"（evolutionary value）。他提出的具体工作程序是：

1. 先将每一作品按时序排列先后，然后详细析述每一作品的结构；
2. 将这些结构的论析互相比较，以决定"某指定作品的文学结构的组织经历怎样的变化"，或判别这结构的组织"如何反映演化的趋势（evolutionary tendency）——是否比较早期的作品更能充分地显示演化的趋势"。

在实践时，这两个工序是很难划分的，因为从演化的角度去描叙某一作品的文学结构时通常都包括了与居前作品的比较分析。例如，我们要从文学史的角度去分析杜甫的《秋兴八首》，则我们必须了解杜诗与王维的《出塞》或者更前的沈佺期《古意》等七律在诗艺上的分野，于是杜诗的"演化价值"便可得见了。

在讨论"文学结构的演化"之后，伏迪契卡接着探讨"文学作品的生成"问题。所谓"文学作品的生成"是指作家在特定的时空中，如何因应当时历史环境提供的各种条件或限制而构思以至完成一本文学作品。在众多的历史现象当中，首先带来直接影响的，是前人遗留下来的作品，作家在构思时很难完全罔顾文学传统。不过，他认为作家不是被动地为文学传统所支配；反之，作家不断与各种限制的力量争斗，而且尽量以他的创造力和创作行动去改变这些限制的影响力；这种努力又成为文学结构的历史变化的推动力之一。他说：

> 在诗人——作为一位文学工作者——与时下的文学传统之间,有着一种恒常的张力。

作家在(有意或无意地)面对传统的力量时,就会做出依违(或介乎二者之间)的选择;伏迪契卡所讲的张力就是作家这种探索行动的表现。这探索一直持续,直到作家找到他自己的解决方法,并运用到创作行动之中为止。

由此我们又可以理解到伏迪契卡所注意的是作家在整个结构系统中的功能。他的功能是将某特定时空(创作时)中的各种因素和力量有选择地做出融和或消解以完成一部作品,而这作品亦成为文学结构系统的一环。显然他无意探讨个别作家的心理因素、个人境遇等对个别作品的影响。他在《文学作品的接受过程的历史研究》一文中就已经表示,"作家"不是指作家个人,而是由一位作家的所有作品组合而成的一个结构,故此他提及"作家"时,重点已经由个别作家转移到作品之上了(Vodička, "The Concretization of the Literary Work", 123-129;又参 Galan, "Toward a Structuralist Literary History", 469-470)。

五 文学作品的接受史

对于大多数人来说,文学之有价值不在于创制过程是如何地艰辛,如何地泄导作者的激愤情志;最重要的是,文学作品可以供人阅读、欣赏。欣赏的人可以包括作者本人、作者的友侪;经过传抄印刷的流播,文学作品甚至可达到不同地域、不同年世的读者手上,勾起他们的美感情绪。按照布拉格学派的说法,当作品停留于"文学制成品"的阶段时,文学并未能发挥它的功能;只有在读者以审美的眼光去阅读这些作品时,作品转化成"美感客体",文学的功能才可以显露出来,而作品至此才获得它的"文学的生命"(literary life)。

伏迪契卡认为文学史的范围固应包括现实世界与作品的对立关系(即文学传统或社会文化背景以至作者与作品的种种关系),更应该包括作品与读者的相互关系及其引发的各项问题。他说：

> 正如纪录由文学作品与现实对立而生的种种关系是文学史的职分，由作品与大众读者两极间所生发的动能，也应是(文学的)历史描述对象。

这个"作品—读者"关系的部分，实在是一处极为丰沃的未垦地，一般文学史对这部分的处理都非常不足，伏迪契卡就此提出了文学史家要做的四件互相关联的工作：

1. 在研究某一个时期的文学史时，要重建当日的文学基准(literary norm)及文学规条(literary requirements)；
2. 重整当时的文学现象，找出经常被评论的作品以及当时文学价值的等级体系(hierachy of literary values)；
3. 研究个别作品(包括过去的与当代的)的"具体化情况"(actualization)；
4. 作品在文学的与非文学的范围中的效应(effect)。

这四项工作牵涉到多方面的问题，以下分别讨论。

(一) 文学的基准

伏迪契卡认为对文学作品的审美感知(aesthetic perception)必与文学评价(evaluation)紧密相伴；那就是说，读者在阅读和欣赏文学作品之际，同时亦会判断这作品的好坏。不过，个别读者可能因为本身的性情好尚或者个人遭遇，对作品做出非常主观的评价。因此伏迪契卡认为文学史家不必处理所有读者的每一个反应；文学史家要研究的是整个时代对当时文学现象的观感，以及具有历史的普遍性意义的意见。这些观感和意见就集中表现为某一时期的"文学基准"(literary norm)。

文学基准与文学作品之间存在着一种动态的张力(dynamic tension)。一方面某一时期的基准可以决定一部作品(相当于 parole)在当时的整个文学结构(相当于 langue)中的地位;如果作品过分偏离基准,其原因可能是技巧庸劣,也可能是主题或表达方法过于新异,乃至被批评家轻视或者忽略,那自然没有什么文学地位。另一方面作品亦可以改变基准的方向;某些作品面世以后,使大众领悟到文学的新趋势和发展方向,以致使公认的基准起了变化。由此伏迪契卡区分了两个演化系统:一是文学结构的演化,另一是文学基准的演化。他说:

> 二者之间存有一明显的平行而互为影响的关系。因为基准的生成与新的文学实体(即作品)的生成两种情况源出于同一基础,同出自二者都想超越的文学传统。不过这两个系统却不能并合为一,因为"文学作品的生命"的所有变化都是从作品与基准之间的动态张力而茁生的。

他举出两种情况来说明两个系统的分野:最常见的是,某些文学作品不受当世评家赞赏,到后世文学品位改变,其优点才渐渐为世人体会——即其美学功能不在作品面世时而在较后的时间才能"具体化"。这种情况令我们想起中国文学史上的陶渊明。他的作品在当世以至整个南北朝时期都不受重视(颜延之《陶征士诔》仅说其"文取指达";《文心雕龙》论诗不及陶潜;钟嵘《诗品》说:"世叹其质直",置其诗于"中品")。到宋代由于风尚不同,陶诗的地位才攀上最高峰(如苏辙《追和陶渊明诗引》载苏轼说:"自曹、刘、鲍、谢、李、杜诸人,皆莫及也。"张戒《岁寒堂诗话》说:"自建安七子、六朝、有唐及近世诸人,思无邪者,惟陶渊明、杜子美耳")。

另一种情况是有时批评家提出一些文学创作的主张(即是说推动新的文学基准的发展),然而在当世却少有作品能将这些意见实践;到较后的时间,文学的发展渐渐赶上,符合这个基准的作品才纷纷涌现。以古典中国文学史的情况来说,可能要稍变伏迪契卡之例。因为专业的批评家在中国古代并不多见,在文学批评方面立言的人多半都身兼作家身份,很多时候他的作品就是自己理论的实践。不过伏迪契卡之说在以下两种情况下仍然有效:

1. 不少批评家兼作家提出一些与时下风气不侔的主张,兼且以自己的作品实践,初时未能倾动当世,到后来附和的人愈来愈多,卒之改动了文学风气。如清代曹溶写词"崇尔雅,斥淫哇"(见朱彝尊序曹溶《静惕堂词》),鼓吹南宋词风,与当时小令学《花间》、长调学苏辛的流行观点大不相同;但他却不能造成风气。一直到朱彝尊大力推广,厉鹗再集其大成,这种崇尚"雅正",以南宋姜夔、张炎等为宗的"浙派"词风,才盛行一时。

2. 部分批评家虽然提出一些异于当时的主张,但自己的作品却不能配合,反而较晚出现的作品可以符合要求。例如初唐王勃提出写文章要"甄明大义,矫正末流,俗化资以兴衰,国家由其轻重"(《上吏部裴侍郎启》);杨炯批评当时的文章"争构纤微,竞为雕刻","骨气都尽,刚健不闻"(《王勃集序》);其共同基准似乎是反对六朝文章的浮靡夸饰,提倡明道和刚健的文风。不过这种主张并未得到其他作家的响应,而他们自己竟然也不脱六朝余习,专写骈俪文章。一直到萧颖士、李华等人出现,才开始有实际作品落实这些主张;再经韩愈、柳宗元集其大成,形成一个颇有声势的古文运动。依伏迪契卡的讲法,则初唐出现的文学基准,要到中唐才有作品做全面的配合。

在中外文学史或艺术史上,作品与当代文艺风气、批评家的主张不相衔接的事例屡见不鲜;伏迪契卡的理论虽然未尽完善,但最低限度可以在认识论的层次上解释不少文学史的现象,将这些问题整理出头绪来。[10]

因此,文学史家除了要了解文学结构的发展,还要整理出文学基准的发展情况。至于重建基准所需的资料,伏迪契卡认为可自三个途径获得:

1. "基准就包孕在文学本身——即那些被阅读、受欢迎,及据以评估新作的文学作品。"他的意思是:不同时期的读者口味不尽相同,于是他们心目中的"文学正典"(literary canon)就不会完全一致;如果能够了解读者大众的选择和根据,就可以归纳出当时的基准。举例来说,宋、明同样是重视唐诗,但张若虚的《春江花月夜》就不见重于宋,而此诗在明代的评价却非常高(自李攀龙选入《古今诗删》后,几乎所有后出的选本都收有此诗);可知两代的取舍标准不同。如果我们再从两个时代的"唐诗正典"中多举例证,就能更清楚地揭示宋、明不同的基准。

2. "规范性的诗学原理或当代的文学理论可使我们识别某时期文学'应'遵从的'法则'。"伏迪契卡所讲的是一个文学时期的指导性准则,如17

世纪法国波瓦洛(Nicolas Boileau-Despréaux)所写的《诗的艺术》(*L'Art Poétique*)成为当世古典主义的法典,无论作者、读者,均受其影响;要重建当时的文学基准,当然要研究波瓦洛的诗论。在中国则可举清代桐城派古文的义法为例;方苞所讲的"言有物"、"言有序"(《又书货殖传后》),以至姚鼐的"神、理、气、味"、"格、律、声、色"(《古文辞类纂序》),对清中叶以后百多年的古文创作,起着重要的规范作用。

3. "最丰富的资料在于批评文学的言论、评论所采的观点和方法,以及指向文学创作的种种要求。"在这里,伏迪契卡正式将文学史的范围伸展到文学批评史的领域。他认为每一时期的文学批评文献都是研究当代文学基准的主要参考资料,因为这代表了读者对作品做出反应的可靠纪录,所以不能忽视。有关文学批评与文学史的关系,伏迪契卡做了很详细的讨论,这些意见在下文另有交代。

在讨论文学基准在文学作品的感知过程(perception)中的作用时,伏迪契卡又引用穆卡洛夫斯基的说法,指出除了文学技巧的因素外,其他伦理的、社会的、宗教的、哲学的规条对审美评价亦有影响(Mukařovský, "The Aesthetic Norm", 53-54)。在感知过程中一旦考虑作品的主题时,读者本身所处的现实环境,以及由之而来的社会价值观,与作品中经艺术安排所传达出来的现实及价值观之间,就会构成一种关系;若果其间是融和的关系,当然有助于作品得到肯定的评价;如果其间的关系是对立的,则作品往往因此而被排斥。他说:

> 作品的美学功能只在一种吻合的意识形态的潮流支持下,才能活泼生动地被感受。

他举出的实例是中世纪文学的"宗教导向"。而在我国的文学中当以儒家思想的影响最值得留意,无论评诗说文,"宗经征圣"的要求都或隐或显地成为评论基准之一。甚至在戏曲小说的范畴之内,世俗化了的"儒教"道德观对于作品为大众认同与否也起着重要的作用,作为文学史家当然不应忽视这个事实。不过伏迪契卡也提醒我们不要专就作品传达何种讯息以及讯息的真实程度立论,因为这已超越了"文学史"的界限而进入"文化史"的范围了。

(二) 批评家的作用

在伏迪契卡的理论中,文学史研究与文学批评史有很多相通之处,尤其在研究作品的"生命"时,文学批评的资料是不可或缺的。正如上面所讲,个别读者的主观印象或短暂的反应不是文学史的研究重点;只有批评家公开发表、为大众知晓的论见,才能反映当时比较稳定的价值观。因为据伏迪契卡的说法,批评家作为"实际介入文学生命"的人物之一,有他的特定功能:

1. 将作品视为美感客体。

2. 纪录作品的"具体化过程",即根据当时的审美立场而感受到的作品形貌。

3. 以他本身的判断能力,评定作品在文字发展过程中的作用和地位。

文学史家有责任去观察一个时期的批评家如何实行其功能,正如他要判断诗人如何完成写作的任务一样。伏迪契卡又指出批评家的言论在某些时期会阻延了文学的发展,在另外一些时期又会激励了文学的发展。对此,我们可以补充一点:所谓"阻延"或"发展"不一定要附上褒贬的色彩,因为某方面的阻延,如由陈子昂、李白、元结到元稹、白居易都反对时人的讲求声律(由此我们可以解释为何七律要到杜甫才算成熟),可以是另一方面的发展,如重视风骨、兴寄以至讽喻的表达手法。当然,我们也可以另举沈约为例。作为批评家的沈约,提出四声八病之说,认为写诗"若前有浮声,则后须切响。一简之内,音韵尽殊;两句之中,轻重悉异"(《宋书·谢灵运传论》);他的言论对于"永明体"诗歌,甚至以后近体诗的发展,都有激励的作用。

伏迪契卡又说某些时期的批评家会推动大众读者转换文学的品味(literarytaste),另外一些时期则起而保卫往昔的价值观。这些现象在晚明也发生过。例如,竟陵派的钟惺和谭元春通过《诗归》的编纂以及其他言论,使大量文学读者都以"深幽孤峭"为宗;至于陈子龙则重整前后七子的旗鼓,使复古主义思潮延续到明朝末年。还有一种情况是:某些时期的文学评论不能如分地履行职能,由是当时价值观的等级体系(the heirarchy of values)就会动摇,风尚也不能定型而成混乱状态。以中国文学史来说,新文学运动的初期正好作为例证,因为当时的批评家破多立少,尤其面对深厚的文学遗产更加无所适从;我们只要比对一下胡适的《五十年来中国之文学》、《白话文学史》和周作人的《人的文学》等论著对"旧"文学的评论,就可知当时新文学运动中人的价值观如何混乱,更不要提吴宓、梅光迪等反对派与他们的差异看法了。

其实伏迪契卡在论述重建基准时所提及的三个资料来源都与文学批评有关。第一类资料是某一时期内受欢迎的作品,要探知这些作品的名目通常可以依循两个途径:

1. 考察当代批评家经常讨论的是哪些作品;
2. 考察当代总集选集最常选录的是哪些作品。

前者当然是文学批评的问题,后者也是批评史不容忽略的环节。

第二类规范性的理论又与第三类的实际评论互为关联;批评家要做出批评时,其背后本就有一套规范理论作指导。因此三者都是文学批评的问题,而三者又都与文学史家重建基准的工作有关。由此可见,在伏迪契卡的理论之中,文学批评史与文学史两个范畴已经融合为一了。

(三) 价值等级体系

人类处身于现实世界的森罗万象之中,往往就身边的各种现象做出分类和评价,然后将所得出的价值判断纳入当下的整个价值系统之中。伏迪契卡认为这是因为人类渴望将外物与自我的纷乱关系稳定下来。就文学来说,读者对作品做出审美的感知,评价的行动亦同时进行,于是作品与读者就构成物我的关系,作品所属的结构与支配读者品味的基准结构就在评价行动之中接触。这种接触及由此引发的问题是文学史家所究心的地方,所以他们的注意力应放在各个特定时空中的"活文学"(living literature)——即活跃在读者意识中的文学,由是文学史家要做出调查,如上文所讲,以考知那些古代或当代的作家作品受读者注视,以及与过往文学发展的关系。经过这些调查工作之后,我们会发觉不是每篇刊行的作品都得到当时的价值系统认可,虽然在较后的时期这作品可能变成公认的佳作。另一方面,以往被"高级"(或谓"正统")文学排斥的"低俗"作品,可能也会因某种机缘而被纳入"活文学"中。

这些变化往往植根于社会基础的更移。例如,有很多人,借用"市民阶级的兴起"、"印书业的发达"等去解释明代小说和传奇在平民大众中广泛流行的现象,再用"政治社会变革"、"贵族阶层没落"去解释"五四"以后小说戏曲正式踏入文学殿堂等现象。伏迪契卡认为要研究某一时期的文学意识(literary consciousness)——即参与文学活动的作者、读者、批评家等的文学观念和价值系统,社会学的分析是有意义的,因为借此可以探知所谓"正统"文学与"通俗"文学的关系,不同社会阶层的读者的选择范围和幅度以至品味的异同等情况。不过他认为如果纯用社会学的尺度,只顾探求某个阶层的生活环境的影响力,而忽略了文学的本质及其发展力量,就是一个错误。因为文学基准(以及由此带来的价值等级体系)到底有其内在的发展的动力。就好像文学结构的演化一样,文学基准的演化亦受制于基准结构本身各项因素的组织活动,外来力量只是通过对这些组织活动的影响而促使基准产生变化。例如,明代正统文学的基准自然是诗文的雅正复古;但由于书刊事业的发达,造成部分知识分子藏书、读书的癖好(清代的考据学实可溯源到明代);又由于他们有"博物君子,一物不知以为己愧"(胡应麟《诗薮》)的想法,戏曲小说(本属低下阶层的玩赏物)的高下辨析亦进入杨慎、王世贞等名世大家的著录之中。另外同时或稍后出现的反传统人物如李贽、公安三袁、甚至清初的金圣叹等,其实也是在已有知识的范畴之内故作耸动之论,将其他文士不予高誉的部分故意拔高,以抗衡他们的知识垄断(因此反传统派中人颂扬的文体除戏曲、小说外,还有"正统"文士不屑讨论的时文——八股文)。这两方面的言论亦为"五四"以后的基准变革打好了基础。当然其间价值体系的等级不断调节、逐步发展的详细情形,尚待深入探讨;但我们起码要在考虑外在因素的影响力之余,还应试图结合文学基准的特点,探究文学基准本身有什么条件去承受、消融或者抗衡这些外力。

(四) 作品的具体化

"具体化"(aktualizace; actualization)一词是布拉格学派文论的一个重要术语,其本源是俄国形式主义所讲的"陌生化"(ostranenie,英译作 defamilarization 或 estrangement)。形式主义学派的施克洛夫斯基(Viktor Shklovsky)就这样说过:

> 艺术的目的是要人感知到事物,而不是认识事物,艺术的技巧就是使事物陌生,使形式变得困难,增加感知的困难程度和时间长度,因为艺术的感知过程本身就是目的,必须设法延长(12)。

所以"陌生化"一词本来是指作者刻意经营的一种"令石头更像石头"的技巧。早在 1929 年的布拉格学会《宣言》中出现的"aktualizace"一词,照维特鲁斯基(Jiří Veltrusky——布拉格学派的另一晚辈成员)的讲法,和俄国形式主义的"陌生化"并无分别,也是使文学语言异于日常传讯语言之流于习惯化(automatization)(所以布尔班克等译此词作"非习惯化"deautomatization)。但由于"陌生化"/"具体化"的目标是令读者有具体的经验,于是这个本来是技巧上的问题(属于作者创作过程的一端),便牵连到美学效果和价值的问题(属于读者感知过程的另一端)。后来穆卡洛夫斯基在应用结构的等级体系观念去解释文学作品的美学效果时,就以具体化一词去说明:在一个结构之中,某些结构成分会突显于前景,因而占据主导地位,其他结构成分则退居背景的地位;如果突显者是艺术成分,其他传讯成分退为背景,则作品便会产生美学的效果。具体化就是指这些成分能够突显,为读者所感知(所以盖尔文等就译之为"前景化"foregrounding)。[11] 不用说,伏迪契卡现在所注意的是读者感知过程的部分。

跟这个词有渊源关系的另一个术语是波兰现象学批评家英伽登所提出的"konkretyzacja"(英译作"concretization";本文中译同用"具体化"一词)。伏迪契卡的论文多次引用他的说法。英伽登认为文学的生命不在于作品,而在于读者对作品的感知过程。读者根据作品所提供的"规划性结构"(schematic structure)做出具体化行动(concretizing),将作品的"未决定点"(spots of indeterminacy)填满。由于读者对这些未定的部分未必有相同的理解和想象,所以有不同的"具体"出现(Glowinski,325-349)。[12]

然而,伏迪契卡对英伽登视作品为孤立静态的结构的说法不表同意。他认为不单止作品的未定点会带来不同的"具体化",由于基准的变易,使读者从不同的角度去感知作品,从前受轻视或被忽略的部分,可能会被视为优点,从而发挥美学的效应,于是有新的"具体化"出现。这种途径是英伽登的理论未曾照顾的。基于此,他批评旧式的文学史说:

> 以往的文学史以为每一个作品都有固定的评价,于是他们就只顾追寻这些评价如何被读者和批评家了解和发现。本着只有一个"正确"美学基准的假设,所有评价的歧异,都归咎于文学品味的谬误和阙失。然而,那些文学史家、美学家、批评家却从未一致同意这惟一的"正确"基准。

他认为文学史家的责任不是去追寻一个绝对"正确"的基准或定评,而是调查作品在不同环境(context)、不同基准的衡量下,如何在作品的感知者心中形成异于前时的形貌。因为:

> 由此途径我们可以一贯的集中注意力,视作品为美感客体,以及观察作品的美学功能的社会层面。

他又指出有些作品即使经历不同的基准,各时期的读者以不同的具体化过程去接受作品,但评价仍然是肯定的,则这些作品一定具备丰富的潜质。如杜甫诗在元稹、白居易的具体化过程中,特重其"铺陈终始,排比声韵"(元稹《唐检校工部员外郎杜君墓系铭序》),以及"贯穿今古,觑缕格律"(白居易《与元九书》),并认为这是杜诗胜于李白诗的地方。但到元好问时,看法就有所不同,他说:"少陵自有连城璧,争奈微之识碔砆"(《论诗绝句之十》)。

他认为杜甫诗的好处是"学至于无学","元气淋漓,随物赋形"(《杜诗学引》)。至于南宋批评家因为身罹家国之痛,所以特别看重杜诗忠君爱国的内容,如李纲就注意到:"其忠义气节,羁旅艰难,悲愤无聊,一见于诗"(《重校正杜子美集序》)。而明代李东阳在三杨台阁体余风影响下,自己又位居显要,故此认为杜诗的好处是能兼"山林诗"、"台阁诗"二体之妙(《怀麓堂诗话》)。杜甫诗经历了多种基准的变化,在不同的具体化过程之中显出不同的模样,仍然能赢得好评;据伏迪契卡的理论,杜诗可说有很强的生命周期(a great life span)。相对来说,有些时誉甚隆的作品在当时的基准消亡以后,就会失去美学的感染力。这种情况或者可以上官仪的诗为例。在初唐,上官仪的五言诗风行一时,这固然是因为他身居显贵高位,另方面他"绮错婉媚"的诗风亦能配合当时的齐梁余韵;在对偶方面,用功之深更有助唐代近体诗的确立,从时人纷纷仿习、并称之为"上官体"的史实看来,他的作品在当时读者心目中必定有很好的形象。但当律体确定以后,工巧的对偶功夫已经司空见惯,而"绮错婉媚"亦不再受欢迎,"上官体"也就不再受人称颂,卢藏用甚至说:"若上官仪者……风雅之道扫地尽矣"(《右拾遗陈子昂文集序》)。这种作品的生命力当然不会很强。

(五) 作品的文学效应

伏迪契卡认为文学史还要讨论文学作品的影响问题。在《文学史》一文的前半部分,他讨论过某一作品如何因前人众多作品的影响而成为现存的模样;往后他又讨论一部作品所生的影响力。他说:

> (一部文学作品)可以对读者的精神生活发生影响;更重要的是它对本身是作家的读者的文学品味发生影响,故此可能会——即或不自觉的——影响到他们自己的文学创作。

影响研究在一般文学史著作或作家研究的专著之中并不罕见,所以伏迪契卡这部分的理论不算新颖,不过他强调以作品为焦点,将作品放在整个文学系统之中来观照的说法,也很值得我们注意。他提醒我们:有些作品只有在旧作品的对照之下,才能全面地发挥其美学功能,因为这些作品基本上以某些旧作品为抗衡的目标;他举出的几种情况,如同一题材但探讨的角度不同,或保留故事但表达工具改变,又或者以一种新的艺术手法处理一种旧的艺术形式等,[13]虽然不一定能够在中国文学史上找到对应的现象,但我们在考虑《乐府诗集》中的本词与后来拟作的关系时,伏迪契卡的观念就可以应用得上;又如我们要研究王维的《桃源行》或苏轼的"和陶诗",就必须拿出陶渊明的作品并排而观;再如我们面对当代刘以鬯的《寺内》,如果不先了解这篇现代小说与唐传奇《会真记》、元杂剧《西厢记》等早期作品的"本文互涉"(intertexuality)关系,就不易明白其中"变奏"的意义了。

(六) 外缘问题

布拉格学派文学理论的基本立场之一是视文学为符号的一种。文学之所以是艺术符号,而异于其他符号的地方,是因为它的主要倾向是自我指涉(self-referential);然而,文学又与其他符号系统有不能相异的地方,因为符号必定与使用符号的社群发生关系;于是,由符号学的观点来讲文学史,就一定不会回避文学的外缘问题。不过,伏迪契卡在讨论有关问题时,都以文学本位的立场出发,使这些科际交叠的区域不至无限制地扩张。例如,他讨论文学基准的时候,指出一个时代的宗教、社会、美学等方面的意识,可能强烈地影响当时的文学品味——这主要反映在主题的要求上,然而伏迪契卡特别指出读者对作品做审美感知,与对作品的意识形态做判断,二者必须分划清楚:

> 一旦作品的评价只聚焦于作品传达了现实的那些部分,而不再考虑作品本身及其结构,一旦作品只以所传讯息的真实程度定高下,而忽略了实际文字中的艺术表现方式,则将美学符号和其他传讯符号系统清楚分隔的基本因素,已不再存在于这次探讨之中了。

他又表示这种探讨不再是文学中的研究,而变成文化史的研究,在此,文学作品只被视为研究的资料之一。例如,陈寅恪以唐代文学作品为基础讨论唐代文化,就是这方面的典范。不过伏迪契卡再就此做出一番忠告:文学作品的美学功能可能影响了它的传讯功能,尤其当文学作品的多义性倾向使得各种诠释都可以成立的时候。故此我们以杜甫、白居易诗来探讨唐代米粮布帛的价钱时,就要非常审慎。[14]

另一方面伏迪契卡又提到当世的文化市场经济如出版商以至广告的力量,或者突发的政治事件带来的逆转以及政治压力,都可能对文学基准的变化构成一定的影响。他认为文学史家应该调查这些因素与新变的文学基准有何关系,到底这些外力加速了还是阻延了文学基准的变化,或者即使在阻力之下这些新基准如何经由批评家为之诠释演绎。换句话说,伏迪契卡并不认为外力与文学基准的变化有必然的因果关系。

最后伏迪契卡又从另一端讲述文学与外界的关系,他指出一部文学作品除了在文学系统以内发生影响之外,还会对文学以外的领域产生影响,因为文学作品的美学效果可以鼓动读者大众的激情。例如一些文学的人物形象在个别的社会阶层中引起强烈的反应,又或者某个作品的道德观念使整个社会的道德观受到影响。有时为求达至某些社会的、经济的或民族的目标,作品就会被加添了一些本来不曾具有的社会功能。如果翻查近代以来的中国文学,很容易就会见到以上举列的情况。例如巴金《家》、《春》、《秋》等作,确实鼓励了当世年轻一辈知识分子反封建、争自由的思想,其中"觉民"、"觉慧"等角色,又或者胡适引进的"娜拉"形象,正是当时年轻人的偶像。又如在内忧外患纷至沓来的晚清时期,不少理论家就提出小说有助群治,可以救国的讲法;除了梁启超《小说与群治之关系》的著名论文之外,我们还见到王钟麒、燕南尚生等标举《水浒传》之说;他们都认为《水浒传》刻画出人人平等之自由社会(王钟麒《中国三大小说家论赞》、燕南尚生《新评水浒传三题》)。这些讲法正是当时知识分子力图改革时政的思想投射在文学作品上的"具体化"过程的例证之一。

伏迪契卡认为这些问题已在文学史研究范围的边缘,而与其他历史科学的研究范围有所重叠;这些文学以外的影响问题,还是由其他方面的历史科学去判断评鉴较为理想,因为文学史的研究重点始终在于文学的各种现象,而非其他。

六　结　语

伏迪契卡的文学史理论自成一个完整的体系,并标志着捷克结构主义将共时研究(synchronic study)和历时研究(diachronic study)结合的努力。以上或详或略的介绍,大致可以将其理论的重点勾勒出来。然而,因为篇幅的问题,文内所做的评析便不能深入;而且笔者的着眼点在指出如何将这套理论应用到中国文学史的研究之上,故未必能就全局做出匀称的照应。本文未暇处理的部分起码包括:结构主义和符号学的理论根源、穆卡洛夫斯基的理论和伏迪契卡理论的异同、伏迪契卡理论的实际应用,以及其他学者对伏氏理论的检讨、修正和发挥。希望将来笔者有能力补足这几个部分。更觉遗憾的是笔者不能直接阅读原始资料,只可以借助翻译和其他学者的论述,文中的失实挂漏自难避免。今后如果有通晓捷克文字的我国学者,将布拉格学派的理论全面译介为中文,则笔者相信,我们可以从中取资以助我国文学理论和文学史研究的地方一定很多。

附录

论布拉格学派的术语"aktualizace"

有关布拉格学派的理论在中文书刊中很少见到介绍。最近《外语教学与研究》一刊中，分别见到慈继伟先生和华如君先生的文章提及这一派的术语和应用的问题(1985年第2、4期)在此我也想就"aktualizace"一词提一点补充的意见，以供大家参考。

布拉格学派所讲的"aktualizace"确非穆卡洛夫斯基(Jan Mukařovský)个人的创获。就我手上现有的资料看来，此词最早在1929年出现。当年第一届斯拉夫语言学家会议在布拉格举行。为此布拉格语言学会的成员雅各布逊(Roman Jakobson)、马提修斯(Vilém Mathesius)、赫弗拉奈克(Bohuslav Havránek)及穆卡洛夫斯基等合力撰写了一份《宣言》，其中第三条C项就应用到这个术语。这篇《宣言》并没有在大会的论文集刊(*Proceedings*)中出现(参Jakobson and Slotty, 384-391)。迟到布拉格学派在同年稍后出版的一份国际性刊物《布拉格语言学会作品集》(*Travaux du Cercle Linguistique de Prague*)创刊号，才收入此文的法语译本("Thèsis", 7-29)。同卷附有未编页码的捷语原文，后又载于瓦夏克的编集之中(Josef Vachek, *U základů pražské jazykovědné školy*, 35-65)。

然而这个术语的彰显(起码在西方文学理论界、风格学界如是)，似乎是由穆卡洛夫斯基的《标准语言与诗歌语言》一文受重视而引起的。再者其英语的早期译法也是"foregrounding"而不是如华先生所讲的"actualization"(华如君,76—77)。这篇文章最早由盖尔文(Paul L. Garvin)译出,连同其他七篇论文收入 1955 年出版的《布拉格学派论美学、文学结构及风格文选》(*A Prague School Reader on Esthetics, Literary Structure, and Style*)。不过此本并不通行,现时比较易见的是 1964 年版(17—30)。盖尔文的翻译后来经过辗转载引(如 Chatman and Levin;Freeman;Babb),因而影响甚广。他以"foregrounding"一词翻译"aktualizace",这译词也就不胫而走,后来的论著大都沿用同一字眼(如 Leech;Fowler)。此外"aktualizace"还有另一种译法,就是布尔斑克(John Burbank)和史丹拿(Peter Steiner)英译穆卡洛夫斯基两本文集所用的"deautomatization"(*The Word and Verbal Art*, 1977; *Structure, Sign and Function*, 1978),不过通行的程度远不及"foregrounding"。

又布拉格学会的一位晚辈成员维特鲁斯基(Jiří Veltruský)在一篇讨论穆卡洛夫斯基文学及美学理论的文章中,就谈到这个术语和穆氏的关系,指出穆氏的理论虽然不断发展和变化,但仍然一直沿用这个术语(Veltruský, 134-136)。可见此词在穆氏理论当中占有一个非常重要的地位,而这也是盖尔文(Garvin, *A Prague School Reader*, viii-ix)以来,大部分学者都同意的看法。准此而言,慈继伟先生将此词联系到穆卡洛夫斯基身上,并不能视为错误(8)。不过慈先生只以穆氏这篇早在 1932 年发表的《标准语言与诗歌语言》为据,没有考虑穆氏后来就此观念做出的修正,似乎未能准确把握他的理论。穆氏自己在 1940 年预备编选自己的论文集时,就不愿收录这篇早期的文章了。要理解穆氏的看法还得参考《语言的美学》("The Esthetics of Language", 31-69)、《论诗歌语言》("On Poetic Language", 1-64)、《诗歌的职分与语言的美学功能》("Poetic Designation and the Aesthetic Function", 65-73)等论文。

谈到"aktualizace"的英译,维特鲁斯基又指出"foregrounding"和"deautomatiation"二译都只能得本词意义的一端(Veltruský, 135),因为这术语有时用来指称"习惯化"(automatization)的反面作用;这个作用类似俄国形式主义者(Russian Formalists)所讲的"陌生化"(ostranenie):力图使语言不至因过分陈熟而失去感染力。另一方面此词又牵涉到语言如何发挥美学功能的问题。按照布拉格学派的讲法,语言具有"多重功能"(polyfunctional),各种功能随着语言本身以及外在环境的变化而做出不同的等级体系(hierarchy)的排列，其中诗歌语言的特征就是将语言的美学功能在等级体系中突显出来。前说可用"deautomatization"表示，而后者则是"foregrounding"所指；无论采用哪一种译法，都不能全面概括此词的意义。因此，采用英语中与捷克原文相对应的"actualization"来翻译，似乎是个可行的办法。维特鲁斯基自己就一直用"actualization"一词来叙述；而在一本以英语撰写的布拉格学派研究新著——《历史结构：1928—1946年间的布拉格学派工程》(*Historic Structures: The Prague School Project, 1928-1946*)——当中，盖兰(F. W. Galan)也选用"actualization"而弃"foregrounding"等不用。

至于中译则有人根据"foregrounding"而译成"前景化"，如果就字面(与"背景"background相对)而言也相当贴近，但其偏颇就如维特鲁斯基所讲的一样。华先生提出用"语境化"或"实义化"来作中译(华如君，76)，看来也有商榷的余地。因为"语境"现在往往用来翻译"context"一词，指每一语言行动所面对的周遭环境，与本词的含义无大关联；后者的"实"字有"落实"、"显现"的意思，较为可取，然而"义"字则偏指"意义"、"语意"，也不符本词的原义。我自己在讨论布拉格学派另一成员伏迪契卡(Felix Vodička)的文章《文学·结构·接受史》中，暂将这个术语译作"具体化"。这个译法主要从语言的美学功能带来的美感效果着眼，表示通过"具体化"的过程读者可以感受到事物的具体情况，这样就与"习惯化"的过程作反面的对应，也隐含美学功能突显的意思。不过其弊处就是"具体"一词太过"陈熟"，容易陷入"习惯化"的过程，未必能使读者警觉到此词的丰富含义，因此我期待大家继续讨论，提出更恰当的译词，然后再做统一。

布拉格学派的理论无论对语言学、风格学、美学，以至文学，都有广泛而深远的影响，现在西方学界对此派理论的探讨论辩愈见炽热，而且由此开拓了不少新的学术领域；相对来说，中文的译介工作似乎不足，希望以后有更多的专家学者就此多做介绍和分析。

注　释

〔1〕 俄国形式主义与捷克结构主义当然有很密切的关系，马提休斯和穆卡洛夫斯基都分别表示过布拉格学派受俄国学者影响很大(参见 Matejka, *Sound*, *Sign and Meaning*, xii; Fokkema and Kunne-Ibsch, 31)。然而捷克结构主义所承受的影响还有本土在 19 世纪出现的象征主义和形式主义、德国和波兰的哲学思潮等(参 Sus, "On the Genetic Preconditions", 28-54, Sus, "From the Pre-history of Czech Structuralism", 547-580; László Sziklay, 79-81; Holenstein, 71-97)。有关俄国形式主义与捷克结构主义的差异可参 Steiner, "The Roots of Structuralists Esthetics", 174-219。

[2] 韦勒克的评介文章甚多,比较重要的有:"The Revolt Against Positivism in Recent European Literary Scholarship", 67-89; "Literary History", 91-103; *Theory of Literature*, 241-242, 266-267; "The Concept of Evolution in Literary History", 653-661; *Concepts of Criticism*, 37-53, 256-281。另外 Paul L. Garvin 在 1955 年亦有 *A Prague School Reader on Esthetics, Literary Structure, and Style* 译介布拉格学派的理论(现在的通行本则是在 1964 年出版);原书有韦勒克的书评(584—587)。此书对语言学及语体学(stylistics)的影响较大。事实上,语言学界对布拉格学派的体认较文学界为早,尤其 Josef Vachek 所编所写的两本书: *A Prague School Reader in Linguistics* 及 *The Linguistic School of Prague*,在语言学界很有地位。

[3] *Travaux du Cercle Linguistiquede Prague* 是布拉格语言学会自 1929 年出版的一份国际性刊物。"宣言"通行有两个英译本,分别是:Johnson, "Manifesto Presented to the First Congress of Slavic Philologists in Prague", 1-31; John Burbank, "Thesis Presented to the First Congress of Slavic Philologists in Prague, 1929", 5-30。

[4] *Slovo a slovesnost* 以捷克语为工作语言,是学会的另一份同仁刊物,1935 年开始出版。《创刊前言》英译见:Johnson, "By Way of Introduction", 32-46。

[5] 原文题"Literárně historické studium ohlasu literárních děl: Problematika ohlasu Nerudova díla" (113-132)。布尔班克的英译改题为:"The Concretization of the Literary Work: Problems of the Reception of Neruda's Works" (105-113)。又参 Galan 462, 472 n. 13。有关布拉格学会历次讲题及学行日期见 Bruce Kochis, 607-622。

[6] 以下的论述主要根据这几篇翻译和论文:Vodička, "The History of the Echo of Literary Works", 71-81; Vodička, "Response to Verbal Art", 197-208; Matějka, "Literary History in a Semiotic Framework: Prague School Contributions", 341-370; Sedmidubský, "Literary Evolution as a Communivative Process", 483-502; Galan, "Is Reception History a Literary Theory?", 161-186; Steiner, "The Semiotics of Literary Reception", 503-520;以及前文提到的各篇论著。为免繁琐,凡下文论述出于此

者,不再一一出注。

[7] 近年来有关布拉格学派结构主义和符号学理论的研究论文非常多,在此难以枚举。除前面称引的论著外,还可参阅:Winner, "The Aesthetics and Poetics of the Prague Linguistic Circle", 77-96; Steiner, "The Conceptual Basis of Prague Structuralism", 351-385; Matejka, "Postscript: Prague School Semiotics", 265-290; Galan, "Literary System and Systemic Change: The Prague School Theory of Literary History, 1928-1948", 275-285. 这几篇论文对布拉格学派文学理论及其基础的介绍都很明晰扼要。

[8] 先是奥地利学者 Karl Bühler(学会成员之一)提出语言行动包括三个主要成分:讲者、听者、讲及之事物;由此得出语言的三种功能:expressive function, appellative function, representational function. 穆卡洛夫斯基原则上同意他的分析,但认为需要增加一项指向语言本身的功能:aesthetic function, 这项功能与其他三项功能辩证地对立。到 1960 年雅各布逊再发展这种分析,提出增加渠道(channel)、语码(code)两个成分,语言功能也因此增加两个:phatic function and metalinguistic function. 参阅 Mukařovský, "Poetic Reference", 155-163; "The Esthetics of Language", 31-69; Jakobson, "Closing Statement: Linguisitcs and Poetics", 350-377; Matejka, "Postscript", 275-277; Steiner, "The Conceptual Basis of Prague Structuralism", 381-382, n. 48; Galan, "Toward a Structuralist Literary History", 473-474, n. 14.

[9] 在捷克原文("Literární historie")中,所论分别见于以下三节:"Vývoj literární struktury"(344-355); "Genese literárních děl a jejich vztah k historické skutečnosti" (355-370); "Dějiny ohlasu literárních děl" (371-384).

[10] Sedmidubský 认为从本体论的立场来说,"文学结构的演化"与"文学基准的演化"两个系统是一体的两面,不能分割;又指伏迪契卡将认识论所得印象提高到本体论的层次是错误的(491—501)。

[11] 有关讨论先见于 "Theses Presented to the First Congress of Slavic Philologists in Prague, 1929", III c(15-18). 又参 Steiner, "Jan Mukařovský's Structural Aesthetics" xiv; Garvin, "Introduction" viii; Mukařovský, "Standard Language and Poetic Language" 17-30; Veltruský, "Jan Mukařovský's Structural Poetics and Esthetics" 134-137.

[12] 有关 R. Ingarden 理论的中文译介也不多,笔者所见仅有:英伽登著、廖炳惠

译《现象学美学:试界定其范围》,29—55 页;李幼蒸《罗曼·茵格尔顿的现象学美学》,242—250 页;韦勒克《西方四大批评家》,97—126 页;Anna-Teresa Tymieniecka 著、张金言译《从哲学角度看罗曼·茵加登的美学理论要旨》,1—16 页;刘昌元《殷佳顿的文学理论》,66—76 页。

〔13〕伏迪契卡在文中举出 Julius Zeyer(1841-1901) *Restored Pictures* 以及 Josef Hora (1891-1945) *Variations on Macha* 为例。

〔14〕刘攽《中山诗话》有这样的记载:"真宗问近臣:'唐酒价几何?'莫能对。丁晋公独曰:'斗直三百。'上问何以知之,曰:'臣观杜甫诗:"速须相就饮一斗,恰有三百青铜钱。"'亦一时之善对"(何文焕,289)。从刘攽所加的按语看来,他不过认为丁谓非常机智,善用诗句来作言词的应对而已;似乎并不觉得这个答案真实可靠。

引用书目

中文部分

布洛克曼:《结构主义:莫斯科—布拉格—巴黎》,李幼蒸译,北京:商务印书馆,1980年版。

佛克马、蚁布思:《二十世纪文学理论》,周英雄等译,香港:香港中文大学出版社,1985 年版。

何文焕辑:《历代诗话》,北京:中华书局,1981 年版。

李幼蒸:《罗曼·茵格尔顿的现象学美学》,《美学》,2 期(1980 年)。

英伽登:《现象学美学:试界定其范围》,廖炳惠译,《现象学与文学批评》,郑树森编,台北:东大图书公司,1984 年版。

韦勒克:《西方四大批评家》,林骧华译,上海:复旦大学出版社,1983 年版。

泰敏尼克卡(Anna-Teresa Tymieniecka):《从哲学角度看罗曼·茵加登的美学理论要旨》,张金言译,《美学译文》,3 期(1984 年 7 月)。

张隆溪:《艺术旗帜上的颜色——俄国形式主义与捷克结构主义》,《读书》,1985 年 8 期。

陈冠中:《马克思主义与文学批评》,香港:自印本,1982 年版。

华如君:《也谈布拉格学派》,《外语教学与研究》,64 期(1985 年)。

慈继伟:《小说对文学的挑战》,《外语教学与研究》,62期(1985年)。
刘昌元:《殷佳顿的文学理论》,《中外文学》,14卷8期(1986年1月)。
郑树森:《结构主义中文资料目录》,《结构主义的理论与实践》,周英雄、郑树森编,台北:黎明文化事业公司,1980年版。
龚克昌:《汉赋研究》,济南:山东文艺出版社,1984年版。

外文部分

Bobb, Howard S, ed. *Essays in Stylistic Analysis*, New York: Harper & Row, 1972.

Burbank, John, trans. "Thesis Presented to the First Congress of Slavic Philologists in Prague, 1929." *The Prague School*, Ed. Peter Steiner.

Chatman, Seymour and Samuel R. Levin, ed. *Essays on the Language of Literature*, Boston, Mass: Houghton Mifflin, 1967.

Doležel, Lubomír. "The Conceptual System of Prague School Poetics: Mukařovský and Vodička." *The Structure of the Literary Process*. Ed. P. Steiner, M. Červenka and R. Vroon.

Drozda, Miroslav. "Vodička's *The Beginnings of Modern Czech Prose* in the Light of the Theory of Fiction." *The Structure of the Literary Process*. Ed. P. Steiner, M. Červenka, and R. Vroon.

Erlich, Victor. *Russian Formalism: History-Doctrine* (1955). The Hague: Mouton, 1965. 2nd ed.

Foerster, Norman, ed. *Literary Scholarship: Its Aims and Methods*. Chapel Hill University of North Carolina Press, 1942.

Fokkema, D. W., and Elrud Kunne-Ibsch. *Theories of Literature in the Twentieth Century*. London: C. Hurst & Co., 1977.

Fowler, Roger. *The Language of Literature*. London: Routledge & Kegan Paul, 1971.

Freeman, Donald C., ed. *Linguistic and Literary Style*. New York: Holt, Rinehart & Winston, 1970.

Galan, F. W. "Is Reception History a Literary Theory?" *The Structure of the Literary Process*. Ed. P. Steiner, M. Červenka and R. Vroon.

Galan, F. W. "Selected Bibliography of the Writings of Felix Vodička." *The Structure of the*

Literary Process. Ed. P. Steiner, M. Červenka and R. Vroon.

Galan, F. W. "Toward a Structuralist Literary History: The Contribution of Felix Vodička." in *Sound, Sign, and Meaning*. Ed. Ladislav Matejka.

Galan, F. W. *Historic Structure: The Prague School Project, 1928-1946*, Austin: University of Texas Press, 1985.

Galan, F. W. "Literary System and Systemic Change: The Prague School Theory of Literary History, 1928-48." *PMLA* 94 (1979).

Garvin, P. L. "Introduction." *A Prague School Reader on Esthetics, Literary Structure, and Style*. Trans. and ed. P. L Garvin.

Garvin, Paul L., trans. and ed. *A Prague School Reader on Esthetics, Literary Structure, and Style* (1955). Washington D. C.: Georgetown UP, 1964.

Glowinski, Michal. "On Concretization." *Language, Literature and Meaning I*. Ed. John Odmark.

Holenstein, Elmar. "Prague Structuralism —— A Branch of the Phenomenological Movement." *Language, Literature and Meaning I*. Ed. John Odmark.

Jakobson, Roman and F. Slotty, 1930, "Die Sprachwissenschaft auf dem ersten Slavistenkongress in Prag vom 6-13 October 1929," *Indogermanisches Jahrbuch*, 14.

Jakobson, Roman. "Closing Statement: Linguistics and Poetics." *Style in Language*. Thomas Ed. A. Sebok. Cambridge, Mass.: MIT Press, 1960.

Jan M. Broekman, *Strukturalismus: Moskau-Prag-Paris*. Freiburg: Verlag Karl Aller, 1971.

Jauss, Hans Robert. *Literaturgeschichte als Provokation*. Munich: Fink, 1970.

Johnson, Marta K., trans. "By Way of Introduction." *Recyling the Prague Linguistic Circle*. Trans. and ed. M. K. Johnson.

Johnson, Marta K., trans. "Manifesto Presented to the First Congress of Slavic Philologists in Prague." *Recyling the Prague Linguistic Circle*. Trans. and ed. M. K. Johnson.

Johnson, Marta K., trans. and ed. *Recyling the Prague Linguistic Circle*. Trans. and ed. M. K. Johnson. Ann Arbor: Karoma Publishers, 1978.

Knickerbocker, W. S., ed. *Twentieth Century English*. New York: Philosophical Library, 1946.

Kochis, Bruce. "List of Lectures Given in the Prague Linguistic Circle (1926-1948)."

Sound, Sign, and Meaning. Ed. Ladislav Matejka. 607-622.

Leech, Geoffrey N. *A Linguistic Guide to English Poetry*, London: Longman, 1969.

Matejka, Ladislav, and I. R. Titunik, ed. *Semiotics of Art: Prague School Contributions.* Cambridge, Mass: MIT Press, 1976.

Matejka, Ladislav, ed. *Sound, Sign and Meaning: Quinguagenary of the Prague Linguistic Circle.* Ann Anbor: U of Michigan, 1978.

Matejka, Ladislav, ed. *Sound, Sign and Meaning: Quinquagenary of the Prague Linguistic Circle.* Ann Arbor: Dept of Slavic Languages and Literatures, U of Michigan, 1978.

Matejka, Ladislav. "Literary History in a Semiotic Framework: Prague School Contributions." *The Structure of the Literary Process.* Ed. P. Steiner, M. Červenka and R. Vroon.

Matejka, Ladislav. "Postscript: Prague School Semiotics." *Semiotics of Art.* Ed. Ladislav Matejka and I. R. Titunik.

Mukařovský, Jan, et al. "Thèsis." *Travaux du Cercle Linguistique de Prague: Mélanges linguistiques dédiés au Premièr Congrès des Philologues slaves*, 1 (1929).

Mukařovský, Jan. "Art as Semiotic Fact." *Structure, Sign, and Function.* Trans. and ed. John Burbank and Peter Steiner.

Mukařovský, Jan. "Art as Semiotic Fact." Trans. I. R. Titunik. *Semiotics of Art.* Ed. Ladislav Matejka and I. R. Titunik.

Mukařovský, Jan. "On Poetic Language." *Word and Verbal Art.* Trans. and ed. John Burbank and Peter Steiner.

Mukařovský, Jan. "Poetic Designation and the Aesthetic Function." *Word and Verbal Art.* Trans. and ed. John Burbank and Peter Steiner.

Mukařovský, Jan. "Poetic Reference." Trans. S. Janecek. *Semiotic of Art.* Ed. Ladislav Matejka and I. R. Titunik.

Mukařovský, Jan. "Standard Language and Poetic Language." *A Prague School Reader on Esthetics, Literary Structure, and Style.* Trans. and ed. P. L Garvin.

Mukařovský, Jan. "The Aesthetic Norm." *Structure, Sign, and Function.* Trans. and ed. John Burbank and Peter Steiner.

Mukařovský, Jan. "The Esthetics of Language." Trans. by P. L. Garvin. *A Prague School Reader on Esthetics, Literary Structure, and Style.* Ed. P. L. Garvin.

Mukařovský, Jan. *Aesthetic Function, Norm and Value As Social Facts.* Trans. Mark E.

Suino. Ann Arbor: University of Michigan, 1970.

Mukařovský, Jan. *Structure, Sign, and Function: Selected Essays by Jan Mukařovský*. Trans. and ed. John Burbank and Peter Steiner. New Haven: Yale UP, 1978.

Mukařovský, Jan. *The Word and Verbal Art: Selected Essays by Jan Mukařovský*. Trans. and ed. John Burbank and Peter Steiner. New Haven: Yale UP, 1977.

Nyiro, Lajos, ed. *Literature and its Interpretation*. The Hague: Mouton, 1979.

Odmark, John, ed. *Language, Literature and Meaning I: Problems of Literary Theory*. Amsterdam: John Benjamins, 1979.

Sedmidubský, Miloš. "Literary Evolution as a Communivative Process." *The Structure of the Literary Process*. Ed. P. Steiner, M. Červenka and R. Vroon.

Shklovsky, Viktor. "Art as Technique." *Russian Formalist Criticism: Four Essays*. Trans. and ed. Lee T. Lemon and Marion J. Reis. Lincoln: University of Nebraska Press, 1965.

Steiner, P., and M. Červenka, R. Vroon, ed. *The Structure of the Literary Process*. Amsterdam: John Benjamins Pub. Co., 1982.

Steiner, Peter, ed. *The Prague School: Selected Writings, 1929-1949*. Austin: University of Texas Press, 1982.

Steiner, Peter. "Jan Mukařovský's Structural Aesthetics." *Structure, Sign, and Function*. Jan Mukařovský. "Preface."

Steiner, Peter. "The Conceptual Basis of Prague Structuralism." *Sound, Sign, and Meaning*. Ed. Ladislav Matejka.

Steiner, Peter. "The Roots of Structuralists Esthetics." *The Prague School: Selected Writings, 1929-1949*. Ed. P. Steiner.

Steiner, Peter. "The Semiotics of Literary Reception." *The Structure of the Literary Process*. Ed. P. Steiner, M. Červenka and R. Vroon.

Steiner, Peter. "To Enter the Circle: The Functionalist Structuralism of the Prague School." *The Prague School*. Ed. Steiner, Peter. "Preface."

Sus, Oleg. "From the Pre-history of Czech Structuralism: F. X. Šalda, T. G. Masaryk and the Genesis of Symbolist Aesthetics and Poetics in Bohemia." *The Structure of the Literary Process*. Ed. P. Steiner, M. Červenka and R. Vroon.

Sus, Oleg. "On the Genetic Preconditions of Czech Structuralist Semiology and Semantics: An

Essay on Czech and German Thought." *Poetics* 4 (1972): 28-54.

Sziklay, László. "The Prague School." *Literature and its Interpretation*. Ed. Lajos Nyiro.

Todorov, Tzvetan, trans. and ed. *Théorie de la littérature*: Textes des fromalistes russes. Paris: Editions de Seuil, 1965.

Vachek, Josef, ed. *A Prague School Reader in Linguistics*. Bloomington: Indiana UP, 1964.

Vachek, Josef, ed. *U základú pražské jazykovědné školy*, Prague: Academia, 1970.

Vachek, Josef. *The Linguistic School of Prague*: An Introduction to Its Theory and Practice. Bloomington: Indiana University Press, 1966.

Veltruský, Jiří. "Jan. Mukařovský's Structural Poetics and Esthetics." *Poetics Today* 2.1b (1980/81).

Vodička, Felix. "Literárně historické studium ohlasu literárních děl: Problematika ohlasu Nerudova díla." *Slovo a slovesnost*. 7 (1941).

Vodička, Felix. "Literární historie, její problémy a úkoly." *Čteni o jazyce a poezii*. Ed. Bohuslav Havránek and Jan Mukařovský. Praha: Družstevní práce, 1942.

Vodička, Felix. "Response to Verbal Art." Trans. Ralph Koprince. *Semiotics of Art*. Ed. Ladislav Matejka and I. R. Titunik.

Vodička, Felix. "The Concretization of the Literary Work: Problems of the Reception of Neruda's Works." Trans. John Burbank. *The Prague School*: Selected Writings, 1929-1949. Ed. P. Steiner.

Vodička, Felix. "The History of the Echo of Literary Works." Trans. Paul L. Garvin. *A Prague School Reader on Esthetics*, *Literary Structure*, *and Style*. Trans. and ed. Paul L. Garvin.

Vodička, Felix. *Die Struktur der literarischen Entwicklung*. Trans. and ed. Frank Boldt. Munich: Fink, 1976.

Wellek, René, and Austin Warren. *Theory of Literature* (1949). New York: Harcourt, Brace & Co., 1966. 3rd ed.

Wellek, René. "Literary History." *Literary Scholarship*. Ed. Norman Foerster.

Wellek, René. "The Concept of Evolution in Literary History." *For Roman Jakobson*. The Hague: Mouton, 1956. Reprinted in *Concepts of Criticism*.

Wellek, René. "The Revolt Against Positivism in Recent European Literary Scholarship." *Twentieth Century English*. Ed. Knickerbocker. Reprinted in *Concepts of Criticism*.

Wellek, René. *Concepts of Criticism*. Ed. S. G. Nichols. New Haven: Yale UP, 1963.

Wellek, René. Review on *A Prague School Reader on Esthetics, Literary Structure, and Style Language*, 31 (1955).

Wellek, René. *The Literary Theory and Aesthetics of the Prague School*. Ann Arbor: University of Michigan, 1969.

Winner, Thomas G. "The Aesthetics and Poetics of the Prague Linguistic Circle." *Poetics* 8 (1973).

附编三

文学结构与文学演化过程
——布拉格学派的文学史理论

文学结构的动力
演化价值与美感价值
作家与文学结构的关系
文学作品的"生命"
文学与社会
结语

一 文学结构的动力

结构主义是现代文学理论中最具影响力的一个流派。一般都以它处理共时研究(synchronic study)的方法系统为骨干,因此往往被认为欠缺历史观念,不能或不宜做历时分析(diachronic analysis);可是,以此咎病捷克派结构主义却绝不公平。捷克派可说是结构主义的前驱,影响深远。它实由在1926年10月6日正式成立的布拉格语言学会的学者所促生,成员包括马提休斯(Vilém Mathesius)、赫弗拉奈克(Bohuslav Havránek)、拉甫卡(Jan Rypka)、雅各布逊(Roman Jakobson)、穆卡洛夫斯基(Jan Mukařovský)等。穆卡洛夫斯基是该学会有关文学批评方面的发言人,贡献良多,著作之中处处都看得见他甚为关注文学结构的历史性(Mathesius, 152-165)。学会中人及穆氏生徒辈亦常有在文学史理论的各个重点问题着墨。以下我们先谈穆氏的论点。

1934年,穆卡洛夫斯基出版了一本小册子,讨论捷克一位被遗忘了的诗人普勒(Milota Zdirad Polák, 1778-1856)的作品。小册子名为《普勒的〈大自然的雄伟〉诗》(*Polák's Sublimity of Naure*),书名的副题"试论诗歌之结构及其源流发展之分类"(An Attempt at an Analysis and Developmental Classification of a Poetic Structure)显示穆卡洛夫斯基意图通过对普勒作品的周详分析来发展一套文学史理论。[1]这本书很重要,因为穆氏意图透过它来建立解释文学演变过程的结构理论。它影响深远因为它掀起各结构主义学者及各学派、各种意识形态、各种主义的理论家之间的争论,从而奠定了文学史理论研究的基础。

在这本书里,穆氏强调文学作品有一种"自有动力"(self-motion),也即是黑格尔所谓 Selbstewgung(参 René Wellek, *Literary Theory*, 16)。文学是一个自足的系统(autonomous system),有内动变化的倾向,它的内在张力和矛盾足以刺激、推动系统内的转变,因此,研究文学史便要抓紧那不停演化的文学结构的连贯性。[2]除立下这段理论外,穆卡洛夫斯基还描述出普勒作品的历史价值。他说普勒那首19世纪初叶写成的写景抒情的长篇诗歌实在是自朴马基利亚诗歌(puchmajerian verse)变化出来的佳作。[3]穆氏的着眼点正在于那首诗在文学演化系列中的"进化价值"。他指出:

> 对文学史家来说,作品的价值决定于该作品的演化动力:要是作品能重新整顿组合前人作品的结构,它便有正面的价值,要是作品只接受了以前作品的结构而不加改变,那便只有负面的价值(引自 Galan, 46)。

穆氏更划分清楚"进化价值"(developmental value)和"美感价值"(aesthetic value):

（审美评价）看的是作品中凝定了的有规限的形态；历史性研究所看的是诗的结构，在不停的演变中，各因素之间不同的组合及其关系序列的重整（引自 Wellek, *Literary Theory*, 16-17）。

提倡在文学史中着眼"进化价值"并不是说可以不理"美感价值"，只是想避免因为偏好某些美感而流于执著，不能看清楚文学演变的源流。

然而，在穆氏的理论中，阐释文学演化那普遍存在的内有质性（immanent aspects）只是理论的初阶。他最终的目的，是要建立诗歌的结构与文学以外的现象的关联。他觉得不应把文学孤立，令文学处于真空的状态，各种不同的结构（如政治、经济、意识形态和文学等）的演化系列，总不会并排而进但又互不影响。反之，它们都是一个更高层次的结构中的元素，而这更高结构中又有阶等（hierarchy），各种元素分主导或次要、边缘等级别。穆氏就是用普勒的诗来示范文学的内在发展怎样受到一个较高层次的结构中主导系列的影响。

《大自然的雄伟》是在捷克国族主义复兴的萌芽阶段面世的。根据穆卡洛夫斯基的分析，当时的文化结构中的"主导元素"（dominant element）正是国族主义。普勒撰写这篇作品的外在动机，是希望得到上层社会的支持，从而扩大捷克人的国族观念，他刻意挑选写景诗歌这文类，因为它得到受过高深教育人士的尊崇。[4]

由此，穆卡洛夫斯基阐明了文学结构的自身演化如何构成文学变化的内因，同时也显明了文学结构因为与别的演化系列相关互动，而形成文学变化的外因。很明显，穆氏反对文学只单方面受到别的历史演化系列影响的讲法。对他来说，文学和别的文化结构都统属于一个较高层次的结构，这个高层结构并不是固定不变的。元素的序列方式不停地转变，使得我们：

> 不能把某一系列的历史转变硬说成是主要的，另一系列当作次要，而一贯地以此系列来解释评述在彼系列中发生的事（引自 Galan, 54）。

穆卡洛夫斯基指出一个系列的转变要影响另一个系列，只能透过受影响系列的内有演化的中介。以《大自然的雄伟》的情况来说,外在的影响(指国族观念的扩张),就以文类的选择为中介;而写景诗类的选择恰好又与音步和语义发展配合。这样,社会结构的参与或干扰便得以被文学结构的系列吸纳。

正如伏迪契卡(Felix Vodička)所说,穆卡洛夫斯基的文章可说是"系统地研究文学演变过程的起点"(Vodička, "The Integrity", 6)。穆氏这篇文章的两个重点(文学结构的演化和文学结构与文学以外的体系互为影响),掀起纷纷议论。此外,这篇文章还牵涉到很多别的问题,好像文学作品的"物质存在"(material existence)和文学结构中那些"非物质的关系网络"(immaterial network of relations)有什么分别;什么是"美感客体"(aesthetic object)(即美感活动中的客体。此处不译作"审美客体",因"审美"带有审订、评价的意思,不能表达"美感"一词所含的包容性与随机性。换言之,美感活动是广泛而随机的,并不限于对"客体"的审订与评价)和"集体意识"(collective consciousness);在文学发展中"美感功能"(aesthetic function)是什么;个体(personality)在这文学演变中扮演什么角色等。这些问题日后穆卡洛夫斯基和他的信徒门生及批评者都做过探讨阐释。[5]因为篇幅所限,本文只能抽出其中几个问题来探讨。下面第二、三、四节以穆氏门生伏迪契卡所提出的文学史研究三个大问题——文学结构、文学作品的生成(genesis)和文学作品的接受(literary reception)——作为出发点,讨论布拉格学派各成员对这些问题的不同意见;第五节集中讨论布拉格学派理论家及其批评者对文学发展中的"外"文学因素(extra-literary factors)及"个体性"问题(individuality)的探索和争辩;最后做一小结。

二 演化价值与美感价值

伏迪契卡跟他的老师一样,都把艺术作品当作显示结构性质的一个符号。"符号"这概念很重要,因为这一来便跨过形式主义的局限。以符号学的方法来研究文学,除了关注文学作品之外,还要探讨作者和读者(perceiver),以及最重要的一环——文学结构的历史性(Vodička, "The Concretization",109-111)。[6]对一个结构主义理论家来说,符号是解释文学以至一般艺术的性质所必须的概念。穆卡洛夫斯基说:

> 艺术具有符号质性这一点,不仅显示于艺术与外间世界的关系之中,也显示于艺术作品的结构组织里("Structuralism in Esthetics and in Literary Studies",76)。

这种符号结构(semiotic structure)的观念正好申明:在作品本身以至作品与外界的关系之中,都充斥着动态的张力。

但是,捷克学派的结构主义者也把文学"结构"看成一个"非物质的整体",存在于文学作品的后面,"是文学创作所有可能性的总汇表",需要时可以抽出来,而"同时亦存在于读者的意识之中"(Vodička,"Literary History";qtd. in Sedmidubský,494)。所以说,"结构"一方面是指艺术品的内在结构,即"组件之间的动态协调"(Mukařovský,"Structuralism",71);另一方面也指一个较高层次、超乎个别的(supraindividual)文学结构。[7]索绪尔(Saussure)提出的言语行动(parole)和语言系统(langue)的分别,可以申引来阐释个别作品和高层次结构之间的关系。穆卡洛夫斯基做过这样的解释:

> 艺术的精髓并非在个别作品之中,而存在于超乎个别性的、社会性的艺术结构内。这艺术结构是集汇艺术习惯和基准而成的。个别作品与这超乎个别性的结构之关系,就像个别言语行动和语言系统的关系。语言系统是共有的、超乎个别言语使用者的(Mukařovský,"On the Conceptual System of the Czechoslovak Theory of Art"; qtd. in Doležel,"Semiotics",18)。

他亦宣称这超乎个别性的高层次结构"恒存不灭,由一个作品传到另一个,在这个过程中流传演化"(Mukařovský,"Structuralism",71)。也即是说,个别"文学结构"就是超乎个别的"文学结构"演化中的一刹那。

这个概念令文学史家可以完成一项重要的任务。根据伏迪契卡的理论,文学史家首要的工作是要探讨文学结构的演化:

（文学史的）第一组工作是在依时序列的众多文学作品的客观存在（objective existence）中产生的。于此我们便可以追溯文学形式的组织变化，这就是：文学结构的演化（引自 Sedmidubský, 491-492）。

这任务也委实艰巨。既然那在演化中的结构是非物质的，它存在的模式便无从具体形容。不过，既然我们可以从一定数量的言语行为的例子中探讨语言系统，也便可以从一组或多组的文学作品的深入研究，归纳了解那非物质的高层次文学结构；而且，既然那文学结构是不停变化的，文学史家要处理的便应该是众多作品于历时序列中"在组合上的转变"。据穆卡洛夫斯基说，那些"转变"存现于"个别组件之间不停重新组合和先后轻重等安排的过程之中"（Mukařovský, "Structuralism", 71）。

要达成这个任务，伏迪契卡建议采取两个步骤：

（1）先把多个文学作品的结构依历时次序排列，有系统地按照文学理论提供的概念来做析述；

（2）比较这些结构，以决定"某一作品的文学结构的组合"如何"转变"，或是它"如何反映了演化的趋势"，是否比"较早期的作品更能显示演化的趋势"。

换句话说，一件文学作品的"演化价值"（evolutionary value）在与较早期作品比较后便可以得知（引自 Sedmidubský, 497）。

前面提过，"演化价值"这一个想法是穆卡洛夫斯基在《普勒〈大自然的雄伟〉诗》一文提出的。[8]伏迪契卡再加以引申，加了个"分工"的意见，意思就更清楚了。他提议在研究文学的演化时，从文学自有的发展观点去描述作品的性质，以便明白作品的"演化价值"。研究文学如何被接受时，文学史家的注意力才转移到作品的"美感价值"，把作品当作"美感客体"观察（Vodička, "Literary History", 196；Sedmidubský, 492）。

这个"演化价值"的观念受到激烈的批评。韦勒克（René Wellek）不接受穆卡洛夫斯基的分析，[9]不认为"创新"就是历史评价的惟一尺度。韦勒克认为，要是以创新为惟一尺度，所做的裁断便"不再是一种评论；只是同意或不同意,是全然客观的查察活动"(Wellek, "Theory of Literary History", 190)。他又觉得提倡以"新颖"(novelty)作为惟一尺度而不理美感的成就,根本不是好方法。韦勒克恐怕这个尺度会令人把某段时期的"创新"作品捧高,凌驾于较后期的"经典之作",评论者也可以大力吹捧马洛(Marlowe),说他的成就在莎士比亚之上(Wellek, "A Discussion of Mukařovský's Study of Milota Zdird Polák"; qtd. in Glan, 64)。

看来韦勒克的两个论点在逻辑上有点矛盾。如果说"演化价值"不能算是评价,那么文学史家要谈论马洛和莎士比亚的作品时根本没有做出什么评价。不过,他以下的讲法却有可取之处:

> (文学史家)在选择值得讨论的对象时,已经暗示在一套价值体系之内作了个价值评估,其尺度不仅是创新而已。我们只在建构一个以某种价值取向为根据的发展系列时,才能体认那"创新"之处(Wellek, "Theory of Literary History", 190)。

那便是说评价不是在说同意或不同意之时做出,而是更早一点,是在文学史家收集选择那些有代表性的文学作品,作为那超乎个别性文学结构的组件时决定的。[10]

在《文学结构、演化和价值》(Literary Structure, Evolution, and Value)一书中,斯德莱达(Striedter)从另一角度讨论"演化价值"这个问题。他指出要是硬把审美的方法和非审美的历史研究法(指"演化价值"的考察)分开,就会与我们的美感经验和历史经验有抵触。我们即使知道一件艺术品是过去的产品,而且对后世的新风格曾起催生的作用,这都不会抵消我们对此一作品的审美感知;反之,还可以为美感经验增添一个层次。[11]对"演化价值"的警觉,可以增强我们对一件美感客体的感受。不过,斯氏也并不完全反对把美感和演化价值分开的方法,他只承认:

> 如果我们以历史家的眼光去看一件艺术品,我们所构筑的演化系列就会为非审美的历史功能和价值所支配(Striedter, 162)。

由这论点引申出去,伏迪契卡要把两项价值分开,起码从认识论的观点看来是说得通的。

韦勒克所提出的第二个问题,其他的评论家也研究过,而且提出了一些修订的方案。在《论文学演变的结构主义分析之可能性》("The Possibilities of a Structure Analysis of the Literary Process")一文中,古尔加(Mojmír Grygar)把"演化价值"的观念扩阔,不再规限于创新一义。他意会到"有些不太成功的作品也能指引创新的路线",而"能够积累以至完成一个发展趋势的,往往是一些艺术上比较完美和成熟的作品"(Grygar, 346)。创新的作品开展一个发展的趋势;而"经典之作"却能把那趋势的潜质展露无遗。

由此可见,古尔加把伏迪契卡提出的"演化价值"这个含蕴丰富的概念深化了。伏迪契卡请文学史家探讨一个文学作品如何宣示"演化的趋势",它是否比较早期的作品更充分显现这个"趋势"。据此,"演化价值"这个词就隐含了"创新"和"任何强化趋势的积累"的两重意思,只不过这些意思不像在古尔加的论文中那么明确清晰而已。

三 作家与文学结构的关系

伏迪契卡讨论文学作品的生成过程时,特别重视作家在这个符号创制过程中所起的作用。在他所著的《文学史的问题与工作》("Literary History: Its Problems and Tasks")里,伏迪契卡强调作家不是被动地让文学传统内有的动力通过自己而发挥,而是要用自己的创作行动艰辛地与各种规则限制搏斗:

> 在诗人(作为一个文学工作者)与他身处的文学传统之间,永远都有一种张力存在(Matejka, "Literary History", 360)。

一个作家要阐释他的写作任务,把他的创作意向实现时,一定要考虑当前的文学基准、习套和发展趋向等等规限,他可能有意或无意地抗拒、变更或融会文学传统中的各种基准。伏迪契卡认为,这张力促使作家不停探索,直到他找到一个可以把自己构想到的方案适当运用于文学工作之上为止。

伏迪契卡对作家与文学结构之关系的这个想法源自雅各布逊在1935年发表的一篇论文。雅各布逊在那篇讨论柏斯特尔纳克(Pasternak)的论文中,指出作家和演化系列之间的关系是一种辩证的关系。诗人一方面采纳另一方面又抗拒文学传统和它的基准;这两种不同的态度之间永远存在一种张力(引自 Thomas Winner, 366)。

穆卡洛夫斯基也说过艺术创作者总要在遵从基准与违反基准之间做选择,所以作家的创作过程会受到随历史而转变的基准的影响,而作家亦不断地用破格的方法向基准的权威挑战(参 Winner, 442; Doležel, "Semiotics", 21)。其实,根据伏迪契卡的报道,在穆卡洛夫斯基后期的文学理论里,着眼点已经从作品的结构转移到作品的生成,把它看成"一个辩证过程,而过程的整体是由个人和文学两个方面所形成的。这也即是说文学结构可被看做历史性的存有"(Vodička, "The Integrity of the Literary Process", 12)。

伏迪契卡对作家角色的构想也有同一取向。在他的《现代捷克散文的开始》(*The Beginning of Modern Czech Prose*)中,他详论在19世纪捷克语言文化复兴时代一个负责任的作家的工作。在那个时代一个作家要处理的,除了文学的问题以外,还有文学以外的问题,其中包括下列几点:

(1) 语言策略及规范化等语言学问题;

(2) 基准和规则的有效性及其限制;

(3) 语言本身对诗体韵律所做出的规限;

(4) 语法对语言运用的限制和容忍幅度;

(5) 构词和造字的原则;

(6) 语句构造的各种可能性;

(7) 在诗歌或非诗歌文类中语法与风格的关系(见 Matejka, "Literary History", 363)。

通过钻研诸如容曼(Jungman)等作家的作品,他阐明了一个身陷文学以外的动力的"文学工作者"与当前"文学结构"间的张力如何消融。钻研的结果肯定了伏迪契卡早期的推测:这张力令作家不停探索,直至他找到一个可以把自己构想到的方案适当运用于文学工作之上为止(见 Matejka,"Literary History",360)。另一方面,因为作家作为一个创作个体(creative personality),不停尝试改变目前的均衡状态,他就成了文学结构演化的重要因素。

所以,在布拉格学派理论家眼中,作家所扮演的角色与文学结构有很密切的关系。简各域(Milan Jankovič)指出,根据穆卡洛夫斯基的看法,"个体(personality)之成为一个可察觉的特殊征象只在作品的结构之内呈现"[12]。伏迪契卡在他的《文学史的问题与工作》里也报道过他就文学作品生成所做的探索。他从一本已完成的文学作品开始,追溯"影响它的构思和形成的种种因素",由此他就"考虑到其他作品如何引导或影响这本作品,使之变成现在这个形式"(Vodička,"Literary History",207)。在《文学作品的具体化》("The Concretization of the Literary Work")一文,伏迪契卡清楚指出他了解到创作个体是作家所有作品合成的一个综合体。他是这样说的:

> 除了作品之外,只有"作家"才经常被联系到一直在演变的文学结构之中。我们这里说的"作家"不是说那个有灵有肉的人(psychophysical being),而是个借喻,指一个作家全部著作构成的一个综合体(Vodička,"Concretization",123)。

换句话说,伏迪契卡的讨论重点不在作家本身,而在于他的所有著作:

> "作家"是文学上的一项事实,可以视作一个整合结构,即使只有一本著作可作根据,又或是作家不能写就他所计划的一切,情形都一样(Vodička,"Concretization",123)。

伏迪契卡在讨论聂鲁达(Neruda)的一篇文章里,用例证说明作家(作为推进文学生产之主体)如何在文学生产过程与文学接受过程之间斡旋(参Striedter, pp.138-141)。这一点把我们带到文学接受理论的范围,下一节便讨论这问题。

四　文学作品的"生命"

在《文学史的问题与工作》第一段，伏迪契卡便指出文学史中一个常见的现象：

> 有些作品本来是以资讯功能为主的，但又具有一些令它成为美感经验对象的质素（例如某些历史著作）；反之，有些曾经发挥美感功能的作品，在时移势易，文学有了新趋向之后，就丧失了这项功能。换句话说，就是无人再感知这美感功能（Matejka,"Literary History",358）。

这种美感功能的转变不应仅仅从文学结构内在动力的角度来解释。一个作品正在发挥美感功能，也就是说大众读者透过美感活动的角度去感知、阐释和评价此一作品，因此，我们便要深入研究美感活动中的接受过程。伏迪契卡宣称，在结构美学这一架构中，一个文学作品就是为大众而作的一个美感符号，所以，我们除了知道作品的存在以外，还得注意读者如何接受这作品，看作品是否以其美感效应被人接受：

> 一本作品要有人读才能有美感的实现，只有这样它才会在读者意识中变成一个美感客体（Vodička,"Literary History",197）。

在这架构之内，功能的转变就被归入评价问题的一部分：

> 审美感知与"评价"有很密切的关系。要作出评价就预设了评价的准则，而这些准则不是恒久不变的，因此，一件作品的价值，从历史观点来看，也不是恒久不变的（Vodička,"Literary History",197）。

既然评价的准则和文学价值都随着历史转变，伏迪契卡便提醒文学史家要把这些转变记录下来。

在我们谈论伏迪契卡研究文学接受的方法之前，先要弄清楚他立论的基础。第一，要认清楚他的接受理论是建基于他研究文学作品所采取的符号学观念。第二，要知道他认为符号（指文学作品）的表义过程（signification），即产生"美感客体"的过程存在于读者意识中的假定（又参 Vodička, "Concretization", 107-108）。我们不难觉察到这些都是穆卡洛夫斯基在那篇重要文献《艺术作为符号的事实》（"Art as a Semiotic Fact"）中所宣扬的理论。[13]这篇文献可能是美学史上第一篇系统的艺术符号学论文（Steiner, "Jan Mukařovský's Structural Aesthetics", xix），为布拉格学派理论开新河。然而，穆卡洛夫斯基所推断的，说"美感客体"存在于读者"集体意识"中这一点实在很有问题，有待讨论。"集体意识"这个构思有可取之处，但却极具争议性，在这里和在《普勒的〈大自然的雄伟〉诗》中都引起许多批评家的攻击。他们提出的质疑包括下列两点：一个文学作品可以"集体"感知吗？[14]所感知的有多少可以集体分享？[15]即使雅各布逊也不愿意用这个术语，而宁愿用"集体意识形态"（collective ideology）来指每一个文学作品中隐含的基准系统，尽管不是每个人都能使所有的基准实现出来（Wellek, "Theory of Literary History", 179-180）。

在他的答辩中，穆卡洛夫斯基维护他那"集体"的构思，又把它和文学演化的外在动力挂钩，他更强调需要研究文学史和历史的关系（Galan, pp.74-75）。[16]

当伏迪契卡构思他的文学接受理论时，就刻意避开"集体意识"这个术语。他把审美感知视作个人的行动，因此，那"美感客体"便存在于个人而非集体意识之中。不过，这个感知的主体，仍是在一定的历史状态中的群体之一分子。伏迪契卡明白这些状态在不断转变，所以他认为一个出版后的文学作品的"生命"或"活力"（"life" or "vitality"），是受与时俱变的各种主体间的基准系统（intersubjective system of norms）所影响的（Vodička, "Literary History", 206）。[17]这种看法表明伏迪契卡是很清晰地划分属于个人的"感知行动"和属于集体的"感知状态/条件"的。作为一个文学史家，伏迪契卡有这样的主张：

> 我们必须研究美感意识的演变,因为它影响的范围不限于个人,而关系到整个时代对语言艺术的态度(epochal attitudes toward verbal art)(Vodička, "Literary History", 197)。

伏迪契卡认为,读者阅读时的霎时心态和个人的同情或反感所引发的主观评价,都不足作为文学史研究的对象。[18]

既然只有"整个时代的态度"才值得文学史家注意,那么他便要掌握或重构有关的"境况"(contexts)。"境况"是指可以令读者采用审美观点来感知和评价一个作品的某些情况或条件("Concretization", 119)。在《文学史的问题与工作》中,伏迪契卡为文学史家画就了一套方法。他建议研究文学作品的"具体化",重建某时代的文学基准和价值阶等(Vodička, "Literary History", 199-207),他也提醒文学史家要看重文学批评,因为"这是读者对作品采取积极的和评估的态度所仅余的痕迹"(Vodička, "Literary History", 200)。他更强调批评家有一项特定功能:批评家一开始就从集体的(非个人的)态度去体验和感受艺术品,然后又用这集体所有或是所接受的基准去清楚描述这作品和向公众宣述他的意见。批评家为文学大众把作品安插在文学系统和美感价值阶等中的一个位置,遵从、修改或摒弃了前人正典所建立的基准和模式,为将来对此作品或整体文学的个别的具体化活动作范例(Vodička, "Literary History", 201)。换句话说,批评家设定的是"稳定了的具体化"(stabilized concretizations);这样的具体化,代表了在某种"境况"之下的接受过程(Vodička, "Concretization", 112)。

伏迪契卡对批评活动以至批评文本的探究,为杜烈热尔(Lubomír Doležel)的"传导理论"("Theory of Transduction")开了路。文学的"传导"过程是:一个文学作品脱离了单独的言语项目的界限,进入复杂的一连串的传导和转化过程。例如一位批评—领受者(critic-recipient)写成一篇评论,即完成了一个"具体化"的过程。这是第一环节。这篇评论引起别的评论,也即是说引起另一次具体化过程,这样,只要有人不断做出评论或回应,"传导"过程便会继续下去(Doležel, "Semiotics", 165-176; "Literary Transduction", 165-176)。

"具体化"这术语是伏迪契卡的文学接受理论的关键,指"文学作品转变为审美感知的客体后的具体外观"。这个术语并非布拉格学派所创,而是从波兰现象论学者英伽登(Roman Ingarden)处借来的。英伽登说过一个文学艺术品是一些有等级而相关的层阶构成的一个系统,里面的层阶包括"声音的语言构成层阶"(the stratum of linguistic sound for mation)、"意义单位层阶"(the stratum of meaning units)、"被表现的客体层阶"(the stratum of represented objects)、"方向规划的层阶"(the stratum of schematized aspects)(参 Ingarden)。文学作品有待读者把它具体化才会有意义,才会成为一个美感客体。英伽登也提倡研究文学作品经历具体化的"生命"[19]。因此可以说在了解文学结构和文学结构与读者或感知者之间的关系时,英伽登和布拉格学派的结构主义学者是相通的,虽然这些共通处不多。

伏迪契卡很清楚地把自己符号学的立场跟英伽登的现象论划清界限。英伽登想要认清那作为特殊类型的"意向性客体"(intentional object)的文学作品有什么共通的要素。他认为不同的"具体化"之所以不一样,是因为有些层阶只具规划性质,或者本质上已不明确,而这些"未确定点"(spots of indeterminacy)需要读者自己去"填满"。他坚持不同的具体化不应侵犯到作品中不得规划之基本部分,否则,作品的艺术精髓便受到破坏(Ingarden; Vodička, "Concretization", 110)。但是,身为结构主义学者的伏迪契卡却认为,作品是"一个符号,其意义和美感价值只能根据某一时期的文学习套常规来理解"("Concretization", 110)。况且,正如杜烈热尔指出,伏迪契卡不肯着意讨论语意上未确定之处,以免重点移离"文学结构"的范围(Doležel, "Semiotics", 32)。他认为接受过程效果不同,不单是因为读者不同,而且更关乎艺术本质,因为作品是一个"结构",也是"符号";符号能表达的意思受到美感功能的干扰,往往会产生很多不同的语意联想。故此人们在接受一个作品时,往往有几个不同的审美和语意上的阐释。原则上,这些阐释都合理可信,但在某种程度上都受到时间、社会或个人观点等的规限(Vodička, "Concretization", 109; Dolezel, "Semiotics", 32)。

伏迪契卡从结构主义和符号学角度所理解的"具体化"和英伽登那现象派的理解有基本的差异。捷文卡(Miroslav Červenka)正确地指出,英伽登所理解的"具体化"是作品规划有所"欠缺"时用来补足的。相反地,伏迪契卡所理解的读者参与,其创造性的合作,却是由作品本身"丰富"的内涵和众多的冲激带来的,所以,把作品塑成审美客体并非说那客体得到补足,重要的是过程的完成。换句话说,作品的意义就在这个过程中产生。引申开去就是说,文化活动在人们自由地塑造及改变价值系统和符号系统时得到重视(Bojtár,111)。

五　文学与社会

对布拉格学派的理论家来说,要讨论文学史就不能不提及文学以外的因素。早在1932年,穆卡洛夫斯基已撰写了《诗歌作为一个价值系统》("The Poetic Work As a Set of Values")一文,说出他对文学的社会功能的关注(参 Galan,34);1934年穆卡洛夫斯基发表的几篇重要论文,亦以文学与社会背景的关系为中心。他在评论希柯洛夫斯基(Sklovskij)所著的《散文理论》(Theory of Prose)时,改写了希柯洛夫斯基所用的那著名的比喻。希柯洛夫斯基说过,如果把文学比做纺织工业,那么他作为一个形式主义的批评家,就无意理会世界市场、联合企业的政策是怎样的,只有兴趣看棉纱的种类和纺织的技术。穆卡洛夫斯基则辩称纺织的技术问题离不开世界市场情况,因为是供求关系带动纺织技术的。他坚持文学史既要考虑因为各项因素不断移易而形成的文学结构发展,也要考虑外来的影响。虽然这些外在因素不是文学发展的本身,但却无疑决定了文学发展的每一阶段。从这观点看来,每一项文学事实都是由两股力量所形成:结构内有的动力和外来的干预。传统文学史的错误是只理会外来的影响而否定文学内在发展的可能,而"形式主义的偏差",却把文学活动孤悬于真空中。据穆卡洛夫斯基称说,结构主义综合了这两股流派,一方面保留了内在发展的假定,另一方面又不把文学与外间世界隔绝(Mukařovský,"A Note on the Czech Translation of Šklovskij's Theory of Prose",140)。

穆卡洛夫斯基在普勒研究一篇中,示范过如何把他的理论运用于实例上。他尝试追溯诗的体类功能引动的演化源流,同时又兼顾文学以外因素的重要性。

上面提过,普勒一文得到好些认许,但亦引来不少争论,其中捷克的马克思主义者特别关注社会的问题。一般来说,康拉克(Kurt Konrad)和卡兰德拉(Záviš Kalandrů)对穆卡洛夫斯基要探讨文学特有的性质表示赞同。他们当然同意文学的研究不应脱离社会背景,不过却不满穆氏把社会对文学的决定性影响说成外在的因素。康拉克认为穆氏的想法是:

> (把文学和社会境况)机械地放在辩证法的两端,二者只像不相干的物体作表面的碰撞,而不是辩证地互相渗透(Konrad,"The Strife of Content and Form", qtd. in Galan,60)。

穆氏说独立系列的结构互相影响造成整体,而康拉克批评说这只是"虚假的整体"(false totality),更声称结构主义者之所以有这个错误的想法,是因为他们"把社会整体的多个系列当作各自孤立的专业,而不是一个'社会人'(social man)的多种活动",于是,可以创造自己历史的个人("社会人")就被一股"盲目的发展逻辑"掩盖;在这股力量下,活生生的诗人就成了"枷锁下的傀儡,受着恐惧的驱使"(Konrad, "Strife", qtd. in Vodička, "Integrity", 7)。

卡兰德拉批评穆氏时,也运用到"整体"(totality)这个概念。这概念特别强调人以其活动而成为历史创造者。卡兰德拉埋怨穆氏不能把普勒写成"一个实实在在的人,活在实实在在的 19 世纪初叶的捷克社会中",而把普勒对当时的诗坛风气的活生生的反应,写成"内在"、"外在"系列等的关系而抹煞了,所以,他不接纳那篇论文的"唯心的内在发展"论,反而督促文学史家去找寻"文学史定律的根源,看那从事创作的个人如何就当时的形势(决定于生产模式和个人的社会阶级地位)回应当时的文学情况"(Kalandra, "The Method in Literary History: Methodological Remarks", qtd. in Vodička, "Integrity", 8)。

据加兰(F. W. Galan)说,这些马克思主义批评家言之有理,因为他们披露了穆氏在这阶段的"反个体的偏见"(Galan,60)。"偏见"一词可能用得太重。我们得要明白,穆氏当时正要抗衡文学批评圈中流行的心理主义(psychologism),要务是低挫太着重作家个人生活——特别是内心生活——的风气,[20]况且,这个构设理论的方向对建立艺术的符号学理论是必要的。杜烈热尔指出符号学理论中最坚决打击的就是"表现主义理论中那种决定论，也就是艺术创作是作家'心灵现实'(psychic reality)的反射这种观念"(Doležel, "Semiotics", 20)。[21]

一方面马克思主义批评家怪责穆氏不以社会经济动力为推动文学的主导力量，另一方面贝姆(Alfred Bém)却说穆氏要把社会学方法掺入结构主义的发展观念，是难见其效的。他认为即使社会因素影响作品，也只是创作材料的问题，与作家别的经验一样，都要由作家重新塑造或改变的(Bém, "A Discussion of Mukařovský's Study of Milota Zdirak Polák", qtd. in Grygar, 332-333)。

穆卡洛夫斯基在回应种种批评时指出，争论中提出的问题实在难有总括的答案，他只坚持自己研究文学史的立场：

> 如果要对演化中的转变做出解释而不局限于"追求新变"这个单一的原则，我们就不得不在文学以外搜寻一个适当的理由；搜寻的范围可以始于别国的文学，而终于人类文化的最繁茂的活动环节。不过人类文化也不是处于真空里，而是跟着群体而进，群体的演化、社会的演化，也便是文化演化的方向。正因如此，我们就必须研究文学史和社会史的关系(Galan, 74)。

此外，可能是对"社会人"概念的回应，穆氏宣称：

> 文学史中辩证法最基本的二律背反(dialectical antinomies)就是个人的主体性和艺术结构的客体性(Galan, 76)。

穆卡洛夫斯基的答辩不但澄清了他所做的工作，还预示了他以后在文学史理论的研究。他对文学研究中的社会问题的关注，后来就发展为一篇论文：《诗歌语言的社会学刍论》("Notes Toward the Sociology of Poetic Language")。他并不赞成采用那种仅仅强调研究文学的社会性题旨的社会学方法来处理文学，而是提倡以辩证法的使用为先决条件，因为"要充分明白每一个演化转变，就要把它看做外在和内在因素辩证地交互影响的活动"

(Matejka, "The Sociological Concerns of the Prague School", 223)。于是,在他研究19世纪诗的风格转变时,就联系整个社会的变动,归纳出各种结构有一致之处,而并行的过程在历史上也是一致的。这是整个社会的发展所使然的(Matejka, "The Sociological Concerns", 223-224; Vodička, "Integrity", 8-9)。[22] 不过,穆卡洛夫斯基对"社会学的决定论"也严加防范。在《美学与文学研究中的结构主义》一文,他清楚地声明:

> 如果没有其他佐证,我们就不能肯定地说某种社会状态必会产生相应于那种社会基础的艺术;或者说隶属于某一阶段社会的艺术必能推知这个社会的情况(Mukařovský, "Structuralism", 75)。

有了这么一个平衡的思路,穆卡洛夫斯基便可重新组织他对艺术与社会之关系的理论。

上面所提到马克思主义为本的评论,论点不但在于社会经济的集体层面,还牵涉到创造自己历史的"社会人"的概念。穆卡洛夫斯基还答应他的批评者他会继续研究主体性和客体性这二律背反的问题。他的意向在好几篇文章中得到实践。在1934年的《艺术作为符号的事实》一文里,穆卡洛夫斯基说:

> 主体意识的每一个状态都有些很独特和瞬息消逝的东西,难以捉摸,且无法整体传达;另一方面,一个艺术品却是为作家和群体沟通而设计的居中体(intermediary)(Mukařovský, "Art as a Semiotic Fact", 82)。

符号学对文学沟通过程的构思并不排除当中有主体因素的存在,但着意的更是其中的互为主体的(intersubjective)或客观的因素。这些客观的因素和文学基准有关,而个人的创造活动却不断地冲击这些基准。这一点在本文第二节讨论伏迪契卡的文学史理论时已经提过。可是,穆卡洛夫斯基后期理论的发展——关于个人对文学史做成的冲击——还未及讨论。

在《艺术中的个体》("Personality in Art")一文中,穆卡洛夫斯基指出一个艺术品是不可能不经过艺术家创造出来的。如果不是有意造成，作品便会和天然的物体无异。艺术品与天然物体迥然不同，绝对是"意向性客体"，是艺术家所造的，目的就是为人所感知（150—168）。[23]这里强调的是创作主体的积极参与。

1943年，穆卡洛夫斯基发表了一篇相当重要的演讲：《个人与文学发展》("The Individual and Literary Development")。讲辞中把个体看做一股推动文学发展的动力。文中并推翻"文学系列的需要决定外来干预的时间及质素"这个见解：

> 如果我们只看到（文学的）内在发展，以及其他系列对这个发展作适时恰切的干预，便会有一个危机：就是"规律性"（regularity）一词——即使是学者从目的论的角度去理解它——变得带有一些潜在的机械因果论意味，会倾向随此而至的因果规划（177—178）。

他指出，为了消除以因果论解释发展过程的想法，便要将"个人"当作发展的因素之一；要令"规律性"一词不含因果的意味，便要设想有些"意外"（accidents）常常不停地在背后运作。

从文学发展的规律看来，这些"意外"便是外来的干扰，它们来自别的文化发展系列（其他种类的艺术、科学、宗教、政治等）。不过，它们只能通过从事创作的个体才能左右文学发展：

> 所有足以影响文学的外力都集中通过"个体"这个汇点；而这汇点正好是外力侵入文学发展的起点。文学所发生的所有转变都通过"个体"的中介（"Individual", 168）。

不过，个体的"意外成分"（accidentality）和"难料之处"（indeterminacy）并非完全不受限制。个人受制于历史的发展，亦是整体社会及其文化的一部分，个人与文学的关系并不像"影响者"（affectant）和"被影响者"（affectum）那么简单。

在《普勒的〈大自然的雄伟〉诗》中，穆卡洛夫斯基构想了一个抽象的概

念来谈文学的演化:

> 演化就是化为不同的东西,但又不改其"本色"(identity)(引自Galan,75)。

现在,在《个人与文学发展》一文中,穆氏再用这方法讨论发展过程。他认为一个系列在演化中依然保留其本色,不然这系列便没有了持续性。可在同一时间里,这系列的本色亦不断遭受干扰,因为没有被扰乱,便没可能有转变。本色的扰乱(disturbance)刺激发展的动向,本色的保留(preservation)带来规律性(regularity)。文学系列本身倾向保持现状,所以动力定然是来自外方的,保留和扰乱就变成文学与个体的辩证对立。据此,前面那抽象的构思现在可以较具体地说明:

> 在这个二律背反的情况中,文学内在的发展成了论题(thesis),而个体在某阶段干扰文学发展成了反论题(antithesis)。这第二点是反论题因为要改变文学的倾向和否定文学的本色都由这点引申出来的,所以,文学和个体是文学发展中所有二律背反的比对中最基本的,但也最复杂,因为它把所有别的二律背反都包容了("Individual",168-169)。

据穆卡洛夫斯基称,要是我们能承认文学与个体的关系既是相依亦是独立,便可以避过决定论的危险。个体跟文学一样,有自己的结构。两种结构互有干预:

> 要是以文学结构为一整体,那么从它的观点,个体干扰便是侵扰它内有的规律性的"意外",而个体亦可以是一个自我本位的整体,由这个本位整体的观点来说,文学发展的规律性——因为它逼使个体去吸收接纳它——干扰到个体的内在规则,所以也是一种"意外"("Individual",174)。

这两个结构的历史关系可以这样解释:

>文学史是文学结构的惰性与个体强加干扰的斗争。文学家的历史,诗人的传记,记载的是他跟文学结构的斗争("Individual",175)。

由此观之,文学与个人,正是"规律性"和偶发"意外","不再相拒,而相联为一种动态的、激发能量的辩证法对立面"("Individual",178)。

六·结　语

本文研究布拉格学派的文学史理论,开始先提到穆卡洛夫斯基的普勒研究,而结以穆氏对个人角色的探讨。由此我们可以看到,布拉格学派的理论家对文学史的各方面钻研,其过程也是一个发展系列。我们只要比较一下穆氏早期的研究和他与伏迪契卡在40年代的著述,就可以看到其间的进展。不过,这一发展系列中,也有其不变的"本色"。正如古尔加指出的:

>在捷克,结构主义一开始就已经是个开放的体系,是通往知识的一条路,而不是一套需要具体材料做研究才能证实的论纲(Grygar,333)。

布拉格学派的理论家始终未能为他们多方面的理论探讨做个总结性的综合。但是他们的开放态度和寻求对话的论述方式,定然能引导后人做更深入的探讨。

注　释

〔1〕 古尔加(Mojmír Grygar)在分析穆卡洛夫斯基的小册子时说:"在捷克国家主义复兴初期,普勒的诗篇曾在文坛放过一阵光彩,但瞬息便沉寂下来,只有诗人学者以之为钻研对象"(Grygar,331)。

〔2〕 据古尔加称,穆卡洛夫斯基在文中所用"结构"之意思有两种:"其一,指某一时期之文学结构显示为一套文学的规则、基准(norm)和趋势(tendencies);其二,指单篇文学作品中独有的结构,此结构虽源自某些背景,受到时尚正典

〔canon〕影响,仍能超越这些正典规限,创出新的因素和建立新原则"(Grygar, 332)。

〔3〕 普勒的《大自然的雄伟》出版在捷克诗坛音步(metric)发展的转折点。在普勒以前,朴马基利亚派(Puchmajerian)诗人提倡以音节为单位的方法写现代捷克诗。普勒不满此法,厌其单调而且束缚繁多,于是解放音步,使节奏不流于枯燥单调。穆氏在论文中,运用统计法说明普勒往往采用四音词来减低诗句的习惯性,并指出普勒用四音词并非只为了节奏的变化,也是为了语义的建构(参 Galan, 47-52; Peter Steiner "Preface"; Grygar, 331-333)。

〔4〕 有关当时社会详情,Galan 有很详细的论述(52—53)。

〔5〕 例如马克思主义的理论对政治经济的决定性影响大有兴趣;韦勒克则着意探讨文学史中价值观的问题;伏迪契卡亦以穆氏这篇文章及其他论著为基础,发展出一套文学作品的接受理论;而穆氏本人也就个人与文学发展的问题发表了好几篇文章。

〔6〕 穆氏的普勒研究中并没有着重谈论以符号学看文学这个问题。可是在 1934 年,也就是《普勒的诗》出版的同一年,穆氏发表了《艺术作为符号的事实》("Arts as a Semiotic Fact")那篇符号学的重要文献(参 Ladislav Matejka, "Literary History", 362)。

〔7〕 伏迪契卡说:"布拉格学派结构主义了解到一件作品的结构是文学发展那个更高层结构的一个组件。文艺传统那个高层结构经常存在,亦可用来调理一个作品的美感效果使之成为美感客体(aesthetic object)"("Concretization", 110;又参 Grygar, 332)。

〔8〕 在另一篇论文《美感价值的问题》("Problems of Aesthetic Value")中,穆卡洛夫斯基把美感价值细分为二:"实在"(actual)或"当下"(immediate)的美感,和"一般"(general)或"普遍"(universal)的美感(参 Jurij Striedter, 160-161)。

〔9〕 韦勒克先于 1934 年 12 月的公开辩论中批评穆氏的文学史观,以后又在 1936 年《文学史理论》("Theory of Literary History")一文中详细阐明自己的论点(173—192)。

〔10〕 这表示韦勒克相信价值观是客观的,但他仍然未能解答这个问题:价值是作品本身的一些物质,还是主体(人)赋予客体(作品)的,抑或是在传意(communication)过程中所有组件互相影响而产生的特质(参 Striedter, 247-258)。

〔11〕 斯德莱达用了穆卡洛夫斯基的理论为论据:穆氏认为美学功能有一种组织的

能力，足以引动其他非美学的功能（参 Striedter, 162）。

〔12〕 简各域指出，穆卡洛夫斯基由此发展成他"语意姿态"（semantic gesture）的概念（见 Jankovič, "The Individual Style and the Problem of Meaning of the Literary Work", 31；又参 Jankovič, "Perspectives of Semantic Gesture", 16-27）。穆卡洛夫斯基后期对艺术家在艺术史上的地位的研究将在本文第五节讨论。

〔13〕 这篇文献有两个英译本：Wendy Steiner 的译本收在 Mukařovský, *Structure, Sign, and Function*, 81-88；Titunik 的英译本收在 Matejka and Titunik, 3-9；本文以前者为主要根据。

〔14〕 Alfred Bém 在评论穆卡洛夫斯基的普勒研究时说："一个诗篇作为一个可以感知的物质事实，是独立于'集体'之外的。只有在诗篇与集体的'关系'之中，才见到它的社会意义"（引自 Grygar, 352）。

〔15〕 韦勒克说："大众意识里有什么共通的东西是永远都不能实证的。即使做得到也只会令那作品变得很贫乏；降而为一个'空洞'、'无关宏旨'的公分母。况且，'集体意识'这个词很容易令人产生误会，因为意识是个人感觉，严格来说很难会有超乎个人的意识（superpersonal consciousness）"（Wellek, "Theory of Literary History", 179）。

〔16〕 有关讨论，参见本文第五节。

〔17〕 Matejka and Titunik, p.206. 伏迪契卡在《文学作品的具体化》一文借用了语言学的术语"境况"（context），这个术语所指的范围较"基准"为阔（见"Concretization", 119）。

〔18〕 伏迪契卡在《文学作品的具体化》一文中也说过类似的话："我们文学史家的注意力无须着重个别读者的纪录，而应着眼于一个明确的具体化过程的纪录，或是促成这个过程的纪录"（"Concretization", 111）。

〔19〕 伏迪契卡对英伽登这个概念有进一步的解释（"Concretization", 108-110；"Literary History", 206）。

〔20〕 在 1931 年发表的《作品作为镜子所见作家个体》（"The Artist's Personality in the Mirror of the Work"）中，穆氏表示不赞同那肤浅的心理主义分析（见 Galan, 111）。

〔21〕 穆氏在后期发表的《美学与文学中的结构主义》说："因作品是个符号，它不会完全反映作家心灵状态，亦与在感知者心中所激起的不一样。那心灵状态常在客观的超个人的美感结构（transpersonal esthetic structure）以外，包容一些个

别的独特因素"("Structuralism",72)。

〔22〕 这篇文章曾经征引沃洛思诺夫(Valentin Volosinov)的论文:《话语的构造》("The Construction of the Utterance")和《词语和它的社会功能》("The Word and Its Social Function");麦得加指出这是布拉格学派中第一次有人注意到巴赫金学派(Bakhtin School)的语言学理论(Matejka, "Sociological Concerns",224)。

〔23〕 文中进一步引申到作者和读者的角色可以互换的假说,然而这种说法的理论基础并不稳固(参 Doležel, "Semiotics",24, note,19)。

引用书目

Bojtár, Endre. *Slavic Structuralism*. Trans. Helen Thomas. Amsterdam: John Benjamins, 1985.

Doležel, Lubomír. "Literary Transduction: Prague School Approach." *The Prague School and Its Legacy in Linguistics, Literature, Semiotics, Folklore, and the Arts*. Ed. Yishai Tobin.

Doležel, Lubomír. "Semiotics of Literary Communication." *Strumenti Critici* 50 (1986).

Galan, F. W. *Historic Structures: The Prague School Project*, 1928-1946. Austin: U of Texas P, 1985.

Grygar, Mojmír. "The Possibilities of a Structural Analysis." *Russian Literature* 12 (1982).

Ingarden, Roman. *The Literary Work of Art*. Trans. George Grabowicz. Evanston: Northwestern UP, 1973.

Jankovič, Milan. "Perspectives of Semantic Gesture." *Poetics* 4 (1972).

Jankovič, Milan. "The Individual Style and the Problem of Meaning of the Literary Work." *Language, Literature, and Meaning II*. Ed. John Odmark. Amsterdam: John Benjamins, 1980.

Matejka, Ladislav and I. U. Titunik, ed. *Semiotics of Art: Prague School Contribution*. Cambridge, Mass.: MIT P, 1976.

Matejka, Ladislav. "Literary History in a Semiotic Framework: Prague School Contributions." *The Structure of Literary Process: Studies Dedicated to the Memory of Felix Vodička*. Ed. P. Steiner, M. Červenka, and R. Vroon.

Matejka, Ladislav. "The Sociological Concerns of the Prague School." *The Prague School and Its Legacy in Linguistics, Literature, Semiotics, Folklore, and the Arts.* Ed. Yishai Tobin.

Mathesius, Vilém. "Ten Years of the Prague Linguistic Circle." *The Linguistic School of Prague Circle.* Ed. Josef Vachek. Bloomington: Indiana UP, 1966.

Mukařovský, Jan. "A Note on the Czech Translation of Šklovskij's Theory of Prose." *Word and Verbal Art.* Trans. and ed. John Burbank and Peter Steiner.

Mukařovský, Jan. "Art as a Semiotic Fact." *Structure, Sign, and Function.* Trans. and ed. John Burbank and Peter Steiner.

Mukařovský, Jan. "Personality in Art." *Structure, Sign, and Function.* Trans. and ed. John Burbank and Peter Steiner.

Mukařovský, Jan. "Structuralism in Esthetics and in Literary Studies." *The Prague School: Selected Writings, 1929-1946.* Ed. Peter Steiner.

Mukařovský, Jan. "The Individual and Literary Development." *Word and Verbal Art.* Trans. and ed. John Burbank and Peter Steiner.

Mukařovský, Jan. *Structure, Sign, and Function: Selected Essays by Jan Mukařovský.* Trans. and ed. John Burbank and Peter Steiner. New Haven: Yale UP, 1978.

Mukařovský, Jan. *The Word and Verbal Art: Selected Essays by Jan Mukařovský.* Trans. and ed. John Burbank and Peter Steiner. New Haven: Yale UP, 1977.

Sedmidubský, Miloš. "Literary Evolution as a Communicative Process." *The Structure of Literary Process: Studies Dedicated to the Memory of Felix Vodička.* Ed. P. Steiner, M. Červenka, and R. Vroon.

Steiner, P., M. Červenka, and R. Vroon, ed. *The Structure of Literary Process: Studies Dedicated to the Memory of Felix Vodička.* Amsterdam: John Benjamins, 1982.

Steiner, Peter, ed. *The Prague School: Selected Writings, 1929-1946.* Austin: U of Texas P, 1982.

Steiner, Peter. "Jan Mukařovský's Structural Aesthetics." *Structure, Sign, and Function.* Ed. John Burbank and Peter Steiner. "Preface."

Striedter, Jurij. *Literary Structure, Evolution, and Value: Russian Formalism and Czech Structuralism Reconsidered.* Cambridge, Mass.: Harvard UP, 1989.

Tobin, Yishai, ed. *The Prague School and Its Legacy in Linguistics, Literature, Semiotics,*

Folklore, and the Arts. Amsterdam: John Benjamins, 1988.

Vodička, "Literary History: Its Problems and Tasks." *Semiotics of Art: Prague School Contribution*. Ed. Ladislav Matejka and I. U. Titunik.

Vodička, Felix. "The Concretization of the Literary Work." *The Prague School: Selected Writings, 1929-1946*. Ed. Peter Steiner. Austin: U of Texas P, 1982.

Vodička, Felix. "The Integrity of the Literary Process: Notes on the Development of Theoretical Thought in Mukařovský's work." *Poetics* 4 (1972).

Wellek, René. "Theory of Literary History." *Travaux du Cercle Lingusitique de Prague* 6 (1936).

Wellek, René. *Literary Theory and Aesthetics of the Prague School*. Ann Arbor: U of Michigan P, 1969.

Winner, Thomas. "The Creative Personality as Viewed by the Prague Linguistic Circle: Theory and Implications." *American Contributions to the Seventh International Congress of Slavists*. Ed. Ladislav Matejka. The Hague: Mouton, 1973.

后记

我视这本书为个人在"文学史"研究的路途中站的一个标记,而不是休止符。

多年以来,我一直带着"问号"从事文学的研究。我问:为什么要读"文学"?为什么要读"过去的"文学?我又问:"文学"有没有"过去"?有没有"没有过去"的文学?这些问题萌生于我自以为开始"读文学"的大学年代,发展于我埋首"古代文学的传承"的研究生阶段。我一直没有办法向自己圆满解答这些疑问;正是这些问题把我推向"文学史"的思考之上。

走在这条路上,已有十多二十年的光景。

路虽然曲折颠簸,回想起来,途中可得着许多导引和扶持。我首先想到的是郑树森先生。他大概不会记得,因为如我般受惠于他的年轻晚辈不可计数。当时,我还是一名研究生,在研摩《艺苑卮言》、《诗薮》、《诗源辩体》等旧册之余,只懂得到辰冲书店买来 Structural Poetics (Jonathan Culler), Anatomy of Criticism (Northrop Frye),再捧着大学时已插架的 Theory of Literature (René Wellek and Austin Warren)和 Literary Criticism: A Short History (Cleanth Brooks and W. K. Wimsatt, Jr.)等并不新鲜的外籍,苦啃强嚼,妄图发掘一些可以参照并比的批评观念。于其时,郑先生从远洋寄给我好几篇"布拉格学派文学史观"的研究论文,这就把我送上一条既"文本"又"社会"、既"结构"又"历史"的路途。他当然不会记在心里。事实上他不时掷下的长文短讯,让我补充了许多基本训练以外的新知识。在新知"补给"方面,我还得益于同学少年、当时还在加州攻读博士的陈清侨兄。他也多次寄来文学史研究的相关论著,于我一边思考"唐诗如何传承",一边追问"为什么要传承"的岁月,加添了观照的深度。在多伦多大学的日子,导师 Lubomír Doležel 先生除了教我认识新学之精微外,更让我感受到旧学的深沉;我有幸先睹先生当时还未出版的"西方诗学"草稿(出版时题作: *Occidental Poetics : Tradition and Progress*),从中领悟到历史和传统还有如许鲜活的力量。

本书每一章由酝酿到初稿到撰定,颇历时日。以时下学术机制来衡度,绝对是高成本、低回报的作业。然而,于我而言,这是书壁呵问的举措,只望稍稍抚平那莽撞的心猿。况且,中间的经历,每有令我难以忘怀的光影。记得有一回到哈佛大学参加李欧梵先生主持的研讨会,我和王宏志兄联合做报告;两人夜以继日地共商纲领,在梦与醒之间推敲论证,最后是兴奋地完成二重唱。这是我的学术生涯中一段最有兴味的记忆。会上的报告得到欧梵先生和其他与会者的教益,相关讨论后来就演化成本书其中两章。这次会议还让我遇上了东京大学的藤井省三先生;几个月后,我们又有缘相遇于未名湖畔。在北京的一旬之期而至往后的日子,我常有机会得到藤井大兄在文学史识,以至为学态度上的启迪和开导。这种恩惠,或者可以征用藤井兄和我都可以认知的"暗语"——"是如何的令人难以忘记"。

立意对"文学史"问题开展思辨,也加深了我和港外学者朋友的交流。早年认识的龚鹏程和王德威两位,一直对"文学史"的问题有深辟的思考;鹏程兄不止一次惠赐文章支持我参与编制的"文学史研究"文集,德威兄更是《书写文学的过去》一书的催生者。此外,黄景进、颜崑阳两位大兄,也时时予以关顾支持。在上海,我遇上"重写文学史"运动的王晓明及陈思和,还有博闻多识的陈子善三位。无论与他们闲谈诗学,或者深论文章,都多有感发;本书几个章节的初稿,更得到晓明兄的细意批评和同情理解。至于个人和陈平原兄的交往,直截因"文学史"而生。多年如一日:每次读他的文章、听他解说刚开发的议题,都新我耳目,开我心窍。由平原兄的荐引,我还有幸认识夏晓虹、钱理群、葛兆光、戴燕等几位,受益于他们的言论文章。

在撰写各章的过程中,曾经予我各种帮忙和提点的师长和朋友还有周英雄、米列娜、金文京、黄霖、吴翠华、林镇山、范铭如、梅家玲、蔡英俊、梁秉钧、叶辉、黄仲鸣、古剑、张洪年、高辛勇等先生女士;我还受惠于香港科技大学人社院和人文学部提供的宽广学术空间以及前辈的适时关顾。本书之能面世,全赖陈平原兄荐引,以及北京大学出版社编辑张凤珠女士劳心费力。这一切,我都想借此稍息的时刻,致上衷心的谢忱。

前面的路是如许的修远漫漫;今夕何夕?惟见淡黄素月,映照玲珑。

2003 年 10 月 21 日于清水湾

作者简介

陈国球,香港大学中文系博士,加拿大多伦多大学比较文学硕士。现任教于香港科技大学人文学部。著编有:《镜花水月:文学理论批评论文集》、《胡应麟诗论研究》、《唐诗的传承:明代复古诗论研究》、《文学香港与李碧华》、《香港地区古典文学批评研究》、《中国文学史的省思》、《书写文学的过去:文学史的思考》(合编)、《文学史》集刊(合编)等。

学术史丛书书目

中国禅思想史 葛兆光 著
　　——从6世纪到9世纪
士大夫政治演生史稿 阎步克 著
中国文学研究现代化进程 王　瑶 主编
中国现代学术之建立 陈平原 著
　　——以章太炎、胡适之为中心
陈寅恪先生史学述略稿 王永兴 著
明清之际士大夫研究 赵　园 著
儒学南传史 何成轩 著
西潮激荡下的晚清地理学 郭双林 著
中国文学研究现代化进程二编 陈平原 主编
文学史的权力 戴　燕 著
《齐物论》及其影响 陈少明 著
文学史书写形态与文化政治 〔香港〕陈国球 著
*晚清女性与近代中国 夏晓虹 著

文学史研究丛书书目

中国现代主义诗潮史论 孙玉石 著
小说史：理论与实践 陈平原 著

上海摩登	〔美〕李欧梵 著 毛 尖 译
——一种新都市文化在中国 1930—1945	
北京:城与人	赵 园 著
中国小说叙事模式的转变	陈平原 著
晚清至五四:中国文学现代性的发生	杨联芬 著
词与文类研究	〔美〕孙康宜 著 李奭学 译
唐代乐舞新论	〔台湾〕沈 冬 著
*二十世纪中国文学三人谈	陈平原、钱理群、黄子平 著
*被压抑的现代性:晚清小说新论	〔美〕王德威 著 宋伟杰 译
*中国当代新诗史	洪子诚 著
*汉魏六朝文学新论	〔台湾〕梅家玲 著
——拟代与赠答篇	
*文学复古与文学革命	〔日〕木山英雄 著 赵京华 译

其中画*者为即出。